Lucy
Sloane
Nicole

EVIDENCE
E.L.A.S
ESPECIALISTAS LITERÁRIAS NA ANATOMIA DO SUSPENSE
TO BE OPENED BY AUTHORIZED PERSONNEL ONLY
CRIME SCENE FICTION
DARKSIDE BOOKS

STACY
WILLINGHAM

E.L.A.S®

ESPECIALISTAS
LITERÁRIAS NA
ANATOMIA DO
SUSPENSE

ESPECIALISTAS LITERÁRIAS NA ANATOMIA DO SUSPENSE

CRIME SCENE®
F I C T I O N

Esta é uma obra de ficção. Todos os personagens, organizações e eventos retratados neste romance são produto da imaginação da autora ou usados de forma ficcional.

Diretor Editorial
Christiano Menezes

Diretor de Novos Negócios
Chico de Assis

Diretor de Planejamento
Marcel Souto Maior

Diretor Comercial
Gilberto Capelo

Diretora de Estratégia Editorial
Raquel Moritz

Gerente de Marca
Arthur Moraes

Gerente Editorial
Bruno Dorigatti

Editor
Paulo Raviere

Editor Assistente
Lucio Medeiros

Capa e Projeto Gráfico
Retina 78

Coordenador de Diagramação
Sergio Chaves

Designer Assistente
Jefferson Cortinove

Preparação
Francylene Silva

Revisão
Bárbara Parente
Gabriela Mekhitarian

Finalização
Sandro Tagliamento

Marketing Estratégico
Ag. Mandíbula

Impressão e Acabamento
Braspor

DADOS INTERNACIONAIS DE CATALOGAÇÃO NA PUBLICAÇÃO (CIP)
Jéssica de Oliveira Molinari CRB-8/9852

Willingham, Stacy
Quando a sorte te visitar / Stacy Willingham; tradução de Letícia Ribeiro Carvalho. — Rio de Janeiro : DarkSide Books, 2025.
336 p.

ISBN: 978-65-5598-564-1
Título original: Only if You're Lucky

1. Ficção norte-americana 2. Suspense
I. Título II. Carvalho, Letícia Ribeiro

25-3463 CDD 813

Índice para catálogo sistemático:
1. Ficção norte-americana

[2025]
Todos os direitos desta edição reservados à
DarkSide® *Entretenimento* LTDA.
Rua General Roca, 935/504 – Tijuca
20521-071 – Rio de Janeiro – RJ – Brasil
www.darksidebooks.com

STACY WILLINGHAM

QUANDO A SORTE TE VISITAR

TRADUÇÃO LETÍCIA RIBEIRO CARVALHO

E.L.A.S

DARKSIDE

Para minha mãe, minha heroína

Se um dia já vi a assinatura de Satã no rosto
de alguém, foi no desse seu novo amigo.

— ROBERT LOUIS STEVENSON

PRÓLOGO

Num dia, éramos estranhas; no outro, amigas. É assim com as meninas.

Como passamos, sem esforço, de virar as costas em público a retocar o batom umas das outras nos banheiros abafados de bares, as pontas dos dedos se roçando em meio a um enxame de corpos quentes. De espalhar fofocas com o hálito quente por trás das mãos em concha a lançar elogios pela sala como dardos, mirando o alvo, mas, na verdade, com esperança de acertar em qualquer lugar. Lembro-me de pensar que ela me escolheu por uma razão que eu jamais entenderia. Como se tivesse me avistado do outro lado do corredor, com os olhos fixos no carpete e os ombros bem curvados, enquanto eu tentava esconder minha roupa íntima — com estampas juvenis de flores, estrelas e listras cor-de-rosa constrangedoras — no fundo do cesto de roupa suja e então decidisse: É isso, seria eu. Sua melhor amiga.

E, a partir daquele momento, eu fui.

"Entra", diz Lucy, e me sinto despertar. Minhas pálpebras estão pesadas, a sala gira devagar como as antigas máquinas de lavar do dormitório: lentas, desajeitadas e sempre quebradas.

Há uma nuvem permanente de fumaça na casa — cigarro, vela, incenso, maconha — impregnada nos cobertores e nas almofadas do sofá. Se você desse um tapa neles, poderiam até tossir.

Ainda consigo imaginar todas as colegas de clube da minha mãe ajeitando meu cabelo atrás da orelha, com os dedos encostados na minha bochecha como se eu fosse mesmo a boneca de porcelana delas.

Pensando que sou delicada, frágil, enquanto eu carregava as caixas no porta-malas e elas falavam sobre seus tempos de faculdade com sorrisos distantes e lágrimas nos olhos.

Como elas tinham certeza de que, enfim, eu encontraria *minha galera, minhas meninas.*

"Espere só", disseram elas, com fios de pérolas enrolados em seus pescoços como forcas de grife, minha própria mãe observando curiosa do gramado. "A faculdade é diferente. Eles serão seus amigos para o resto da vida."

Era isso que eu estava esperando. Diferente. Porém, *amigas para a vida toda* é um mito, uma fábula. Um conto de fadas que contamos a nós mesmas para evitar ter de pensar muito sobre como enfrentar o mundo sozinha. Já acreditei nisso uma vez. Eu o apertava contra meu peito como se fosse um animal selvagem que havia reivindicado como meu, antes que ele arranhasse meu pescoço e se soltasse, deixando-me maltratada, ensanguentada e sozinha.

"Margot."

Olho para cima e vejo Lucy com o olhar fixo na minha direção, noto suas pupilas largas e redondas como bitucas de cigarro. Juro que há fumaça saindo de seus olhos, transformando-se em nada.

"Gira."

Pisco mais uma vez, como se tivesse acabado de acordar de um sonho e me encontrado aqui: coxas presas à madeira dura, costas cravadas no canto da mesa de centro. Tudo parece um sonho, nebuloso, desbotado como o fundo leitoso do copo de água parada na minha mesa de cabeceira. Estamos em um círculo — Lucy, Sloane e eu — com as pernas pregadas no chão e, entre nós, a faca que Lucy arrancou do bloco da cozinha. Nicole está no sofá, distante como de costume. Então, eu pego a faca e a golpeio com os dedos. Observo a ponta reluzente girar em um círculo como se fôssemos um tipo estranho de relógio: três, seis, nove, doze.

Todas prendemos a respiração quando, aos poucos, ela para, com a ponta virada na direção de Lucy.

Com o canto do olho, vejo Sloane se animar, suas costas se alongando como um suricato de súbito consciente de algum perigo distante. Até Nicole lança um olhar em nossa direção, sua estrutura magra caída sobre um travesseiro, abraçando-o com força em seus braços finos como palitos.

"Verdade ou desafio", declaro, com voz rouca e áspera. Meus lábios pulsam, formigam. Então tomo outro gole da garrafa de vodca entre nós, pois preciso de algo para molhar a garganta.

Lucy sorri, como se a pergunta fosse retórica. Como se eu não devesse nem ter me dado ao trabalho de perguntar. Então ela se inclina e pega a faca, seus dedos se enrolam ao redor do cabo, um a um, tão natural quanto segurar a base de um *babyliss*, uma garrafa de cerveja. Do mesmo jeito que sua mão agarra meu pulso quando ela me encontra em uma sala lotada, me puxando para longe, para a noite.

Elas estavam certas, aquelas mulheres. Amigas de faculdade são diferentes. Faríamos qualquer coisa uma pela outra.

Qualquer coisa.

CAPÍTULO 1

Estamos sentadas próximas, ombros encostados, lado a lado, como em uma fila na cadeia.

Dá pra sentir o osso do quadril de Nicole se projetando para o meu lado; Sloane não para de cutucar as cutículas, espalhando pele morta pelo chão como se fosse sal. Estamos de pijama, com as bochechas ainda manchadas do rímel da noite anterior. Nicole parece cinco anos mais jovem com sua carinha de bebê e tranças nos dois lados da cabeça, quase uma adolescente. O cabelo escuro da Sloane está preso com uma xuxinha, um único cacho se projeta como uma espiral, e nem faço ideia do que estou vestindo. Deve ser alguma camiseta de alguém que peguei do chão para mim, com manchas nas axilas e tudo mais.

"Meninas."

Olho para o detetive à nossa frente, com suas mãos na cintura. Não gosto de como ele diz isso — *Meninas* — como se fôssemos crianças sendo repreendidas. Algumas palavras deveriam ser só nossas: por vezes maliciosas e, no entanto, carinhosas expressões de afeto que lançamos aqui e ali como purpurina, as quais, de repente, ganham um gosto azedo quando vindas da boca dos homens.

Meninas é uma delas.

"Quando foi a última vez que você viu sua colega de quarto, Lucy Sharpe?"

Olho para a minha esquerda, minha direita. Nicole encara a mesa; Sloane, suas unhas. Todas nós estamos pensando naquela noite, com certeza. Foi na semana passada, mas também em outra vida. Todas estamos pensando em estar sentadas no chão, com a faca girando em círculos entre nós, a ponta de metal capturando a luz da lâmpada e criando formas na parede. Nos olhos arregalados de Lucy quando ela estendeu a mão e a agarrou, e naquele largo sorriso de Gato de Cheshire se abrindo em suas bochechas, mostrando suas presas. A maneira como ela ergueu a lâmina e como vi a mim mesma de relance no metal.

Lembro-me de pensar que eu parecia diferente naquele momento. Distorcida. Raivosa, selvagem e viva.

"Uma hora, alguém vai ter que dizer alguma coisa."

Olho para o detetive de novo, sua testa parece um pneu velho, craquelada e oleosa. Seu rosto está vermelho e inchado, como se alguém o estivesse comprimindo de baixo para cima, esperando que ele estourasse. Em seguida, observo suas mãos, a pele do dedo inchada em volta da aliança de casamento, como uma linguiça. Elas ainda estão em sua cintura, suas pernas estão bastante abertas, como se ele estivesse tentando imitar algum pistoleiro do Velho Oeste ou uma pose que viu em um episódio de *Cops*.

"Já se passaram três dias, acho."

Ele olha para mim, a primeira a se manifestar. "Você acha?"

Meneio a cabeça. "É. Acho."

Sloane e Nicole seguem encarando o chão. O silêncio delas é ruidoso o suficiente para preencher a sala, torcendo-se e retorcendo-se, infiltrando-se pelos cantos como a fumaça persistente, cujo cheiro ainda sinto no meu cabelo.

"Ninguém está encrencada, meninas, mas ela não é vista desde sexta-feira. Ela não deu as caras no trabalho o fim de semana inteiro. Vocês chegaram a falar com alguém da turma dela?"

"Lucy não vai à aula", diz Sloane, e Nicole grunhe, abafando uma risada.

"Então vocês não estão nem um pouco preocupadas?", pergunta ele, jogando o peso de uma perna para a outra. "Sua colega de quarto está desaparecida e vocês não estão preocupadas em saber onde ela pode estar?"

"Detetive", Sloane para, fazendo questão de olhar para a plaquinha de identificação presa em seu peito, "Frank, se você conhecesse a Lucy um pouquinho, saberia que isso não é incomum."

"E isso quer dizer o quê?", questiona ele.

"*Isso quer dizer*", ela solta um suspiro, "que ela deve ter decidido passar o fim de semana fora da cidade com algum cara, sei lá. Se você a encontrar, diga que o aluguel está para vencer e que não vamos mais cobrir a parte dela."

Lanço um olhar para Sloane, hipnotizada pela frieza em seu tom: frio como mentol e afiado como um picador de gelo, quase como se ele a estivesse entediando.

O detetive Frank se mexe de novo, trocando de marcha, e acho que o percebo corar um pouco mais, o calor chegando àquelas bochechas de esquilo, como se ele estivesse constrangido ou nervoso, ou um pouco dos dois.

"Então, três dias atrás", ele me diz em seguida. "Onde você estava?"

"Ficamos em casa essa noite, na sala."

"Todas vocês?"

Concordamos com a cabeça.

"O que estavam fazendo?"

"Coisas de menina." Sorrio.

"Como Lucy estava agindo?", indaga ele, sem cair nessa. "Algo de diferente?"

"Não." Minto, a primeira de muitas mentiras. Lembro-me da profundidade das pupilas dela, gigantescas, como dois buracos negros, engolindo tudo. O jeito como ela chupava aquele pirulito, um globo vermelho, até que seus dentes parecessem sangrar. "Do jeito dela."

Ficamos todos em silêncio, e começo a me sentir desconfortável em meu assento. Meus olhos se voltam para o relógio — são quase 11h —, e penso em abrir a boca, inventar outra mentira sobre me atrasar para a aula, quando o detetive Frank dá um passo à frente e apoia as mãos na mesa, nivelando seus olhos com os nossos.

Ouço o rangido da madeira, tensionada sob seu peso. Quase como se ele a estivesse machucando.

"Lucy contou para vocês, meninas, que nós a interrogamos?"

Nicole se anima, enfim. "Interrogada pelo quê?", pergunta ela, embora, é claro, nós saibamos. Sabemos muito mais do que esse homem imagina. Vejo seus lábios se contraírem com essa pequena vitória — ao pensar que, enfim, disse algo importante o suficiente para fazer com que nos importássemos —, enquanto ele bate os dedos contra a mesa, preparando o ataque rápido.

"Pelo assassinato de Levi Butler."

CAPÍTULO 2

ANTES

Ela era tudo e eu não era nada. Pelo menos, era isso que sempre pensei.

Passamos todo o nosso primeiro ano a poucas portas uma da outra. Estávamos no dormitório só para meninas, as poucas azaradas que foram alocadas no único prédio para pessoas do mesmo sexo no campus: o Hines Hall. Ele ficava no topo do único morro no centro da cidade, prendendo-nos lá dentro como um bando de Rapunzéis, intocáveis, embora isso só nos tornasse ainda mais desejáveis. Como coisas a serem conquistadas. Ainda penso no dia da mudança: puxando minha pilha de caixas em um carrinho de metal, com um nove fluorescente colado na parte de trás e o calor do constrangimento toda vez que uma roda rangia muito alto. Observar os meninos passarem com as mãos enfiadas nos bolsos, esticando o pescoço, já planejando como fariam para entrar ali.

De primeira, todas se queixavam, com a pele coberta de suor e fazendo caretas em todas as direções enquanto carregávamos edredons e futons pela longa e sinuosa escada, culpando umas às outras por nossa própria anatomia.

Lembro-me muito bem daquela primeira noite: as vinte e quatro garotas do corredor 9B sendo chamadas para a área comum. Lá estávamos nós, com camisetas grandes demais, shorts de ginástica tão curtos que era como se estivéssemos sem eles, e os braços apertados em volta da cintura, como se fossem cintos de segurança.

Nossa monitora era uma garota do segundo ano chamada Janice, que recitou as regras em um corte seco: nada de bebida, nada de garotos. Silêncio depois da meia-noite. Ficamos ali, caladas, assentindo, nossas mentes martelando sobre o fato de, enfim, termos escapado para a faculdade apenas para nos depararmos com as mesmas restrições de sempre, e com uma babá supervalorizada ainda por cima. Ela então foi embora, deixando o restante de nós para que *nos conhecêssemos*. Todas se encarando com um tímido constrangimento, até que Lucy pareceu brotar do nada, vinda de um canto, abrindo o zíper da bolsa.

Observamos em silêncio enquanto ela tirava uma caixa de cerveja e a jogava no carpete, fazendo as garrafas tilintarem.

"Agora que *aquilo* acabou", disse ela, como se Janice não fosse senão seu número de abertura. "Sirvam-se."

Ainda consigo ouvir o burburinho incômodo que se espalhava pela sala: as risadas nervosas e os olhares inquietos. Então, como se estivesse nos mostrando como fazer, Lucy se inclinou para a frente, pegou a primeira garrafa, tirou a tampa e tomou um gole.

"A nós", declarou ela, inclinando o lábio em nossa direção. "Nove andares de vagabundas."

Depois disso, eu sempre soube que ela estava lá — era impossível não notá-la, e é provável que esse fosse o objetivo. Seus cachos escuros apareciam de relance quando ela passava pela minha porta aberta ou entrava no banheiro, com um nécessaire de banho verde fluorescente pendurado no braço. Ela levava coolers de latas de vinho para os chuveiros coletivos, e os adocicados cheiros enjoativos de morango, manga e champagne de pêssego subiam com o vapor e embaçavam o espelho; ouvia o *comprimir* das latas vazias antes que sua mão surgisse por trás da cortina e as jogasse no azulejo, como papéis de bala amassados. Ela era a única que nunca se cobria antes de sair. Enquanto o resto de nós se envolvia em toalhas ou roupões de banho com iniciais bordadas, agarrando-nos, constrangidas, à beirada da cortina antes de abri-la e passar pelas cabines batendo os chinelos, ela, com a maior naturalidade, saía sem nada, descarada e bonita, como se fosse a dona do lugar.

E, em muitos aspectos, ela era.

"Não sei o que veem nela."

Olho para a minha colega de quarto, tentando afastar a lembrança incômoda. A presença de Lucy é como o primeiro sopro de um ar-condicionado: barulhenta, perturbadora. O tipo de coisa que exige atenção e faz a pele arrepiar. Seus olhos são tão azuis que parecem quase brancos, água glacial congelada até se tornar fria e dura. Uma vez, quando ela me flagrou a encarando através de uma seção do espelho não embaçada, fez com que meu corpo estremecesse, a sensação de seu olhar percorreu minha espinha como um cubo de gelo deslizando sob a camisa.

"Hummm?", indaguei, por fim.

"Não aja como se não estivesse olhando."

Maggie e eu estamos deitadas no gramado do lado de fora do Hines, os livros didáticos de psicologia espalhados à nossa frente e, entre eles, um saco de Cheetos aberto. Ela rola e se deita de costas, apoiando-se nos cotovelos.

"Todos estão olhando."

Ela está certa: todos estão olhando. Dá para ver, por trás dos óculos escuros, de seus cadernos, os olhos de todo mundo fixados em Lucy. Olhando de soslaio enquanto ela empurra a parte de cima do biquíni um pouco para a direita, a cabeça inclinada para trás enquanto olha em direção ao sol. Ela age como se nem percebesse; como se estivesse em sua praia particular em outra parte, e não tomando sol no meio do campus. Uma encruzilhada movimentada de jovens com tesão que a observam passar protetor na pele e, no mesmo instante, começam a salivar como os cães de Pavlov.

"Ela é louca."

Desvio os olhos de Lucy e viro de volta para Maggie, a inveja irradia de sua pele como um cheiro ruim. "Por que você está dizendo isso?"

"Porque ela é", responde. "Ouvi dizer que ela cegou o namorado no ensino médio."

"O quê? Não pode ser."

"Estou falando sério. Eles estavam discutindo sobre alguma coisa, brigando em uma festa e ela avançou e arranhou o rosto dele", conta, rasgando o ar. "Como se fosse a porra de um gato."

"Não acredito nisso", digo, observando-a com atenção. Maggie não costuma ser assim: fofoqueira, má. Ela é uma das pessoas mais simpáticas que conheço, na verdade. É até irritante. Mas, ao mesmo tempo, Lucy parece trazer à tona esse lado das pessoas. É como se a existência dela, por si só, fosse de alguma forma ameaçadora para o resto de nós — sabemos que não podemos competir, em vez disso, recuamos, rosnando para ela do canto para nos sentirmos seguras.

"É verdade, juro por Deus", afirma Maggie, erguendo as mãos na defensiva. "A unha dela estava meio pontiaguda ou algo do tipo e acabou perfurando a córnea dele."

"Onde você ouviu isso?"

"A Rachel, do outro lado do corredor, recebeu a visita de uma amiga há alguns meses. Ela disse que o namorado dela conhece um cara que viu isso acontecer."

Arqueio a sobrancelha.

"Estou apenas repassando o que ouvi."

Volto a atenção para Lucy, notando como seus dedos coçam o peito de forma distraída, como suas unhas longas e esguias deixam pequenas marcas brancas no vermelho furioso de sua pele queimada. Não é o primeiro boato que ouço sobre ela, um mais bizarro do que o outro. Uma outra garota do nosso corredor jura que ela é uma estudante de intercâmbio, uma membra da realeza enviada, sob disfarce, de algum lugar rico e exótico, embora eu não tenha detectado nenhum traço de sotaque em todas as vezes que a ouvi falar. Uma outra está convencida de que ela está dormindo com os professores — todos eles, inclusive com as professoras —, a única explicação lógica para o fato de que ela aparenta se sair bem sem sequer estudar.

"Enfim", diz Maggie, rolando para trás e pegando um salgadinho antes de colocá-lo na boca. "Acho que encontrei um apartamento para nós no ano que vem. Dois quartos, dois banheiros. Fica no segundo andar, graças a Deus. Chega de elevador."

Eu me ouço murmurar alguns hums distantes, mas não estou escutando. Não de verdade. Duas outras garotas se juntaram à Lucy: uma loira com tranças e uma garota de pele escura com panturrilhas que parecem bolas de beisebol e se projetam sob a pele. Elas também moram no 9B. Nicole Clausen e Sloane Peters. Elas quase sempre estão com Lucy, as três bebendo de garrafas de água que todo mundo sabe não estarem cheias de água antes de voltarem cambaleando horas depois, com os olhos vidrados e o batom borrado. Na primeira vez em que as vi, havia algo no jeito como caminhavam que me marcou: lado a lado, a Lucy no meio, braços enganchados como uma cerca. Como se não pudessem se separar, mesmo se quisessem.

"Você me ouviu?"

Ao ouvir o som de sua voz, vejo Maggie me observando, com as sobrancelhas erguidas.

"Desculpa, o quê?"

"Eu disse que é perto da biblioteca, então não vamos precisar pegar ônibus."

"Ah, tá. Isso é ótimo." Sorrio e volto a olhar para as meninas. "Obrigada por fazer isso."

Observo Sloane estender uma toalha na grama e Nicole começar a passar protetor solar nos braços, embora Lucy sequer tenha olhado para elas. Seus olhos permanecem escondidos atrás dos óculos escuros, fixos no céu, e a verdade é: eu sei o que todos veem nela. Eu mesma passei o ano inteiro vendo. É o modo como os olhos dela parecem te fuzilar com tanta profundidade, deixando pequenas feridas microscópicas como picadas de cobra ou aranha. Algo que é possível ainda sentir na pele muito depois de ela ter ido embora. É a confiança fácil que emana dela, tão natural como respirar, e a forma como ela assumiu o controle daquela primeira noite sem esforço, bastando um punhado de palavras para que fizesse com que vinte e quatro estranhas não apenas quebrassem as regras, mas, ao mesmo tempo, rompessem alguma crença arraigada sobre si mesmas.

Uma voz latente nos dizendo para ficarmos envergonhadas com nossa situação — *nove andares de vagabundas* — quando deveríamos ter sido encorajadas.

"Tá bom, deu pra mim", diz Maggie, de repente, fechando o livro com muita força. Estico o pescoço enquanto ela levanta, notando as finas linhas de suor que se infiltraram em sua regata. Todos estão se preparando para as provas finais, o que significa que ainda estamos em maio, mas já faz mais calor em Rutledge do que fará na maior parte do país em agosto. No entanto, estamos acostumados com isso: estudantes carregando mochilas no calor de 40 graus antes de tirarem a roupa e seguirem para a praia, afogando o estresse em água salgada e suor.

"Você quer jantar ou algo assim?", acrescenta ela, oferecendo-me uma última chance de conversa que eu deveria aproveitar. Em vez disso, lhe dou um sorriso amarelo, já sentindo meu pescoço ameaçar virar em direção a Lucy, como um ímã trêmulo.

"Vou ficar um pouco mais", digo. "Desculpa."

Maggie dá de ombros e vai embora, com um pequeno fio de pólen pendurado na coxa. Quando meu olhar volta para as meninas, porém, já não vejo o perfil de Lucy, com a cabeça inclinada para trás e o rosto virado para o sol. Direciono meu olhar para o azul nítido de seus olhos enquanto ela observa os meus, os óculos escuros escorregados para a ponta do nariz.

Sinto uma descarga repentina em meu corpo, como um choque nos dedos molhados que tocam a parte externa de uma tomada. Então, antes mesmo que eu possa perceber o que está acontecendo, ela acena.

CAPÍTULO 3

Meu quarto está vazio quando volto para o dormitório. Esperava encontrar Maggie, talvez. Acompanhá-la no jantar, como ela havia pedido. A essa hora, ela já deve estar sentada no refeitório, fingindo que está estudando ou lendo algo interessante no celular para disfarçar o constrangimento de comer sozinha. Por um segundo, considero a possibilidade de ir até lá e me sentar ao seu lado. Posso até imaginá-la olhando para mim, com o alívio inundando seus traços ao perceber que não precisará mais fingir. O pedido de desculpas silencioso que trocaríamos antes de iniciar uma conversa fiada sem sentido sobre nossos planos para o verão.

Em vez disso, arranco a tampa de uma caixa de macarrão instantâneo, jogando um pouco de água dentro dela antes de colocá-la no micro-ondas.

Não é que eu não *goste* da Maggie. Eu gosto dela. Ela é simpática o suficiente, a colega de quarto perfeita, gentil e atenciosa. Sempre me deixa pegar uma de suas Coca Diet no frigobar e nunca deixa as roupas sujas se acumularem. Passamos tempo juntas quase todas as noites, sentadas no futon em silêncio, com algum filme mais ou menos abafando os gritos das outras garotas no corredor, as risadas e os berros que fingimos não perceber; mastigamos pipoca e nos convencemos de que isso foi uma escolha nossa. Durante aquelas primeiras semanas do primeiro ano, lembro-me de ver as outras garotas correndo de um lado para o outro, malucas, frenéticas como galinhas sem cabeça, todas desesperadas para fazer amigas e encontrar seu lugar. Maggie e eu nunca encontramos o nosso, então, em vez disso, criamos o nosso próprio lugar e vivemos tranquilas lá, estabelecendo uma amizade nascida da proximidade e da necessidade, e mantida, de ambas as partes, pela falta de esforço para encontrar algo melhor.

E a pior parte é: ela também sabe disso.

Ainda me lembro de como a conheci, uma combinação às cegas que a faculdade arranjou um mês antes da mudança. Poderia ter sido horrível, eu não tinha ideia do que esperar. Passei o trajeto todo imaginando que tipo de pessoa precisaria recorrer a um questionário do campus para encontrar uma única amiga — alguém como eu, supus. Mas, quando cheguei, seu excesso de zelo foi a única falha que encontrei. Era visível o quanto ela estava ansiosa, cutucando as unhas quando entrei, enquanto me cumprimentava com uma apresentação ensaiada. Seu lado do quarto já havia sido decorado e notei que ela havia comprado um par de cada coisa: travesseiros florais combinando para a minha cama e para a dela; dois porta-retratos para nossas mesas. Era visível que ela sonhava em nos tornarmos melhores amigas no mesmo instante, preenchendo os porta-retratos com fotos nossas... mas, no momento em que a vi ali, toda ansiosa e animada, como o menor filhote da ninhada morrendo de vontade de ser escolhido, não consegui visualizar nós duas compartilhando roupas, virando noites ou rindo com descontrole depois de entrarmos no dormitório com uma garrafa de vinho escondida, passando-a de uma para a outra, o gargalo pegajoso e borrado de brilho labial.

Em vez disso, eu só via Eliza.

A Eliza, minha melhor amiga desde o jardim de infância, que me convidou para dormir em sua casa no mesmo dia em que nos conhecemos. A Eliza, que molhava o dedo no protetor solar e desenhava metades de corações em nossos quadris para que, quando nos deitássemos ao sol e nossa pele ficasse bronzeada, pudéssemos juntar as barrigas e torná-las inteiras. A Eliza, que furou minhas orelhas dentro de seu guarda-roupa e me ensinou a mergulhar; que baixou a capota e botou música antiga para tocar no conversível de seus pais no dia em que tirou a carteira de motorista, andando a 120km/h por estradas vicinais abandonadas e deixando o cabelo se emaranhar com o vento.

A Eliza, minha provável futura colega de quarto, que morreu três semanas depois do início do verão de nosso último ano.

Então, sim, esse é o problema: a Maggie me lembra de tudo o que eu deveria ter tido. Eliza e eu morando juntas como planejamos durante todos aqueles anos, enroladas em um cobertor no píer de seus pais, noite após noite, nos imaginando juntas em outra vida. Decorando nosso dormitório juntas do jeito que queríamos, enchendo as paredes com uma década inteira de lembranças que já tínhamos e deixando espaço para as que viriam depois. Eu havia me matriculado na Rutledge *por causa* dela: meus pais queriam que eu fosse para Duke, um lugar de prestígio e importante, mas Eliza me convenceu de que aquele era o lugar certo para nós. Não para mim, mas para *nós*.

Assim, escrevemos juntas nossas redações de admissão, verificando a correspondência durante meses, ligando uma para a outra aos gritos na noite em que fomos aceitas. Dei a notícia aos meus pais, enfrentando a decepção e a angústia deles por eu ter escolhido uma pequena faculdade interdisciplinar que ficava *tão distante*, embora a Carolina do Sul ficasse a apenas um estado de distância de nossa casa, em Outer Banks. Poderia voltar para casa no fim de semana se de fato quisesse, mas eles sabiam, é claro, que eu não voltaria. Em seguida, enviamos nossas solicitações para sermos colegas de quarto, fizemos nossos depósitos e conversamos a noite toda sobre, enfim, estarmos livres do casulo do ensino médio, que sempre pareceu tão sufocante e pequeno.

Tudo parecia tão perfeito, tão de acordo com o planejado... até aquela noite. Aquela noite mudou tudo e eu me vi chegando aqui, sozinha. Sem ela.

Um corpo bate contra a porta encostada, me trazendo de volta da minha lembrança tão rápido quanto um tapa. Eu me viro, esperando ver Maggie no corredor — ainda com raiva por mais cedo, com a cara fechada —, mas não é ela.

Em vez disso, eu a vejo.

"Oi."

Lucy está encostada no batente da minha porta, com os braços bem cruzados e o short jeans desabotoado para revelar o vermelho cereja da parte de baixo de seu biquíni.

"Oi", repito, embora soe mais como uma pergunta. Sinto meu coração batendo forte no peito e me questiono se ela vai mencionar o que aconteceu mais cedo, quando me pegou encarando-a no gramado, como um voyeur espiando pelo buraco da fechadura. Eu havia abaixado o pescoço ao vê-la acenando para mim daquele jeito, as bochechas ardendo de vergonha como se estivessem queimadas de sol, antes de pegar meus livros e sair correndo.

Sinto que um pedido de desculpas começa a borbulhar em minha garganta como bile, uma tentativa meio tímida de explicar tudo.

"Você vai ficar para o verão?"

Fecho a boca, de repente sem palavras, e percebo que ela está olhando para mim como se fôssemos velhas amigas, como se não fosse incomum ela aparecer aqui. Como se não fosse a primeira vez que estivéssemos conversando.

"Hum, não", digo, dando um leve pulo quando o micro-ondas apita. "Vou pra casa depois da minha última prova."

"Tenho um quarto vago", oferece ela. "Ótima casa, pertinho do campus."

Confusa, olho para ela, os dedos cutucando uma cutícula solta para que tenham algo para fazer. A verdade é que eu não quero ir para casa no verão — não quero voltar para casa de jeito nenhum. Sinto a ausência de Eliza aqui, neste quarto mesmo, mas em casa é ainda pior. Lá, sinto-a em todos os lugares: o fantasma dela me perseguindo, pairando sobre meu ombro. Uma lembrança persistente e dolorosa de tudo o que poderia ter sido.

"Na verdade, não é só para o verão", acrescenta Lucy, mudando o peso de uma perna para a outra. "Podemos ficar no ano que vem. Você já fechou um contrato de aluguel?"

"Não", respondo de novo, notando um pequeno colar de prata apoiado na cavidade de sua clavícula. Parece uma constelação, um pequeno aglomerado de diamantes como estrelas. Acho que a Eliza costumava usar um parecido. Um presente de aniversário dos seus pais que ela nunca tirava, embora eu não saiba se são semelhantes mesmo ou se ainda a vejo em todos os lugares que olho. "Ainda não."

Em teoria, é a verdade. Não assinei contrato nenhum. Maggie assinou.

"Espera", diz ela de repente, com uma pequena torção em seu lábio. "Você não ia morar com a Mary de novo, ia?"

"Maggie", corrijo, envergonhada por nós duas. "Eu… ainda não decidi."

Penso na minha colega de quarto e no que ela me contou antes: o apartamento que ela conseguiu para nós perto da biblioteca e o fato de que eu não poderia ter me importado menos. Num instante, parece tão deprimente passar mais um ano juntas apenas porque nenhuma de nós encontrou outra pessoa. Desvio o olhar do pingente e observo Lucy mais uma vez, parada na minha porta com aqueles olhos azuis brilhantes. Eles são mesmo hipnotizantes, é como olhar para um caleidoscópio e ver o mundo se contorcer formando imagens pouco usuais. Registro um pequeno tremelique em seu lábio, como se ela estivesse achando algo engraçado que não poderia falar. Penso em como ela, Sloane e Nicole sempre andam como se fossem uma — como Eliza e eu andávamos também — e, de repente, anseio por isso. Desejo isso mais do que já desejei qualquer coisa: o tipo de amizade que eu conhecia tão bem; não confortável e contida, mas conturbada, maníaca e real.

"Bem", disse Lucy, o meio-sorriso se transformando em um sorriso aberto. "Parece que acabei de decidir por você."

CAPÍTULO 4

No fim daquela semana, estou parada na calçada com três malas repletas de coisas, uma única gota de suor escorrendo pela minha espinha e uma velha casa cinzenta pairando diante de mim. Os últimos dias se passaram em um piscar de olhos: terminar as provas finais, encaixotar as coisas do dormitório. É como se eu estivesse operando no piloto automático, a mente em branco e o corpo apenas seguindo os movimentos, como se tudo isso fosse normal.

Como se eu não estivesse prestes a me mudar para uma casa com três garotas sobre as quais nada sei.

"Por que eu?", quis saber.

A essa altura, Lucy já havia se convidado para entrar em meu quarto, passando os dedos pela escrivaninha, seus olhos absorvendo todas as tralhas coladas no meu mural. Sempre fui uma espécie de acumuladora — não, essa é a palavra errada. Uma *colecionadora*, talvez. O tipo de pessoa que guarda ingressos e recibos antigos, atribuindo valor sentimental a objetos inanimados. Como se eles tivessem sentimentos. A ideia de jogar uma única lembrança feliz no lixo é suficiente para fazer meus olhos coçarem, e isso não é o pior de tudo. Há também os tocos de lápis e os frascos de esmalte quase vazios, os tubos de rímel vencidos e os cadernos usados que se acumulam nas gavetas da minha mesa sem nenhuma outra razão além do fato de eu não ser capaz de jogá-los fora. Minha mãe afirma que tenho problemas de apego; meu pai diz que sou desleixada. Acho que só tenho medo de me desfazer de algo de modo prematuro; de colocar a mão na bolsa em busca de algum conforto familiar apenas para me lembrar que já o descartei.

Que ele se foi para sempre. Que não me resta nada.

"Por que não?", retrucou Lucy, pegando meu perfume e borrifando um pouco em seu pulso. Observei quando levou o nariz à pele e cheirou, fazendo uma careta, antes de colocá-lo no lugar.

"Você nem mesmo me conhece", continuei. "Por que quer viver com alguém que não conhece?"

Ela então olhou para mim, com seus olhos redondos como discos fixados nos meus.

"Por que você quer?"

Pisco os olhos, que ardem com a luminosidade do sol de verão, e começo a me perguntar se isso foi um erro. Penso em como dar a notícia a Maggie, admitir que fiz outros planos no intervalo de uma hora entre o momento em que ela me contou sobre o apartamento e em que voltou do refeitório, ainda processando na minha cabeça o que havia acabado de acontecer. Minha vaga explicação sobre uma casa fora do campus e a dor em seus olhos enquanto seu lábio inferior tremulava. O aperto em meu peito enquanto ela se afastava, fingindo procurar algo na mochila, humilhada demais para sequer ficar brava. A verdade é que ela tinha todo o direito de estar brava. Eu a deixei, a abandonei, a descartei como um cigarro no segundo em que um novo vício descolado deu as caras.

Não só isso, mas Maggie me salvou este ano. Sem ela, não sei o que teria feito.

É verdade que eu não sentia nenhum vínculo real com ela, não a amava do mesmo modo que amava Eliza, mas isso era apenas porque não me sentia conectada a nada. Passei o ano inteiro flutuando, à deriva, distante por completo não apenas do meu corpo, mas também da realidade. Em retrospecto, eu com certeza estava deprimida: passando dia após dia naquela caixa de concreto, o rosto sorridente de Eliza grudado no meu mural, zombando de mim, enquanto eu me arrumava de manhã e estudava à noite. Deitava-me na cama e encarava o teto, repassando os acontecimentos daquela noite repetidas vezes. Meus pais nunca notaram; tampouco meus professores. Fui obrigada a fazer terapia depois que o colégio soube da morte de Eliza, mas minhas notas nunca foram prejudicadas, então eles só me incentivaram, assinaram meus boletins, me disseram para continuar o que estava fazendo.

Que seja lá o que fosse, estava funcionando muito bem.

De algum jeito, porém, Maggie sempre percebia quando aquela película começava a se formar sobre meus olhos. Aquela que os tornava vítreos e cinzentos, em algum lugar distante, minha mente vagando por todos aqueles lugares profundos e escuros para onde eu às vezes escapava quando as lembranças de Eliza se tornavam demais.

Maggie percebia quando minha atenção começava a se dispersar na sala, procurando de forma desenfreada por algo que me distraísse — um punhado de analgésicos, engolidos a seco, alguns a mais para me deixar inconsciente; cavucar o dedo com uma tachinha afiada até a pele estourar — então, ela me cutucava com gentileza, sugerindo que assistíssemos a outro filme ou tomássemos um sorvete, qualquer coisa que me fizesse sair dessa.

Tudo isso para dizer que Maggie merecia mais do que essa última constrangedora semana juntas. A tensão entre nós chegava a provocar dores físicas: nos esquivando uma da outra em nosso pequeno espaço compartilhado, um ovo, murmurando desculpas e evitando os olhos uma da outra. Despedimo-nos com um abraço desconfortável e uma promessa de sairmos juntas depois que o verão acabasse; palavras que ambas sabíamos ser falsas assim que saíram de nossos lábios. Maggie é uma boa pessoa, uma ótima pessoa, uma pessoa que não mereço.

Mas agora, com um ano inteiro perdido desde a morte de Eliza, não preciso mais apenas ser salva. Preciso ser ressuscitada.

Pego minhas malas e começo a subir os degraus, sua madeira lascada precisa de uma lavagem a seco urgente. Há pólen amarelo incrustado em tudo: na cerca da varanda, nas cadeiras de balanço e no cooler gigante situado entre eles, com manchas por todos os lados, como a crosta da mostarda que gruda na tampa. Largo minhas malas e abro o cooler, espreitando dentro dele o compilado de cervejas que boiam em trinta centímetros de água morna, uma vez que o gelo já derreteu há muito tempo. Um mosquito flutua de costas, suas pernas fininhas se debatem no ar, então fecho a tampa de novo, imaginando há quanto tempo ele está lá dentro. Em seguida, vejo a caixa de som portátil no parapeito da janela, a coleção de isqueiros empilhados em uma pequena mesa, as cinzas escuras pontilhando a madeira. O par gigante de chinelos com manchas de sujeira nos dedões, como se alguém tivesse acabado de tirá-los antes de se levantar e entrar.

A casa já parece habitada, embora o contrato de aluguel tenha começado há apenas uma semana.

Ergo a mão, pronta para bater, mas antes que meu punho possa encostar na porta, ela se abre sozinha. Um rapaz corpulento está parado do outro lado. Eu o encaro por um segundo, com os olhos arregalados, tentando evitar que minha atenção desça por seu peito nu, pela fina linha de pelos que brota abaixo do umbigo e aponta como uma flecha para o cós da bermuda.

"Quem é você?", pergunta ele, com o cabelo castanho despenteado como se tivesse acabado de sair da cama.

"Sou Margot", digo. "Era pra eu... morar aqui."

Num instante, uma sensação de horror se apodera de mim e não consigo acreditar que isso não tenha me ocorrido antes.

Espreito da porta para dentro, um lugar tão desarrumado que parece uma caverna ocupada por animais. Penso nos sapatos do lado de fora, *masculinos,* e assimilo o cara sem camisa na sala que me olha com um sorriso de desdém nos lábios. É a mesma expressão de Lucy naquele dia no dormitório, quase como se ela estivesse rindo de alguma piada que eu não entendia.

Isso é uma pegadinha. Tudo isso, uma pegadinha.

Ela deve ter me visto olhando para ela naquele dia no gramado e achou que seria engraçado me convidar para morar com ela, com *eles*, sabendo que estava desesperada o suficiente para dizer sim. Neste momento me pergunto se ela está me observando pela janela de alguma casa próxima, apontando. Rindo.

Me pergunto se é tarde demais para ligar para Maggie e pedir desculpas. Implorar por misericórdia, retirar tudo o que disse.

Sinto as lágrimas brotarem e começo a murmurar desculpas, pronta para pegar minhas malas e sair dali, até que a porta se abre mais e vejo Lucy.

"Desculpa", diz ela, empurrando o rapaz para fora do caminho. Seu cabelo está preso em um coque e ela usa uma camiseta do Pink Floyd e shorts pretos colados, suas pernas tonificadas, bronzeadas e bonitas. "Este é o namorado da Nicole. Trevor, Margot. Margot, Trevor."

Ela faz um gesto entre nós e o garoto sorri para mim de novo, balançando aquela cabeleira antes de enfiar a mão no cós da calça e coçar as partes baixas. Lucy revira os olhos para mim como se compartilhássemos algum tipo de repulsa mútua, e eu sorrio ao sentir o alívio me preencher de repente.

"Tá todo mundo dormindo ainda", comenta, fazendo um gesto para que eu entre. Pego o que posso das minhas malas e observo enquanto ela aponta para as garrafas de cerveja vazias espalhadas pelo chão. Há um bong gigante na mesinha de centro, com a água turva e cheia de resíduos, ao lado de um cinzeiro de vidro com o formato do símbolo da paz. Noto uma tigela de doces variados no centro, além de um punhado de apoios de copos que duvido que alguém use. "Vou te mostrar o seu quarto."

A casa é uma daquelas casas antigas pelas quais Rutledge é conhecida: dois andares com uma varanda gigante na frente, grandes colunas brancas e lareiras desativadas em quase todos os cômodos. Os pisos parecem ser de madeira original e seriam bonitos se alguém tivesse se importado o suficiente para cuidar deles. O campus é pequeno, um aglomerado de prédios antigos situados entre bares e restaurantes, cafés e butiques independentes, e, embora a maioria dos alunos viva em apartamentos no centro da cidade, aqui, a poucos minutos do centro, há espaço para passear. Espaço para respirar. Já consigo sentir o ar do campo se infiltrando em meus pulmões; aos poucos, o peso do último ano esvai de meu peito. Estamos a menos de dois quilômetros do centro, a apenas alguns quarteirões de uma parada de ônibus do campus. As repúblicas das fraternidades se proliferam na rua perpendicular à nossa e não consigo deixar de pensar em como essa parte da cidade foi invadida por estudantes que só podem se dar ao luxo de morar em casas grandes como essas porque seus pais ricos é que pagam por elas.

Meus pais mesmo não ficaram entusiasmados com o fato de eu ter deixado de passar o verão em casa, mas, ao mesmo tempo, quando expliquei a situação — um grupo de amigas, amigas *de verdade*, do tipo que as amigas da minha mãe tinham tanta certeza de que eu encontraria —, eles concordaram, a contragosto, em me enviar um depósito caução e os três primeiros meses de aluguel.

"Nicole e Sloane dormem no andar de cima", explica Lucy, enquanto me conduz pela sala de estar. Ela é mobiliada com dois sofás que não combinam, uma mesa de centro e uma luminária de chão; no lado oposto da sala há uma TV no chão e um antigo toca-discos aberto apoiado em uma mesa lateral, uma coleção de capas de vinil presas a uma grade decoram a parede principal. "Você e eu ficamos aqui embaixo."

Ao chegarmos nos fundos da casa, Lucy aponta para duas portas fechadas: uma, aparenta ser a dela; a outra, a minha. Ela abre a da direita e analiso o interior, meus olhos fazem uma varredura geral.

"Veio mobiliado, então, na verdade, é bom que você não tenha muita coisa para trazer."

Há uma pequena cama de solteiro lá, uma mesa de cabeceira e outra lareira, embora não pareça estar funcionando. A princípio, pensei em trazer meus próprios móveis de casa, no entanto, depois de ver a aparência desse lugar, sinto uma imensa felicidade por não ter trazido — posso imaginar o sorrisinho dela ao me ver arrastando minha cabeceira de ferro forjado e meu edredom rendado para esse lugar, o tipo de coisa que fica perfeito na mansão dos meus pais na praia, mas que pareceria infantil demais em uma casa como essa.

"É perfeito", falo, largando minhas malas no meio do quarto. E não falo da boca pra fora: estou sendo sincera. A casa irradia um ar descolado sem esforço, assim como Lucy: um tipo de estética grunge que não poderia ser mais diferente do par de almofadas de Maggie. É tudo do jeito que quero. "Obrigada."

"Não me agradeça ainda", responde Lucy, as mãos nos quadris. "Você acabou de chegar."

CAPÍTULO 5

Não demora muito para eu desempacotar minhas coisas: uma mala cheia de roupas que ainda estão nos cabides, fáceis de guardar, e outra cheia de material escolar, livros, eletrônicos e cabos, a maioria dos quais não sei ao certo a função. Primeiro, pego alguns livros de capa dura, suas lombadas vincadas e retorcidas como mãos sobrecarregadas, e os empurro para o lado antes de esvaziar o restante.

A verdade é, e é raro que eu a reconheça: mal abri um livro nesse ano. Eu costumava me perder tanto nesses mundos imaginários, assumindo outra identidade toda vez que abria suas capas. O cheiro de bolor das páginas adentrava minhas narinas como um elixir que me arrancava de uma realidade e me implantava em outra. Essa é a beleza da ficção, das palavras: quando sua vida se torna muito chata, muito insípida, muito difícil ou depressiva ou caótica ou calma, elas permitem que você flutue para longe e habite outra, experimente-a. Com tantas opções prontas para serem escolhidas, seria uma pena provar apenas uma.

Ainda leio para a faculdade, claro — como estudante de inglês, é impossível evitar —, mas desde que perdi Eliza, sempre que tento abrir as páginas de um favorito de longa data, mergulhar em algo sem sentido, as palavras não se derretem no meu espírito como costumavam fazer, quentes e suaves, como manteiga recém-preparada. Em vez disso, cada frase parece pesada, dura, me atormentando como se tivesse sido escrita numa língua estrangeira que desconheço.

Acho que o luto é isso, a perda: transforma tudo, não só nós. As cores ficam mais opacas; as comidas, sem graça; as palavras já não cantam como antes.

Empurro a mala vazia pela sala e pego a última, aquela que tenho evitado. Está cheia de coisas sentimentais, todo aquele lixo colecionável que não consigo jogar fora. Não sei quando comecei a fazer isso, guardar pulseiras de shows, tiras de fotografias de cabine granuladas, pedrinhas da praia, cordões e até uma caixa vazia de chocolate da primeira vez que eu e Eliza fomos ao cinema sozinhas. Faço-o desde a infância, eu sei, mas agora tornou-se uma espécie de compulsão. Uma vontade irresistível de guardar aquilo que a maioria jogaria fora, algo que só intensificou desde a noite em que ela morreu. Talvez porque essas sejam as únicas coisas que me restam dela, os objetos que a mantêm viva, ao menos em parte, viva no meu pensamento, como um relicário: um de seus elásticos de cabelo com fios finos ainda presos no tecido, um batom velho que ela não viveu o suficiente para terminar. Se me desfizesse deles agora, seria como se estivesse me desfazendo dela também. Jogar sua memória no lixo junto a uma pulseira feita de fio dental, um enfeite quebrado que fizemos juntas no jardim de infância, um biscoito de sua festa de aniversário de 10 anos que nunca tirei da embalagem, tão duro e velho que não conseguiria morder, mesmo que tentasse.

Faço o possível para organizar a bagunça antes de deixá-la de lado e pegar minhas fotos. Primeiro, olho para a minha com Eliza, que está por cima, em uma delicada moldura dourada. É uma foto de nós duas em trajes de banho, um autorretrato com sorriso largo que tiramos deitadas no píer dos pais dela. Nem me lembro quando a tiramos — no primeiro ano, talvez, ainda no início do ensino médio — e, atrás dela, há uma segunda foto de nós duas com nossos capelos, tirada pouco antes de entrarmos no auditório no dia da formatura. Parecíamos tão descontraídas na primeira foto, nossos membros e dentes brilhando contrastando com nosso bronzeado de verão. Passamos muitas tardes lá: o cabelo louro de Eliza ficava ainda mais louro, uma cascata de sardas surgia em seu nariz. A água salgada e as queimaduras de sol deixavam nossa pele estaladiça e firme. Isso era estar em casa: apenas nós duas, juntas, sem restrições.

Mas na segunda foto, há uma rigidez em nossos sorrisos que me deixa triste.

Lembro-me de quando ela foi tirada, é claro, apenas três semanas antes da noite em que ela morreu. A última foto que tiramos juntas, e nem sequer parecíamos felizes.

Agora, me pergunto o que Eliza pensaria sobre tudo isto: Lucy, a casa. Concordar em morar com três estranhas sobre as quais não sei nada. Para ser sincera, ela teria adorado. Isso é, sem tirar nem pôr, o tipo de coisa que ela faria. Sempre foi ela quem me incentivou a sair da minha zona de conforto, a experimentar coisas novas. Ficaria enojada com a maneira como passei meu primeiro ano, muito protegida pela rede de segurança do meu dormitório para me aventurar e experimentar algo novo. Eliza nunca escondeu isso. Eu me lembro bem de uma discussão que tivemos uma vez, no primeiro ano. Eu reclamava, querendo ficar em casa em vez de ir a uma festa com uma galera que mal conhecíamos da escola pública.

"Você está desperdiçando a sua vida", retrucou ela. Eu estava de cara fechada, de moletom, enquanto ela estava reluzente, de shortinho. Além de estar usando maquiagem, o que era estranho de ver. Ela nunca usava maquiagem. *"Só se é jovem uma vez."*

Foi doloroso perceber que ela havia começado a ver nossas noites de sexta-feira juntas como um desperdício, mas eu entendia o que ela queria dizer. Fazíamos a mesma coisa há quase uma década: passeios de bicicleta até a loja de conveniência para gastarmos a mesada em doces e raspadinhas antes de voltarmos para casa. Ficávamos acordadas até tarde, fazendo palhaçadas e fofocando, depois dormíamos até tarde pela manhã e repetíamos tudo no dia seguinte. É claro que algumas coisas evoluíram à medida que crescemos — trocamos as balas de goma pelo vinho que pegávamos na geladeira dos pais dela, e, de vez em quando, pelo bagulho do bom que Eliza encontrava escondido no escritório do pai. Mas o que permaneceu igual foi como eu vivia por aqueles fins de semana, me agarrando a eles com cada vez mais força à medida que sentia o seu desejo de começar a fazer algo diferente.

Cheguei a me perguntar se esse tipo de desequilíbrio de poder era normal em uma amizade — se todo par consistia em uma metade que parecia amar a outra um pouquinho mais. Mas não quis questionar isso. Estava satisfeita com o modo como as coisas eram.

Nunca senti que precisava de outra pessoa. Até que, aos poucos, tornou-se inevitável. Eliza sentiu.

"Me desculpe", digo a ela, com as pontas dos meus dedos tocando seu rosto estático. Gostaria de poder voltar atrás em cada discussão estúpida, cada briga sem sentido. Sua morte chocou a região de Outer Banks, causando uma incômoda onda de reflexão em todos que a conheciam. Era um triste lembrete de que nenhum de nós é imortal, em especial aqueles que, como Eliza, viviam como se fossem. E perceber que qualquer segundo poderia ser o fim de tudo me assustou por um tempo: algo tão simples como um passeio de carro, uma cãibra enquanto você nada. Que uma vida tão brilhante como a dela poderia se extinguir sem nem mesmo a cortesia de um aviso prévio. Mas, ao mesmo tempo, a brusquidão de tudo isso me fez perceber que ela estava certa.

Só se é jovem uma vez, e só se você tiver sorte.

"Margot." Dou um pulo com a batida repentina em minha porta. "As meninas estão acordadas. Vem cá."

Dou uma última olhada na foto, e a culpa toma conta de mim. Está claro o que estou fazendo aqui. Estou tentando substituí-la. Eliza é meu membro fantasma: uma amputação que ainda me machuca, me assombra, apesar de não mais existir. Ela é a pulsação monótona e constante que me acorda durante a noite e me deixa desorientada; às vezes, nas primeiras horas da manhã, esqueço que ela partiu. Abro os olhos e me viro, meio que esperando sentir seu corpo quente ao meu lado, como naquelas noites de verão. Meus dedos se arrastam pelo edredom, procurando a sensação familiar dela. Mas, todas as vezes, seu lado está frio e vazio, e a dor aumenta até ficar tão insuportável que acho que vou desmaiar.

Agora sei que se eu quiser seguir em frente, ser completa, preciso de algo que tome o lugar dela. Outra pessoa que possa ocupar seu lugar; que possa me dar tudo o que ela me deu um dia. Ou, melhor ainda, alguém que possa me mostrar quem eu sou sem ela. Porque a verdade é que sempre fui a melhor amiga de Eliza, desde aquele primeiro dia no jardim de infância, quando nos entrosamos com tanta facilidade. E, embora fôssemos opostas — eu, inteligente e estudiosa; ela, selvagem e viva —, eu era o yin do yang dela, a ajudante calada que soprava argumentos em seu ouvido quando ela sentia o súbito impulso de fazer algo estúpido. Eu costumava pensar que o fato de ela estar ao meu lado era o contraste de que eu precisava para me destacar por conta própria, mas agora sei que esse nunca foi o caso. Em vez disso, ela era algo a que eu podia me agarrar; como uma naninha para bebês, quente e familiar.

Embora ninguém mais se lembrasse do meu rosto ou soubesse meu nome, quando eu entrava em uma sala com ela, percebia o clique: o reconhecimento, o respeito. *A amiga de Eliza.*

"Estou indo!", gritei, levantando-me antes de colocar a foto sobre a lareira.

Foi por isso que, quando Eliza morreu, senti como se minha identidade também tivesse morrido. Sua morte apagou nós duas por completo e eu me pergunto se essa é a razão pela qual me sinto tão atraída por Lucy. O porquê de meus olhos sempre gravitarem em sua direção quando ela caminhava pelo corredor ou se deitava no gramado do campus. O porquê de eu concordar com tudo isso. Há certas semelhanças entre elas, e me pergunto agora se sempre as percebi, meu inconsciente me puxando para o que de mais parecido com minha amiga eu pudesse encontrar. Afinal de contas, ser amada por Eliza era como uma súbita dose de adrenalina, uma droga de entrada, algo viciante e libertador que te deixava desejando a próxima dose assim que ela se afastava. E se Eliza era adrenalina, isso faz de Lucy algo ainda maior. Algo mais viciante, mais perigoso.

Algo com que eu não deveria estar me envolvendo. Mas, ao mesmo tempo, algo impossível de recusar.

E.L.A.S® STACY WILLINGHAM QUANDO A SORTE TE VISITAR

CAPÍTULO 6

DEPOIS

Desabo na minha cama soltando um suspiro exagerado. O detetive Frank, enfim, se foi, e quero aproveitar esse precioso tempo para pensar.

Olho em volta do meu quarto, observando todas as mudanças sutis que ocorreram nos nove meses desde que fiz deste espaço o meu lar: as fotos que ocupam a lareira agora são de Lucy, Sloane e Nicole, com os lábios franzidos em biquinhos e as bochechas esmagadas com muita força. A maioria delas foi tirada nos primeiros dias: aquelas doces semanas de verão em que estávamos apenas começando a nos conhecer. Nos primeiros meses, quando tudo estava bem. Dá para ver como estávamos diferentes, em especial Nicole, com as bochechas de menina, ainda arredondadas, e não as crateras côncavas que aos poucos apareceriam. Então, há as luzes de Natal penduradas nas paredes que nunca me preocupei em tirar; as visíveis marcas de cigarro no chão, pequenos pontos pretos salpicados na madeira de lei de quando Lucy ficava com preguiça demais para pegar um cinzeiro. Todas as evidências da vida que construí nesta casa. Da pessoa que me tornei.

Essa pessoa é quase irreconhecível para aquela que eu era quando pisei aqui pela primeira vez. Embora, suponho, esse fosse o objetivo.

Eu me pergunto quanto tempo temos até que a busca por Lucy se intensifique de verdade. Sei que, neste momento, eles estão dando um tiro no escuro: uma adulta ausente por três dias não é o suficiente para chamá-la de desaparecida, em especial, se considerarmos o que eles logo descobrirão. E Sloane não estava mentindo quando disse isso antes: Lucy faz esse tipo de coisa. Todos que a conhecem sabem disso.

No entanto, Levi está morto. Levi está morto, Lucy se foi e alguém tem que pagar.

Viro em direção à mesa de cabeceira e abro a gaveta com tudo. Ali, vasculho em meio às tralhas comuns: um controle remoto de TV, alguns isqueiros vazios que não me dei ao trabalho de jogar fora. Tateio recibos amarrotados e canetas ressecadas até que, enfim, meus dedos se agarram a um objeto frio e liso enfiado no fundo da gaveta e que puxo para fora, tocando nele para que acenda.

É o telefone de Lucy, com um punhado de estrelas espalhadas pela tela de bloqueio.

Sei que não posso me agarrar a isso para sempre. Sei que eles acabarão por rastreá-lo e ele os trará de volta para cá, para esta casa. Para nós três — Sloane, Nicole e eu —, suas colegas de quarto e confidentes. Suas melhores amigas. Mas é melhor do que se tivesse ficado com Lucy, todas nós sabíamos disso. Fazia sentido que certas coisas ficassem com ela, como sua identidade e sua carteira. Uns cartões de crédito também, embora, é claro, ela tivesse que usá-los para que fosse rastreada. Seu telefone, por outro lado, era algo que não podíamos arriscar. Pelo menos, desse modo, quando o encontrarem, ele estará escondido embaixo da cama ou algo assim, coberto por roupas sujas e sapatos. A bateria estará descarregada, o que explicará o fato de nunca termos ouvido o toque das diversas chamadas tentando entrar em contato com ela.

Explicará o porquê, depois de sempre cair na caixa postal, termos parado de tentar.

No entanto, quando isso acontecer, eles já terão encontrado suas respostas... só que não serão aquelas que sei que esperam. Lucy é imprevisível assim. Não, as respostas que eles encontrarão só levarão a mais perguntas e, aos poucos e com cuidado, voltaremos para as sombras e deixaremos que todas essas outras coisas rastejem em silêncio para a luz. Nós nos retiraremos por completo da história, deixando-a se transformar em algo diferente, melhor. Uma encenação.

O que o detetive Frank ainda não sabe é que nada com Lucy é o que parece.

Agora, encaro as estrelas no celular dela e meus olhos gravitam em direção a todas as constelações que ela me ensinou. Órion, o caçador, e Taurus, o touro — mas é na de Gêmeos que eles se demoram. A princípio, não consegui vê-la, Lucy e eu deitadas no telhado, sua mão na minha enquanto ela levantava meu braço no ar e a traçava para mim.

"*Bem ali*", disse ela, seu hálito quente contra o frio do início do outono. "*Está vendo as duas pessoas? Elas estão de mãos dadas. Como nós.*"

Então, depois que a vi, nunca mais a perdi. Todas as noites eu olhava para cima e a encontrava, era natural que meus olhos gravitassem para ela, como uma daquelas imagens de borrões de tinta: algo que, uma vez visto, jamais poderia ser esquecido. Deitada de costas, uma fogueira, outrora ardente, morrendo com a noite e montes de corpos quentes desmaiados ao redor dela. Lembro-me de fixar meus olhos no céu, pensando em Lucy. Sabendo que ela estava lá, em algum lugar — que eles estavam lá, Lucy e Levi. Passando suas horas finais juntos sem que ele sequer soubesse disso.

Lembro-me de estar deitada ali, olhando para aquelas estrelas e sentindo o conhecido aperto de inveja em meu peito.

Lembro-me de pensar que, onde quer que ela estivesse, também estaria olhando para elas.

CAPÍTULO 7

ANTES

A sala de estar foi mais ou menos arrumada, as garrafas de cerveja foram recolhidas e jogadas no lixo. Há uma vela acesa na mesa de centro, algo cítrico e herbáceo, como eucalipto e limão, o equivalente a borrifar um odorizador na roupa suja. Como se o cheiro por si só pudesse, de algum modo, tornar o local asseado.

Saio do meu quarto e limpo a garganta, três pares de olhos se voltam para mim.

"Meninas", anuncia Lucy, com um sorriso nos lábios. "Esta é Margot. A colega de quarto número quatro."

Levanto a mão, um aceno tímido, e caminho em direção a elas no sofá, tentando fazer um cálculo rápido em minha mente: será que também me sento e finjo que sou uma delas? Ou mantenho distância e espero ser convidada?

"Onde você a encontrou?", pergunta Sloane, olhando para mim como se eu fosse um vira-lata que Lucy trouxe da rua. Como se eu tivesse pulgas.

"Ela morava no nosso corredor."

"*Nosso* corredor?"

"Sim", afirma Lucy, com uma ponta de irritação aparente. "A última porta à esquerda."

"Por que não a conhecemos antes?"

"Estão conhecendo agora."

Fico de pé, absorvendo o olhar cético da Sloane. Nicole está mordendo o lábio, como se estivesse tentando resolver algum problema de matemática na sua cabeça. Não me surpreende que elas não saibam meu nome. Eu mal saí do meu quarto no ano passado, mas, ainda assim, o fato de meu rosto não ser sequer um pouco familiar faz com que eu sinta uma forte pontada no peito.

"Sente-se", diz Lucy, e dou uma olhada ao redor, decidindo se sento no sofá ao lado delas. De repente, um pouco de distância parece seguro.

"Conte-nos sobre você."

Eu pisco, meus olhos vão de uma à outra enquanto elas me encaram com expectativa, e sinto uma súbita sensação de vertigem, uma pontada de pânico, como se estivesse em um palco e tivesse esquecido as falas.

"Sou Margot", digo, por fim, embora eles já saibam disso. "Estudo inglês e sou de Outer Banks..."

"Não", interrompe Lucy. "Tudo isso é besteira. Essa não é você. Conta sobre *você*."

Posso sentir meu coração pulsar na garganta, as bochechas ardendo enquanto a mente fica em branco. A triste verdade é que não há muito mais a dizer.

"Por que você escolheu Rutledge?", pergunta Nicole, com os olhos de boneca arregalados e um tom gentil. Dá para perceber que ela é a mais simpática.

Eu me viro para ela e ofereço um sorriso. Ela está me dando uma abertura, eu sei. Uma mão para agarrar, porque consegue ver como estou me debatendo — mas, ao mesmo tempo, não vou falar sobre Eliza. Ainda não.

"Eu tinha que sair da Carolina do Norte", falo, enfim, uma versão diluída da verdade. "Precisava ir para um lugar novo."

Penso na minha casa e em como meus pais sugeriram que eu adiasse a matrícula depois que perdemos Eliza, dando-me algum tempo para lidar com tudo. Um ano para lidar com meu luto. Pensei nisso por um tempo antes de perceber quais eram suas verdadeiras intenções: uma tentativa de me fazer mudar de ideia e escolher Duke. É como se eles soubessem que, sem ela, eu voltaria para eles, fazendo tudo o que me pedissem. O futuro que havíamos planejado juntas desapareceria para sempre, enterrado com ela, como a pulseira da amizade que fizemos juntas quando tínhamos 8 anos.

Lembro-me de olhar para a minha pulseira, com todos aqueles fios coloridos entrelaçados em meu pulso e, de repente, sentir muita raiva por eles terem se aproveitado da morte dela daquela maneira. Usando-a para seus próprios propósitos: para me controlar, para me usar, sua filha nota dez, apenas mais uma coisa para eles se gabarem nos coquetéis do clube.

De certa forma, acho que vim para cá para irritá-los. Acho que queria que eles soubessem que, mesmo morta, ela ainda seria minha primeira escolha.

"Por quê?", quis saber Lucy, inclinando-se para a frente. "O que aconteceu que fez você querer tanto ir embora?"

Olho para ela e engulo em seco, há algo girando naqueles olhos cristalinos. Um desafio ou provocação que, de uma hora para outra, tenho certeza de que não conseguirei passar.

"Jesus, Lucy, você poderia parar com o interrogatório?"

Olho para Sloane, com seus braços tonificados cruzados em frente ao peito. Sua cara fechada ainda está lá, mas, num instante, não parece mais direcionada a mim.

"Estou tentando conhecer ela melhor", afirma Lucy, com uma inocência fingida escorrendo de seus lábios.

"Você está interrogando ela", retruca Sloane. "Corta essa."

A sala fica em silêncio de novo, nós quatro sentadas em uma mudez desconfortável. A discussão, a hostilidade: por um segundo, isso me preocupa, pensando que as três podem não ser tão unidas quanto pensava, mas enfim percebo que é o oposto. Eliza e eu costumávamos implicar desse jeito uma com a outra também, dando o tipo de golpes aos quais só melhores amigas sobrevivem. As palavras podem grudar, se enfiando com rapidez nas partes mais frágeis, mas quando se tem anos de lembranças para engrossar a pele, elas não são tão fatais. Em vez disso, ricocheteiam e caem ao chão com um suspiro. Na maioria das vezes, pelo menos.

"Venha, vou lhe mostrar o resto da casa", diz Sloane, levantando-se do sofá. "Depois você pode conhecer os rapazes."

"Os rapazes?", pergunto.

"Os rapazes da casa ao lado", responde Lucy, puxando as pernas para baixo. "Eles são os donos da casa... bem, do ponto de vista técnico, a fraternidade é a dona. Kappa Nu. Eles a usam para quartos extras quando precisam e a alugam quando não precisam."

"É por isso que a casa tem essa aparência...", reclama Sloane.

"... E por isso é tão barato", Nicole a corta. "Nosso aluguel é, tipo, sem precedentes."

"Trevor é o presidente", explica Lucy. "Aí Nicole fica na defensiva."

"Não estou na defensiva", rebate ela, bem na defensiva. "Só estou dizendo que temos sorte de morar aqui. A maioria das pessoas paga quatro vezes mais para estar deste lado da cidade."

Sloane e Lucy se entreolham, como se já tivessem tido essa conversa inúmeras vezes antes e, aos poucos, seus olhares sem expressão se transformam em sorrisos. Por um segundo, Nicole parece irritada por estar de fora dessa piada interna, mas quando Lucy e Sloane começam a rir, seus ombros se curvam e ela também se junta a elas.

"Você está caidinha", implica Lucy, jogando um travesseiro na direção dela.

"Não estou, pode acreditar." Nicole ri, tacando-o de volta. "De qualquer forma, isso é culpa sua. Eu te disse que queria ficar solteira e você não me ouviu."

"Se você não o quiser, eu fico com ele", zomba Lucy, provocativa, mas brincalhona. "Não vou pedir desculpas por te apresentar ao cara mais bonito do campus."

As três continuam trocando risadinhas, sorrisinhos maliciosos que fazem com que eu me sinta ainda mais forasteira enquanto observo esse lance não verbalizado que floresce entre elas. Algo lindo, misterioso e só delas. É como se estivéssemos de volta àquele gramado, todas nos mesmos papéis: eu, curiosa, observando à distância; elas, alheias ao que as cerca e ao estranho efeito que exercem sobre todos os outros.

Permaneço sentada, sem querer me intrometer, até que Lucy arremessa o travesseiro em minha direção. Eu o agarro com tudo contra o peito, meu coração batendo forte contra o tecido.

"Margot o viu hoje de manhã", conta ela. "Ela sabe o que quero dizer."

A frase soa como um convite velado, um braço estendido me puxando para o que quer que seja essa coisa entre elas. Aperto o travesseiro com força entre os dedos e observo enquanto ela pisca, e aquela pequena curva em seu lábio faz minhas bochechas enrubescerem.

O que me faz pensar, por apenas um segundo, que eu agarraria sua mão e a seguiria para onde quer que fosse.

CAPÍTULO 8

ANTES

Sloane e eu vimos tudo, começando pelo andar de cima. Ela me levou primeiro ao seu quarto, depois ao da Nicole, ambos adornados com o tipo de decoração modesta e produzida em massa que vem com um orçamento para a faculdade, embora até mesmo a menor olhada para seus respectivos espaços revelasse muito. O ponto focal do quarto da Sloane era uma escrivaninha branca gigante coberta de livros didáticos, papéis e um laptop adormecido. Um calendário grande na parede com datas de provas antigas circuladas de modo obsessivo antes de serem riscadas em vermelho. Sua mesa de cabeceira contava com um abajur esguio e uma tigela de vidro colorida abrigando uma ponta de maconha que a esperava com paciência. Uma pilha de livros grossos, um copo d'água e uma caixinha de fósforos com o logotipo de algum bar que eu reconhecia por alto completavam a cena.

Por outro lado, o quarto de Nicole não mostrava nenhuma evidência de estudo. O dela estava abarrotado de roupas, maquiagem e sapatos que não faziam par; não estava sujo, mas *bagunçado*, como se ela tivesse o hábito de lançar sua roupa e deixá-la viver onde quer que caísse. Notei algumas das coisas de Trevor aparecendo entre as suas: uma cueca boxer azul, uma meia branca, um moletom da Kappa Nu pendurado no encosto de sua cadeira. O ar era abafado de um jeito incomum lá em cima — o calor sobe, é natural — e, de repente, me vi grata por ter um quarto no andar térreo. O meu, em comparação, era bastante frio, com o piso gelado ao toque, e eu me perguntava por quê. Talvez houvesse uma abertura ao lado da minha cama que não havia notado antes.

Em seguida, vi o banheiro compartilhado de Sloane e Nicole, minúsculo, limpo e com cheiro de lavanda, mas o meu e o de Lucy, fiquei sabendo quando voltamos para o andar de baixo, tinha um vaso sanitário com defeito que fazia a água correr a noite inteira.

"Se ficar muito chato, basta sacudir a descarga", disse Sloane, balançando-a com os dedos como se quisesse me mostrar como fazer. "Pedimos aos rapazes para consertá-la, mas, você sabe como é."

Ela revirou os olhos e eu assenti, compreendendo as dores de cabeça que devem surgir com os rapazes da fraternidade como proprietários.

A porta do quarto de Lucy permaneceu misteriosamente fechada e passamos por ela sem dizer uma palavra, seguindo para a cozinha e depois para o quintal, um terreno bastante amplo que não podia ser visto da rua. Observo a grama irregular, a fileira de azaleias encostadas na lateral da casa, uma única árvore de magnólia com suas flores brancas leitosas e a entrada da garagem coberta de cascalho, grande o suficiente para meia dúzia de carros. De súbito, o brilho repentino do sol que reflete nas pedras brancas me faz semicerrar os olhos.

"Este é o galpão", explica Sloane, conduzindo-me a uma pequena cabana de madeira na extremidade da propriedade. "Ele liga nosso quintal ao da Kappa Nu. É o jeito mais rápido de chegar lá."

Ela abre a porta dupla e uma rajada de ar bolorento me atinge, uma combinação de cheiros que lutam por atenção. Reconheço o gosto metálico da ferrugem, a umidade fria da terra fresca. Mas há algo mais também. Algo diferente, terroso e doce, como o cheiro de barris de feno ou grama recém-cortada. É só quando espio pelo canto da porta que vejo o que há lá dentro: fileiras apertadas de folhas penduradas em cordas no teto, que balançam com suavidade, como centenas de enforcados ao vento.

"Eles estão secando tabaco", esclarece ela, lendo meus pensamentos. "Não pergunte."

Por um momento, fico sem palavras enquanto olho para o labirinto de folhas na minha frente. Elas são enormes, do tamanho da minha cabeça, agrupadas em grupos de três e cinco. Mal consigo ver além delas, o interior do galpão é muito mais profundo do que parece, embora Sloane siga em frente, empurrando-as para fora do caminho como uma cortina de palco. Rápido, vou atrás dela, uma espiral de aromas de musgo, madeira e baunilha doce faz meus olhos lacrimejarem. A maioria das folhas está amarelando, mas algumas delas estão marrons, e antes que eu possa pensar duas vezes, estendo a mão e toco em uma, sua consistência pegajosa me faz pensar em um cadáver em decomposição: sucoso e putrefato.

"Aqui está a casa da fraternidade", diz Sloane enquanto saímos pelas portas dos fundos e entramos no quintal da Kappa Nu. É estranho, e, embora tente não demonstrar, estou aliviada por sair daquele lugar. Há algo nele que me deixa desconfortável: as cordas e as folhas penduradas no teto, tampando minha visão, como se alguém pudesse vir por trás de mim sem eu sequer saber. As facas longas e curvas penduradas em ganchos na parede que vi de relance, com sangue seco de animais sobre elas. O cheiro de sangue e tabaco parecia se misturar na minha cabeça, criando algo doce e perturbador, como olhar para um bife malpassado no prato. O estômago revira enquanto você lambe os lábios e observa a poça de sangue.

Ficamos ali por um segundo, bem do lado de fora das portas abertas do galpão, um silêncio desconfortável nos envolve enquanto olhamos para a lateral da casa. Percebo agora que não é o galpão que é estranho, nem mesmo as coisas nele. Já vi minha cota de espingardas, facões de caça, ganchos e facas para filetar. Afinal, estamos na Carolina do Sul. Rutledge é uma cidadezinha no meio de nada além de florestas e campos: trinta minutos até a água em uma direção, trinta minutos até o mato na outra. O que me parece estranho é o acesso irrestrito que temos à propriedade dos outros. Como foi fácil entrar no espaço deles... e por essa lógica, como seria fácil para eles entrarem no nosso. Não quero dizer nada, porém, sabendo que é provável que um ano inteiro morando no Hines tenha me tornado muito reclusa. Nunca cheguei a experimentar os dormitórios mistos. A vida compartilhada entre *nós* e *eles*.

"Tem certeza que quer fazer isso?", indaga Sloane de repente. A franqueza de sua pergunta me pega de surpresa. Me viro para olhá-la, percebendo tarde demais que ela já me observa.

"Fazer o quê?", pergunto, imaginando há quanto tempo ela está fazendo isso, me encarando. Observando minha expressão enquanto eu tentava desembaralhar meus pensamentos, um turbilhão em meu cérebro que ainda não consigo dar conta. "Conhecer os rapazes?"

"Isso", diz ela, apontando de maneira vaga ao nosso redor. "Morar aqui. Tudo isso. Você parece... não sei. Boazinha demais."

Tenho um lampejo repentino de Maggie em minha mente: *boazinha demais*. O que ela quer dizer é muito chata, muito insossa, mascarando o o quanto suas palavras são afiadas com uma pitada de polidez, na esperança de que eu não sinta o gosto daquele comentário pelo que ele de fato era.

"Como você conhece Lucy?", questiona ela mais uma vez.

"Eu morava no seu corredor, lembra..."

"Não", interrompe ela, balançando a cabeça. "Como você a *conhece*? Como vocês se conheceram?"

"Bom, eu não a conheço", respondo envergonhada. "Não de verdade. Nós não nos *conhecemos*..."

"Olha, não me leve a mal, mas você parece ser do gosto dela."

"O *gosto* dela? O que isso quer dizer?"

"Você é bem baunilha."

"Obrigada", falo, sem me preocupar em esconder o sarcasmo.

"Isso não é uma cutucada", diz ela.

"Soou como se fosse."

"Quis dizer que é isso que Lucy procura", explica ela, apoiando os braços nos quadris. "Você pode transformar baunilha em qualquer coisa, certo? É uma folha em branco. É maleável."

"E...?"

"Ela é mentirosa pra caralho", interrompe Sloane, uma perversidade em sua voz que nunca esperaria dela. "Tipo, patológica. Você sabia disso?"

"Eu... não sei nada mesmo sobre ela."

"Pois é", diz ela, desviando o olhar, como se isso provasse seu ponto. "Só não confie cem por cento nela. Vai por mim."

"Olha, agora *você* não me leve a mal, mas se é assim que você se sente, então por que é amiga dela?"

Não sei o que me levou a dizer isso, porém, de repente, parada aqui ouvindo Sloane detonar a melhor amiga sentada lá dentro, um estranho sentimento de proteção se instalou em mim, como se Lucy de algum modo precisasse que eu defendesse sua honra em sua ausência. Eu não a conheço, não de verdade, mas ela me presenteou com uma oportunidade — uma oportunidade de pertencer, de ter *amigas* — e, até agora, ela não me deu nenhuma razão para duvidar de suas intenções.

Até agora, ela tem sido legal.

Sloane me olha, suas sobrancelhas estão franzidas como se nunca tivesse se perguntado isso antes. Talvez ela esteja com ciúmes, penso, do mesmo jeito que Maggie estava no pátio do lado de fora do Hines. Talvez ela se sinta ameaçada por Lucy — ou, me dou conta com uma repentina sensação de surpresa, talvez ela se sinta ameaçada por *mim*. Por outra pessoa intervindo, tomando seu lugar. Sou capaz de entender isto: a inveja que floresce em seu peito quando você vê sua melhor amiga com outra pessoa. O medo de ser substituída.

Sloane fica em silêncio por mais um tempo, considerando, antes de se voltar para o galpão como se estivesse com medo de que Lucy pudesse estar escondida nele.

"Ela é divertida", responde, por fim. "Ela consegue te colocar nos lugares."

"Muitas pessoas são divertidas", retruco.

"Quando você é amiga de Lucy, ela faz você se sentir especial", diz Sloane, expirando, como se a declaração enfim a aliviasse de uma verdade que ela carregava há muito tempo. "Como se ela tivesse escolhido você por um motivo."

Eu, assim como ela, no meu íntimo, entendo isso. Tenho me sentido assim desde que ela entrou no meu dormitório, o azul penetrante de seus olhos me puxando para algum tipo de transe. É quase como se eu estivesse hipnotizada desde então, encantada por seu feitiço, me movendo conforme o que ela me diz para fazer sem pensar duas vezes.

"Não sei." Ela suspira de novo, como se duvidasse de si mesma. "Talvez eu esteja sendo dura."

"Talvez um pouco."

"Ou talvez eu tenha medo do que aconteceria se eu parasse."

Ela olha para mim, há uma intensidade em seus olhos que faz minha pele arrepiar. Esse aviso disfarçado de preocupação está me deixando zonza, atordoada, como se estivesse à beira de um precipício, olhando para baixo, sentindo meu corpo começar a oscilar. Sei que talvez devesse dar um passo para trás e reavaliar o que estou fazendo aqui, mas também sei que se pensar muito sobre isso, vou recobrar os sentidos e correr de volta para onde é seguro. Para um lugar onde possa sentir meus próprios pés firmes plantados no chão.

Penso no que Sloane acabou de me chamar: baunilha, *maleável*. Uma folha em branco. Era isso que eu era com Eliza também, para ser honesta comigo mesma; não uma outra pessoa, mas um espelho no qual ela podia olhar e ver um reflexo de si olhando de volta. Sloane está tentando me dizer que, se eu não tomar cuidado, Lucy fará o mesmo. Ela irá me transformar em algo que não sou. Irá me torcer e moldar até que eu fique irreconhecível, me transformando em suas mãos como se eu fosse uma argila macia e úmida. Ela me formatará como *ela* quiser que eu seja. Algo útil para melhor atender às suas necessidades, um instrumento deliberado de seu próprio design.

Mas aqui está o que Sloane não sabe: eu quero ser mudada.

Isso é tudo que eu sempre quis, na verdade, que alguém me pegasse e me dissesse o que eu deveria ser. Durante toda a vida, eu me contorci tão fácil nas mãos dos outros — dos meus pais, de Eliza — mudando de forma a qualquer momento para o que os outros quisessem. Então talvez eu seja isso: um camaleão que pode assumir a aparência de seus arredores. Uma mestra da camuflagem para permanecer invisível e segura. Preciso de alguém para me moldar como se fosse uma massa; me dar função e forma.

Quero que Lucy me dobre, me parta ao meio. Me rasgue em pedaços e me remonte em algo diferente, melhor. Novo.

CAPÍTULO 9

ANTES

Um grito ecoa pelo quintal, tirando eu e Sloane do nosso impasse.

"O que foi isso?", pergunto, procurando de onde veio o som, embora Sloane não pareça preocupada. Em vez disso, ela parece irritada.

"Vamos", diz ela, indo em direção à casa Kappa Nu, cortando caminho por um mar de mato e aparentando esquecer por completo a nossa conversa. "Vamos conhecer os rapazes."

Cruzamos o quintal inteiro e nos aproximamos da casa pelos fundos. A porta está entreaberta e, ao passarmos por ela, entramos em uma sala de estar enorme, embora eu hesite em chamá-la assim, pois não consigo imaginar pessoas de fato morando aqui. Já me perguntei sobre o interior deste lugar tantas vezes — e não apenas *deste* lugar em particular, mas de todos esses lugares. As repúblicas nas quais os alunos se aglomeram, as festas temáticas e as roupas combinando. Letras gregas penduradas a esmo no revestimento e música batendo nas paredes como se a própria casa fosse uma coisa viva, que respira. Não sei o que eu imaginava antes. Algo pomposo, talvez; algo que, ao menos, justificasse as taxas de associação exorbitantes. Mas, em vez disso, o espaço é gigante, quadrado e quase sem mobília, com exceção de um sofá de couro rasgado, algumas montagens de fotos tortas e uma mesa dobrável no centro de tudo. Há cerca de uma dúzia de garotos ao redor dela, copos descartáveis vermelhos derrubados e pingando espuma no carpete. Posso sentir o estalo sob meus sapatos, a crosta de fluidos fossilizados acumulada ao longo dos anos. Até o ar parece pegajoso, uma mistura de suor e fumaça grudando na minha pele como plástico filme.

"SLOANE!"

Um garoto mais baixo no meio, com olhos sonolentos e um sorriso exagerado, joga os braços para cima em forma de saudação. Ele é moreno e musculoso demais, não é feio, mas é visível que se esforça. Olho para Sloane, tentando estudar como ela age perto deles: passiva e desinteressada. Como se não se importasse nem um pouco.

"Rapazes, esta é Margot", anuncia ela, ignorando-o por completo. "Ela vai ficar no quarto ao lado do da Lucy."

Fico parada enquanto o olhar coletivo deles se volta na minha direção. Consigo senti-lo deslizando por todo o meu corpo: meu rosto, meu pescoço, meu peito, onde seus olhos se demoram por tempo demais, antes de descerem pelo comprimento da regata justa que vesti enquanto desfazia as malas. Quase consigo ouvir as engrenagens girando atrás de seus olhos vermelho-sangue, tentando imaginar o que escondo por baixo.

"Oi", digo, sentindo minhas bochechas corarem. O grito, me dou conta agora, veio deles — ou, pelo menos, de um deles. Alguns dos rapazes seguram bolas de pingue-pongue entre os dedos; isso, e a cerveja pingando, me revela que estavam no meio de algum tipo de jogo.

"Pelo visto, você já está à vontade."

Avisto Trevor ao fundo; ele está olhando para minhas alças finas, sorrindo, e eu consigo sentir que estou ficando ainda mais vermelha. Sem minha permissão, minha cabeça volta para a imagem dele sem camisa na sala.

"Você é do segundo ano?", pergunta ele, e assinto em silêncio. "Nunca te vi por aí. Você já tinha vindo na casa?"

"Tenho certeza de que ela tem lugares melhores para estar", Sloane fala por mim. Trevor sorri e, num instante, me sinto em dívida com ela por me fazer parecer mais interessante do que de fato sou.

"Vocês querem jogar?", indaga ele, segurando a bola de pingue-pongue e girando-a no ar. Sloane olha para mim, com as sobrancelhas arqueadas e isso parece outro teste. Uma avaliação rápida para conferir o tipo de pessoa que eu sou: aquele que abre uma cerveja matinal em uma casa cheia de estranhos ou o que declina de forma educada e se retira para o seu quarto.

"Você parece... não sei. Boazinha demais."

"Claro", respondo, me forçando a ir em direção à mesa. Tentando exercer a mesma indiferença que Sloane, o mesmo comportamento frio, mas, em vez disso, sinto como se estivesse andando sobre pernas de pau: desajeitada e rígida. Meu corpo inteiro à mostra.

O jogo recomeça com Sloane e eu de um lado da mesa e Trevor e o garoto, que, se não me engano, se chama Lucas, do outro. Tento me concentrar, bloquear todo o resto, mas a repentina pontada de ironia é forte demais para não ser notada: esse é o exato tipo de situação em que Eliza e eu costumávamos disputar. Ela era muito mais extrovertida do que eu. Toda vez que nos víamos abordadas por outras pessoas, convidadas para alguma festa em casa ou fogueira na praia, ela dizia sim, sempre, atirando-se em qualquer situação com o tipo de confiança serena que nunca consegui alcançar. O conceito de não conhecer ninguém nunca a dissuadiu. Ao contrário, ela o abraçava, deleitando-se com a ideia de passear em um círculo de estranhos, os olhos sobre ela fazendo com que andasse ainda mais ereta, falasse ainda mais alto. Eu, por outro lado, tinha dificuldade em entender o que se supunha ser divertido nas coisas que ela queria tanto fazer: ficava por perto, constrangida, bebendo cerveja quente que o irmão de alguém havia escondido na caçamba de sua caminhonete. Os garotos cheios de espinhas com seus cabelos oleosos e braços desengonçados, hálitos azedos em nossos pescoços enquanto se inclinavam em nossas direções. Odiava ter que agir como se soubesse o que estava fazendo nessas situações. Que, de alguma forma, nasci com o conhecimento de como virar uma cerveja, colocar a erva na base do bong ou enrolar cigarros, como todo mundo parecia fazer. Ainda me lembro da primeira vez que experimentei um: acendi a ponta errada, queimei meu polegar na chama e suguei as partículas de tabaco direto para a língua. O constrangimento enquanto eu cuspia e engasgava, tentando sorrir em meio à fumaça em meus pulmões e às lágrimas em meus olhos.

A bolha que mais tarde se formou no meu polegar, redonda e transparente, uma pequena erupção que comecei a estourar com a unha. A ardência dela como uma punição que eu não queria esquecer.

"Então, conte-nos sobre sua amiga."

Lucas arqueia o braço com inflada delicadeza e eu observo a bola bater direto no copo central. Ele sorri. Toda a sua atenção voltada para Sloane.

"Por que você não pergunta a ela?", responde ela, enquanto pega o copo e bebe de um só gole. "Ela está bem aqui."

"*Touché*", rebate ele, olhando para mim em seguida.

"Eu sou de Outer Banks", falo, sem saber de que outro modo preencher o silêncio repentino. Giro a bola em minhas mãos, tentando lembrar as regras das poucas vezes em que joguei em uma festa em casa, com Eliza. De repente, fico grata por aquelas noites, que me pouparam de ter que perguntar, e faço o meu melhor para imitar a postura do Lucas, alongo e estendo meu braço para o alto. Mas quando a solto, ela voa sobre suas cabeças e em direção ao chão.

"Temos um calouro vindo de Outer Banks", diz Trevor, correndo pela sala para pegar a bola. "Na verdade, ele está aqui neste fim de semana. Foi tomar cerveja com uns irmãos. Ele foi indicado por um veterano, então, já sabe. Tratamento especial e tudo mais. Pelo menos por enquanto."

Ele olha para Lucas e sorri. Então, ouço-o tagarelar sobre recrutamento, aliviada pela velocidade com que o foco da conversa se desviou de mim. A vida nas repúblicas não é tudo em Rutledge, mas é grande parte, dado o tamanho delas. Ainda é o início do verão, o que significa que a maioria dos calouros não vai correr atrás de repúblicas até o outono. Mesmo assim, a Kappa Nu organizou alguns eventos de verão para conseguir antecipar as inscrições. Em resumo, a estratégia é levá-los para sair e oferecer a melhor noite de suas vidas: bebida ilimitada, festa a noite toda, garotas mais velhas. Mostrar a eles o nirvana universitário que poderiam ter tão logo dessem sua palavra à Kappa Nu, prometendo-lhe sua vida e lealdade — e só então, após o início das aulas, o trote começa.

"Falando nisso, tem uma festa hoje à noite", prossegue Trevor, jogando a bola de novo. Dessa vez, ela cai no meu copo. Pego a cerveja choca e a viro, o líquido quente tem gosto de urina com malte. Tiro um fio de cabelo da minha língua e posso sentir que Sloane está me encarando, seus olhos voltados para o perfil do meu rosto. "Vocês vão?"

"Estaremos lá", respondo, sem dar tempo para que Sloane o faça primeiro.

O jogo se estende por mais trinta minutos: joga a bola, dá o tapa no copo de cerveja. A espuma espirra na mesa, no meu antebraço, na minha roupa. Trevor e Lucas estão muito a fim de falar de si mesmos, o que significa que, na maior parte do tempo, Sloane e eu bebemos. Ela intervém na conversa com uma risada ocasional ou uma tirada sarcástica. Estar ao lado dela é um estudo imersivo de como ser descolado sem fazer esforço — e a julgar por como Lucas a olha, o que quer que ela esteja fazendo está funcionando.

Estamos nos preparando para começar uma nova rodada quando a porta da frente se abre e outro grupo de caras entra correndo. Eles falam uns em cima dos outros e riem. Cada um carrega um pack de cerveja em uma das mãos e uma garrafa de bebida quente na outra. "Venham conhecer as meninas!", Trevor berra, gesticulando para que se aproximem. "Se fecharem com a Kappa Nu, elas serão suas novas vizinhas."

O jeito como ele fala isso faz com que eu me encolha, como se fôssemos dois pedaços de carne balançando na frente de uma matilha de animais. Sloane faz um esforço para chamar minha atenção e revira os olhos.

"Essa é a merda que temos que aguentar pelo aluguel barato", sussurra ela, e solto uma gargalhada.

Olho para a mesa e decido me ocupar em arrumar os copos; quero agir com desinteresse, entediada, do jeito que Sloane age, embora consiga ver o grupo se aproximando na minha visão periférica. A proximidade deles faz meu pescoço começar a arder. Pego alguns copos e, por acidente, esbarro em outro no processo, o restante da cerveja da boca alheia escorrendo pela minha mão. Percebo a sala girando devagar, o torpor da última hora. Não sei o quanto bebi — algumas cervejas, pelo menos — e, mais uma vez, me concentro na mesa, tentando evitar que minhas pernas fiquem bambas.

"Esta é Sloane", ouço Trevor dizer, com meus olhos ainda grudados na mesa. Noto alguns murmúrios enquanto Sloane solta todos os seus cortes certeiros, até que, por fim, sinto a atenção coletiva se voltar para mim. "E esta é a garota nova, de OBX. Onde está o Levi?"

O choque ao ouvir aquele nome faz minha cabeça erguer-se de modo abrupto. Só pode ser minha imaginação. Não é possível. *Ele* não pode ser o calouro da minha cidade, o que está de visita neste fim de semana, o que Trevor queria que eu conhecesse. Pisco algumas vezes para tentar me reorientar, enquanto observo os meninos com suas expressões presunçosas e shorts curtíssimos. Até que, no fundo da sala, minha atenção pousa em um rosto familiar.

"Levi", repito com a voz tensa. É ele, claro que é. Ele está *aqui*, nesta mesma sala, e a realidade desaba sobre mim como uma onda inesperada, que me derruba. De repente, sinto o passado me puxando para o fundo, me arrastando para baixo, uma correnteza contra a qual sou incapaz de lutar. Porque se há alguém que traz de volta memórias de Eliza, alguém que poderia ter impedido tudo o que aconteceu, que poderia tê-la salvado, é o Levi.

Levi Butler.

CAPÍTULO 10

ANTES

Na primeira vez que o vimos, estávamos na água. Sua aproximação lenta pelo píer capturou nossa atenção.

“Quem é aquele?”, perguntei, enquanto minhas pernas chutavam sob a calma correnteza, como uma ansiedade silenciosa, dissimulada pela superfície.

O píer de Eliza era longo e estreito, quase cem metros de madeira manchada de sal, desenrolando-se sobre o oceano como um tapete de cedro-rosa. Era o verão anterior ao nosso último ano na escola, e passamos todos os dias ali, batendo, pelas manhãs, nossos chinelos até o píer flutuante e nos besuntando com bronzeador até nossa pele começar a ficar estaladiça. Naquele dia, já estávamos lá há horas. Nossas toalhas, já molhadas e amarrotadas, cheiravam a coco mofado quando decidimos dar um mergulho para nos refrescar. Foi então que percebemos uma pessoa caminhando em nossa direção.

“Acho que é o meu vizinho”, disse Eliza, com os lábios pouco acima da linha d’água. A casa ao lado da dela estava vazia há anos. Como muitas em Outer Banks, havia passado a maior parte de sua existência como uma casa de temporada, até que os proprietários apenas decidiram parar de alugá-la. Deviam ser muito abastados para deixá-la assim, desocupada, mas, quando por fim decidiram vendê-la, demorou apenas uma semana para que a placa de “À venda” fosse substituída por “Vendida”. Naquela época, porém, Eliza e eu nos havíamos acostumado com o píer sendo só nosso. Não queríamos compartilhá-lo com ninguém — mesmo que, do ponto de vista técnico, ele ficasse na divisa da propriedade e fosse tanto *deles* quanto *nosso*.

Ou melhor, *dela*. Dos Jeffersons. Minha segunda casa.

Sempre vi a família de Eliza como exemplar, e acho que é por isso que passava tanto tempo lá. Era como se eu esperasse que a proximidade por si só pudesse fazer com que um pouco do que eles tinham fosse transmitido para mim, como um carrapicho grudado em minhas roupas, voltando de viagem comigo antes de se plantar na nossa casa. O amor deles era como uma espécie invasora que poderia dominar todos nós. Às vezes, eu me sentia mal por me ressentir com meus pais daquele jeito, por desejar que fossem diferentes, mas a realidade era que, enquanto meus pais tentavam ser perfeitos, parecia que os de Eliza eram de verdade. Minha mãe era uma socialite-dona de casa, loira tingida e bastante tagarela, o complemento clássico para o meu pai, que passava a maior parte das noites num silêncio estoico, com os dedos segurando um highball de uísque e os olhos examinando o ambiente de tal modo que fazia você se perguntar o que havia de errado. Tirando o fato de que morávamos em uma casa na mesma rua que a de Eliza, eles não poderiam ser mais diferentes. Meu pai trabalhava com finanças, o tipo de mercado no qual você entra com o propósito explícito de ficar rico, enquanto o de Eliza tocava violão em uma banda, um herdeiro que passou a juventude vagando por aí antes de, enfim, decidir se estabelecer no litoral. Ele era passional, peculiar e bem indiferente às coisas que eles possuíam, quase como se nem as notasse. Nem se importasse. O oásis à beira-mar deles era desordenado e cheio de vida, enquanto o nosso era sempre imaculado, frio e impessoal como um museu.

E eles sempre jantavam juntos, apenas os três, exceto quando eu era convidada e eles arrumavam a mesa para quatro.

Nunca vou esquecer aqueles pequenos momentos que pude testemunhar: o sr. Jefferson levantando a mãe de Eliza no píer. Sua pele morena e cabelo escuro reluzindo como piche derretendo ao sol. Aquelas mãos enormes nas pernas nuas dela, antes que os dois pulassem na água, e depois a sra. Jefferson emergindo com um rabo de cavalo penteado para trás e lágrimas de rímel escorrendo por suas bochechas branquinhas e sardentas. Sua cabeça jogada para trás, rindo como uma louca.

Minha mãe ficaria furiosa, lembro-me de pensar enquanto os víamos jogando água um no outro, como adolescentes apaixonados. Meu pai nem sequer tinha permissão para beijar minha mãe quando ela estava de batom, não que ele tenha tentado alguma vez.

Virei-me para olhar para Eliza, enquanto as memórias evaporavam e eram substituídas por essa pessoa desconhecida entrando em nosso espaço. Novos vizinhos podiam mudar tudo. Podiam alterar até mesmo o ar, tornando-o mais leve ou mais pesado apenas com sua presença. Agora, a figura se aproximava. Nós duas chutávamos a água enquanto seu contorno esguio ficava maior e já podíamos dizer que era um garoto. Um adolescente. Um garoto alto e bronzeado com cabelo castanho desgrenhado, bermuda de surfe e um peito nu, sem pelos. Ele não estava olhando para nós — ainda não, estava a muitos metros de distância para avistar nossos corpos lá embaixo, na água — e isso nos deu alguns poucos segundos para examiná-lo antes que ele pudesse nos examinar.

"Vem", chamou Eliza, por fim, respirando fundo antes de deslizar para baixo da superfície como uma cobra d'água, silenciosa e escorregadia. Observei sua silhueta desaparecer por baixo do píer flutuante, tampei meu nariz e a segui, ressurgindo no vão entre a superfície da água e a parte inferior da madeira. Era um dos nossos espaços secretos, um cantinho particular do mundo que havíamos descoberto quando crianças e reivindicado como nosso. Eu ainda me lembrava do dia em que o encontramos, anos atrás, dando saltos na água enquanto nossos dedos descobriam seu fundo molenga. Tive medo no começo, aquela sensação claustrofóbica de estar presa dentro de um carro submerso, com o bolsão de ar acima de mim diminuindo conforme afundávamos. No entanto, Eliza havia me explicado que, conforme a maré subia e descia, o píer flutuante se movia também. O ar nunca se esgotaria.

Ela havia me convencido de que era seguro, de que *nós* estávamos seguras. Que sempre estaríamos.

"Você acha que ele nos viu?", sussurrei. Havia algo tão íntimo naquele espaço: aquela pequena bolha de ar compartilhado, o cheiro de madeira molhada e como a água salpicada de algas parecia tingir nossa pele também, deixando nossos rostos com um verde-esmeralda brilhante. Estávamos cobertas por todos os lados, as boias flutuantes que sustentavam o píer nos circundavam por completo. A menos que você estivesse parado exatamente em cima de nós e olhasse para baixo, nunca saberia que estávamos lá.

"Não sei", respondeu ela, com água pingando da ponta do nariz. "Acho que não."

Ouvimos em silêncio enquanto os passos rangentes do garoto se aproximavam até que o som de madeira se transformou em metal e soubemos que ele estava descendo pela rampa que levava ao próprio píer flutuante. Com o contato de seus pés, a plataforma balançou acima de nós duas, então prendemos a respiração, observando, esperando. A presença dele em cima de nós era sufocante e forte. Em seguida, sentimos que ele se moveu para a margem do píer e foi quando o vislumbrei entre os vãos: uma das mãos enfiada no bolso da bermuda; a outra, segurando um cigarro. A pele nua de suas costas era de um marrom semelhante a amêndoas queimadas. Era claro que ele podia ver nossas coisas lá em cima — nossas toalhas úmidas, chinelos, bolsas de praia de juta combinando e nossos telefones escondidos nos shorts jeans dobrados, uma tentativa de mantê-los frescos e secos — mas, ainda assim, ele não pareceu nos notar. Não olhou para baixo.

Em vez disso, ele apenas ficou ali, olhando para o nada. Reivindicando aquele lugar, como, em breve, reivindicaria tudo. Sentindo-se em casa ao entrar na minha vida.

CAPÍTULO 11

ANTES

"Margot?"

Observo os olhos outrora familiares de Levi me dissecarem de alto a baixo, como se minha presença ali fosse algum engano. Ele parece tão surpreso quanto eu, e não consigo deixar de dissecá-lo de volta, percebendo o quanto ele mudou no último ano, desde que o vi pela última vez. Aquelas pernas magricelas que antes o arrastavam até o píer agora estão musculosas e tonificadas; seus braços estão mais largos, mais grossos, veias azuis saltam de bíceps que não costumavam existir. A mão direita segura uma lata de cerveja com tanta força que posso ouvir o alumínio estalar, e o pomo de adão recém-amadurecido se projeta para fora de sua garganta, deslocando-se quando ele engole, movendo um pedaço da barba por fazer em seu pescoço.

"Então, vocês dois já se conhecem", diz Trevor, cutucando Levi com o ombro. A insinuação me dá ânsia de vômito e o engulo, estremecendo com o gosto.

"Por que você está aqui?", pergunto, embora seja óbvio. Ele está aqui porque está *vindo* para cá. Ele não estaria passando o fim de semana em uma fraternidade, sendo persuadido e cortejado, se não estivesse planejando retornar no outono.

"Por que você está aqui?", rebate ele.

"Eu moro aqui."

"Eu também."

"Isso é uma *promessa*?", brada Trevor, mas nós dois o ignoramos. Acho que deveríamos saber que isso seria inevitável, nos esbarrarmos assim, mas talvez eu tenha pensado que ele cairia em si e mudaria de ideia: ficar em Outer Banks ou ir para outro lugar bem distante, longe de mim e da memória dela.

Olho em volta, incapaz de escapar dela. Agora, Eliza está por todo lado, sua ausência é tão gritante que é impossível ver qualquer outra coisa. É como se Levi tivesse arrastado o fantasma dela para esta sala: sentada no sofá, com o bong no colo, os dedos ao redor do bocal e os olhos baixos. O cabelo loiro pendendo sobre seu rosto, tão à vontade quanto eu, é óbvio, não estou. Devagar, ela vira a cabeça para mim, um movimento brusco de pescoço, como um ângulo reto agudo. E sob aqueles cílios de patas de aranha, o branco dos seus olhos convertido num vermelho-sangue profundo.

Ela sorri para mim, franzindo os lábios que agora pairam sobre o vidro, e sei que ela aguarda minha reação, o que vou dizer, como se este fosse um grande teste que ela mesma orquestrou. Colocar dois rivais em um ringue e lhes assistir lutar até a morte... por ela.

"Escute, Margot..."

Se tudo tivesse sido diferente, me pergunto se ainda estaríamos aqui, dessa forma, juntos. Nós três: Eliza, Levi e eu. Me pergunto se *ela* teria feito amizade com Lucy primeiro, me colocado embaixo de sua asa e me deixado acompanhá-la do jeito que ela sempre fez.

Reflito se ela teria sido a quarta colega de quarto, me deixando para trás do jeito que deixei Maggie.

Não. Balanço a cabeça. *Não, ela não teria.*

Percebo tarde demais que todos estão olhando para mim, um mar de pescoços esticados, observando. Esperando minha réplica para o que Levi acabou de dizer. Eu havia me dispersado, um chiado estático soava em meus ouvidos e, agora, a sala está se inclinando mais, embora não consiga dizer se é por causa da cerveja ou de Levi, ou por causa de tudo de uma vez. Então, me forço a sorrir e me viro para Sloane.

"Acho que eu deveria terminar de desfazer minhas malas", digo, olhando para Trevor em seguida. "Obrigada pela cerveja."

"Margot, espera..." Escuto Levi chamar, mas me viro e saio pela porta antes que ele possa terminar a frase. Imagino, um pouco incerta, se ele vai correr para o lado de fora, me seguir e me forçar a falar — mas, no fundo, sei que ele não vai. Levi nunca se importou comigo. Para ele, eu não era nada além de um mosquito que pairava em torno de Eliza: um incômodo irritante, algo a ser tolerado. Um preço a ser pago em troca da proximidade com ela. Ele nunca me deixou estragar sua diversão e sei que desta vez não será diferente. Ele continuará a fazer o que quiser, tomar o que quiser tomar, me rebatendo ou então me ignorando por completo. Enquanto isso, este deveria ser meu recomeço, um lugar para me reinventar, mas agora, com Levi aqui, não vejo como isso pode acontecer. Sua presença por si só é um lembrete da pessoa que eu costumava ser, a pessoa que perdi quando perdi a Eliza — não apenas isso, mas eu a perdi por *causa* dele.

Ela não estaria onde estava naquela noite, se ele não a tivesse levado até lá. Ela não teria dito o que disse, feito o que fez, se ele não a tivesse levado a isso.

Se Levi Butler nunca tivesse entrado em nossas vidas naquele dia, invadindo nosso espaço enquanto nós duas estávamos encolhidas sob o píer, com as pernas doloridas e os dedos enrugados, Eliza ainda estaria aqui, segura, comigo.

Eliza ainda estaria viva.

CAPÍTULO 12

Chego com tudo no meu quarto depois de cruzar o quintal da Kappa Nu, atravessar o galpão, entrar em casa e passar por Nicole no sofá sem dizer uma única palavra. Abaixo a cabeça e massageio minhas têmporas — tentando pensar, organizar os pensamentos — quando me dou conta que já tem alguém aqui, um corpo paira ao lado da minha cama.

"*Jesus.*" Dou um pulo, minha mão dispara para o meu peito assim que a percebo ali. "Você quase me mata de susto."

"Oi", diz Lucy, sorrindo como naquele dia no dormitório. Como se não houvesse nada de incomum em ela estar aqui, no meu quarto, sem minha permissão.

"O que você está fazendo?", pergunto, embora me arrependa no segundo em que digo. Afinal, esta casa é dela. Este é meu quarto há apenas algumas horas e minhas caixas mal foram abertas.

"Deixei algo aqui", explica ela, embora suas mãos estejam vazias. "Quem é?"

Ela aponta para a minha foto com Eliza sobre a lareira, a única decoração que consegui arrumar, e caminho até ela. No retrato, nossos corpos bronzeados entrelaçados no píer a poucos metros do lugar onde Levi Butler parou daquela vez. Mesmo agora, após tanto tempo, ainda consigo sentir o peso claustrofóbico dele enquanto prendíamos a respiração lá embaixo; ainda consigo me lembrar do meu coração batendo forte, a energia tensa gerada apenas pela presença dele.

"Essa é minha melhor amiga", respondo, por fim. "Eliza."

"Se ela é sua melhor amiga, como é que ela nunca veio te visitar?"

Olho para a Lucy, com as sobrancelhas franzidas, imaginando o que ela poderia querer dizer com isso. Eu não moro aqui nem há um dia. Como ela já poderia ter me visitado?

"Eu a teria notado no dormitório", esclarece. "Ela é bonita."

Inclino a cabeça, percebendo que talvez Lucy estivesse me observando o ano todo do mesmo jeito que eu a observava — em segredo, de longe, os olhos disparando para outra direção após se fixarem no mesmo lugar por um tempo a mais. Nunca havia notado. Abro a boca, pronta para responder, quando a porta range atrás de mim e me viro bem rápido, percebendo Sloane na entrada do quarto.

"O que foi aquilo?", indaga ela, seus olhos castanhos fuzilando os meus enquanto ela entra no meu quarto. "Quem diabos era aquele cara, um ex ou algo do tipo?"

"Que cara?", quer saber Lucy, com uma ansiedade em sua voz. Vejo Nicole aparecer atrás de Sloane também, como um animal de estimação dependente que não aguenta ficar sozinho por muito tempo. Os olhares das três me atacam por todos os ângulos.

Elas querem respostas, todas elas, uma necessidade sedenta por informações que não será saciada até que eu desembuche.

"É uma longa história", respondo, em vez disso, já sabendo que isso não vai resolver.

"Temos tempo", afirma Lucy, jogando-se na minha cama. Sloane e Nicole seguem seu exemplo e encontram seus próprios lugares no colchão. Fico no meio do quarto por um segundo, olhando para elas ali. Entorpecida, observo Nicole abrir um sorriso e dar um tapinha em um lugar vazio no edredom, como se estivesse tentando me seduzir.

Mastigo a lateral da minha bochecha enquanto penso. Estou tentando decidir o quanto revelar. Essas garotas ainda são estranhas para mim, ainda são enigmas que não consigo decifrar — mas não é assim que as amizades nascem? De traumas compartilhados e vínculos desenvolvidos no quarto? Eliza e eu costumávamos fazer isso também, enroladas em seu píer no escuro, sussurrando segredos que nos aproximavam durante a noite.

Eram sempre os tópicos que pareciam tabu que acabavam nos trazendo mais para perto: Eliza, aos 10 anos, revelando que havia comprado seu primeiro sutiã, mas estava com vergonha de usá-lo. Com muito medo das alças marcarem o tecido de sua camiseta; dos meninos as puxarem e baterem-nas contra sua pele. Eu, aos 12 anos, mostrando a ela meus tornozelos destruídos após tentar me depilar com o velho barbeador da minha mãe, que eu havia tirado do lixo, os arranhões, os cortes e a crosta de sangue seco. Seus dedos roçando todas aquelas manchas irritadiças que eu não conseguia alcançar. Nós duas falando sobre meninos, absorventes internos, estirões da puberdade e aparelho dental, todas essas coisas tumultuadas que acontecem durante os anos frágeis — eram tão frágeis que sempre corriam o risco de se estilhaçarem, não fosse por aquela amiga que nos ajudava a manter tudo junto.

Quantas vezes chegamos em casa da escola com as camisas para fora da calça do uniforme, arremessando os sutiãs e nos refugiando no quarto dela para falar sobre nossos problemas, um pior do que o outro? Cada conversa, um laço mais forte até que, por fim, éramos duas tramas unidas em uma: indivisíveis, inseparáveis. Entrelaçadas para sempre.

Então, pego a foto da lareira e a seguro em minhas mãos. Sei que não posso esconder Eliza delas para sempre. Sei que, uma hora, terei que explicar tudo: ela, nós. O que aconteceu naquela época e como vim parar aqui, sozinha. Levi Butler e o motivo pelo qual sua aparição na casa ao lado foi o suficiente para me deixar no chão, para me fazer ceder como madeira podre sob o peso esmagador dele. Uma casa sobre palafitas esperando para desabar. A verdade é que Levi causou a primeira fissura entre nós. Como madeira com manchas de sal, começou pequena: uma fissura fina como um corte feito por uma folha de papel. No entanto, ainda assim, podia senti-la. Apesar disso, conseguia senti-la. Debaixo daquele píer, eu me escondia. Mas Eliza estava atenta. Com seus lábios mergulhados na água, ela esquadrinhava Levi com uma curiosidade sombria que a invadia como uma nuvem sinistra bloqueando a luz. Observei enquanto ela o mirava e, de algum modo, eu sabia que aquela fissura continuaria a crescer, expandindo-se aos poucos de uma fresta para uma fenda, e, depois, para algo de outra natureza.

Sabia que era apenas uma questão de tempo até que ele nos separasse: à força, com violência. Só não sabia o quanto seria violento.

"Margot", Lucy chama e levanto meu olhar para as três sentadas sobre seus joelhos na minha cama. Elas me olham de um jeito tão estranho e, então, percebo a umidade em minhas bochechas, duas lágrimas espelhadas que conseguiram ziguezaguear pelo meu rosto.

Levanto minha mão e as limpo, com um sorriso tímido.

"Pode contar pra gente", prossegue ela. Sloane e Nicole, uma de cada lado dela, balançando a cabeça como bonecos de mola. "Somos suas amigas."

CAPÍTULO 13

DEPOIS

"Vai dar certo."

Da minha cama, vejo o telefone de Lucy ainda na minha mão. Sloane está na porta; atrás dela, Nicole, como se nenhuma delas quisesse entrar.

"Margot", chama ela quando não atendo. "*Vai dar certo.*"

Solto um suspiro, desligo a tela do telefone e deslizo-o de volta na minha mesa de cabeceira, antes de gesticular para que as duas se aproximem. Elas arreganham a porta, saltitando descalças pelo chão e eu ergo as cobertas, convidando-as a entrar.

"Não vão encontrá-la", acrescenta ela enquanto desliza para o meu lado. "É a Lucy."

"Eu sei", digo, sabendo que Sloane está certa. Lucy é conhecida por sair sozinha, sem avisar. Cuja única previsibilidade é ser impossível de prever. Lucy, cuja própria mãe, por sorte, ainda não faz ideia de que ela partiu. Me pergunto se ela sequer pensou nela nos últimos dias, a mãe de Lucy — se houve algum tipo de sinal primitivo no fundo de seu inconsciente, alertando-a de que algo está errado — ou se esse tipo de silêncio prolongado é tão normal para eles que o instinto maternal já se foi há muito tempo.

Me pergunto se ela sequer se importa.

Se fosse eu a sumir, meus pais já teriam colado cartazes de "DESAPARECIDA" em todos os postes do estado. Sei que reclamo deles, sei que eles têm seus defeitos, mas não posso negar que são a família ideal para uma garota desaparecida. Eles têm dinheiro, recursos e tempo ilimitado. Além de terem o tipo de rosto que ficaria bonito em uma entrevista coletiva, um bonito choro sofrido televisionado. Haveria números para denúncias e uma recompensa de um milhão de dólares instituídos nas primeiras 24 horas.

Talvez uma hashtag, já em alta.

Não posso evitar a lembrança de como todas nós nos sentamos aqui juntas, nestes mesmos lugares, naquele primeiro dia: Lucy, Sloane, Nicole e eu, espremidas nesta minúscula cama de casal. Talvez fosse a cerveja barata ainda assentando no meu estômago ou a noção de que Levi Butler estava na porta ao lado, ou ainda o fato de Lucy estar olhando para mim, com seus olhos azuis arregalados e sua atenção capturada, de um jeito que eu nunca tinha visto ela olhar para ninguém antes. Qualquer que fosse o motivo, algo mudou naquele momento.

Baixei a guarda e comecei a falar. Comecei a contar tudo a elas.

"Você está ficando com medo", comenta Sloane. Sua mão está na minha perna. "Você não deveria ficar. Pra começo de conversa, isso foi ideia dela."

"Eu sei."

"Foi ela quem nos colocou nisso."

"Eu sei", repito.

"Os Butlers estão entrando com um processo contra a Kappa Nu", acrescenta Nicole. "Homicídio culposo."

Assinto enquanto meus olhos fuzilam minha colcha. Eu também havia ouvido isso, o alerta do plantão de notícias apitou no meu telefone. Embora, no início, a morte de Levi tenha sido considerada um acidente, ela aconteceu em um evento da fraternidade. Envolvia álcool... muito álcool. Nenhum de nós era maior de idade, mas todos estávamos bêbados, botando bebida barata para dentro antes de desmaiarmos em volta de uma fogueira gigante, enquanto a temperatura despencava ao nosso redor, nossos dedos congelando e o hálito quente visível no ar noturno. Ele tinha marcas e hematomas na pele, possíveis evidências de trote. Seu teor de álcool no sangue era três vezes maior que o limite legal.

É um milagre, seus pais argumentariam, que não houvesse mais fatalidades.

Consigo ver as matérias iminentes; toda a culpa sendo jogada na Rutledge, na vida nas repúblicas, em como nós, estudantes, podíamos correr soltos, beber até cair, com quase nenhuma supervisão. Claro que isso teria visibilidade nacional: infinitas fotos de Levi piscando na televisão, elegante e profissional, nem perto de parecer o animal festeiro que eu sempre soube que ele era. Ele seria retratado como um estudioso, um atleta, e desconsiderariam o fato de que só correu por um ano no ensino médio antes de abandonar o atletismo, pois o tabagismo dizimava seus pulmões. E não levariam em conta que ele foi um aluno nota C, que só deve ter sido admitido porque seu pai era um benfeitor da faculdade. Não obstante, o país inteiro lamentaria seu futuro promissor, seu potencial, tudo isso que a água de uma maré vazante levou embora. A Kappa Nu seria vista como uma mera vítima; uma espectadora inocente atingida no fogo cruzado.

Mas eles eram inocentes? Eram, mesmo?

Não consigo me sentir mal pelas consequências que já caíram sobre os outros caras: as suspensões e as multas. As nuvens negras os seguirão pelo campus, pelo resto de suas vidas, marcando-os para sempre, como os responsáveis pela morte de um deles. Porque eles cavaram essa cova para si mesmos, com o jeito que nos olhavam como parte de sua propriedade. O jeito como nos tratavam como coisas que possuíam; meras decorações que vinham com a casa.

O jeito como nos usaram, nos fazendo de isca. Nos penduraram como um letreiro de neon piscando noite adentro: MENINAS, MENINAS, MENINAS.

Eles merecem tudo.

"Sim", digo, balançando a cabeça ao lembrar. O brilho das estrelas naquela noite e como elas brilhavam como diamantes no céu. A totalidade da escuridão ao nosso redor, um preto profundo, úmido e aveludado.

O jeito como Levi se levantou e, no mesmo instante, tropeçou, caindo para frente com seus pés descalços antes de cambalear para longe.

O jeito como Lucy se levantou também, olhando na minha direção antes de segui-lo no mato, rápida e em silêncio. Desaparecendo na noite.

"É", repito enquanto minha confiança se expande, "vai dar certo."

CAPÍTULO 14

ANTES

“Levi Butler era o vizinho da minha melhor amiga”, conto, enfim, cutucando uma cutícula solta até sangrar. As três estão sentadas ao meu lado, com os queixos pousados sobre as mãos. “E ele é a razão pela qual ela está morta.”

A franqueza da declaração me pega de surpresa, a forma como ela saiu da minha boca como um espirro. Poderosa e sem permissão. Olho para elas, vejo suas expressões de choque. Suas testas franzidas e seus olhos lívidos, arregalados.

“Tipo, ele *matou* ela?”, pergunta Nicole.

Abro a boca e a fecho em seguida. É muito difícil colocar a resposta em palavras.

“É complicado”, respondo. “Do ponto de vista oficial foi considerado um acidente, mas foi mais do que isso.”

“O que aconteceu?”, indaga ela. Então, suspiro, e meu corpo volta àquela água morna. O emaranhado de algas marinhas preso em meus dedões e o movimento dos peixinhos roçando minhas coxas. Mais tarde naquela noite, durante o jantar, os pais de Eliza nos contaram que os Butler eram do interior do estado. Que o filho deles, Levi, era um ano mais novo que nós e estava, com razão, amargurado por ter sido tirado do ensino médio no verão em que estava entrando no último ano.

“Ele não conhece ninguém em Outer Banks”, disse a mãe de Eliza, espetando um pedaço de salmão com o garfo. Ainda me lembro do som do metal raspando contra a parte interna de seus dentes, áspero e estridente, arrepiando meus braços. “Então, meninas, sejam legais.”

“Por que eles se mudaram?”, quis saber. Meus olhos, que ainda ardiam por causa do sol, dispararam na direção da casa dos Butler. Embora houvesse duas paredes grossas e quase um quilômetro entre nós, eu ainda conseguia senti-lo ali, como se estivesse sentado naquela mesma mesa, aninhado entre Eliza e eu. Já me tirando de cena.

“Disseram que precisavam mudar de estilo de vida.” O sr. Jefferson deu de ombros. “Não explicaram muito mais que isso.”

Naquela noite, Eliza parecia distante, perdida em algum lugar nas profundezas de seus pensamentos selvagens. Fiquei olhando para ela, sentada ali em silêncio, roendo uma unha, enquanto o sr. Jefferson se levantou e jogou a comida dos pratos fora, antes de abaixar a agulha de um velho toca-discos e agarrar a mão da sra. Jefferson, girando-a pela cozinha como ele sempre fazia após o jantar. Lembro-me de fechar os olhos e ouvir a música vazar pelas janelas escancaradas, a acústica e as risadas flutuando na água como uma espécie de canto de pássaro, um que me parecia exótico e raro.

Lembro-me de pensar que ela superaria isso, que era apenas mais um de seus estados de ânimo taciturnos, mas nas semanas que se seguiram, só piorou.

“O que aconteceu”, repito a pergunta de Nicole, que me assombra como um sussurro no meio da noite. Não consigo nem contar o número de vezes que ouvi essas palavras saindo da boca dos meus pais naquele verão enquanto assistiam ao noticiário no escuro, balançando a cabeça, com uma película de lágrimas estagnada em seus olhos. Quantas vezes imaginei os Jefferson ao telefone, gritando as mesmas palavras um para o outro. Quantas vezes ouvi meus curiosos colegas de classe perguntando o mesmo, enquanto tentavam arrancar informações de qualquer um que pudessem encontrar. Quantas vezes as repeti para mim mesma como um disco riscado, noite após noite, enquanto tentava entender, aceitar — e não apenas o exato momento, o acidente em si, mas tudo o que veio antes dele.

“Eu não sei o que, de fato, aconteceu”, termino por dizer. “Isso que é o mais difícil.”

Desconfortáveis, as três se mexem na minha cama, talvez por saberem, em algum nível inconsciente, que não deveriam me interromper.

"Acho que, no início, ela estava apenas curiosa", conto, lembrando como pegava seus olhos saltando para a casa ao lado: para Levi, suado e sem camisa, empurrando um cortador de grama manual ou fazendo flexões no quintal enquanto tomávamos sol nos fundos. Ela parecia só um pouco interessada no começo, com o distanciamento curioso de quem olha uma vitrine. Passeava pelo quintal como sempre fazia, só de roupa de banho. Mantinha os olhos no celular enquanto andava pelo píer como se fosse uma passarela, fingindo que ele não existia. E ele mantinha distância, na maior parte do tempo. Dava uma olhada ocasional quando achava que não estávamos olhando. Eliza devolvia a olhada furtiva. Contudo, ela acabou cedendo após aquelas primeiras semanas e foi procurar por ele no Instagram, navegando por uma infinidade de Levis antes de jogar o celular na cama, derrotada. O anonimato dele só o tornou mais interessante para ela, sua mente preenchia as lacunas com detalhes muito mais emocionantes do que deveriam ser. Também não ajudava que frequentássemos uma escola só para meninas, que passássemos todos os dias de nossas vidas envoltas em uma nuvem pesada de perfume e estrogênio, sonhando com garotos em vez de ver como eles eram de verdade, na vida real.

Se nossos pais nos mandaram para lá com a intenção de nos manter focadas, de *eliminar a distração*, o efeito foi o oposto. Em vez disso, éramos ingênuas e curiosas, uma combinação letal, atraídas, como mariposas pelo fogo, por suas cores brilhantes.

"Ela estava sempre tentando ser expansiva, conhecer novas pessoas", continuo. "Então, do nada, esse cara novo aparece de algum lugar diferente e começa a se interessar."

"Então, eles namoraram", comenta Sloane, e eu nego com a cabeça.

"Nunca foi nada sério."

Olho para Lucy e percebo a indiferença em sua expressão. Enquanto Sloane e Nicole estão absortas e abaladas com a ideia de um assassino na porta ao lado, Lucy me olha de um jeito quase clínico: fria e distante. Como se ela não acreditasse muito no que estou dizendo. Como se ela estivesse tentando criar uma hipótese própria.

"O que vocês precisam entender sobre Eliza é que todos a amavam", falo, olhando para a foto mais uma vez. "Mas só porque você a amava, não significa que ela te amava de volta."

"O que era tão *amável* sobre ela?", questiona Lucy. Não consigo deixar de me assustar com o jeito como ela diz isso, o veneno escorrendo, quase como se estivesse com inveja.

"Tudo", respondo, e é verdade. Apesar das nossas diferenças, das nossas discussões ocasionais, não teria mudado nada nela. "Ela era gentil, engraçada e destemida... quase a ponto de ser um defeito, sabe? Ninguém era estranho para ela."

Lucy concorda com a cabeça e, então, me dou conta que, apesar de às vezes se parecerem muito, provavelmente as duas não seriam amigas. Teria muita inveja entre elas, muita competição. Essa é a razão pela qual garotas como elas escolhem amigas como nós: Nicole, a boazinha demais; Sloane, a estudiosa; e Margot, a maleável.

O tipo de amiga que se contenta em ficar nos bastidores. O tipo de amiga que não se mete no seu caminho.

"Então, ele ficou obcecado por ela ou algo assim?", indaga Nicole, avançando depressa, tão absorta quanto se estivesse assistindo a um filme e não à minha vida real; como se assistisse a uma perseguição de carro em câmera lenta segundos antes de bater. "Uma coisa do tipo 'se ela não for minha, não será de ninguém'?"

Concordo com a cabeça e me recordo. Começou como algo pequeno entre eles: um fascínio mútuo, uma paixão inocente. O broto de uma coisa ainda enrolada, discreta, mas que, de forma lenta e inevitável, começou a florescer. No meio daquele verão, eu ia para casa dela e pegava os dois conversando no píer, um dos cigarros de Levi pendendo entre os dedos dela. Eliza não costumava fumar durante o dia, apenas em uma festa ou outra quando estava muito bêbada, porém, com Levi, seus maus hábitos se tornaram mais abundantes. Eles sofreram mutações e metástases; ganharam vida própria. Então, passei a me aproximar deles com cuidado e respeito, me sentava de pernas cruzadas ao lado de Eliza, tentando manter distância e abrindo um sorriso tímido enquanto a conversa deles era abafada, virava silêncio — mas, ao mesmo tempo, minha própria presença sinalizava que eu não era a intrusa naquela situação.

Eu não era a forasteira. *Ele* era.

Porque esse era o lance de Eliza, algo que Levi nunca percebeu: ela era assim com todo mundo. Ela estava apenas passando o tempo com ele, um brinquedo novo e brilhante para mantê-la ocupada durante aqueles dias longos e preguiçosos de verão. Ela gostava da sensação dos olhos dele em sua pele, de saber que ele estava ali ao lado, deitado na cama, e que seus pensamentos estavam nela. Ela começava a perceber o poder que seu próprio corpo poderia ter sobre outras pessoas, aprendendo a empunhá-lo como uma arma: mover as pernas, morder o lábio e enrolar o cabelo. Fazer um garoto se ajoelhar apenas com uma piscadela.

"Alguns meses antes de morrer, ela me disse que se sentia observada", digo.

Nunca vou esquecer quando ela, enfim, me contou. Estávamos na metade do nosso último ano e seja lá o que houvesse entre eles se estendeu do verão para o ano letivo, um tentáculo segurando-a com força. Achei que acabaria de forma natural quando as aulas recomeçassem, mas a distância só pareceu fortalecê-los. Ninguém mais olhava para ela como ele. Na escola, ela voltou a ser apenas mais uma cópia de todas as outras — cabelo longo, saia engomada, meias até o joelho e tamancos surrados que nos deixavam suadas e retas — mas em casa, com Levi, saltitando por aí com suas regatas e shorts curtos, ela era diferente, especial. Perfeita.

Lembro-me de estudar na cama dela naquela noite, nossas barrigas apoiadas no colchão e as pernas longas de Eliza se movendo no ar. Ainda estávamos de uniforme, com as camisas para fora da calça e as saias lá em cima. Ela ficava olhando por cima do ombro, em direção à janela, colocando o cabelo atrás da orelha como se estivesse interpretando algum tipo de papel em um filme. Como se soubesse que estava em exposição.

"O que você está fazendo?", perguntei, cansada de agir como se fosse burra demais para perceber. "Por que você está tão estranha?"

Ela apenas sorriu para mim, condescendente e sonsa, como se eu estivesse por fora de alguma piada interna.

"Tem alguém lá fora?", indaguei, me virando para poder olhar também. Percebi então como estávamos expostas: com a claridade do quarto dela justaposta à escuridão lá fora; como nós duas, emolduradas pela janela, seríamos bastante visíveis para alguém lá fora, mas não conseguiríamos vê-lo de volta.

"Acho que ele está me observando", comentou ela, com o queixo enfiado no peito e o tom de voz um pouco mais alto que um sussurro. "Acho que está lá fora agora mesmo."

"*O quê?*", me surpreendi e me levantei rápido. Comecei a andar em direção à janela, mas antes que pudesse alcançá-la para espreitar, ela agarrou meu braço e me puxou de volta para baixo.

"Não *olhe*", sussurrou. "Você está maluca?"

"*Você* está maluca? Eliza, isso é tão bizarro. Você não vê como isso é bizarro?"

"Não é bizarro", rebateu ela. "É fofo."

"Sinto muito, mas o que tem de fofo em ser perseguida?"

"Não seja tão dramática", disse ela, revirando os olhos. Mudando seu peso de um braço para o outro e deixando o colarinho da camisa aberto.

"O que tem com você nos últimos tempos?", questionei, sem me preocupar em esconder o desdém em minha voz. O julgamento, o desprezo, a frustração que eu reprimia há muito tempo. "Por que você está agindo assim?"

"Assim como?", ela devolve a pergunta.

"*Desse jeito*", digo, jogando meus braços para cima, apontando para tudo. "Ele é só um garoto, Eliza. Desde quando você muda assim por um garoto?"

"Eu não estou mudando...", começou a falar, mas a interrompi antes que pudesse terminar.

"Sim, está. Você tem estado diferente. Distante."

"Você não entenderia", murmurou ela, e retruquei com deboche.

"Tenta."

Então, ela olhou para mim, os dentes da frente cravados em seu lábio inferior. Levantei minhas sobrancelhas, incitando-a e observei enquanto seus olhos disparavam de volta para a janela.

"Não há nada de errado em deixá-lo olhar."

Então a encarei. A descrença me inundava ao ver a linha tênue entre perigo e desejo evaporando de vez e fundindo-se em algo que em essência era diverso dos dois. Era tão clássico de Eliza: dirigir sem cinto de segurança, mergulhar no mangue quando a maré estava muito baixa. Às vezes, eu achava que ela gostava de verdade da perspectiva de se machucar, a ameaça de perigo iminente pairando sobre ela, aumentando a sensação de estar viva.

"Em breve ele vai querer fazer mais do que apenas olhar", falei e cruzei meus braços com força. "Aí, o que você vai fazer?"

Eliza apenas deu de ombros, me ignorando, levando sua caneta aos lábios e mastigando a tampa da mesma maneira descuidada com que costumava andar pelo píer, ajustando a cortininha do biquíni antes de se virar de bruços e desamarrar as tiras. Ela vinha fazendo isso de propósito, me dei conta, tudo isso feito de modo astuto, calculado, e só para ele: abrir a janela, mas nunca por completo. Mostrar um vislumbre de suas costas nuas antes de apagar a luz e fechar as cortinas, deixando-o imaginar o que estava acontecendo no escuro.

Lancei outro olhar pela janela, apertando os olhos contra a escuridão e, naquele momento, juro que consegui vê-lo: uma silhueta ao longe, de pé no píer.

O contorno de Levi observando nós duas.

CAPÍTULO 15

Acordo com o som de um trovão retumbante, que estremece a casa e que sinto nos meus ossos.

Faz três semanas que estamos no verão e o barulho me lembra daquele primeiro dia, as nuvens volumosas invadindo o campus, deixando o céu cinza como mármore. O jeito como olhei pela janela enquanto nós quatro estávamos sentadas na minha cama, o jorro de chuva, que, sem aviso, embaçou o vidro. Lembro-me de pensar que, de alguma forma, Levi a havia invocado. Sua presença sozinha transformando uma manhã perfeita em algo sombrio e escuro — mas a verdade, eu sabia, é que tempestades de verão são normais por aqui, os trovões davam as caras tão logo o sol estivesse a pino no céu. Aqueles relâmpagos, a chuva torrencial.

Coisas rápidas e violentas que perturbam tudo antes de desaparecerem de novo assim que encontram sua liberação.

Acabamos por pular a festa na Kappa Nu, optando por uma noite das garotas. E eu estava grata por isso. Apreciava a oportunidade de evitar Levi e me acomodar em minha nova vida estranha. De imediato, Nicole e Sloane se agarraram às minhas histórias sobre ele, bebendo direto de uma garrafa de uísque que trouxeram para o meu quarto enquanto descrevia como uma vez encontramos uma bituca de cigarro ainda em brasa na grama do lado de fora da janela de Eliza, prova de que ele se aproximava ainda mais durante a noite.

"Que pervertido", bradou Sloane, com a mão no gargalo da garrafa, torcendo à toa. Vi Nicole tremer, os dedos longos puxando meu edredom com força em volta dos ombros. Entretanto, não contei a elas como Eliza a recolheu, com aquele sorriso de canto, enquanto ela a rolava devagar entre os dedos. Como ela a ergueu até que seus lábios roçassem o local onde os dele tinham estado. De alguma forma, não queria que elas a culpassem, mas também não pude deixar de sentir um pouco de emoção com a maneira como todas nós começamos a nos integrar com tanta harmonia — embora a ironia de tudo isso não tenha passado despercebida por mim. O fato de que Levi Butler era a coisa que nos unia quando ele também era quem havia me separado de Eliza.

"É, fique longe dele", avisei, virando-me para Lucy. Eu esperava encontrá-la concordando, com as sobrancelhas franzidas na mesma cara de preocupação, mas ela parecia mais fascinada do que assustada, atraída pelo perigo assim como Eliza.

Quanto mais eu falava, mais observava e percebia como elas, de fato, se pareciam.

No início, foram as pequenas coisas. Coisas que me faziam olhar duas vezes sempre que Lucy entrava em uma sala e, por um segundo, minha mente acreditava ser Eliza. Não importa que elas tenham aparências tão diversas entre si. Lucy é perigosa, um borrão de cachos pretos e pele bronzeada, em comparação com o cabelo claro e as sardas de Eliza. Lucy tem olhos azuis, os de Eliza eram verdes. Contudo, sob a superfície, elas são muito parecidas: o jeito como Lucy anda, tão consciente de si, balançando as partes importantes de modo a fazer as cabeças virarem e as gargantas pigarrearem. Os decibéis de sua voz altos o suficiente para chamar a atenção antes de mergulhar em algo mais íntimo nos momentos que importam. Fazer com que você se sinta como a única pessoa no ambiente. Mas, com o passar do tempo, essas coisas ficaram ainda mais nítidas, mais claras, e eu não conseguia dizer se elas estavam mesmo lá ou se eu apenas as imaginava, sobrepondo Lucy sobre Eliza como uma folha de papel vegetal; meu inconsciente tentando copiá-la por completo. Cada curva. Os pequenos tiques que ninguém mais parecia notar: Lucy puxava uma mecha de cabelo duas vezes antes de colocá-la atrás da orelha, rolava os diamantes de seu colar entre os dedos quando estava imersa em pensamentos ou roía o lápis, sonhadora e proposital, deixando pequenas marcas de mordidas na madeira.

No escuro, rolo na cama e pego meu telefone, minha pele está pegajosa e o edredom, úmido. As últimas semanas se estenderam sem incidentes desde aquele confronto na Kappa Nu. Levi voltou para Outer Banks, deixando-me em um estranho estado de desconforto silencioso: estou feliz que se foi, mas, ao mesmo tempo, sei que voltará. Tento dizer a mim mesma que talvez ele mude de ideia, vá para outra faculdade ou, pelo menos, integre outra república. Digo a mim mesma que consigo lidar com isso, que dessa vez será diferente.

Mas não acredito nisso.

Então, toco no meu telefone e o vejo brilhar no escuro com os olhos semicerrados enquanto procuro pela data. Espero encontrá-la já virada para amanhã. Espero descobrir que dormi direto, que estava inconsciente durante as piores horas da minha vida. Espero sentir o alívio de um novo dia inundar meu peito, liberar a pressão implacável dos meus pulmões. Mas, claro, ainda é hoje. O dia da morte de Eliza.

Um ano desde a noite em que isso aconteceu. Uma rotação completa desde que ela se foi.

Eles não sabem quando ela morreu, não a hora exata, embora o legista tenha estimado que foi pouco antes da meia-noite, cerca de duas horas a partir de agora. Rolo de volta para o meu lugar na cama, meus olhos fixos no teto, uma única gota de suor desce pela minha espinha e o som suave da chuva na janela me entorpece até a obliteração. A tempestade me deu uma desculpa plausível para ficar na cama, para me recusar a acender as luzes, a me desvencilhar das cobertas, embora todos pareçam entender, de forma instintiva, que dia é hoje, porque me tranquei aqui sem explicação. Ouvi o som abafado de passos enquanto as outras se aproximavam do corredor e paravam na frente da minha porta. Sentia-as pairando, esperando, antes de desistir e ir embora. Ignorei suas batidas suaves, seus pigarros, permitindo-me neste único dia deslizar de volta para a pessoa que eu era no ano passado. Esta carcaça aberta de uma coisa que eu nunca quis que vissem. Se eu fosse uma pessoa mais forte, teria ido para casa. Teria passado o dia com os Jefferson, aconchegada em sua sala enquanto trocávamos histórias sobre ela, rindo, chorando e lambendo nossas feridas. Teria visitado meus pais, talvez até o local onde aconteceu, colocando flores no chão em sua memória.

Em vez disso, tudo o que posso fazer é ficar deitada aqui, contando as horas até que acabe. Até que hoje se transforme em amanhã e eu possa, enfim, respirar.

Ouço outro estrondo, mas dessa vez não vem do céu. Vem do meu estômago, um buraco oco sob as cobertas, e lembro, com uma curiosa sensação de desprendimento, que não comi nada o dia todo. Sento-me e tento acender a luz, mas quando toco o interruptor nada acontece. Então, descubro minhas pernas, atravesso o quarto e piso no corredor, seguindo o burburinho familiar de vozes no andar de cima.

"Aí está ela", diz Lucy quando entro no quarto da Sloane. As três estão sentadas no chão no escuro, cercadas por velas. Lucy acende um isqueiro tão de perto que a chama parece sair direto de seus dedos. "Eu estava prestes a fazer uma visita para conferir como você estava. Checar se ainda estava respirando."

"Desculpa", murmuro, encolhendo-me um pouco por sua escolha de palavras, embora ela não pareça notar. Vou até elas com os olhos em uma panela no chão antes de olhar para cima. Há uma goteira constante de água da chuva irrompendo de um ponto úmido no teto, cada gota cai no ferro fundido fazendo um som metálico, um *plim* rítmico. "Estamos sem energia?"

"O dia todo", responde Sloane, com o buço brilhando de suor.

"Na casa ao lado também?", pergunto, sentando-me, imaginando por que elas não estão lá. Elas sempre estão lá, nós quatro sempre estamos, sobretudo, em dias soturnos como hoje.

"Não, mas Nicole e Trevor estão brigados."

"Quando eles não estão brigando?", acrescenta Lucy, e posso ver o maxilar de Nicole cerrar no escuro.

"Eu te disse que podia ir sem mim", interrompe Nicole, mas Sloane apenas se inclina e cutuca seu ombro, sorrindo, antes de se virar para mim.

"Não queríamos ir a lugar nenhum sem você", diz ela. "Você está com fome?"

"Morrendo de fome", respondo, e sinto uma pequena bolha de calor florescer em meu peito.

"Podíamos ir ao Penny Lanes", sugere Lucy, com seus olhos ainda fixos na chama.

Fiquei sabendo sobre o trabalho de Lucy no começo do verão, e algo sobre isso me pegou de surpresa. Admito que Nicole e eu não precisamos trabalhar. Nossos pais pagam nosso aluguel e a faculdade. Enquanto Sloane passa a maior parte das tardes fazendo serviço administrativo para o secretário acadêmico, Lucy dedica quatro noites por semana a um híbrido de bar e pista de boliche no centro da cidade. Soou tão estranho a primeira vez que ela me contou, não conseguia imaginá-la deslizando por aí em patins retrô com copos plásticos de cerveja equilibrados em uma bandeja, sua pele gordurosa por causa do óleo das batatas fritas enquanto limpa a bagunça dos outros; entrando sem ser notada no freezer, talvez, passando o dedo ao redor da borda de uma dose de gelatina com vodca antes de colocá-la na boca. De fora, sempre me pareceu que o mundo era dado a Lucy — como se tudo lhe fosse devido apenas por existir —, então a mera sugestão de que ela precisava de fato trabalhar para alguém, como todo mundo, era uma contradição tão destoante que me deixou sem rumo.

"São dez horas de um domingo", digo e olho ao redor para confirmar antes de lembrar que todos os relógios pararam. Ninguém responde, a sala fica em silêncio, exceto por outro relâmpago seguido por um trovão baixo e lento. "Não está fechado?"

Sloane dá um sorrisinho e vejo as três trocarem olhares, algo não dito corre entre elas, antes de Lucy se inclinar e fazer um biquinho. Um sopro extingue a última luz entre nós.

CAPÍTULO 16

Corremos os quatro quarteirões até o Penny Lanes, nossos pés já molhados e sujos quando nossas sandálias batem contra as poças do estacionamento. Está apenas garoando agora, mas minha pele ainda está úmida sob a capa de chuva, meu cabelo arrepiado por causa da umidade. O ar está almiscarado, verde, cheira a grama molhada e terra revirada, então, eu o inspiro devagar, uma mudança bem-vinda depois do meu quarto abafado.

Nós nos aproximamos do prédio e começo a andar em direção à porta da frente, mas, em vez disso, Lucy agarra minha mão e nos leva para um beco, onde a observo se içar para cima de uma caçamba de lixo; seus sapatos rangem contra o metal molhado.

"O que você está fazendo?", indago, embora seja óbvio no segundo em que vejo a janela logo acima, estreita demais para caber a maioria dos corpos adultos, mas do tamanho certo para alguém tão pequeno quanto ela.

"Entrando", diz ela, tão direta, ficando na ponta dos pés enquanto a abre. Observo enquanto ela se empurra sobre a borda e desliza para dentro do prédio de bruços, desaparecendo no escuro como uma cobra-buraqueira.

"Eles não a trancam?", pergunto, sem me dirigir a ninguém em particular, meu pescoço gira enquanto verifico os arredores.

"Trancam", afirma Sloane, virando-se para olhar para mim, olhos arregalados e vazios. A insinuação é clara, o que ela quer dizer é que eles trancam, mas Lucy destranca.

Sloane e Nicole me levam de volta para a frente e esperamos pelo que parece uma eternidade, embora eu não queira continuar a fazer perguntas, parecer preocupada quando ninguém mais parece estar. Enfim, ouço o som da porta sendo destrancada e observo Lucy empurrá-la, abrindo-a por dentro, com os braços levantados acima da cabeça, como um mágico que reaparece após seu truque final.

"Com que frequência você faz isso?", pergunto ao entrar, ao mesmo tempo ansiosa e impressionada. Observo enquanto ela acende as luzes, me preparando para o soar do alarme.

"Em ocasiões especiais", responde ela ao passar por mim, antes de apertar meu braço.

Devagar, todas se dispersam e eu as observo enquanto elas entram no que parece ser um ritmo familiar: Sloane caminha até um velho jukebox no canto, deslizando seus trocados na máquina e selecionando entre canções antes da música começar a sair das caixas de som acima. Nicole se joga em um dos bancos de couro, vermelho brilhante e rasgado nas costuras, enquanto eu observo as máquinas de chicletes e outras máquinas de venda automática encostadas na parede, do tipo que troca moedas por joias baratas presas dentro de cápsulas de plástico. Há prateleiras de sapatos multicoloridos endurecidos pelo suor e pelo antisséptico; máquinas de fliperama; cestas de basquete e longas pistas de madeira que levam a pinos dispostos em triângulos perfeitos.

"Relaxe", diz Lucy, com um sorriso na voz. Eu me viro para encontrá-la atrás do bar, várias garrafas arrancadas de seus lugares e alinhadas na frente dela. "A segurança é péssima neste lugar. Confie em mim, sei do que estou falando."

Observo enquanto ela despeja uma bebida clara em quatro copos de plástico, completando-os com refrigerante da torneira antes de pegá-los todos nas mãos. Então, ela caminha em minha direção com os braços estendidos para que eu possa pegar o copo mais próximo de mim, e meu pensamento volta para Hines neste momento. Para como ela assumiu o comando na área comum e todas as outras apenas foram atrás dela, pegando aquelas garrafas do chão e pressionando-as contra os lábios.

Como ela entrou no meu quarto sem aviso prévio e passou os dedos por todas as minhas coisas. Me deu o mesmíssimo sorriso até que me deparei com minha cabeça assentindo, meus lábios concordando, ao que tudo indica por conta própria.

"Acho que isso faz com que seja oficial", declara Lucy, levantando seu copo. De repente, Sloane e Nicole estão aqui também, ao nosso lado, antes de pegarem suas bebidas e formarem um círculo. "Você é uma de nós agora."

Sorrio, brindando com minha bebida antes de tomar um gole, e, neste momento, apesar do calor que floresce em meu peito, não consigo evitar e, mais uma vez, imagino por que ela me escolheu. Por que *sou eu* quem Lucy está atraindo para seu círculo assim, por que mereço ser trazida para seu espaço? Sou sua colega de quarto há três semanas e, ainda assim, não enxerguei nenhum lampejo de seu processo de pensamento, nenhuma indicação do motivo. Com paciência, tenho esperado que isso aconteça, algum momento "*a-ha!*" que explique tudo, mas até agora, não aconteceu. Nada aconteceu. Não toquei mais no assunto desde aquele dia no dormitório, no momento em que olhei para ela e perguntei: "*Por que eu?*".

A indiferença em seus olhos, a curiosidade entediada quando ela respondeu com um simples: "*Por que não?*".

Agora, pela primeira vez, me pergunto se é mesmo tão simples assim. Se ela de fato me escolheu porque, bem, por que não? Aqui estão três garotas que deram a sorte de uma casa de quatro quartos perfeita demais para recusar. Elas tinham um quarto vago, ninguém para preenchê-lo e uma garota solitária no corredor que parecia desesperada o suficiente para dizer sim. Talvez ao me ver no gramado naquele dia, olhando para ela com um desejo nos olhos, Lucy tenha enxergado uma oportunidade, a resposta para um problema.

Decidiu fazer o que sempre faz: pegar o que queria e nunca olhar para trás.

As próximas quatro horas passam em uma névoa fluorescente: engolimos margaritas doces e amaretto sour tão rápido que sinto minha garganta machucada, em carne viva. Lucy chega atrás de mim com um refil toda vez que meu copo seca. Dançamos ao som da música do jukebox e devoramos sorvete do freezer; deslizamos por aquelas longas e escorregadias pistas como uma cena de *Negócio Arriscado* e usamos os pinos como microfones, gritando cada palavra. Em algum momento, caímos em uma pilha no chão, com os braços suados, emaranhados e quentes ao toque, o teto girando devagar acima de nós.

Sloane olha seu telefone e murmura "*Merda, temos que ir*", antes de me puxar para cima e pela noite.

Tenho uma vaga lembrança de Lucy colocar a bebida de volta no lugar, apagar as luzes. Nós três sairmos pela porta da frente e esperarmos no beco que ela saísse pela janela, ouvindo-a rir enquanto caía com tudo na lixeira. Todas cambaleamos para casa com os braços entrelaçados como uma corrente de margaridas, selvagens e delicadas, as palavras de Lucy pulsavam no meu pensamento como uma meditação, uma oração.

"*Você é uma de nós agora.*"

Só quando acordo na manhã seguinte é que percebo o que aconteceu, como o momento da morte de Eliza veio, passou e eu nem senti. Como eu tinha me perdido por completo em Lucy, sua atenção era o remédio que precisava para fazer a dor ir embora. Em vez disso, quando o relógio marcou meia-noite e continuou correndo, o tempo marchando implacável sem ela, eu não estava me asfixiando do jeito que esperava, pensando em Eliza deitada no chão, seu último suspiro expelido com muita força.

Em vez disso, eu estava dançando, cantando, perdida por completo no momento.

Tinha dormido um sono profundo pela primeira vez em um ano.

CAPÍTULO 17

Olho para a minha porta, um formigamento no meu pescoço me alerta para a presença de Lucy. Ela faz isso às vezes, aparece sem aviso prévio. Observa do corredor em silêncio e imóvel, espera que eu a note.

"Oi", cumprimento e olho de volta para os meus pés. Estou sentada no chão do meu quarto com as pernas arqueadas, pintando as unhas dos pés de um azul fluorescente.

"Onde está todo mundo?", indaga ela.

"Acho que estão na casa ao lado."

Não sei como, mas é a última semana do verão e temos bebido de uma maneira selvagem, louca, como raízes em solo seco. Saímos todas as noites e dormimos até o meio-dia; suamos nossas ressacas antes de recomeçar o processo. Passamos a maioria dos dias na praia, nós quatro nos amontoamos no velho Mazda de Lucy de manhã, com as janelas sempre abertas, uma brisa quente que emaranha nossos cabelos porque o ar-condicionado está sempre quebrado. É uma viagem curta até a praia — trinta minutos, no máximo; vinte, se você acelerar — e passamos as horas vagas bronzeando padronagens em nossas costas; comendo melancias encharcadas com vodca; tomando banho frio; cochilando em nossas toalhas. Aí, à noite, vamos para a Kappa Nu, para fumar um fino e jogar um pouco de *beer pong*, com nossas bochechas e olhos em um vermelho-vivo.

A verdade é que aprendi mais nesses três meses do que em todo o meu primeiro ano: como virar uma cerveja; enrolar um baseado e soprar anéis de fumaça bem redondinhos ao arquear minha língua da forma certa.

Ainda fico um pouco calada perto dos meninos, às vezes, nervosa. Mas, aos poucos, Lucy tem me aberto, como uma exigente planta de interiores ainda aprendendo a ser amada. Ela tem me empurrado para fora da minha concha — com gentileza e gradualmente — de um jeito que sei que deixaria Eliza orgulhosa... e tenho começado a entender por que Eliza queria isso também: essa excitação, diferente de tudo que já experimentei. Não eram as festas, os jogos ou as bebidas que ela desejava, agora eu sei, mas as pequenas coisas que aparecem nos momentos entre eles: como você se sente quando alguém reconhece sua cara, sabe seu nome; quando te chamam para o outro lado da sala como se te quisessem lá, de verdade. É a gargalhada quando uma piada cai bem ou a sensação dos olhos de alguém em sua pele que te faz se sentir tão estranhamente viva.

Enfim, estou começando a entender — começando a *entendê-la* — e todas as noites, coleciono esses momentos como coleciono tudo. Lembranças sentimentais que não aguentaria jogar fora.

"Tenho que trabalhar hoje à noite", diz Lucy, encostada na lareira. Olho para cima de novo e me dou conta de que ela está usando seu uniforme de sempre: shorts curtos, meias de cano alto e uma camiseta vermelha com uma bola de boliche no meio, o logo do Penny Lanes estampado na frente. "Você quer pegar as meninas e passar lá depois de fechar?"

Eu sorrio e concordo, ansiosa para aproveitar esses últimos dias juntas. Não sei como as coisas irão mudar quando todo mundo voltar para o campus, no entanto, de algum modo, já sei que vão. Posso sentir a mudança no ar. A energia vibrante de outros corpos por perto. Tenho notado os caminhões de mudança aparecendo pela cidade, a primeira leva de calouros analisando os dormitórios, e é estranho vê-los aqui. A presença de outras pessoas me arranca desse devaneio que criamos, como um estranho que aparece em um sonho sem avisar — porque é assim que esses últimos três meses têm sido. Um sonho, uma realidade alternativa. A versão de sala dos espelhos de parque de diversões da vida normal. Uma cidade universitária no verão não é, de fato, uma cidade universitária. E nosso pequeno pedaço dela parece uma cidade-fantasma para nós, um bando de garotas entediadas vagando por aí sem nada para fazer e o tempo todo para fazer nada.

Deserta, perigosa e à nossa disposição.

Chegamos ao Penny Lanes uma hora depois do fechamento, dando tempo suficiente para Lucy limpar, fechar e garantir que todos tenham ido embora. Sloane bate três vezes na porta da frente enquanto esperamos, o ar do verão parece uma sauna a vapor; nossa pele, uma mancha de vazamento de óleo. Outra noite quente e úmida que suga nossa energia no segundo em que pisamos fora de casa.

"Espero que tenham bolinhas de batata", diz Nicole, sua perna esquerda quica. "As daqui são tão gostosas."

Sloane olha para ela com a sobrancelha erguida. "Você sabe que eles compram tudo no Costco, né? É tudo congelado."

Nicole dá de ombros. "Tudo tem um gosto melhor quando é de graça."

"Não é de graça." Sloane ri. "Estamos roubando."

"Ainda é de graça para mim."

A porta se abre com uma lufada de ar fresco e, na mesma hora, sei que algo está diferente. Lucy está sorrindo para nós do outro lado da porta, nos chamando para entrar, mas da última vez que aparecemos aqui, o lado de dentro da pista estava gelado e silencioso, quase como se estivesse esperando que o soprássemos de volta à vida.

Desta vez, porém, há outras pessoas lá dentro. Vozes familiares. Os rapazes.

"O que é isso?", pergunto, passando pela porta. "Chegamos cedo demais?"

"Não", responde ela. "Bem na hora."

Olho em volta e reconheço Trevor, Lucas e alguns outros caras da casa ao lado. Acabei conhecendo todos eles na intimidade durante o verão, o pequeno grupo deles que também ficou para trás. Trevor é grosseiro e barulhento. O oposto de Nicole, que é sempre gentil demais para corrigi-lo. Para ser sincera, é difícil saber o que eles veem um no outro, além de sua inacreditável beleza: peles sem poros, dentes brancos como leite, ambos quase perfeitos demais para serem reais. Tenho a sensação de que há algo entre Sloane e Lucas também — algo que ela não quer admitir. Eles são uma combinação estranha, mas que faz sentido quando percebo aqueles pequenos momentos em que acham que ninguém está olhando. Sloane é sempre tão séria, tão estoica e entediada, e Lucas a faz rir como ninguém mais consegue.

Olho para as duas, Sloane e Nicole, mas elas não parecem tão surpresas quanto eu.

"Eu não sabia que eles estariam aqui também", murmuro, olhando para os rapazes, e minhas bochechas ardem no segundo em que digo isso. Não quero admitir o apego que desenvolvi em tão pouco tempo — e não apenas com minhas colegas de quarto, mas com este lugar também. Desde a minha primeira noite aqui, comecei a pensar no Penny Lanes como algo sagrado, nós quatro dançando em círculos, segurando as mãos suadas uma da outra. Um lugar secreto, como aquele bolsão de ar sob o píer, onde podemos ir para nos esconder, para fugir.

Uma coisa que compartilhamos e escondemos de todos os outros.

Lucy se vira para olhar para mim, um lampejo do que parece pena aparece em seu rosto. Então ela pega minha mão e dá um aperto rápido antes de caminhar até um grupo deles e me deixar sozinha.

Decido ir até o bar e preparar uma bebida antes de me virar e inspecionar o ambiente. É gigante, quadrado e sem janelas, como as pistas de boliche costumam ser. A atmosfera cavernosa faz dele o lugar ideal para algo assim — ninguém do lado de fora poderia saber que há pessoas ali dentro — e, por isso, é fácil se sentir um pouco embriagado aqui. As paredes de concreto dão ao espaço um ar impessoal, oscilando entre o clínico. O tempo parece se estender, como na vez que meu pai me deixou ir com ele ao cassino: sem luz natural para indicar a passagem do tempo, a mente parece suspensa para sempre, como se estivesse revivendo a mesma cena repetidas vezes.

Olho para a minha esquerda e vejo dois caras se atirando pelas pistas, rindo de um jeito histérico enquanto batem nas canaletas. Nicole está sentada no colo de Trevor, em cima do retorno da bola, e Sloane foi até o jukebox mais uma vez, zapeando pelas várias opções antes de decidir por Fleetwood Mac.

"Oi, Margot."

Eu me viro, meus olhos ficam esbugalhados ao vê-lo. Levi está aqui, segurando um copo de plástico com tanta força que ele começa a se dobrar sob a pressão. Tenho me preparado para o seu retorno, é claro, meus olhos toda hora disparam para o estacionamento da Kappa Nu, examinam os carros em busca de seu Jeep branco enferrujado com o adesivo de Outer Banks descascando nas bordas. Tenho estado em alerta máximo toda vez que nos aventuramos na porta ao lado, os ouvidos formigam com o surgimento de cada nova voz. O peito aperta a cada olhar periférico em que capto um rapaz alto e bronzeado com cabelo castanho desgrenhado... porém, de todos os lugares, eu não o esperava *aqui*.

Olho em volta de novo, meu olhar percorre a sala de um lado para o outro, tentando entender o que ele está fazendo. Por que ele está saindo com Trevor, Lucas e todos os caras de uma série acima dele, em vez de pessoas de sua idade? Até que me lembro do que Trevor disse naquela primeira noite.

"Ele é um legado, então, você sabe. Tratamento especial e tudo mais."

"Oi", respondo, tentando engolir meu batimento cardíaco. Posso senti-lo subindo, indo devagar para minha garganta. O pai de Levi foi da fraternidade, o que significa que ele sempre será convidado para essas coisas, pelo menos nos primeiros dias, quando ainda estão tentando bajulá-lo. Ainda tentando convencê-lo de que ele é diferente, especial. Pelo visto, imune ao inevitável trote que virá em seguida.

"Olha, vamos logo lidar com isso, ok? Eu sei que você não me quer aqui", diz ele, quase com urgência, como se tivesse se preparado o verão todo para dizer isso. "Você deixou isso claro desde o início. Bem no início."

Mordo meu lábio, lembrando-me daquele primeiro dia sob o píer. Como Eliza e eu o vimos caminhar em nossa direção antes de mergulharmos na água, ressurgindo naquele espaço secreto. Que interessante: aquele instinto feminino de se abaixar, de se esconder, como uma presa avistando olhos brilhantes na noite. Algo inerente aos nossos próprios genes, ao nosso próprio DNA. Agora me pergunto se ele sabia que estávamos lá embaixo o tempo todo, plantando os pés e se recusando a sair dali.

Se gostou da sensação de estar sobre nós, nos sufocando. Se isso o fez se sentir grande.

"Mas eu estou aqui", prossegue ele. "E não vou a lugar nenhum, então você vai ter que se acostumar com isso."

Lembro-me de como costumava ir até eles, depois que se tornaram amigos. Sorrindo com educação enquanto sentava junto a eles. Como um silêncio estranho se instalava sobre nós três, cortando com brusquidão o que quer que fosse que estivessem falando antes.

"Não precisamos ser inimigos", continua, e penso em como ele sorria de volta, mordendo a bochecha, me odiando por existir. Por estar lá também. "Nós dois a amávamos..."

"Pare", interrompo, estendendo minha mão. Meu pensamento volta à silhueta dele no quintal, observando-a no escuro. Não consigo ouvi-lo dizer essa palavra. "Apenas pare."

"Juro que não quis dizer..."

"*Pare*", repito.

Um assobio agudo irrompe atrás de nós, e eu me viro para olhar, grata pela interrupção. Meus olhos pousam em Lucy. Ela desfila por uma das pistas como uma modelo em uma passarela, um único pino em sua mão bate contra a palma oposta. As pernas longas e magras, naquele shortinho curto, cruzam-se com elegância chamativa. Então, penso em Eliza de novo, caminhando pelo píer.

Elas são tão parecidas, as duas. Ambas se deleitam ao serem observadas. No querer. No risco.

"Vem todo mundo pra cá!", Lucy grita. "É hora de jogar!"

Observo enquanto ela avança para a frente da pista e se joga no chão, as pernas dobrando. Coloca o pino à frente e dá um peteleco nele, fazendo-o girar.

Olho de volta para Levi e percebo como seus olhos se dilatam ao vê-la. Ele inclina a cabeça, intrigado, antes de se virar para mim.

"Você conhece ela?" Há uma curiosidade incontrolável em sua voz.

"É a Lucy", respondo. "Minha colega de quarto."

Ele abre e fecha a boca, como se reconsiderasse o que estava prestes a dizer. Pergunto-me se ele também enxerga aquilo: as semelhanças entre elas. O magnetismo de Lucy e como ela atrai as pessoas contra a vontade delas. O poder que exerce sobre todos os outros, uma força dominante como a própria gravidade.

Pergunto-me se ele sente isso: aquela aura elusiva, arrastando nós dois, tal como Eliza.

CAPÍTULO 18

"O jogo é Girar o Pino", declara Lucy, satisfeita por enfim começar, agora que estamos todos em um círculo. É incrível a rapidez com que ela consegue dominar a atenção de uma sala; como um pigarro ou estalar de dedos nos faz sair correndo, tão ansiosos para agradar. "É uma mistura entre o Jogo da Garrafa e Verdade ou Desafio."

Sinto um nó na garganta ao pensar em Levi. Não consigo olhar para ele, mas sei que ele também está pensando o mesmo. Não tem como eu beijá-lo. Se eu girar o pino e cair nele, Eliza seria a única coisa em nossas mentes. Seria como uma traição nojenta — de ambas as partes — e, de repente, estou com muita raiva de Lucy por não ter pensado nisso.

"Fiquem tranquilos, não vai ter pegação", diz ela, como se estivesse lendo meu pensamento. "Ainda não, pelo menos. A noite é uma criança."

Lucas assobia e pisca para Sloane, que revira os olhos antes de tomar um longo gole de sua bebida.

"Nós damos a volta no círculo e giramos o pino", prossegue Lucy, jogando-o de novo e observando-o oscilar. "Quando ele parar, quem ele estiver apontando escolherá entre verdade ou desafio."

"E se não quisermos fazer o que quer que seja a idiotice que formos desafiadas a fazer?", Sloane questiona, olhando de volta para Lucas, embora eu tenha a sensação de que ela só está perguntando para que eu não precise fazer isso.

"Então você é um fiasco", diz Lucy. "E bebe. Eu começo."

Todos nós a observamos alcançar o centro com um braço esticado, o pino de boliche entre nós oscilando para frente e para trás enquanto gira. Olho ao redor do círculo, fazendo a contagem mental dos jogadores. Têm eu, é claro, e Levi, sentado do outro lado, o mais longe quanto nos é possível. Têm Nicole e Trevor; Sloane e Lucas. Lucy, óbvio, e três outros caras que já conheci antes, mas cujos nomes, até agora, nunca me preocupei em lembrar. Will, talvez. James parece certo. Algo que começa com G.

"Nicole!", brada Lucy enquanto o pino desacelera até parar. "Minha primeira vítima! Verdade ou desafio?"

Nicole resmunga, tomando um gole dramático de sua bebida.

"Verdade", responde ela, enfim.

"Qual é o lugar mais ousado em que você e Trevor já transaram?"

Trevor solta uma risada enquanto Nicole fica vermelha, escondendo o rosto atrás do copo. Vejo Sloane sorrir com malícia, como se já soubesse a resposta, enquanto o resto dos caras tomam goles constrangidos, tentando esconder o fato de que já estão imaginando a cena.

"Deve ter sido bem ali", conta Trevor, rindo, apontando para o banco vermelho atrás de nós antes que Nicole possa intervir. Lucas solta um "*Porra!*" com o queixo caído, enquanto os olhos de Nicole se arregalam e sua mão se estende para dar um tapa no ombro do namorado.

"Mas que *caralho*, Trevor", sussurra ela, seu rosto enrubescendo ainda mais. Ele apenas dá de ombros, sorrindo para sua bebida e parecendo satisfeito.

O jogo continua, cada um de nós tendo a nossa vez com o pino. A cada rodada que passa, posso ver nossas pálpebras ficando mais pesadas, nossas bochechas, mais vermelhas. A familiar mutação de sóbrio para tonto, então para algo mais intenso, fazendo nossa pele cair como argila batida. Alguém trouxe uma série de garrafas para o círculo, para que não tivéssemos que ficar nos levantando para encher nossas bebidas, e toda vez que o pino cai em mim, prendo a respiração e escolho o desafio. Minhas pernas arrepiam quando me levanto, aquela onda de sangue frio que volta a circular. Até agora, tomei três doses de vodca de hortelã, dei uma dançada preguiçosa no colo do James e comi uma fatia de pizza em temperatura ambiente que algum cliente deixou embaixo de uma mesa com uma única marca de mordida na crosta.

"Isso é nojento", murmurou Lucas enquanto eu me forçava a mastigar, o queijo coagulado grudando no céu da minha boca.

Não tenho ideia há quanto tempo estamos jogando — minutos, talvez. Horas. Dias. Poderia estar claro lá fora, pelo que sei, mas aqui dentro, debaixo dessas lâmpadas fluorescentes, parece que estamos em um vácuo. Como se fôssemos as únicas pessoas no mundo.

Tenho uma vaga imagem de Sloane à minha esquerda, embora ela seja mais uma mancha do que qualquer outra coisa, um borrão colorido enquanto ela muda o peso do corpo de lado, agita os braços. Qualquer que seja a história que ela esteja contando, está ficando mais animada a cada minuto. Lucas divaga sobre sua última verdade, transformando o que deveria ter sido uma resposta simples em algo intenso e profundo. Quanto mais bebemos, mais falamos — nossas inibições diminuem, as emoções aumentam — e a sala gira devagar. Stevie Nicks ainda ecoa das caixas de som ao nosso redor, sua voz rouca me puxa para um transe ao falar sem parar sobre coisas que tivemos e perdemos.

Fecho meus olhos, abaixo minha cabeça e meus pensamentos, mais uma vez, vagam para Eliza. Ela teria se encaixado tão bem aqui. Isso é tudo o que ela sempre quis, de verdade: todas aquelas noites em que tentou me puxar para longe da segurança de nossos quartos, implorando para que eu saísse. Conheça pessoas. *Faça* alguma coisa. Eu nunca quis ir. Estava muito contente com o jeito que as coisas eram — só nós duas, do jeito que sempre foi — e, num instante, me sinto uma hipócrita por estar aqui. Por viver essa vida que ela queria mais do que tudo.

"Levi."

Levanto a cabeça com tudo, e seu nome corta a música, trazendo-me de volta à vida. Veio de Lucy, seus olhos azuis fixos nele como os de um predador à noite. Talvez seja a natureza do seu olhar que nos desarma, ou o fato de que meu copo está, para o meu assombro, vazio. Ou ainda o contraste de sua voz com a de Lucas: a dela nítida e limpa, contra a divagação desconexa dele. De repente, porém, percebo que não a vi tomar um gole a noite toda.

O copo dela está bem ali, ao seu lado, mas ela mal o tocou.

"Sim?" Levi a encara, seus olhos inflamados pela luz fluorescente ou pelo álcool. Talvez um pouco dos dois. Ele parece surpreso ao vê-la se dirigindo a ele assim, ainda que a tenha observado a noite toda, atraído por ela como todo mundo. Uma tensão selvagem irradia entre os dois, o que passou a ser normal para Lucy. Dá para ver que ele queria falar com ela, chamar sua atenção, e agora o observo olhar para baixo e perceber que o pino está apontado para ele. "Ah." Ele solta uma risada, arrastando a mão pelo rosto num gesto constrangido. "Ah, verdade, eu acho."

Lucy sorri. Seus lábios se curvam naquele jeito felino, como se fosse essa mesma a resposta que esperava. Então ela se inclina para frente, dramática, as mãos apoiadas no chão à sua frente como se estivesse prestes a revelar a ele seu segredo mais profundo.

"Levi Butler", sussurra ela, inclinando-se ainda mais para perto. Há um tom de sedução em sua voz que faz minha pele pulsar. De uma hora para outra, o ar ao nosso redor está tão carregado que quase esquecemos de respirar. "Se você soubesse que poderia escapar impune de um assassinato... você mataria?"

CAPÍTULO 19

DEPOIS

Sloane está certa: foi ideia de Lucy.

Bem ali, sentadas naquele círculo, a semente foi plantada em todos os nossos pensamentos. A princípio, nem sabíamos que estava lá. Ainda era algo oculto, enterrado, esperando seu momento. Contudo, ao longo dos meses seguintes, suas raízes se aprofundariam em nossos cérebros, se estabeleceriam. Coisinhas finas que cresceriam espessas e fortes, gavinhas se enroscando. Nos sufocando. Nos mantendo unidas.

No entanto, sabíamos o que estávamos fazendo. Conhecíamos os riscos. Não podemos culpar Lucy por tudo, porque, embora tenha sido ela quem começou, fomos nós que terminamos.

Meu telefone vibra alto contra a mesa de cabeceira, o solavanco violento me traz de volta à vida, de volta ao presente. Distanciando-me das minhas memórias daqueles primeiros dias, utópicos e distantes, e retorno à dura realidade do agora: Levi morto, Lucy desaparecida.

Sloane, Nicole e eu no centro pulsante disso tudo.

Por fim, dou uma olhada no meu telefone e reviro os olhos ao ver quem está ligando. Saio debaixo do meu edredom e, após o quinto toque, atendo.

"Oi, mãe", cumprimento, quase que de imediato desejo ter deixado cair na caixa postal.

"Margot, querida, meu Deus do céu", diz ela, sem se incomodar em dizer *olá*. "Você está bem?"

"Estou bem", respondo, esfregando os olhos. Lucy sumiu há uma semana, e nenhuma de nós tem dormido muito. É ainda pior agora que foi parar no noticiário, com a polícia pedindo ajuda do público para encontrá-la. Eles ainda não fazem ideia de onde ela está. Estão começando a ficar desesperados.

"Onde Lucy está?"

"Não sei", respondo. "Ela faz isso às vezes."

"O que você quer dizer com ela *faz isso às vezes*?"

"Ela só faz o que quer. Não é a primeira vez que vai a algum lugar sem contar a ninguém. Você se lembra do Natal."

Minha mãe está quieta, pensativa. Elas se encontraram uma vez, minha mãe e Lucy; e que semana frenética foi aquela, além daquela noite no Penny Lanes, o começo não oficial de tudo isso.

"Eu sabia que tinha um mau pressentimento sobre ela, mesmo naquela época..."

"Não, você não tinha. Disse que a amou."

"Ela teve algo a ver com aquele garoto, o Butler?", interrompe ela, revelando o verdadeiro motivo de sua ligação. "Margot, querida, isso é sério."

"*Não*", digo. "Deus, mãe, você está de brincadeira? Você está mesmo me perguntando se Lucy matou alguém?"

"É estranho", insiste ela. "Outro acidente bizarro, ainda mais depois do que aconteceu com Eliza..."

"Isso não tem nada a ver com Eliza", surto. "Por que você está falando dela?"

"Porque aquele garoto foi a última pessoa a ser visto com ela viva!" Ela quase grita ao telefone. "Sua melhor amiga, Margot! E agora ele está morto, e sua *nova* melhor amiga está desaparecida após ser interrogada sobre isso! Não faz sentido!"

"Você está sendo histérica", retruco, só porque não quero admitir que ela tem razão.

"Se ele a machucou, eu entenderia", minha mãe diz, após um silêncio pesado. Ouço-a respirar fundo e consigo imaginar a maneira exata como sua mão livre deve estar inquieta em seu colar de pérolas, puxando-o de sua pele como uma gola alta muito apertada. "Eu entenderia se ela tivesse que... você sabe, se *proteger*."

"Não foi assim, mãe."

"Você sabe tão bem quanto qualquer um do que aquele garoto pode ser capaz."

"Eu disse que não foi assim."

"Só estou preocupada com você."

"Você está preocupada com as aparências", corrijo.

"Bem, sim, é claro que estou", rebate ela. "As pessoas vão começar a evitá-la como uma praga se todos com quem você anda continuarem desaparecidos ou mortos."

Fecho meus olhos e deixo-a falar. Não adianta discutir.

"Não acredito que vão deixar você ficar nessa casa depois de tudo o que aconteceu", murmura ela. Meus olhos se abrem, aliviada com a mudança de assunto.

"Na verdade, não vão", digo, encostada na cama. "Nos deram uma semana para nos mudar."

"Isso é bom", diz ela, suavizando o tom. "Nunca gostei da ideia de você morar aí, de qualquer forma. Todos aqueles garotos do lado."

"Não é tão ruim quanto parece."

"Para onde você vai?", pergunta.

"A faculdade encontrou um apartamento para nós a alguns quarteirões de distância", digo, olhando ao redor do quarto, evitando pensar que ainda preciso fazer as malas. Há um tempo, eu sabia que isso aconteceria, mas, ainda assim, tenho evitado. Todas nós temos.

"O que vão fazer com a casa?", questiona ela, e eu belisco a ponta do meu nariz, reprimindo um grito.

"Acho que vai ficar vaga por um tempo", respondo. "A Kappa Nu está suspensa até que a investigação termine, e eles são os donos, então não podemos viver aqui sem proprietários."

"Talvez agora seja a hora de reavaliar Rutledge", minha mãe fala com uma animação perceptível na voz, como se a ideia tivesse acabado de lhe ocorrer, embora saiba que ela pensa nisso desde o dia em que fizemos o depósito. "Afaste-se de toda essa loucura. Muitos alunos se transferem depois de um ou dois anos, e você ainda tem as notas para a Duke, não é?"

"Não vou me transferir", interrompo. "Tenho que ir, mãe. Estou muito ocupada agora. As provas começam em duas semanas."

"Não sei como eles esperam que você passe nas provas em meio a tudo isso", comenta ela, suspirando. "Não está certo. Uma aluna desaparecida e o outro morto."

"É", concordo, refletindo sobre a segunda frase: *Uma aluna desaparecida e outro morto*. "Acho que eles só querem que a gente se sinta normal."

"Bom, não há nada de normal nisso", retruca ela, a voz mergulhada em um sussurro, murmurando para si mesma como se tivesse esquecido que estou aqui. "Nada normal mesmo."

CAPÍTULO 20

ANTES

A sala está em silêncio, exceto pelo piano elétrico que flutua ao nosso redor, o chão que se inclina e gira como um carrossel. Quase parece que somos levados por ele, incapazes de escapar, nos movendo por todos os lados conforme a música aumenta em nossos ouvidos.

Acho que posso estar passando mal.

"E aí?", Lucy pergunta e sinto que pisquei. Olho para Levi, para sua expressão atordoada e, então, de volta para Lucy. Seus olhos não deixaram os dele nem por um segundo.

"Porra", resmunga Lucas. "Que maneira de acabar com o clima, Luce."

"Estou falando sério", diz ela, inclinando-se para trás, a tensão na sala se elevando um pouco como se aquela simples mudança de postura conseguisse alterar o próprio ar. Olho ao redor e percebo como todos os outros parecem imitar o que ela faz: a posição de suas mãos, a inclinação da cabeça, todos nós imitando seus movimentos sem ter consciência disso. "Se você pudesse matar alguém e soubesse, com certeza, que não seria pego, você faria isso?"

Levi leva a mão até a parte de trás do pescoço, massageando-o com delicadeza. Suas bochechas enrubesceram e ele não olha para mim, não consegue, porque ele sabe o que estou pensando. O que nós dois estamos pensando.

"Não sei", diz ele, enfim. "Sou do amor, não da guerra."

E lá está aquela palavra de novo — *amor* — ou qualquer derivado dela. Não sei se Levi de fato amava Eliza e, para ser sincera, não me importo. Eu a amava também, mas isso não me impediu de machucá-la; de fazê-la se sentir culpada pelas coisas que ela queria. A vida que ela ansiava. Na verdade, acho que a machuquei *porque* a amava — é isso que as pessoas fazem, afinal. Destroem a exata coisa que mais desejam.

"Papo furado", cospe Lucy. "Isso é papo furado."

"Você mataria?", Levi retruca raivoso, de repente, e não consigo evitar me encolher com sua abrupta mudança de tom, em como Lucy o irritou com tanta facilidade.

"Claro que sim", diz ela, satisfeita com sua reação. "Todos nós mataríamos."

Nós nos viramos para olhá-la, com os olhos cansados tentando prestar atenção, à espera de um sorriso, uma risada. Mas ela apenas cruza as pernas, pega o pino e o gira em suas mãos.

"A única coisa capaz de fazer com que atos ruins se tornem reprováveis são as consequências, certo? Pense nisso. O fato de estarmos aqui agora significa que todos temos uma moralidade um pouco flexível."

Ela abre um sorriso ao falar e todos ficam quietos, olhando ao redor, de repente se sentindo tão expostos. Não consigo evitar de ficar corada ao ver as garrafas vazias que pegamos do bar, a bebida ingerida que não é nossa. A maneira como estamos todos sentados neste lugar ao qual não pertencemos, agindo como se pertencêssemos. Ela está certa, me dou conta. Se há uma coisa que Lucy me ensinou desde o momento em que nos conhecemos, é que, uma vez que você quebra uma regra sem sofrer as consequências, parece muito mais fácil quebrar as outras.

"Se pudéssemos nos entregar às tramoias da vida sem suas consequências, seríamos animais", prossegue ela. "Somos animais. Todos nós."

"Discordo", James intervém e viro para olhá-lo, embora mal consiga ouvi-lo. Não de verdade, não mais. Ainda estou pensando em Lucy, encantada por sua confiança. Hipnotizada pelo modo como ela se impõe sem pedir desculpas, antes de conseguir arrastar todos para o seu lado. "Não é assim que funciona."

"Não é?", pergunta ela.

"Não, não é", rebate ele. "Do ponto de vista moral, a maioria das pessoas traçaria um limite antes de matar alguém."

"A moral é subjetiva."

"Ela é objetiva", argumenta ele. "É *certo* versus *errado*..."

"Nada na vida é objetivo."

"Ok", interrompe Nicole, uma pontada desconfortável em sua voz. Seus olhos continuam grudados em Levi, suas pernas, longas e bronzeadas, batendo nas dela. "Nós entendemos. Você deixou claro seu ponto."

"Não." Lucy balança a cabeça. "Eu não deixei. E, de qualquer forma, meu ponto não é sobre moralidade. Meu ponto é que se você alega que está acima de matar alguém, é só porque ainda não encontrou um motivo para fazer isso."

Ela olha para mim e pisca, uma injeção de adrenalina sobe pelo meu peito.

"Nós quebramos as regras quando decidimos que o custo de ser pego não supera a recompensa de fazê-lo, certo?", argumenta ela. "Você pode dizer o mesmo para tudo. Uma vez que você encontra a pessoa certa, o *motivo* certo... a balança começa a pender."

Estamos todos quietos, considerando isso em nossa letargia bêbada. Essa ideia como um sonho distante.

"Eu mataria minha madrasta", afirma Trevor, com a expressão impávida. Ele assente uma vez antes de levar seu copo aos lábios, como se o assunto estivesse encerrado.

"O professor Lund", acrescenta Sloane, cutucando Nicole para que ela saiba que está brincando. "Ele me deu um B em cálculo 1 sem motivo algum."

"Todos nós temos isso em nós", continua Lucy, ignorando-a, cruzando os braços com firmeza contra o peito. "Brinque o quanto quiser, mas sob as circunstâncias certas, todos nós faríamos isso. Eu sei que faríamos."

"E você?", pergunto sem nem perceber que disse isso em voz alta. Ainda estou olhando para Lucy, para o brilho em seus olhos que, juro, não estava lá há apenas alguns segundos. Só ela poderia fazer algo como assassinato soar tão direto. Só Lucy poderia fazer você sentir que, de fato, consideraria isso — ou que há algo muito errado com você se não o fizer. "Quem você mataria?"

Observo enquanto sua cabeça se vira em minha direção, dentes pontudos cravados em seu lábio e aquelas pupilas incômodas focadas em mim. Então, ela inclina a cabeça, as sobrancelhas franzidas como se não entendesse a pergunta. Como se, de alguma forma, estivesse decepcionada comigo.

Como se eu nem precisasse perguntar.

"Eu mataria alguém que merecesse morrer."

CAPÍTULO 21

Estou de pé logo cedo, às seis da manhã, os gins-tônicas que bebi na noite anterior deixaram minha língua ferida. Não sei se adormeci, mas fiquei deitada rígida sob o edredom em algum tipo de estado de coma, encarando o teto. Minha cabeça lateja suave, no ritmo do meu coração.

Puxo as cobertas até o queixo, um arrepio percorre toda a minha espinha. Não é só a temperatura que me dá calafrios, embora eu esteja congelando. Notei isso desde aquele primeiro dia, o jeito que o andar de cima era tão abafado em comparação com o meu quarto, sempre fresco. Na época, eu havia atribuído isso ao isolamento de merda, frestas nas janelas, apesar de que, do ponto de vista técnico, elas deveriam deixar isso aqui *mais quente*, não o contrário. No entanto, agora, são os pensamentos sobre Lucy que fazem meu corpo reagir como naquele dia no dormitório, em que seu olhar glacial nas minhas costas deixou minha espinha fria e rígida. Uma estalactite se materializaria apenas com o frio dos olhos dela.

Não consigo parar de pensar na aparência dela ontem à noite, os cotovelos pressionados juntos enquanto se inclinava em direção ao Levi. A concentração em seu rosto e aquele pequeno sorriso enquanto ela mordia o lábio e o observava espernear.

"Se você soubesse que poderia escapar impune de um assassinato... você mataria?"

Saio da cama e rastejo em direção à porta do quarto, abrindo-a no escuro. Já está começando a clarear lá fora, o início nebuloso de um novo dia, mas a quietude da casa me diz que todas ainda estão dormindo.

Não me surpreendo. Não consigo nem lembrar a que horas cambaleamos para casa ontem à noite — apenas algumas horas atrás, sem dúvida —, mas ainda assim, eu me esgueiro pelo corredor, passo pelo quarto de Lucy e subo os degraus na ponta dos pés até chegar ao segundo andar.

"Sloane?", sussurro, batendo de leve em sua porta. "Você está acordada?"

Ela não responde, mas ainda assim, eu entro, suas cortinas blecaute sufocam qualquer raio de luz vindo de fora. Subo na cama dela e a sacudo com gentileza. "Sloane", chamo. "Acorda."

"Quê?", resmunga ela. "Que horas são?"

"Shhh", eu falo, com a voz baixinha para o caso de Lucy estar por perto. Eu sei que não tem lógica — sei que a porta dela estava fechada quando passei, sei que ela está dormindo — mas mesmo assim. Ela tem o hábito de se esgueirar por trás de você, de aparecer sem avisar. Você nunca sabe, de fato, quando ela pode estar por perto. "Preciso falar com você."

"E eu preciso dormir", ela completa.

"O que foi aquilo ontem à noite?", pergunto, ignorando-a. "Aquilo foi esquisito, né?"

"O quê de ontem à noite?"

"Lucy", digo. "Aquela pergunta."

"Ah, sei lá", diz ela, com os olhos ainda fechados. "Lucy gosta de joguinhos."

"É, sim. Isso eu entendi."

"Não estou falando daquele jogo", esclarece Sloane. "Quer dizer, *joguinhos*. Fazer jogos psicológicos."

"Você acha que ela estava tentando mexer com a cabeça do Levi? Por causa do que contei para vocês?"

"Como eu disse, não sei."

Fico quieta, refletindo, lembrando-me do jeito que ela abaixou o queixo como se estivesse compartilhando um segredo, uma confissão, e em como ela escolheu justo Levi como a pessoa para compartilhar isso. Naquele ponto, já fazia horas que estávamos jogando. Ela poderia ter perguntado a qualquer um... mas, em vez disso, perguntou a ele.

"Não gosto disso", confesso, pensando alto enquanto cruzo minhas pernas. "Não gosto dela balançando isso de um lado para o outro na frente dele desse jeito..."

"Então você não deveria ter contado pra ela", interrompe Sloane. "É isso que Lucy faz. Ela joga."

Ela está certa. Sei que está. Corri esse risco quando decidi contar a elas sobre Eliza, Levi e a história que eles compartilharam. O acidente que a matou e o fato de Levi estar lá com ela. As perguntas sem resposta, todas aquelas pontas soltas. Todos olharam diferente para ele depois disso, e os rumores aumentaram quando ele foi identificado como a última pessoa a ser vista com ela viva. Especulações silenciosas o seguem, como um odor invisível que torce narizes.

Suponho que eu só esperava que elas guardassem para si.

"O que ela vai fazer?", pergunto por fim. "Ela não vai *confrontá-lo* sobre isso, vai?"

"Você está mesmo me perguntando o que Lucy vai fazer?", indaga Sloane, enfim se virando para me encarar. "Você já deveria saber que essa é uma pergunta burra. Ninguém nunca sabe o que Lucy vai fazer."

"É uma má ideia", digo. "Poderia fazê-lo se sentir encurralado ou algo assim. As pessoas são perigosas quando se sentem encurraladas."

Sloane fica calada, sua cabeça está enfiada no travesseiro e seus olhos cansados mal estão abertos. Então, ela suspira, rolando de costas para olhar para o teto.

"Não acho que ela faria isso", diz. "Mas ela vai foder com ele."

"O que você quer dizer?"

"Ela vai brincar com ele. Assustá-lo. Dar patadas para lá e para cá, como se fosse um ratinho."

Lembro-me da aparência de Lucy naquela noite na minha cama, sua expressão impenetrável enquanto eu lhe contava sobre Levi e as coisas que ele fez. Dava para ver, mesmo então, que já havia algo passando pela sua cabeça. Algo ganhando forma, se solidificando. Eu só não sabia o quê.

"Seja como for, por que você se importa?", pergunta Sloane, me trazendo de volta da lembrança. "Por que ele pode vir para cá e viver uma vida perfeita depois do que aconteceu com sua amiga?"

"Ele não deveria poder", respondo, afundando-me mais no edredom, a tênue determinação ficando mais forte em meu peito.

"Certo", diz ela. "Então deixe ele espernear."

Nós voltamos a ficar em silêncio, o peito de Sloane sobe e desce e tenho certeza de que ela caiu no sono de novo. Penso em me levantar, voltar para o meu próprio quarto e tentar fazer o mesmo, quando meu pensamento vagueia de volta para o copo de Lucy ontem à noite, intocado ao seu lado.

"Você notou que ela não estava bebendo?", questiono.

"Margot, estou com uma ressaca terrível", diz Sloane, com os olhos ainda fechados. "Não vi se Lucy estava bebendo."

"Ela não estava", afirmo, pensando em como todas nós ficamos bêbadas tão rápido enquanto ela parecia estar sóbria, com a voz firme e as palavras inabaláveis. "Quer dizer, tenho quase certeza de que ela não estava."

Sloane suspira e se senta, apoiando a cabeça na cabeceira da cama. Observo enquanto ela aponta para um copo d'água meio vazio na mesa lateral, no qual uma mancha de batom velho beija a borda, e o entrego a ela, vendo-a tomar um pequeno gole.

"Lucy gosta de saber tudo sobre todo mundo", afirma, lambendo os lábios. Após soltar uma expiração profunda, ela fecha os olhos de novo, como se tivesse acabado de ingerir algum tipo de droga. "Ela quer saber tudo."

"Ela é curiosa", digo, mas Sloane balança a cabeça.

"Esperta. É isso que ela é. Se não estava bebendo, é porque tinha algum tipo de plano ontem à noite. Queria manter o próprio juízo. Você ainda não sabe nada sobre ela, né?"

Penso por um segundo, sabendo que ela está certa. Sloane me fez essa mesma pergunta naquele primeiro dia, nós duas pressionadas contra a lateral do galpão, e agora, meses depois, minha resposta ainda é a mesma. A essa altura, considero Lucy uma amiga, não mais uma estranha do corredor ou um alvo tomando sol no gramado. Não apenas um rosto invejável que eu olhava com admiração e reverência, mas algo mais pessoal... e, ainda assim, quando se trata de quem ela é em seu âmago tenro, pulsante e carnudo, não sei quase nada. Lucy nunca oferece nada substancial, evita a *verdade* pelo *desafio* e sempre guia a conversa para impedir quaisquer perguntas que ameacem se tornar muito pessoais. Ela nunca se abre, ao contrário, concentra sua atenção em arrancar toda e qualquer informação das pessoas ao seu redor. É o que a torna tão misteriosa, tão interessante. A razão pela qual aqueles rumores giravam em torno dela como uma nuvem de mosquitos em nosso primeiro ano; o motivo pelo qual as pessoas inventavam histórias; sua própria existência, uma lenda urbana, um mito absurdo. Algo sussurrado por trás das mãos em concha, passado de pessoa para pessoa, cada iteração mais fictícia que a anterior.

Eles estavam apenas tentando entendê-la. Tentando dar sentido a essa garota curiosa que vive entre nós e sobre a qual ninguém sabia nada.

"O que *você* sabe?", pergunto, inclinando-me para frente devagar.

Sloane me olha por um momento mais longo que o necessário, como se estivesse tentando fazer algum cálculo mental. Seus olhos disparam em direção à porta, a boca começa a se abrir, mas o momento é interrompido por um gemido da madeira no corredor, longo e áspero. Nós duas olhamos para o lado, e o barulho repentino envia uma pontada inexplicável de pânico pelo meu peito. Esta casa faz barulhos, é esse nível de velha, e mesmo que eu saiba que é provável que seja apenas o ar-condicionado ligando ou Nicole se levantando para fazer xixi no escuro, tenho a sensação repentina de ter alguém parado do lado de fora, com o ouvido colado na porta.

"É uma perda de tempo tentar entender Lucy", finaliza Sloane, virando-se para a parede. "Vai por mim."

CAPÍTULO 22

Leva tempo para me reacostumar às aulas. Como se caminhasse pela lama do mangue, relaxada e lenta, minha mente luta comigo a cada passo do caminho. Talvez ela saiba, em algum nível inconsciente, que, quanto mais me afasto do verão, mais me afundo em Lucy, nesta casa e em todos os pensamentos sobre Levi estar logo ao lado, mais difícil será sair. Rastejar de volta para a segurança antes que seja tarde demais.

Nos primeiros dias, sento na sala de aula e desligo por completo. O zumbido lento dos professores se transforma em estática enquanto eu relembro os últimos meses e tento me convencer que eles foram, de fato, reais. De volta à presença de outras pessoas, eles parecem uma fantasia, algo imaginado. Um filme antigo que passa repetidas vezes na minha cabeça, cujas cenas favoritas voltam à minha consciência sem aviso: Nicole e eu lado a lado na areia, entregues às gargalhadas por algo estúpido que aconteceu na noite anterior. Sloane e eu assistindo a filmes na cama, queimando pipoca em uma caçarola e bebendo vinho direto da garrafa. Lucy invadindo meu quarto do nada e a cada vez arrepiando minha espinha como naquele primeiro dia no meu dormitório, sua presença afiada e doce como uma dose de morfina. Penny Lanes e aqueles coquetéis cheios de xarope, nós quatro cantando músicas antigas com novos significados até que o branco dos nossos olhos ficasse vermelho.

Talvez a loucura desses últimos três meses tenha enfim me alcançado: a cerveja, o licor e a erva barata de merda deixaram meu cérebro bem mais lento, processando coisas que costumavam ser fáceis em uma câmera lenta arrastada. É certo que estou com privação de sono e numa ressaca constante, mas, na verdade, acho que sinto falta de como aqueles dias se misturavam como aquarela, doze semanas inteiras costuradas em uma única memória tal qual um mosaico, uma colcha. Um longo sonho febril que não poderia acabar. Mas quando acabou, pisquei os olhos e me vi grogue, desorientada, como se acordasse ébria após o torpor causado por um xarope para tosse: atrapalhada e com a vista turva, incapaz de discernir o real do imaginado. O fato da ficção. A realidade do sonho.

Agora, estou encolhida no sofá com uma pilha de livros na almofada ao lado, o menor deles aninhado no meu colo. Estou matriculada em uma aula sobre Grandes Obras neste semestre, e a lista de leitura é exorbitante, um rápido tapa de volta à realidade: Homero, Dostoiévski, Twain e Tolstói. Todos nós fomos informados no primeiro dia que precisaremos ler um livro por semana para estarmos preparados para a prova final, não importa se o texto selecionado tem noventa ou novecentas páginas. Eu nunca conseguiria ler todos eles no ano passado, do jeito que meu pensamento viajava sem avisar, mas agora, de algum modo, percebo que sou capaz de relaxar com as palavras de novo, as frases se encadeiam na minha mente sem esforço enquanto deslizo para outro corpo, outro mundo.

Mais uma inegável evidência de que este verão me mudou de diferentes formas.

Olho para cima assim que Lucy sai do quarto, a porta aberta revela o seu interior. Posso ver roupas jogadas sobre uma cama desfeita, um único apanhador de sonhos que gira devagar sob o duto de ar. Além de estrelas adesivas no teto, do mesmo tipo que eu tinha quando era criança. A rápida olhadela me lembra do meu primeiro dia aqui, fazendo um balanço de cada espaço, tentando juntar as peças do que as pistas poderiam dizer. As de Sloane e Nicole eram bem fáceis de decifrar, as imagens que seus quartos pintavam eram diretas e claras, mas ainda não consigo entender a de Lucy, mesmo depois de tanto tempo dentro dessa casa. Ainda não consigo discernir o que, de fato, isso diz sobre ela. O que revela.

Acho que nunca conseguirei.

"O que você está lendo?", indaga ela, caminhando até o sofá.

Lucy para logo acima de mim, espiando as páginas. Levanto o livro para mostrar a capa: *O Médico e o Monstro*.

"Do que se trata?"

"Você nunca ouviu falar de *O Médico e o Monstro*?", pergunto, com um olhar incrédulo.

Todo mundo conhece o Médico e o Monstro. Embora esta seja a primeira vez que leio a história, os personagens em si estão tão arraigados na cultura que é difícil imaginar que alguém nunca tenha ouvido falar deles: a eterna batalha do bem contra o mal, a capacidade de um corpo abrigar em si naturezas opostas, o choque constante entre elas e a questão de qual prevalecerá.

Lucy apenas dá de ombros, balança a cabeça, e eu volto para o livro, observando a passagem que acabei de destacar.

"É sobre... a natureza humana, acho."

"Ah, é", diz ela.

"Acho que você iria gostar."

Penso de novo naquela noite no Penny Lanes e a cena arde como uma sarna que implora para ser coçada. A voz de Lucy, suave como seda, quando ela nos fez aquela pergunta: *"Se você soubesse que poderia escapar impune de um assassinato... você mataria?"*. Ainda posso ver seu sorriso diabólico, a maneira como ela nos examinava, empurrando e puxando, nos desafiando a nos entregarmos às pequenas sujeiras de nós mesmos que, com frequência, tentamos reprimir. Desde então, deixei isso para lá, descartei toda a conversa como apenas mais uma das acrobacias de Lucy destinadas a chocar e admirar — mas, ao mesmo tempo, não posso negar que, no momento, todos nós pensávamos nisso, considerávamos isso. Ponderávamos o equilíbrio perfeito entre risco e recompensa, colocávamos na balança. Cada um de nós se perguntava o que seria necessário para, enfim, fazê-las pesar. A revisão mental de todos que nos fizeram mal em nossas vidas lançadas por nossas cabeças tão rápido quanto as cartas de um baralho.

"Posso ler quando você terminar?", indaga Lucy. Olho para ela, estudando como seu rosto está inclinado com tanta curiosidade. Seus olhos vão e voltam entre mim e o livro como se ela o desejasse com urgência. Então eu o fecho e o jogo no sofá.

"Pega", respondo, curvando as pernas sob mim. "É seu."

CAPÍTULO 23

O outono chega assim como todas as estações: lento, a princípio, uma sensação de antecipação vertiginosa se espalhando pelo campus a cada manhã excepcionalmente fresca ou ao estalar de folhas mortas sob nossos pés. Todos nós podíamos senti-la acontecendo, a crescente mudança no ar. Devagar, nossas frutas batizadas e nossos bronzeados de verão vão sendo substituídos por cidra quente com uísque e fogueiras atrás do galpão.

Ainda vamos para a casa ao lado, é claro, mas com aulas às oito da manhã e noites na biblioteca encerrando nossos dias, a frequência diminuiu para, na melhor das hipóteses, algo esporádico, não mais todas as noites, senão noites espalhadas para atender nosso cronograma, dependendo de nossa carga de trabalho. E não apenas a constância é diferente, mas o sentimento também: agora, sempre há outras pessoas lá, não mais apenas o nosso pequeno e exclusivo grupo das semanas anteriores. Há namoradas que voltaram de verões no exterior e garotas das repúblicas que nos olham com uma curiosidade não muito sutil. Não consigo deixar de me sentir territorialista toda vez que entro lá e encontro outra pessoa sentada no meu lugar de sempre no sofá, outra garota conversando com Trevor quando Nicole não está por perto. Tento deixar passar, dando um sorriso tímido quando me veem, mas a torrente de outros alunos no campus tem sido uma inesperada dose de realidade, um jato de água fria logo quando estava começando a me sentir confortável.

Na verdade, um singelo lembrete de que, desde o início, o lugar nunca foi de fato nosso.

“Festas à fantasia são bobas”, Sloane me diz ao se sentar de pernas cruzadas na minha cama, me observando jogar várias roupas pelo quarto. Temos observado os calouros decorarem a casa a semana toda: corpos de pano pendem da árvore de magnólia nos fundos, teias de aranha falsas estrangulam os galhos, um esqueleto planta bananeira em um barril de cerveja e luzes estroboscópicas pulsam no ritmo de uma *playlist* que tem sido repetida há tanto tempo que comecei a ouvir as músicas dormindo. “Desenhe bigodes nas bochechas e pronto.”

“Estou tentada”, digo, observando sua camisa de flanela e os jeans largos. Ela está com um gorro verde bem ajustado sobre o cabelo, uma touquinha barata de lenhador que ela veste com maestria, e estou com inveja de não ter pensado nisso antes. “Até que ponto eles levam isso a sério?”

“Tanto quanto um ataque cardíaco, lamento dizer.”

Passo mais alguns cabides enquanto mordo o interior da bochecha. De todas as colegas de quarto, Sloane é a que menos vejo desde que as aulas voltaram. Se ela não está na aula, está no trabalho na secretaria e é, de longe, a mais inteligente de todas nós. Desaparece toda segunda-feira de manhã e é raro dar o ar da graça além de fuçar na cozinha até que seja hora de sair na sexta-feira à noite. Já vi Nicole estudando na mesa da cozinha, Lucy lendo na frente da TV, mas ambas estão mais do que dispostas a festejar nas noites de semana de um jeito que, em geral, Sloane não está. Nicole tende a superar suas ressacas, chegando descarada na aula com óculos escuros e calças de moletom, enquanto Lucy apenas cabula todas elas, passando dias inteiros em seu quarto com as luzes apagadas e a porta fechada.

“Arrumar-se não deveria ser um pré-requisito para ficar bêbada”, falo enquanto pego um suéter com estampa de oncinha. No entanto, antes que possa segurá-lo sobre meu tronco, sinto aquela presença familiar atrás de mim. Já sei que Lucy está na porta.

Eu me viro e reparo em sua fantasia: uma regata preta, calças de couro e coturnos arrematados com orelhas de feltro e pequenas linhas finas riscadas em seu rosto. A roupa faz sua juba de cachos parecer ainda mais escura, seus olhos ainda mais brilhantes e há algo arrepiante sobre esse contraste: frio e pesado como o movimento silencioso de uma pantera enquanto ela tece seu caminho através da escuridão.

"Bem", digo. "Lá se vai essa ideia."

"Vá de prisioneira", sugere Lucy caminhando em direção ao meu armário e tirando um vestido listrado preto e branco do fundo. "Tenho algemas que você pode prender no punho."

"Uma *prisioneira*", repito, jogando o suéter no chão e tirando o vestido do cabide. "E por que você tem algemas?"

"Você quer mesmo saber?", indaga ela, e finjo que estou engasgando. "Vou buscá-las."

Eu me viro e encaro o espelho quando ela sai, puxando minha camiseta pela cabeça e jogando-a no chão com o suéter descartado. Então, coloco o vestido, passo os dedos pelo cabelo tentando diminuir o frizz.

"Onde está Nicole?", pergunta Sloane, de repente. Seus olhos percorrem os arredores como se ela tivesse acabado de perceber que nosso quarteto não está completo. "Eu não a vi o dia inteiro."

"Ela já está lá", responde Lucy ao voltar para o meu quarto com um par de algemas penduradas em seu dedo. "Ela vai de Sininho de novo."

"Ela foi assim no ano passado", complementa Sloane. Lucy dá de ombros. "Ela gosta do jeito que os peitos dela ficam no vestido."

Eu sorrio, agarro as algemas, deslizo uma das pulseiras de prata em volta do punho e hesito antes de fechá-la.

"Você tem a chave?", pergunto.

"Claro que tenho a chave. E tenho isso também."

Ela caminha até Sloane primeiro, depositando algo em sua mão antes de andar até mim. Já posso dizer que ela está aprontando alguma. Sempre fica com a mesma expressão: presunçosa, levada, uma ilusionista segundos antes de seu grande truque. Ela gosta da respiração suspensa, da expectativa ansiosa, do pensamento de todas nós imaginando o que mais ela pode tirar da cartola em seguida.

Observo enquanto ela para em frente ao meu espelho, seu corpo bem próximo ao meu e um sorriso travesso despontando em seus lábios. Então, ela agarra minha mão, desenrola meus dedos e põe uma pequena pílula branca no meio da minha palma.

Olho para baixo e um fio de suor irrompe pela minha pele. Já experimentei muitas primeiras vezes nesse lugar, mas drogas pesadas não são uma delas. Não sou ingênua o suficiente para pensar que elas não estão por perto: posso ver os restos de pó sob os narizes dos rapazes, os corpos zumbindo como um fio desencapado e as pupilas dilatadas até três vezes mais do que o tamanho natural. Posso ver pela forma como o dinheiro deles sempre tem uma curva sutil, todos os sacos plásticos amassados enfiados no fundo da lata de lixo e o frágil espelho escondido embaixo da mesa de centro. A maneira como eles, em bando, se trancam no banheiro antes de voltarem alertas e vivos. Só sei que ainda não estão confortáveis o suficiente comigo para me oferecerem e, para ser sincera, fico feliz e temerosa do momento inevitável em que um deles me chamará para um quarto vazio. Imaginando-me nervosa e desajeitada como naquele primeiro cigarro, sem saber o que fazer.

Olho para Sloane, como se pedisse permissão, e a observo inspecionar o pequeno comprimido pressionado entre o polegar e o indicador. Uma certa energia vibra pela sala, uma expectativa perigosa por uma noite que, há semanas, assistimos desenrolar pela janela. Parece o começo de algo, uma nova temporada e semestre, mas também, de certo modo, o fim. Nós quatro desesperadas para voltar àqueles dias de calor do verão, recuperar o que era nosso por direito. Viver naquela pequena bolha de fantasia que de alguma forma nos iludimos pensando que duraria.

Vejo Sloane inclinar a cabeça para trás e colocar o comprimido na boca, engolindo-o a seco. Ela faz uma careta, sua mandíbula cerrada como se tivesse acabado de chupar um limão e, antes que eu possa pensar duas vezes, fecho os olhos e faço o mesmo. Desce devagar, dolorido, um arranhão irregular contra minha garganta que faz minha língua se enrolar. Então, fico em silêncio por um minuto, como se esperasse que alguma transformação repentina acontecesse. Quando abro os olhos, encontro Lucy me encarando como naquele dia no gramado: um olhar diabólico, um aceno gentil de aprovação.

Só mais tarde me dei conta: nem pensei em perguntar o que era.

CAPÍTULO 24

A casa está tão lotada que parece que as paredes estão abauladas, as costuras estão rasgando, nosso peso composto é demais para sua frágil estrutura suportar. Eu me acostumei tanto a ser só nós e os meninos, os meninos e nós, um pequeno e seleto grupo, bem diferente do que parece ser metade da faculdade ombro a ombro, os corpos quentes esmagados uns contra os outros e a batida rítmica do baixo tão alto que faz meus dentes tremerem.

"E aí, o que você estuda?", berra um cara com um chapéu de pirata e um tapa-olho preto bem apertado sobre um olho. "Nunca te vi por aí."

Pisco em rápida sucessão — três, quatro vezes — e tomo um gole da minha bebida para molhar a garganta.

"Inglês!", grito de volta, mas muito rápido, a julgar pela maneira como seu olho exposto se reajusta, como se estivesse me vendo pela primeira vez, percebo meu erro.

"Eu estava falando com sua amiga."

"É, desculpa", digo, virando-me para olhar para Lucy. Ela está parada ao meu lado, seus olhos percorrem a multidão e, como sempre, parece entediada.

"Lu", chamo, cutucando-a, caso ela não tenha ouvido. "O Capitão Gancho quer saber o que você estuda."

Ela se vira para olhá-lo, virando o resto de qualquer que seja a bebida de baixo nível que chacoalha em seu copo antes de agarrar meu antebraço e me puxar para longe.

"Claro que ele quer."

Passamos a próxima hora deslizando pela casa, conversando com as pessoas que conhecemos. Sobretudo, ignorando as que não conhecemos. Seja lá o que fosse aquela pílula, ela faz com que eu me sinta alerta, viva, as pontas dos meus dedos formigam como se estivessem sobre uma tomada, canalizando a carga. Em algum ponto, percebo que estou suando em bicas, a casa tão abarrotada que parece um forno. Eu me viro para Lucy e agarro sua mão.

"Vou lá fora!", grito, talvez alto demais. "Te encontro lá."

Estou abrindo caminho para fora da casa quando meu ombro bate em outro corpo, com força, então me viro e começo a me desculpar. Pequenas palavras murmuradas saem da minha boca. Levo um segundo para perceber quem está parada na minha frente, mas quando percebo, parece que um plugue foi arrancado de baixo de mim, todo o sangue drena do meu rosto.

"Margot", diz ela, e embora eu possa ver seu maxilar tenso, ela me oferece um sorriso. Claro que oferece. "É tão bom ver você."

Olho para minha antiga colega de quarto, uma estranha mistura de emoções percorre meu coração. Ela está usando leggings pretas e uma camiseta laranja, grande demais para ser confortável, e que ainda por cima tem uma abóbora de Halloween fazendo uma careta estranha desenhada na barriga. Parece tão deslocada aqui, tão desconfortável, que quando penso na vida que vivíamos juntas, no tipo de amigas que costumávamos ser, me dou conta com uma surpreendente sensação de clareza que não me arrependo do que fiz com ela. Não me arrependo nem um pouco.

Me pergunto que tipo de pessoa isso me torna.

"Maggie", digo, e percebo que faz meses que não penso nela. No começo, ela estava sempre em meus pensamentos. Toda vez que começava a me acomodar, me sentindo contente ao me encolher ao lado de Lucy, Sloane ou Nicole no sofá, nossos braços entrelaçados enquanto assistíamos a um filme no escuro, eu sempre a via, o contorno de Maggie gravado em meu cérebro: nós duas, no futon, tentando nos adaptar a uma situação desconfortável. Sua perpétua conversa jogada fora, sempre educada. Via aquele olhar em seu rosto quando lhe dei a notícia; a mágoa em seus olhos enquanto ela arrumava suas coisas calada, o lábio inferior tremendo em outro sorriso forçado. Costumava temer isso, o inevitável momento em que teria que encará-la em carne e osso, em vez de apenas na minha cabeça. O lugar onde ensaiava repetidas vezes o pedido de desculpas que eu sabia que nunca diria a ela.

"Como vai?", pergunta ela, dando um passo à frente. Vejo seus olhos se concentrarem nos meus, um olhar de preocupação passa por seu rosto. "Você está bem?"

"Estou, sim", digo, tentando sorrir, agir com normalidade, ignorar o pulsar incessante do meu próprio coração no pescoço. "É, estou bem. Como você está?"

"Estou ótima", responde ela, educada, mas seca.

"Como está o apartamento?"

"Está bem", diz ela. "Encontrei alguém para ficar no seu... quero dizer, com o quarto. O quarto extra."

"Isso é bom."

"Nós nos conhecemos no refeitório", explica ela, embora eu não tenha perguntado.

"Desculpa", deixo escapar, incapaz de aguentar mais tempo: o pisar em ovos, a tensão, embora eu não tenha certeza se está mesmo lá ou se sou só eu projetando, paranoica. Esfrego as palmas das mãos no vestido, tentando lutar contra a vontade profunda e debilitante de continuar piscando. "Me desculpe, Maggie. Por... você sabe..."

"Ah, não se preocupe com isso", diz ela. "Sério, eu entendo. É bom te ver saindo. Feliz."

"Não é que eu não fosse feliz morando com você...", começo, mas ela me dispensa, balançando a cabeça.

"Está tudo bem", corta. "Não precisa explicar. Você queria uma vida diferente."

Ficamos em silêncio por um segundo, a multidão ao nosso redor zumbe como uma colmeia atacada: muitos corpos, pouco espaço. Até o ar ao nosso redor está caótico e carregado. Não consigo deixar de pensar no contraste desse cenário com a imagem que ela deve ter de mim — congelada no futon, com os olhos vidrados, nada além do rosto de Eliza martelando na minha cabeça como um batimento cardíaco pulsando em uma ferida aberta — e me pergunto o que ela está pensando agora, ao me ver assim.

Se ela de fato entende. Se é mesmo tão generosa ou se tudo não passa de um número produzido para evitar mais tensão, mais mágoa.

"Bom, escuta, eu preciso ir...", começo. Mas, antes que eu possa terminar, sinto uma mão no meu ombro, cinco dedos longos se enroscam em volta do meu pescoço.

"Minha nossa!"

São os olhos dela que me pegam: o arregalar sutil, aquele lampejo de dor, não muito diferente de um personagem de filme no segundo em que percebe que levou um tiro. Vejo quando Maggie olha para Lucy e para mim, descrença e compreensão se instalam sobre ela ao mesmo tempo.

"É isso...", começa ela, olhando para mim, gesticulando para ela.

"Colegas de quarto", interrompe Lucy, assentindo. "Nós moramos ali, bem ao lado."

Maggie engole em seco, assente, e eu fico horrorizada ao encontrar o mais tênue fio de lágrimas ampliando seus olhos. Tenho certeza de que ela está pensando nele; eu também estou. Aquele dia no gramado. Maggie me contando sobre o apartamento que encontrou, Lucy tomando sol em seu maiô enquanto nós fofocávamos, imaginávamos, fingíamos que poderíamos conhecê-la. O desdém em sua voz, o ceticismo na minha, enquanto eu ouvia aquele incomum sibilo agudo entre seus dentes.

"Ouvi dizer que ela cegou o namorado no ensino médio."

De alguma forma, depois de conhecê-la, agora parece mais crível.

Vejo Maggie balbuciar um *bom te ver*, depois um *tchau*, antes de voltar para o interior da casa. Não passa despercebido que as minhas duas colegas de quarto não poderiam ser mais diferentes: se Lucy é a escuridão, Maggie é a luz; uma luz pura, limpa e angelical. É isso que deve machucá-la mais: a percepção de que a encontrei, a conheci e escolhi seu oposto. Mas a verdade é que isso não tem nada a ver com ela e tudo comigo. O único defeito de Maggie é que ela me lembra muito de mim mesma: muito moderada, muito mansa. Como Sloane disse naquele dia no quintal: "*Você parece...* não sei. Boazinha demais". Já vivi isso antes. Ser a atenta, a protetora, a sempre cautelosa e cuidadosa. Assim como Maggie me protegendo no dormitório, sempre alerta para algum sinal sutil de que eu estava me colocando em perigo, eu fui essa pessoa para Eliza. Fui sua voz da razão, tentando o meu melhor para mantê-la segura. Combati os seus impulsos perigosos, mas nada disso funcionou.

Ela apenas me repeliu com mais força, me afastou.

Talvez seja por isso que eu tive que me afastar de Maggie, dessa garota gentil e quieta que não só me lembra de mim, mas de todos os meus fracassos. De tudo que eu não fiz.

Talvez seja por isso que eu me encontre oscilando para o lado oposto, em direção a Lucy, um lento pêndulo trêmulo abrindo caminho para o outro extremo.

CAPÍTULO 25

Espero Maggie sumir de vista antes que Lucy e eu nos juntemos a Sloane e Lucas, que estão sentados ao redor de uma fogueira improvisada nos fundos.

"Como você está se sentindo?", indaga Lucy, com um sorriso afetado nos lábios. Ainda estou um pouco abalada com o encontro, um pouco nervosa, porém, a mistura química correndo pela minha corrente sanguínea faz com que seja impossível me sentir muito mal.

"Bem", respondo, por fim. "Me sinto bem."

E essa é a verdade, no fundo. Apesar da culpa ainda fazer cócegas para chamar minha atenção, me sinto bem, mesmo. E não é só a pílula. Ou o álcool. Ou o fato de que, enfim, pedi desculpas a Maggie — embora eu não saiba dizer se ela aceitou de verdade ou se estava apenas sendo legal, como sempre. Não é nem como, de uma hora para outra, cada pessoa neste círculo parece parte da família para mim; o pequeno galpão entre nós, um portal para outro mundo. É porque acabei de perceber que, consciente disso ou não, não procurei por Levi esse tempo todo. Passamos os últimos dois meses pisando em ovos, tentando coexistir como duas plantas replantadas em um vaso pequeno demais. Nossas respectivas raízes tentam se ramificar, se aprofundar. Contudo, em vez disso, se emaranham no processo. É quase como uma competição entre nós — como se um precisasse murchar para que o outro vingasse. Mas, agora, sentada aqui, não tenho tanta certeza de que precise ser assim.

"Que festa", digo, virando-me para Lucas. Ele está reclinado em uma cadeira de jardim tão surrada e gasta que está quase sentado no chão, com um chapéu de caubói caído sobre os olhos.

"Isso não é nada", responde ele, olhando para as chamas. "Espere até janeiro."

"O que tem em janeiro?"

"A iniciação", explica Sloane em seu lugar. "A primeira festa em que os calouros não são mais candidatos."

Concordo com a cabeça, relembrando os últimos meses. Os calouros sendo obrigados a passar cada segundo livre na casa durante o primeiro semestre. Sempre os vejo voltando de manhã e à noite após as aulas, limpando a casa e cumprindo tarefas. Sacrificando as noites de sexta-feira para serem os motoristas designados dos veteranos, conduzindo-os pela cidade sem fazer perguntas.

"Há uma pequena ilha a alguns quilômetros da costa", continua Lucas. "Um irmão mais velho a encontrou anos atrás e virou uma tradição, dar a festa lá. Sem vizinho, sem polícia. Nosso próprio pedacinho de paraíso."

"Como vocês chegam lá?", pergunto. "De barco?"

Observo enquanto Lucas encosta uma cerveja nos lábios e toma um longo gole antes de limpar a boca com as costas da mão. Já aprendi que ter acesso a um barco é a mais alta moeda social em uma faculdade costeira como Rutledge, pequenos esquifes e botes entulham os gramados dos alunos. Lanchas com e sem console central para os moradores locais que têm a sorte de usar as dos pais.

"A última tarefa deles é levar todo mundo para lá, levantar acampamento", diz Lucas, concordando com a cabeça. "Uma vez que estamos instalados, é o fim das suas obrigações. É a primeira noite real de liberdade deles."

Tento imaginar: hordas de estudantes seguindo para a água, as luzes de proa balançando enquanto nos aventuramos noite adentro.

"Não fica frio no inverno?", pergunto.

"Fazemos uma fogueira, temos aquecedores para as barracas. Bebidas quentes para aquecer", acrescenta, com um sorriso malicioso. "O bicho pega."

De repente, Sloane parece alerta e se vira para olhar nossa casa.

"Onde Nicole está?", questiona ela pela segunda vez esta noite, como se, do nada, essa conversa despertasse sua memória. Também me dou conta de que ainda não a vimos. Não desde esta manhã.

"Ela está bebaça", diz Lucas. "Está aqui há umas oito horas."

"Devemos procurar ela?", pergunto, virando-me também. Agitando minha mão no ar enquanto o vento aumenta e empurra a fumaça da fogueira em minha direção.

"Trevor está com ela. Ela está bem."

O círculo volta a ficar quieto, um silêncio pesado, chapado, os braços leves e as mentes entorpecidas. A casa ainda está retumbando, ainda vibra, ainda pulsa com a energia de centenas de pessoas lá dentro. Quase consigo sentir o suor que pinga, o calor que irradia dos corpos e, em certo momento, Sloane e Lucas se levantam para pegar outra bebida, deixando Lucy e eu sozinhas de novo.

Eu a observo, seus olhos azuis acesos enquanto ela encara as chamas, e sinto outra onda de calor no meu peito.

"Como é que foi complicado?"

Demoro um segundo para perceber que ela está falando comigo. Ela ainda encara o fogo, em transe total, sua voz quase um sussurro. Olho ao redor, conferindo se há mais alguém a quem ela poderia direcionar a pergunta, mas, ainda assim, estamos sozinhas.

"O quê?", pergunto, por fim.

"Sua amiga", diz ela. "Você nunca disse como ela morreu. Apenas que foi um acidente. Que foi complicado."

Sinto uma fisgada rápida no meu peito como uma corda de violão estourada, minhas entranhas zunem. Lembro-me daquela conversa na minha cama, as três me encarando enquanto eu começava a falar.

"Ela caiu", conto, ainda olhando para o seu perfil. Espero Lucy se virar e me olhar de frente, mas ela não faz isso. "Houve uma discussão e ela havia bebido... Para ser sincera, é uma daquelas coisas que nem parecem reais. Como se tivesse sonhado ou sei lá."

Fico calada enquanto me viro de volta para o fogo, meus olhos se perdem na lenha incandescente, nas labaredas crepitantes. Vejo-as subirem pela pilha de madeira antes de se transformarem em fumaça preta e ondulante e, então, desaparecerem por completo.

"Onde foi?", indaga ela.

"Uma festa", respondo. "Eu não queria ir, e ela foi com ele."

Engulo em seco e fecho os olhos, lembrando como me senti deitada na cama naquela noite, rolando o Instagram e vendo os vídeos deles juntos. Eliza e Levi. Eu sabia que ela devia estar bêbada para postá-los daquele jeito, sem edição e sem filtro, um após o outro em rápida sucessão. Seus olhos estavam vidrados e desfocados, um olhar vago, e eu conseguia imaginar com precisão seus dedos dando pancadas na tela do telefone enquanto Levi colocava um braço em volta de seu ombro, jogando seu peso nela. Empurrando-a para baixo.

Lembro-me de me sentar de repente. Minha tela brilhava no escuro e o alarde crescia em meu peito. Assisti aos dois soltando um riso desbragado, cambaleando. Uma garrafa de vodca apertada em sua mão, que ele levou aos lábios dela, inclinando-a para trás.

Abro minha boca, pronta para continuar a falar, quando o corpo de um rapaz surge do nada e bate no assento ao meu lado, me fazendo pular.

"Puta merda", diz ele. "Lucy Sharpe?"

Talvez seja porque tudo parece tão pormenorizado esta noite, as arestas cortantes como uma lâmina recém-afiada, mas não consigo deixar de registrar como os olhos de Lucy incham ao vê-lo, seu rosto congela por apenas um segundo antes de voltar para aquela fachada indiferente.

"Nossa, todos nós pensamos que você estivesse morta ou algo assim", continua o garoto, rindo, sem perceber que Lucy o ignora. Ou talvez ele nem mesmo se importe com isso. "Por onde você *estava*? Você estuda aqui?"

Eu a observo quando, enfim, ela lhe presta toda a atenção: um loiro de rosto pálido, usando um vestido azul curto coberto de sangue. Mesmo de costas, consigo ver os ombros tensos dele sob o escrutínio dela, uma risada constrangida escapa de seus lábios.

"É, eu sei, não escolhi a fantasia", justifica ele, pegando no vestido. "Todos os calouros tinham que usar algo idiota. Eu sou uma das gêmeas de *O Iluminado*. Em que ano você está?"

"Desculpe, não faço ideia de quem você seja", responde Lucy, cruzando uma perna sobre a outra. "Nós nunca nos conhecemos."

"Sim, nos conhecemos", insiste o garoto, balançando a cabeça. Ele não parece bêbado — na verdade, comparado ao resto de nós, é chocante como ele parece sóbrio.

"Você disse que é um calouro?", pergunta ela, inclinando-se para a frente. A luz do fogo faz seus olhos brilharem. "Um estudante do primeiro ano, então?"

"É, eu o sou Danny, lembra?"

"Então por que você não busca uma bebida para mim?"

Ela empurra o copo na direção dele, o líquido quase na metade, e meus olhos vão de Lucy para o rapaz e dele de volta a ela, seus olhos frios fixos nos dele, algo pesado viajando entre os dois. Não é do feitio de Lucy ser assim tão cruel por acaso. Direta? Claro. Ela gosta de deixar as pessoas desconfortáveis, dar ordens, mas, em geral, é com um ar de intimidade, como se as provocasse porque as ama. As pessoas matariam para receber ordens de Lucy, usariam a atenção dela como uma medalha de honra... mas Danny parece preocupado, apreensivo, catalogando a maneira como ela o encara. Como se ela nem sequer o conhecesse.

"Eu... eu só ia..."

Ele aponta para atrás da gente, mais para longe no quintal, antes de fechar a boca e balançar a cabeça, como se, num instante, tivesse pensado melhor no que estava prestes a dizer. "Sim, claro", diz ele, levantando-se e pegando o copo dela. "É pra já."

Observamos quietas enquanto ele se afasta, nada além do estalo do fogo e o eco distante da música mascara o silêncio total entre nós duas. Imagino se ela vai trazer o assunto à tona de novo, Eliza, cutucar para que eu continue, mas, em vez disso, ela se vira para mim e sorri como se tivesse acabado de perceber que estou aqui.

"Que cantada horrível."

"Você não o conhecia mesmo?", pergunto, olhando para a casa onde o garoto desapareceu. Minha própria voz de repente soa estranha aos meus ouvidos. "Parece que ele te conhecia."

"Não faço ideia", diz ela. "Aposto que um dos caras o colocou para fazer isso. Eles sempre tentam envergonhar os calouros desse jeito."

"Sim", digo, meio que concordando com a cabeça, sentindo de súbito um pouco de enjoo. A sensação de euforia que experimentava antes parece estar sendo substituída, de forma lenta e sem alarde, por outra coisa. Algo mais como um mal-estar. “Escuta, devíamos ir atrás da Nicole? Não quero deixá-la...”

Antes que eu possa terminar, ouço o estrondo do vaivém da porta do galpão atrás de nós; o impacto violento da madeira batendo no revestimento. Eu me viro, aliviada, esperando ver Nicole — talvez Lucas estivesse errado, talvez ela não estivesse aqui, afinal, mas em seu quarto, e agora está furiosa por termos deixado ela para trás. Mas, num instante, sinto minha pele perder a cor. Diante de mim, está a figura que reconheço, seu rosto familiar sujo de terra.

“Levi”, murmuro, notando o olhar selvagem em seus olhos. Parece assombrado e vago, como se ele tivesse acabado de ver algo terrível — ou talvez sejam os *meus* olhos, distorcendo as coisas. Alterando seu rosto, transformando-o em algo demoníaco, não muito diferente de como ele parecia logo após encontrarem Eliza, suas pupilas enormes e impassíveis ao olhar para as luzes, as câmeras. Seu rosto no noticiário e sua pele encharcada de suor tão pálida quanto um cadáver. “O que você está...?”

Eu paro, reparando no restante dele. Ele veste algo velho e esfarrapado, uma espécie de tanga inspirada em Tarzan, embora não consiga dizer se tem essa aparência de propósito ou se ele fez algo para sujá-la daquele jeito. Seu peito desnudo está arranhado, pequenas linhas irregulares como marcas de unhas pontilhadas de sangue. Seus olhos vão e voltam entre Lucy e eu, como se o tivéssemos pegado em flagrante fazendo algo que não deveria.

Sinto meu coração acelerar um pouco; minhas mãos começam a tremer. Então, me dou conta, com uma sensação de pavor crescente: se Levi está entrando no quintal pelo galpão, isso significa que nossa casa é o único lugar de onde ele poderia ter vindo.

CAPÍTULO 26

"Eliza, você precisa contar para alguém."

Posso vê-la aqui, atrás do fogo, me encarando com um vazio nos olhos. O pescoço torto, acusatório. A hipocrisia de tudo isso.

Eu me pergunto o que ela pensaria se pudesse ver nós dois juntos assim, como naquela noite em Penny Lanes. Se ela pudesse de alguma forma saber do além-túmulo que Levi e eu estamos no mesmo círculo, pegando cervejas do mesmo cooler. Nossos lábios tocando o mesmo baseado passado na roda.

Minha saliva na dele, a dele na minha, não muito distantes de compartilhar um beijo.

"Ele invadiu a sua casa."

Ela ficaria feliz por, enfim, tolerarmos um ao outro? Por estarmos conseguindo ter uma boa relação? Não somos amigos — nunca fomos, nunca seríamos — mas, no mínimo, estamos sendo civilizados.

Ou ela ficaria com ciúmes, como eu fiquei, me vendo passar tanto tempo com outra pessoa? Ela se sentiria traída, como me senti, me vendo escorregar para essa outra vida?

"Margot, você está ficando louca", disse Eliza, com as mãos na cintura, examinando seu quarto vazio. "Ele não invadiu a casa."

Estávamos quase no fim do nosso último ano. Naquela noite, chegamos em casa tarde e encontramos a porta dos fundos dos Jefferson escancarada. Uma brisa morna ziguezagueava pela sala de estar, fazendo as cortinas internas tremularem ao vento. Tínhamos ido ao cinema juntos

— Eliza, seus pais e eu, nós quatro, a família que eu sempre preferi — e sua mãe soltou um grito quando entramos e a encontramos aberta daquele jeito, como se alguém tivesse saído correndo pelos fundos assim que nosso carro entrou na garagem.

O sr. Jefferson insistiu que havia uma explicação lógica, murmurando racionalizações vagas como "*Talvez tenhamos esquecido de trancar*" ou "*Talvez o cachorro tenha empurrado e aberto*", embora seu golden retriever tivesse 12 anos e mal conseguisse andar, muito menos abrir portas francesas. Ele se recusava a fazer alarde, a chamar a polícia, mas havia uma aura na casa que todos nós podíamos sentir, uma energia estranha que era óbvia desde o segundo em que entramos e encontramos as portas duplas abertas, com mariposas monstruosas voando ao redor da luz do teto.

"Ele esteve aqui", afirmei, embora não houvesse provas. Nada havia sumido, até onde podíamos perceber. Nada foi mexido. Mas havia o leve cheiro dele nos lençóis dela, aquele odor infantil de suor e desodorante Old Spice. Eu podia imaginá-lo deitado ali, em cima do edredom dela, com os olhos no teto enquanto a imaginava exibindo as pernas para ele através da janela. O jeito como a alça fina escorregaria e a caneta balançaria entre os lábios, a respiração ficando mais profunda, mais pesada, enquanto a mão dela abria o zíper dele. Descendo e descendo e descendo.

"Espere um segundo", disse eu, minha atenção fixa no quadro de avisos que Eliza mantinha acima de sua mesa. "Não tinha uma foto bem ali?"

Apontei para a parede, um retângulo de espaço vazio que tinha certeza de que estava coberto antes. Eliza o mantinha abarrotado com um calendário gigante, pôsteres de nossas celebridades favoritas, fotos de vários verões passados com nossas costas enterradas na areia. E, bem no centro, havia uma foto nossa — Eliza, seu pai e eu — amontoados na popa do barco da família. Ainda me lembrava de quando foi tirada, a mãe de Eliza nos empurrando, do jeito que sempre fazia, para documentar alguma memória mundana que ela prometeu que apreciaríamos mais quando fôssemos mais velhos. Eu estava enrolada em uma toalha, o cabelo molhado e pingando depois de nadar, mas Eliza estava com sua roupa de banho, aquele pequeno biquíni cortininha que ela costumava usar quando Levi estava olhando.

Estava lá, eu sabia que estava. Até que, de repente, não estava mais.

"Eliza..."

"Sim, estou vendo", respondeu, e seu rosto de súbito tornou-se pálido. Ela cruzou os braços sobre o torso, apertado, como se estivesse prestes a vomitar. "Tem que haver uma explicação. Ele não faria... ele não faria isso."

Naquele momento, soube que ela nunca contaria. Jamais admitiria o que estava acontecendo com Levi; como convidou para seu quarto, para sua vida, um garoto sanguessuga que se agarrou a ela desde o começo, e se recusava a soltar. Não era culpa dela, claro que não, mas, na sua cabeça, foi ela quem o levou a isso, quando, gesticulando seu dedo indicador, o desafiou a chegar um pouco mais perto. Eliza o teria testado, provocado e agora ele a testava de volta. Como explicaria isso aos pais? Como lhes contaria o que estava fazendo à noite, cortinas abertas, deixando-o observar do outro lado do gramado? Como olharia nos olhos deles depois disso, a vergonha crescente enquanto suas testas se franziam, sua garotinha não mais tão pequena?

Naquele instante, segurando o estômago com força, ela deve ter relembrado todas aquelas nossas conversas. Deve ter pensado em como eu lhe disse, a *avisei*, tentei chamar a atenção para isso tantas vezes. Ela deve ter se lembrado do que eu disse naquele mesmo quarto, naquele mesmo lugar, o desgosto na minha voz quando comentei que, em breve, observá-la de longe não seria o suficiente.

Logo, ele iria querer mais, ansiaria por mais, se sentiria no direito de mais — como sempre.

"Ele faria", eu disse, olhando pela janela para a casa de Levi, onde uma única luz acesa emanava do seu quarto na calada da noite. Imaginava o que ele estaria fazendo lá com aquela foto, *nossa* foto. Eliza de biquíni. O sr. Jefferson e eu talvez rasgados das bordas antes de sermos amassados em uma bola e jogados no lixo. E, naquele momento, eu deveria ter caminhado até ela, a abraçado. Confortado ela. Dito que não era culpa dela. Deveria ter engolido meu orgulho e permitido que ela se sentisse assustada... mas não consegui evitar uma certa presunção em meu peito por estar certa o tempo todo. Por saber que havia algo errado com ele, algo doentio. Então, em vez de confortá-la, também cruzei meus braços, reforçando o muro que já se erguia entre nós.

"Eu *te avisei* que ele faria."

CAPÍTULO 27

"O que você estava fazendo aí?", pergunto, levantando-me da cadeira de jardim. Olho para trás de Levi, por entre as portas abertas do galpão. As luzes fracas da nossa sala de estar quase invisíveis através das janelas. Aquela primeira manhã com Sloane volta com tudo: nós duas atravessando o galpão, e o desconforto no meu peito enquanto pensava em como era fácil invadirmos o espaço deles daquele jeito.

Como seria fácil para eles invadirem o nosso.

"*Me responda*", digo, dando um passo à frente, embora o movimento repentino, faça com que me sinta tonta, tudo indo direto para a cabeça ao passo que todo o sangue segue na direção oposta.

Penso em Eliza, naquela sensação inconfundível de ter outra pessoa em sua casa, e, de súbito, me odeio por pensar que Levi e eu poderíamos coexistir assim.

"Nada", diz ele, levando a mão atrás da cabeça. É o mesmo gesto que ele fez no Penny Lanes quando foi colocado em evidência por Lucy, esfregando a nuca daquele jeito. "Eu só estava... pegando uma coisa. Do galpão."

"O que você estava pegando?", pergunto, segurando na cadeira para me apoiar, as algemas batendo contra o braço com um *tilintar* metálico.

"Fluido de isqueiro." Seus olhos vasculham os arredores, olhando para Lucy e para mim antes de pousar nas labaredas entre nós. "Para a fogueira."

Nós três ficamos calados. Levi e eu em pé, em um impasse silencioso, e Lucy sentada ao lado, observando tudo. Sua voz é cautelosa, cuidadosa, mas não consigo decidir se é porque ele está escondendo algo ou por estar confuso com essa linha repentina de interrogatório; com a minha voz, urgente e incessante.

Olho para a fogueira, depois para suas mãos. Vazias. Também percebo que ele não pode ter nada nos bolsos, está quase nu. Sequer tem bolsos.

"Não achei", acrescenta ele.

"*Butler!*"

Todos nós nos viramos ao som da voz de Trevor nos interrompendo, ecoando pelo gramado. Ele também está sem camisa, embora faça cerca de 10° C. Nós o vemos sair pelos fundos da casa e se aproximar de nós com um sorriso maníaco. Danny está atrás dele, segurando o copo de Lucy em uma das mãos, aquele vestido azul sangrento parecendo ainda mais ridículo do que antes. Todas essas pessoas, suas fantasias, dão a tudo um ar tão estranho, como se eu estivesse em meio a um sonho realista. Eles são eles mesmos, mas também não são — há algo distorcido em suas feições, algo errado, como se fossem caricaturas de quem deveriam ser, de quem eram há apenas alguns segundos, uma energia estranha emana de todos.

Estendo a mão e belisco meu braço, me sentindo boba no segundo em que faço isso. Entretanto, não me importaria se despertasse do que quer que seja isso e, num instante, acordasse com os lençóis úmidos e pele escorregadia, ofegante em meu quarto escuro como breu.

"Você está bem, cara?", pergunta Trevor, batendo a palma da mão contra o ombro de Levi. "Parece um pouco pálido."

"É", diz Levi, um sorriso fraco se abrindo em seu rosto. "Sim, estou bem."

"Eu estava te procurando." Trevor pisca. "Onde você estava?"

"Eu só estava..." Ele aponta para o galpão mais uma vez, a porta ainda aberta revelando os fundos da nossa casa vazia. Eu o observo enquanto ele olha para Trevor, depois para mim, depois para Lucy sentada em silêncio no canto, uma pequena torção no lábio enquanto ela o observa se contorcer. "Tentando reavivar essa fogueira."

"Por que você não deixa Danny cuidar disso?", Trevor sugere, apertando seu ombro com força. "Vamos pegar uma bebida para você."

Levi olha para mim uma última vez antes de assentir, em silêncio, e esquivar-se para a casa, a marca do apertão de Trevor ainda firme em sua pele. Há uma certa energia nele esta noite, em Trevor, uma que às vezes se insinua quando o vejo mandando nos calouros, embriagado pelo poder, brincando de Deus. Ele parece drogado e perigoso, como se procurasse uma briga ou acabasse de voltar de uma, a adrenalina pulsante em volta dele como um batimento cardíaco.

Ou quem sabe seja só eu de novo, minha própria imaginação, o que quer que eu tenha ingerido antes fazia tudo parecer tão bom até tomar esse rumo tão violento na direção oposta.

"Aqui", diz Danny, virando-se para Lucy assim que os outros saem. Ele entrega a bebida a ela, com o braço estendido, mas ela não a pega.

"Não estou mais com sede", responde ela, levantando-se antes de caminhar até mim e agarrar meu braço. "Já estamos indo pra casa, de qualquer jeito."

Contornamos o fogo e andamos na grama aos tropeços, os dedos de Lucy cravam fundo em meu pulso enquanto ela me puxa pelo galpão. Minha cabeça está se afundando, girando, e me sinto aliviada por estar indo embora, as imagens, sons e cheiros da festa tornaram-se demais — mas, ao mesmo tempo, não consigo parar de pensar em Levi vasculhando nossa casa poucos minutos antes. Não consigo parar de imaginá-lo bisbilhotando meu quarto do mesmo modo como fez com o de Eliza, passando os dedos pelas minhas roupas, talvez examinando as fotos sobre a minha lareira. Seus olhos vorazes ainda nela, mesmo agora.

"Espere", digo, parando de forma abrupta no quintal, a alguns metros da porta. Lucy se vira e olha para mim com sua cabeça inclinada para o lado. "Não quero entrar aí."

"Como assim?", pergunta ela com as mãos nos quadris.

Penso nele na cama de Eliza, sua cabeça no travesseiro dela. O leve cheiro dele maculando os lençóis.

"Levi", respondo. "Ele não estava no galpão. Estava em casa."

Lucy permanece quieta e me encara, antes de virar a cabeça e olhar para a porta dos fundos.

"Ficamos sentadas em volta da fogueira por mais de uma hora", prossigo. "Ele não ficou todo esse tempo no galpão."

"Margot", diz ela, sorrindo. "Ficamos lá por, tipo, uns vinte minutos."

"Mesmo assim", insisto, sentindo minhas bochechas arderem. "Ele não ficou todo esse tempo no galpão procurando fluido de isqueiro."

Ela suspira, torcendo o pescoço como se estivesse tentando se alongar. "Talvez ele estivesse mexendo na descarga do vaso ou algo do tipo. Eu disse ao Trevor outro dia que eles precisam arrumar isso. O barulho tem me irritado."

"Por que Levi cuidaria disso?"

"Trevor sempre manda os calouros cuidarem dessas coisas", diz ela. "Ele é preguiçoso demais para fazer. Além disso, ele não saberia usar uma ferramenta nem se sua vida dependesse disso."

"De tanga?", pergunto. "No meio de uma festa?"

"Não sei. Talvez."

"Precisamos começar a trancar as portas", falo. "Nós sempre as deixamos abertas."

"Sim, porque Nicole não consegue cuidar da chave dela", afirma Lucy. "Ela perdeu o cartão-chave do Hines no segundo dia do primeiro ano."

"Mas os meninos não podem ir entrando aqui sem bater..."

"Sim, eles podem", ela me interrompe. "Eles são os donos da casa, Margot. Eles podem fazer o que quiserem."

"Eles são os donos da casa", repito, percebendo pela primeira vez o que isso de fato implica. Sequer precisei assinar um contrato de aluguel para morar aqui. Levi já não é mais apenas o meu vizinho. Não é só um cara da casa ao lado que observa pelas janelas ou que ronda os fundos.

Ele é mais do que isso. Ele *pode fazer* mais do que isso.

"Olha, você não está legal", alega Lucy, tocando meu braço. "Você está paranoica, numa *bad trip*. É culpa minha, na verdade. Eu deveria ter dado apenas metade para você."

Olho para os dedos dela no meu antebraço, sinto um aperto no peito. Penso no comprimido que ela colocou na minha palma, no amargor ao engoli-lo a seco. Ela está certa, eu sei que está, mas, ao mesmo tempo, a energia lá nos fundos era inconfundivelmente errada. Parecia que eu estava por fora de algo entre todos eles, inclusive Levi, um segredo sinistro pulsando ao redor deles como um batimento cardíaco compartilhado.

"Vamos entrar e pegar um pouco de água para você", diz Lucy. "Aí, você dorme e vai passar."

CAPÍTULO 28

A noite que se segue é uma que nunca esquecerei, a música da casa ao lado pulsando como sangue em meus ouvidos. Ela continua por horas até que, em algum momento, o som se reduz aos últimos retardatários: uma única risada, alguém tropeçando no cascalho. O som metálico do chute em uma lata vazia derrapando no asfalto.

No entanto, é ainda pior quando tudo fica em silêncio. A simples ideia de Levi bisbilhotando pela nossa casa, do mesmo jeito que fez com a casa de Eliza, força meu cérebro a ficar vigilante. Ela surge em flashes, a justaposição do *passado* e de *agora* se confundem até que sejam indistinguíveis: suas mãos calejadas na maçaneta da nossa porta, girando-a devagar antes de entrar. As cortinas esvoaçantes por causa do vento, a sala de estar de Eliza e o fedor de manguezal que se infiltrava, como se ele tivesse trazido algo morto consigo. Ele andando pelo quarto dela, arrancando aquela foto da parede e passando os dedos sobre ela antes de colocá-la no bolso.

Sentada na beirada do colchão, meu corpo afunda com o ranger das molas.

Eu já adormeci algumas vezes, mas é sempre um mergulho inquieto e estressante na inconsciência, antes que acorde assustada depois de apenas alguns minutos. E, todas as vezes, vejo flashes do meu passado, carnavalescos e exagerados. Do mesmo modo que a roda em torno daquela fogueira parecia sobrenatural e errada: Eliza e eu deitadas no píer, nossos braços tão esticados que parecem caramelo derretido puxado pelo sol. O sorriso branco de Levi, os cantos de seus lábios tão altos que consigo ver suas gengivas.

Escuridão, escuridão total, tão desconcertante que sinto que estou caindo de muito alto, muito veloz até atingir o chão com um "ploc" breve e molhado.

Olho para a mesa de cabeceira; os pequenos números digitais luminosos, vermelhos, o par de algemas enrolado no relógio que serpenteia no escuro. São quase quatro da manhã e, embora os efeitos do que quer que eu tenha tomado mais cedo tenham quase passado, ainda há aquele desconforto persistente que beira o medo.

Minhas pernas não param de pulsar, de se debater, meu corpo implorando para que eu corra.

"Não oferece perigo nenhum", garantiu Lucy, pegando suas chaves de um gancho na parede e destrancando as algemas. Então, ela me sentou no chão da cozinha e me deu pequenos goles de água, a mão firme em concha apoiando meu queixo. Naquele momento, eu tremia sem parar, o queixo batia como um brinquedo de dentadura maluca. "Só dá um pouco de brilho às coisas até que, sabe como é. Não dá mais."

"Queria que tivesse sido ele", falei, ignorando-a por completo. Arrepios espalhando-se pela minha pele e minha voz tão afiada quanto uma lâmina. Lucy inclinou a cabeça e eu via a compreensão surgindo nela. Eu estava pensando em Levi, é claro, visões dele e de Eliza cambaleando naquela noite através do meu telefone. Seus lábios escorregadios de vodca, saliva e suas mãos dadas, os nós dos dedos brancos no escuro. "Deveria ter sido ele."

Viro-me para o meu lado, com os olhos arregalados e ardendo. Agora que estou voltando, tento me convencer a acreditar no que Lucy disse: há tantas explicações que podem fazer sentido. Talvez Levi estivesse no galpão mesmo, um dos outros irmãos o teria mandado em alguma tarefa obscura, como buscar um fluido de isqueiro que nem existia, rindo pelas suas costas enquanto ele revirava o lugar, frenético, com medo de voltar de mãos vazias. Era o tipo de coisa idiota que eles faziam com os calouros; o tipo de coisa para envergonhar e menosprezar. Ou talvez ele estivesse mesmo consertando algo na casa, mexendo em uma daquelas muitas coisas quebradas que tínhamos que insistir com os rapazes: o aquecedor fajuto que não era um problema no verão, mas agora, em outubro, deixava nossos dedos dos pés rijos quando andávamos descalças.

A goteira no teto do quarto de Sloane, que ainda não foi consertada. Ou, como Lucy sugeriu, o vazamento do vaso sanitário que, pensando bem, não ouvi a noite toda.

Fecho os olhos, expirando longa e fortemente. Foi uma *bad trip*, só isso. Um produto químico estranho que conseguiu fazer uma ligação direta no meu cérebro, dando partida no pior dos meus medos.

Mas então, assim que meu corpo começa a relaxar, ouço um som fraquíssimo.

Rápido, me sento, tentando determinar de onde veio. Parece ter vindo tanto de dentro quanto de fora, ao mesmo tempo: um baque abafado, como um soco ou um chute... ou o golpe forte e rápido de uma porta batendo.

Acendo o abajur na minha mesa de cabeceira e prendo a respiração para ouvir melhor. Ouço mais uma vez, no meu quarto, mas também fora dele: um arrastar abafado, próximo, mas baixinho. Atiro as cobertas para longe e saio da cama, me arrastando em direção à porta fechada do meu quarto.

"*Lucy?*", sussurro, mesmo sabendo que, do outro lado do corredor, ela não me ouve. De todo modo, ela deve estar dormindo. São quatro da manhã. "*Lu, é você?*"

Posso sentir meu coração na garganta enquanto rezo por uma resposta — ela está no banheiro, talvez, pegando um copo d'água —, mas em vez de sua voz, ouço de novo. Aquele som.

Um baque, um gemido. Uma única tosse seca.

"Merda", murmuro. As palmas das minhas mãos formigam, úmidas. "Merda, merda, merda."

Mesmo que o que Lucy disse seja verdade, não há explicação lógica para alguém entrar em nossa casa às quatro da manhã. O pensamento vem como um soco no peito: e se Levi estivesse me ouvindo conversar com Lucy quando ele estava no galpão? Afinal, ela estava perguntando sobre Eliza. Me fazendo falar, fazendo perguntas. Eu não disse nada de ruim lá fora, nada errado, mas ainda assim. Ele parecia tão estranho quando saiu, como se tivesse ouvido. Ouvido cada palavra.

"Houve uma discussão", eu havia dito.

Ele não teria gostado disso.

Ouço de novo, algo parecido com um acesso de náusea, e antes que eu possa pensar duas vezes, abro a porta com tudo e sigo pelo corredor. A escuridão repentina me desequilibra. Dou alguns passos para fora do meu quarto, mas antes que possa andar muito, meus pés descalços roçam em algo no chão, quente e molhado e, no mesmo instante, pulo para trás, apertando os olhos para ver o que quer que esteja no chão.

"Que porra é essa?", sussurro, ajoelhando-me. De repente, um cheiro familiar enche minhas narinas: vômito, quente e forte, algo fermentando no chão. Meus olhos estão começando a se ajustar e posso ver que é uma peça de roupa, uma fantasia, um tecido verde brilhante com as bordas rasgadas.

Olho para a direita, em direção ao banheiro, e vejo uma figura escura caída no chão.

"Nicole?", pergunto, me dando conta enquanto corro em direção ao banheiro e acendo a luz. Depois que Levi apareceu, eu havia me esquecido por completo dela. Lucas disse que ela estava bêbada, bebaça, mas que Trevor estava cuidando dela... porém, agora me lembro de Trevor também, saindo pela porta dos fundos para dar ordens aos calouros.

"Nicole", chamo mais uma vez, estendendo a mão para sacudir seu ombro. Ela está seminua, encolhida sobre o ladrilho com uma poça de bile vermelha embaixo dela. Viro-me para o corredor, olhando para seu vestido. Ela deve ter passado mal, tirando-o antes de tropeçar no banheiro e adormecer.

"Vem", digo, cravando meus braços em suas axilas, com força, tentando ajudá-la a se levantar. Não acho que ela estava aqui quando entrei no meu quarto mais cedo, mas, ao mesmo tempo, não tenho certeza. Estava escuro e eu estava desorientada, fui da cozinha direto para minha cama. "Nicole, vem. Vamos para a cama."

Ela geme, sua cabeça está tombada para o lado como a de um bebê recém-nascido, uma crosta de cuspe seco grudada em seu lábio.

"Não", murmura ela, levantando os braços antes que eles caiam de volta, pastosos e molengas. É quando vejo as marcas em seu pulso: pequenos hematomas que parecem dedos, tênues, mas visíveis, e há algo familiar sobre a localização deles. Eu já os vi antes. "Para."

"Vem", insisto, tentando afastar a lembrança, focar nisso. "Vamos."

“Não”, repete ela, mas me deixa levantá-la — na verdade, ela não tem escolha —, todo o peso dela cai sobre mim, o corpo inerte como um cadáver arrastado.

Confiro o vaso sanitário e vejo blocos de vômito vermelho-brilhante parados na água. Dou descarga com minha mão livre antes de levá-la para o meu quarto, onde limpo seu rosto e a deito na cama. Observo-a por um segundo, notando como a parte de trás do seu cabelo está áspera e emaranhada, a contração frenética dos seus lábios como se ela já estivesse perdida em algum tipo de sonho. Então, eu me enrolo ao lado dela e escuto o som constante da sua respiração, tentando não pensar no fato de que não poderia ter sido ela que ouvi se movendo antes. Ela está praticamente em coma.

Então percebo a água da descarga correr sem parar.

CAPÍTULO 29

DEPOIS

"O detetive Frank está aqui."

Vejo Sloane, seus olhos arregalados me espiam pela porta do meu quarto. Lucy se foi há mais de duas semanas e eles estão aqui com um mandado, como sabíamos que estariam.

"Ok", digo. "Já vou."

Fecho meu livro e o jogo na cama, me preparando para as próximas horas, embora soubéssemos que isso era apenas uma questão de tempo. Sabíamos que eles iriam querer explorar cada aspecto dela, tirando sua privacidade e bisbilhotando. Metendo o nariz em tudo.

Entro na sala e encontro todo mundo já ali: Sloane e Nicole no sofá, lado a lado, com o detetive Frank de pé no centro. Há alguns policiais com ele, seus olhos analisam a sala. O lugar está quase vazio agora, a maioria dos nossos pertences lacrados em caixas, mas tentamos arrumá-lo o melhor que podíamos, antecipando a chegada deles. Temos assistido ao noticiário.

"Vou ser direto com vocês", começa Frank, olhando para mim enquanto caminho até o sofá e me sento ao lado de Nicole. "A última atividade conhecida da sua colega foi aqui, nesta casa, dois dias antes do empregador dela ligar e relatar seu desaparecimento."

Penso em nós duas nesta sala, a fumaça girando enquanto Lucy pegava a faca, meu reflexo reluzindo no metal. O jeito como ela se levantou e saiu, abandonando o telefone para trás. Sei que vão encontrá-lo hoje. Ele está sem bateria agora, morreu há um tempo, está escondido debaixo da cama dela, sob as roupas, do jeitinho que planejamos.

"Então vou perguntar mais uma vez", continua ele, mudando o peso de uma perna para a outra. "Se vocês sabem onde sua amiga está, precisam nos contar."

"Não sabemos onde ela está", diz Sloane, quase implorando, mas é tudo uma encenação. Sei que é uma encenação. Ensaiamos isso muitas vezes. "Não estávamos preocupadas antes, mas agora também estamos, tá? Estamos tentando ligar, mas..."

"Mas o telefone dela está desligado", interrompe ele. "Ou sem bateria. A gente sabe."

"Você disse que a interrogou sobre Levi", pondera Nicole. "Talvez ela tenha ido embora porque não sabia mais o que fazer. Ela age como se fosse durona, mas é humana como o resto de nós."

O detetive Frank lança um olhar longo para Nicole, entediado com seu monólogo.

"Ela devia estar apavorada", acrescenta ela, lânguida.

"Sabe, quanto mais descobrimos sobre Lucy, mais perguntas temos", comenta ele, ignorando-a. "Isso surpreende alguma de vocês?"

"Não", respondo, quando fica claro que Sloane e Nicole não vão falar. "É assim mesmo."

"Como vocês todas se conheceram mesmo?"

"Ela é muito extrovertida", explica Sloane. "Nunca teve problemas em abordar pessoas que não conhece, começar uma conversa."

"E cativante", acrescenta Nicole. "Ela pode fazer amizade até com a parede."

"Vocês viram Lucy passar algum tempo sozinha com Levi na noite em que ele morreu?", pergunta o detetive Frank, mudando de assunto tão rápido que levo um segundo para acompanhar.

"Não", respondo, por fim, lembrando como ele se levantou e, no mesmo instante, cambaleou, as pernas moles e soltas como um filhote de cervo vacilante. Em como Lucy olhou para mim, sorrindo, antes de se levantar também. "Era uma festa grande. Ele estava lá, mas só o vimos de relance."

"De relance", repete ele.

"Sim. Nós não andamos muito com ele."

"Com quem vocês andavam?"

"Uma com a outra", respondo, como se isso fosse óbvio.

"Não foi isso que ouvi de outras pessoas que estavam lá."

"Você não perguntou sobre outras pessoas."

Detetive Frank olha para mim, incomodado com meu tom.

"Você perguntou sobre a gente", acrescento.

"O que isso quer dizer?"

"Quer dizer que eu não sei o que outras pessoas viram", continuo. "Mas *nós* não os vimos a sós juntos."

"Então vocês nunca os viram se abraçando, se tocando, nada disso?"

"Não, nunca."

"Interessante", diz ele. "Então por que encontramos o sangue dela nas roupas dele?"

CAPÍTULO 30

ANTES

Acordo e encontro minha cama vazia, nada além da marca ainda quente de Nicole ao meu lado. Dou uma olhada no relógio — são quase onze horas —, antes de me jogar da cama e ir para a sala.

"Bom dia", cumprimenta Lucy, com uma caneca de café nas mãos, animada como sempre. Estão todas aqui, todas as três, Sloane e Nicole parecem tão arrasadas quanto eu. "Você está bem?"

"Sim", digo, embora isso não seja bem verdade. Acabei adormecendo, as janelas iluminadas pelo raiar do dia deixaram o quarto claro o suficiente para que eu enfim relaxasse, mas os eventos da noite passada me deixaram exausta, um desgaste em minha cabeça que nem seis horas de sono conseguiram apagar.

"Você passou mal?", pergunta Sloane, olhando para mim. Ela ainda está com a maquiagem da noite passada, um risco de rímel em sua bochecha e uma argola dourada ainda presa em sua orelha. "Estava cheirando a vômito aqui de manhã."

"Mal não", respondo, olhando para Nicole. Ela tem o olhar fixo no próprio colo, a pele tingida de verde e o corpo engolido pelo moletom de Trevor, os dedos puxando as mangas. "Só... um susto, acho."

"Ela estava toda paranoica sobre as pessoas invadirem a casa", comenta Lucy, rindo. O som me irrita, em especial considerando como eu estava assustada, mas tento não demonstrar. "Quase tive que forçá-la a entrar."

"Isso explica por que você desapareceu", diz Sloane, sorrindo. "Uma atmosfera meio intensa para sua primeira vez."

"Primeira vez com o quê?", pergunta Nicole. Sloane e Lucy se viram para olhá-la como se tivessem esquecido que ela estava lá. Ela parece tão pequena assim, semelhante a uma bola no canto do sofá, e isso me traz à lembrança como ela estava ontem à noite: enrolada no chão tal qual um passarinho que caiu de uma árvore, molhada e tremendo. Imagino se ela ao menos se lembra de mim limpando-a, colocando-a na cama. Ficando acordada por mais de uma hora para garantir que ela não desfaleceria de novo e morreria sufocada durante o sono.

"Molly", diz Lucy. "Eu fui burra e dei um inteiro pra ela."

Isso explica a euforia, então. A sensação avassaladora de amor que senti ao olhar para todos ao redor daquela fogueira, sonhando e ponderando a possibilidade de Levi e eu vivermos juntos em perfeita harmonia. O que há em Lucy, eu me pergunto, para que todos nós sempre façamos o que ela nos pede? Eu nem sequer a questionei sobre o que era aquele comprimido. Nem sequer hesitei. Só de ver como ela estava me olhando, toda ansiosa e cheia de expectativa, inclinei a cabeça para trás... torcendo pelo melhor.

"Falando em desaparecer, onde diabos *você* se meteu?", indaga Sloane, direcionando a pergunta para Nicole. Ando até o sofá e me sento ao lado dela, certificando-me de deixar um pouco de espaço entre nós.

"Sei lá", responde ela. Ela também está segurando uma xícara de café, mas está intocada e treme em suas mãos. "Fui lá cedo, logo depois da aula, e comecei a beber rápido demais. Acho que fiquei com Trevor a noite toda."

"Não a noite toda", comenta Lucy, colocando sua caneca vazia no chão. "Ele ficou lá fora por um tempo."

"Talvez..." Ela para e franze as sobrancelhas, como se tentasse se lembrar de algo. Observo o seu perfil enquanto ela engole em seco e balança a cabeça com gentileza. "Talvez eu tenha adormecido. Mas, de alguma forma, cheguei em casa. Acordei no quarto da Margot."

Lucy joga a cabeça para trás e ri de novo, batendo palma. Esse é o nosso ritual matinal corriqueiro — contar histórias da noite anterior, sonolentas e envergonhadas, nos divertindo com todas as pequenas coisas das quais mal conseguimos nos lembrar. Contudo, agora, não parece um hábito assim tão normal. Há uma obscuridade nisso, um temor crescente como nuvens pesadas se reunindo antes de outra tempestade de verão. Houve muitas coisas erradas na noite passada. Eu observo Lucy e Sloane se levantarem e irem até a cozinha para pegarem mais café, mas Nicole permanece sentada, com o olhar fixo. Seus olhos no sofá de uma forma que parecem o oposto de focados, como se ela não estivesse mais tentando se lembrar de algo, mas, em vez disso, tentando se esquecer.

"Você está bem?", sussurro, uma vez que as outras saíram. Ela ainda tem os pulsos cobertos pelo moletom e tento lembrar a aparência daqueles hematomas que vi — a menos que, na verdade, não fossem isso. Poderiam ter sido um truque de luz, talvez. Um jogo de sombras; uma mancha de maquiagem. É tentador acreditar nisso, mas ainda assim, havia algo sobre eles que parecia familiar de um jeito assustador. Algo sobre a posição, como se fossem cinco dedos grandes, que faz meu estômago revirar. "Nicole?"

Estendo a mão para tocar sua perna e mal minha mão roça sua pele, ela estremece, um recuo físico que me faz puxá-la de volta com tudo.

"Desculpa", digo, com a preocupação começando a apertar o peito. "Desculpa, é só que... você está...?"

"Estou bem", responde ela, colocando sua xícara na mesinha e empurrando-a para longe, como se fosse algo repulsivo. "Desculpa, eu estou bem."

"Tem certeza?", insisto. "Ontem à noite..."

"Ontem à noite foi um show de horrores", diz ela se virando para mim. "Pra ser sincera, estou com vergonha."

"Você não deveria estar com vergonha", digo. "Mas quando te encontrei esta manhã, pensei ter visto hematomas..."

"Ah, sim." Ela ri, revirando os olhos e puxando o moletom para cima, o azul de antes já se transformando em um roxo escuro como uma ameixa. "Tenho uma vaga lembrança do Trevor tentando me ajudar a andar em algum momento, segurando meus braços. Fico roxa muito fácil."

Tento imaginar: Trevor agarrando seus antebraços, guiando-a para a frente, não muito diferente do jeito que cravei meus próprios dedos em suas axilas enquanto a puxava do chão e a colocava na cama. Pela primeira vez, me pergunto se deixei hematomas nela também. Será que sou capaz de marcar sua pele assim, de deixar evidências de como a levantei, agarrando sua pele? O peso morto dela, quase impossível de segurar. Um alívio breve inunda meu peito ao me lembrar da vez em que sua coxa bateu na mesinha de centro, no mês passado, deixando para trás um vergão do tamanho de uma bola de beisebol. Ou quando ela tropeçou no galpão, bateu a canela e passou três semanas dando tapas na mão de Lucy toda vez que ela tentava cutucar o sangue acumulado sob a pele. Aquela risada maníaca, o sorriso dissimulado.

"Obrigada por se preocupar", diz ela por fim, abrindo um sorrisão, embora não tão aberto. "Mas eu juro que estou bem. Na próxima vez que sairmos, me lembra de jantar antes."

CAPÍTULO 31

Faz um frio anormal na semana que antecede o Dia de Ação de Graças, a temperatura cai para uns 4° C toda vez que o sol se põe. Tudo parece tão artificial desde o Halloween, tão estranho, que não consigo deixar de sentir como se alguma mudança cataclísmica tivesse ocorrido sem eu perceber. Uma alteração tectônica, o próprio chão não mais sólido, mas trepidante. Ameaçando ceder sob todos nós.

No dia seguinte à festa, Trevor e Nicole entraram em uma briga violenta: Nicole saiu batendo a porta do quarto dele gritando, chorando, e passou pelo resto de nós antes de voltar para dentro de casa. Claro, nós corremos atrás dela, perguntamos o que havia de errado, mas ela nunca nos contou. Nunca chegou nem perto de contar. Eles fizeram as pazes horas depois — eles sempre fazem —, mas agora, toda vez que estamos juntos, a tensão é tão espessa, tão pesada, que é quase insuportável. O peso de tudo isso parece uma bigorna no peito, um volume esmagador que torna difícil a respiração.

"Ela precisa seguir em frente", Lucy me diz agora que nós duas saímos pelos fundos. O mato do quintal fugiu ao controle esta semana; a grama na altura da panturrilha, arranhando meus tornozelos expostos. "É sério. Isso tem que parar. Sendo sincera, estou aliviada por ela ter viajado."

Lucy me convenceu a ficar no campus durante o feriado de Ação de Graças. "*Vai parecer o verão de novo*", argumentou ela, atravessada na minha cama, me fazendo ansiar por aquelas doze semanas perfeitas que de repente pareciam tão distantes. Na verdade, eu estava receosa de voltar para casa com meus pais, de qualquer maneira. Temendo suas perguntas inevitáveis sobre minha especialização e se eu ainda queria mantê-la; seus questionamentos intrometidos sobre minha nova vida, novos amigos, farejando por algum pequeno detalhe para eles analisarem. Não contei a eles quase nada sobre minhas colegas de quarto — não queria estragar *isso*, essa coisa que possuo e que, como se por milagre, parece tão apartada da minha vida em casa. Então, quando Sloane partiu esta manhã e Nicole há dois dias, fiquei para trás, acomodada.

A partir de hoje à noite, seremos só eu e Lucy por uma semana inteira.

"O que você acha que aconteceu?", pergunto, tentando arrancar informações em vez de compartilhá-las eu mesma. Não contei a ninguém sobre como encontrei Nicole naquela noite: o vestido jogado no corredor, o cabelo coberto de vômito e grudado na lateral do pescoço. Ela me pediu com todas as letras para não fazer isso antes de Sloane e Lucy voltarem da cozinha. Alegou que não queria lidar com as piadas de Lucy sobre ela ser fraca para bebida, afirmou que só queria esquecer, então eu havia assentido, concordado em ficar de boca fechada. Porque a história dela fazia sentido. Eu conseguia enxergá-la vividamente: os dedos do Trevor cravando nos seus pulsos, puxando-a pelos corredores da república, tentando afastá-la do resto da festa ao perceber que ela bebeu demais. Talvez ela tenha vomitado na camisa dele e é por isso que ele não estava usando uma; talvez a briga deles tenha sido por isso. Entretanto, nos últimos tempos, comecei a perceber que um novo sentimento surgia em meu peito. O mesmo que tive quando vi Eliza de bruços na cama, sabendo que Levi estava do lado de fora, observando-a no escuro. O mesmo sentimento que surgia toda vez que ela desfilava pelo píer e brincava com seu biquíni.

O mesmo sentimento que grita comigo agora, agita os braços. Implora para que eu reconheça que algo não está certo.

"Ah, eu sei muito bem o que aconteceu", responde Lucy, dando um tapa em um inseto em seu braço. "Ela ficou bebaça no Halloween e Trevor ficou bravo porque a namorada do presidente não deveria agir assim."

"Isso parece um pouco duro", digo.

"É, bem, é assim entre eles. Ele também fica com ciúmes. Ela flerta quando bebe."

Abro a boca, mas a fecho no mesmo instante, ainda sem saber o que dizer.

"Mas se ela terminar com Trevor, perdemos a casa", continua Lucy. "O presidente escolhe os inquilinos. Todas nós ficaremos sem teto."

"Não acho que ela vá terminar com Trevor", respondo, embora Lucy esteja certa. Nicole é a razão pela qual conseguimos esse lugar.

"Tem certeza disso?"

"Não", admito. "Mas não parece que Trevor é o que tem chateado ela."

"Como assim?", ela indaga, enquanto nos aproximamos do galpão, suas portas duplas bem fechadas. "O que mais seria?"

Eu hesito, pois vem outra lembrança na mente. A mesma que surgiu no Halloween ao segurar o corpo da Nicole no escuro, olhando para aqueles hematomas, semelhantes a uvas, aglomerados ao redor do seu pulso. Aquele que eu tentei afastar, tentei esquecer.

Penso em Levi saindo do galpão, naquele olhar assombrado em seu rosto.

Também penso em Nicole seminua no chão, em posição fetal, destruída. O jeito que ela tentou lutar contra mim quando a toquei, seus pequenos braços patéticos empurrando os meus e sua voz tão frágil. Essas palavras monossilábicas pulando de sua língua como se fossem pesadas demais para sua boca segurar.

"Não. Para."

Mais uma vez, há algo sobre Levi, e não é nem sobre como ele estava em nossa propriedade antes de eu encontrá-la, tendo liberdade total como naquela noite na casa de Eliza. Não é nem como, de todos os lugares, aqueles hematomas estavam em seu pulso, causando uma dor aguda em meu peito como uma faca no coração. É que notei, desde o Halloween, que Nicole e Levi quase nem se olham mais. Não é como se eles tivessem uma amizade de verdade antes. Nicole me ouviu quando eu contei a ela aquelas histórias sobre Eliza, a vigilância dele, o que aconteceu entre eles na noite em que ela morreu. E, após isso, ela sempre manteve distância, embora ainda sendo agradável e educada; assim é Nicole. Mas agora, não é só ela que mantém distância. *Ele* também. Uma ignorância mútua que parece deliberada de ambas as partes.

Como se algo tivesse acontecido entre eles e os dois quisessem esquecer.

"Eu estive pensando...", começo, mas, antes que possa terminar, abro o galpão e dou um pulo para trás, minha mão vai para a base do meu pescoço. "Jesus, isso é *nojento*."

Na nossa frente, um cervo morto está pendurado em uma corda no teto, a língua de chiclete pendurada para o lado e um fluxo constante de sangue correndo para uma grade no chão que nunca havia notado.

"Eles devem ter ido caçar", diz Lucy, imperturbável, observando com curiosidade a carcaça balançar. "Enfim está frio o suficiente."

De repente, lembro-me do cheiro do galpão na primeira vez que pisei ali: um cheiro metálico, como algo podre, que desde então se tornou tão comum quanto o perfume de baunilha aplicado atrás da orelha de Lucy ou o xampu de hortelã de Nicole enfiado nos travesseiros. Eu mal o percebo mais, o cheiro de morte. O odor de ferrugem e podridão que está sempre lá, no ar, marcado no lugar.

"Eles o estão sangrando", observa ela. Lucy inclina a cabeça e seus olhos seguem aquele filete vermelho. "Será que podemos convencê-los a nos convidar para o jantar?"

"Não, obrigada."

"Você nunca comeu carne de cervo antes?"

"Não."

"Você deveria experimentar. É bom."

"Não sei", digo, olhando dentro das pupilas dele. Me vendo no reflexo escuro antes de me forçar a desviar o olhar. "É diferente quando você olha em seus olhos antes de comê-lo."

Lucy apenas dá de ombros e continua andando.

"Quem mais está aqui esta semana?", pergunto, enquanto contornamos as paredes internas. O cervo continua se virando enquanto nos movemos, um círculo lento e sombrio.

"Lucas, Trevor, James, Will", diz ela. "Eles são todos daqui, então vão para casa apenas por um dia."

"Só eles?"

"Alguns calouros", acrescenta ela, sem olhar para mim de modo intencional. "Eles sempre fazem alguns deles ficarem para cuidar da casa."

"Quais?", indago, de súbito mais alerta. Estamos quase na porta dos fundos agora, a leve erupção de risadas vaza pelas janelas. O escrutínio do cervo nas minhas costas faz os pelos do meu pescoço se arrepiarem.

"Levi", diz ela. "Tenho quase certeza de que vi o jipe dele na frente da casa."

Eu paro a poucos metros da porta e Lucy se vira, com a irritação em seu rosto.

"Olha, eu sei que você não gosta dele, mas você não pode se esconder no seu quarto toda vez que ele aparece. Você chegou primeiro."

"Eu sei", afirmo, mordendo meu lábio.

"Você vai ter que aprender a ignorá-lo."

"Não é tão fácil assim."

"Por que não?"

"Sei lá", digo. "Estar perto dele só faz com que eu me sinta culpada."

"Por causa da Eliza?", ela questiona e, por um segundo, perco a respiração ao ouvir o nome de Eliza em seus lábios pela primeira vez, sacudindo algo solto em mim que eu nem sabia que estava lá. É tão estranho ouvi-la dizer isso assim. Como esbarrar em alguém conhecido em um lugar que você não espera. Vê-la arrancada de um mundo e jogada em outro, deslocado do seu local de origem.

"Sim", respondo, por fim. "Por causa da Eliza."

E esse é o problema, na verdade: Lucy e Eliza deveriam existir em dois planos diferentes. Elas não deveriam se cruzar assim, repetidas vezes, as duas vidas que criei para serem paralelas, agora são dolorosamente perpendiculares.

"Por que você se sente culpada?", pergunta ela, dando um passo à frente. Sua mão estendida, dedos entrelaçados nos meus.

Penso naquela noite, naqueles vídeos. O braço de Levi em volta do pescoço dela, seu corpo pendurado nos ombros dela. Eliza inclinando a cabeça para trás em um uivo embriagado e a luz da lua refletindo na água. A quebra das ondas tão distante abaixo deles.

"Há coisas que eu queria ter feito de um jeito diferente", respondo.

Penso em como eu os assisti, repetidas vezes, recomeçando toda vez que chegavam ao fim. Era um castigo, piscando meus olhos sonolentos no escuro. Como estourar aquela bolha e apreciar sua ardência, algo doentio que me forcei a fazer por razões que ainda não entendo por completo. Lembro-me da descrença, da raiva, da frustração de que ela pudesse se mostrar tão burra depois de tudo o que sabíamos sobre ele, tudo o que havíamos descoberto.

Lembro-me de navegar até meus contatos, encontrar o nome dela. Meu dedo pairando, pronto para ligar. Pronto para buscá-la, talvez. Trazê-la para casa e colocá-la na cama... seguido pelo despeito que surgiu quando pensei em como ela foi para lá sem mim. A ferida se abrindo quando eu só queria que ela sarasse.

Então, em vez disso, coloquei meu celular no chão e o silenciei.

Rolei na cama, fechei os olhos e tentei, com muito esforço, esquecer tudo. Esquecer dela, esquecer aquele *sentimento* que crescia em meu peito, em vez de engoli-lo para que acabasse no meu estômago. Pútrido e azedo, cobrindo minha língua.

Envenenando-me de dentro para fora.

CAPÍTULO 32

“Feliz Dia de Ação de Graças”, deseja Lucas. “É melhor que peru, eu prometo.”

Olho para o prato à minha frente, um pequeno círculo de bife com uma poça de sangue vazando ao redor. A concha de purê de batatas por baixo já encharcada e rosa, o aroma metálico de tudo isso que faz minha língua formigar. Cometi o erro de entrar na cozinha mais cedo quando James estava batendo na carne com um martelo, manchas microscópicas de vermelho respingavam nos armários.

“Amaciando”, explicou ele, alheio à pequena gota que escorria por sua bochecha.

Há sangue no teto agora, pontinhos de plasma borrifados no estuque. Tomo um gole da minha água, tentando me livrar do pensamento.

“Obrigada, rapazes”, Lucy cantarola ao levantar uma taça de vinho. Pela primeira vez desde que moro aqui colocamos a mesa, uma coleção descombinada de pratos e talheres recolhidos de brechós ou deixados para trás por inquilinos anteriores. Flores silvestres do quintal enfiadas em copos de suco e as luzes do teto mais fracas. Há um punhado de pavios tremeluzentes entre nós, candelabros fininhos fazem a sala de jantar parecer gótica e sombria. “O que faríamos sem vocês?”

“Morreriam de fome”, responde Trevor, puxando a cadeira ao meu lado. O Dia de Ação de Graças é amanhã, mas como os moradores locais vão para casa pela manhã para um jantar formal com as famílias, eles concordaram em fazer um jantar entre amigos esta noite. Lucy implorou a eles, na verdade, fazendo-os se sentirem culpados por nós duas estarmos aqui sozinhas, mesmo que tenhamos escolhido isso.

"Isso não é justo", reclamo. "Nós fizemos os acompanhamentos."

Tento não olhar para Levi enquanto ele se senta na minha frente, nossa mesa de sete lugares parece um pouco íntima demais na luz suave. Por mais que eu odeie admitir, Lucy estava certa. Apesar de Levi estar aqui, esta última semana tem sido maravilhosa, de alguma maneira todos nós voltamos a ser quem fomos no verão. Lucas ainda é divertido sem Sloane como objeto de sua afeição e acabei conhecendo melhor Will e James depois daquela noite no Penny Lanes. Trevor é desagradável com ou sem Nicole, mas ele tem me dado mais atenção nestes últimos dias do que nunca.

"Qual você fez?", pergunta Trevor, virando-se para mim. Sinto uma onda no meu peito sob seus olhos, um calor corrosivo que me deixa desconfortável.

"O macarrão com queijo", respondo.

"Como você sabia que macarrão com queijo era o meu favorito?"

Lucy pigarreia, me lançando um olhar do outro lado da mesa que me desagrada. É sugestivo, as sobrancelhas arqueadas, então, tento sinalizar de volta uma inocência de olhos esbugalhados, comunicando que estou tão confusa sobre a atenção dele quanto ela.

"A qual de vocês temos que agradecer por atirar em nosso jantar?", pergunto, pegando meus talheres, tentando desviar a conversa de mim.

"James", responde Lucas, dando um tapa em seu ombro. "Nunca vi uma morte tão precisa na minha vida."

Olho para cima, atordoada com a imagem de James, de todas as pessoas, sendo o único a puxar o gatilho. O mais tímido de todos, tão gentil e quieto.

"Sorte de principiante", comenta ele, serrando seu bife.

Lucy solta uma risada e eu olho para encontrar sua palma firme em uma concha sobre a boca, os cantos de um sorriso vazando como se ela lutasse para contê-lo.

"Sinto muito", diz ela, tirando a mão antes de limpar uma gota de vinho do lábio. "É irônico."

"O quê?", indaga James, abaixando a faca.

"Você. O Senhor Bússola Moral matar alguma coisa porque você pode."

Eu me lembro daquela noite no Penny Lanes, James entrando na conversa depois que Lucy nos fez essa pergunta. Brigando com ela, o Jekyll para o Hyde que ela é. O único corajoso o suficiente para reagir.

"É para alimentação", argumenta ele, devagar. "Tem um propósito."

"Risco e recompensa", refuta Lucy. "Ainda é uma coisa viva. Estava vivo, agora está morto e é tudo por sua causa."

"Você não pode estar falando sério", diz ele, suas mãos, que ainda seguram os talheres, pairam no ar. Olho para o meu prato, pequenos fios de carne despedaçados pela lâmina serrilhada, e me forço a desviar o olhar. "Humanos e animais são duas coisas bem diferentes."

"Claro", concorda Lucy, tomando outro gole de sua taça antes de torcer a haste esguia entre os dedos. "Embora, *do ponto de vista moral*, eu considere isso subjetivo, você não acha?"

Estamos todos em silêncio, o reflexo suave das velas é o único movimento entre nós. Lucy sorri mais uma vez, a borda de vidro paira logo abaixo de sua boca, o hálito quente embaça o reflexo.

"Não é tão simples, né?"

Nós nos reunimos na sala depois que o jantar termina, as velas reduzidas a pedaços de cera e as garrafas de vinho vazias no chão. Lucy continua tentando nos convencer a brincar de Girar o Pino com uma delas, mas são tentativas sem entusiasmo, mais de brincadeira do que qualquer coisa. Pela primeira vez em muito tempo, ela parece bêbada de verdade, como o resto de nós, talvez bêbada demais, seu corpo recostado no sofá e suas pernas descobertas estendidas sobre o colo de Levi.

"Verdade ou desafio", diz ela, girando uma poça de vinho em sua taça. Há uma meia-lua de batom grudada na borda e me pergunto se ela escapou para o seu quarto para aplicá-lo após o jantar. Ela não estava de batom antes. Tenho quase certeza de que não estava.

"Lucy, chega", intervém Lucas, folheando uma pilha de discos antigos no canto. "Nós não vamos jogar essa merda."

"Levi é um calouro, então ele tem que fazer isso", provoca ela, se inclinando para que seu peito corado fique de frente para ele, quase sentada em seu colo.

Eu observo enquanto Levi olha para Trevor como uma criança que procura para onde fugir, mas ele apenas dá de ombros, com os olhos vermelhos e cansados.

"Ela não está errada."

A sala inteira mergulha em silêncio mais uma vez. Prendemos a respiração, os olhos vidrados em Lucy, imaginando o que ela tem em mente. Uma única frase sua tem o poder de mudar a dinâmica de uma noite inteira, de transformar o próprio ar que nos envolve. E eu tento não analisar demais como é nítido que ela escolheu Levi mais uma vez. Quase toda a sua atenção direcionada para ele, como naquela noite no Penny Lanes.

Eu me pergunto o que ela está fazendo, que jogo novo é esse — o jeito como ela se jogou bem ao lado dele no sofá, as pernas em cima de seu colo e as unhas se arrastando por seu braço. Se ela de fato não vê nada de errado em seus atos ou se há algo mais nisso. Algo que ainda não consigo ver.

"Tudo bem, verdade", diz Levi, virando sua bebida. Lucy pega a garrafa aberta no chão, mas ele mantém a mão sobre o copo e balança a cabeça. Ouço um leve arranhão no canto da sala, Lucas coloca um disco no toca-discos e abaixa a agulha.

"Do que você tem medo? Mais do que qualquer coisa?", pergunta ela, apoiando a cabeça na mão. "Qualquer coisa no mundo inteiro."

Um longo e denso silêncio toma conta da sala — do tipo que faz parecer que há algodão nos meus ouvidos, abafando o som — antes que o zumbido nebuloso de Janis Joplin chegue a todos nós.

"Altura", conta Levi, por fim, olhando para sua bebida como se estudasse algo escondido no fundo do copo. "Tenho medo de altura."

Olho para ele, tentando decidir se é algum tipo de piada de mau gosto. E então, sem aviso, suas palavras a convocam mais uma vez: Eliza materializa-se do nada. Sentada ao lado do Levi com a mão em sua coxa, seus olhos fixos nos meus.

Um único filete de sangue, finíssimo e sinuoso, escorre para fora de sua boca.

"E de espaços pequenos", acrescenta ele, me fazendo piscar. "Sou meio claustrofóbico."

Trevor pigarreia, como se tentasse disfarçar uma risada, e eu o vejo sorrir atrás do copo. Consigo ver o mesmo em Lucas também, em James, Will e até mesmo em Lucy: algo não dito paira pela sala, ecoa em todos eles.

"Altura e espaços pequenos", Lucy repete, enquanto termina sua bebida. "Bom saber."

CAPÍTULO 33

Deitada na cama, encarando o teto, parece que viajei no tempo para dois anos atrás. Para aquela noite no meu quarto, com o telefone aceso no escuro, assistindo a minha melhor amiga brincar com fogo enquanto eu permanecia envolta na segurança do meu edredom, enrolado em mim como um cobertor de fibra de vidro. Olhar para Eliza e Levi naquela tela era como olhar pela janela de outra pessoa e ver algo que eu não deveria, algo perigoso: uma criança na cozinha pegando o faqueiro. Dedinhos brincando com a segurança de uma arma carregada.

Assistindo, esperando, imaginando o que aconteceria.

Sabendo, no fundo, como isso terminaria.

Nós sempre fomos tão diferentes, Eliza e eu, mas essa é a razão pela qual dávamos tão certo. Sem seus empurrões incessantes, seus esforços intermináveis para me fazer sair, fazer algo espontâneo, eu nunca teria saído de casa — mas sem mim por perto para, com frequência, puxá-la de volta, lembrá-la de sua própria mortalidade, ela nunca teria voltado. E então, naquela noite, ela não voltou.

Sentada agora na sala encarando Lucy, é como se eu olhasse para uma cópia fiel de todas aquelas noites juntas, confusas e desbotadas, diferentes o suficiente para que eu saiba que isso é real. Isso está mesmo acontecendo: as pernas de Lucy esticadas sobre Levi como um cinto de segurança, prendendo-o para trás, longas, magras e suaves sob seu toque. O jeito que ela ri quando ele fala, enrolando um cacho em volta do dedo do mesmo jeito que Eliza costumava brincar com aquela caneta em seu quarto, chupar seu colar de diamantes. Mexendo as pernas, mordendo o lábio. Qualquer coisa para fazê-lo olhar.

Acho que não deveria ficar surpresa, Eliza e Lucy sendo tão parecidas. Mesmo quando falei sobre Eliza naquela primeira noite na minha cama, Lucy demonstrava uma desconfiança, uma inveja óbvia emanava de seus olhos como se ela sentisse a necessidade de competir com alguém que já estava no túmulo. Eliza amava o perigo; Lucy também. Então talvez a ideia de se pendurar na frente de alguém que pode atacar e morder, alguém que já *o fez*, o torna ainda mais atraente. Um perigo tão palpável que ela pode sentir o gosto toda vez que ele se aproxima, como um sabor metálico na língua logo antes de um raio cair.

Continuo pensando nisso, tentando entender, quando ouço um barulho lá fora. O mesmo movimento abafado que ouvi no Halloween: uma porta batendo, um raspar suave. Alguém pigarreando.

Sento-me, ouvindo calada antes de sair da cama e acender a luz. Assim como da última vez, parece muito perto para vir do quintal, mas também não vem de dentro da casa. Abro minha porta e sigo na ponta dos pés até o corredor, dando uma olhada no banheiro, só por precaução.

Está vazio, como eu sabia que estaria: sem Nicole no ladrilho, com os membros soltos em severos ângulos retos. O arfar da bile tentando sair.

"Lucy?", sussurro, caminhando para o quarto dela em seguida. A porta está fechada, como sempre, e penso em bater. Entretanto, em vez disso, apenas coloco minha mão na maçaneta e giro. "Lu, você ouviu isso?"

O quarto dela está em parte iluminado pelo luar que atravessa as cortinas, aquelas estrelas de neon acesas no teto e, quase de imediato, vejo que está vazio.

"Lucy?", indago de novo, abrindo mais a porta, embora seja óbvio que ela não está aqui. Seu edredom está jogado para trás, uma marca de onde seu corpo já esteve no colchão. Um único travesseiro acolhe o formato de sua cabeça. Resisto à vontade de adentrá-lo, fecho a porta e sigo para a sala, sentando-me na beira do sofá.

Penso naquela noite, mais cedo, quando os meninos estavam saindo. Eu havia me levantado, recolhido as taças; uma deixa silenciosa que anunciava o fim da noite. Lucy agiu como se estivesse indo para a cama também, com as mãos na cintura, bocejando no corredor. De olho até que todos saíssem pela porta dos fundos, entrassem no galpão e desaparecessem no escuro.

A menos, é claro, que ela estivesse esperando que eu me fechasse antes de sair também.

Mas se Lucy foi para a casa ao lado, com quem ela teria ido? Nos meses em que vivemos juntas, nunca a vi passar a noite em outro lugar que não aqui. Não pode ser Trevor, com certeza. A julgar pelo jeito que ela olhou para mim no jantar, olhos nos meus enquanto ele usava seu charme, ela nunca sairia com o namorado da nossa colega de quarto... embora eu me lembre dela rindo no dia em que me mudei, provocando Nicole enquanto jogava o travesseiro em sua direção.

"Se você não o quiser, eu fico com ele. Não vou pedir desculpas por te apresentar ao cara mais bonito do campus."

Talvez, após eu me retirar, Trevor tenha ficado um pouco no quintal antes de entrar de novo em casa, convencendo Lucy a ir com ele. Ela estava bêbada esta noite, mais do que o normal, mas mesmo assim não parece o tipo de coisa que Lucy faria. Com certeza não é Lucas; ela sempre age tão irritada com sua imaturidade, seu senso de humor bobo. E ela não poderia se importar menos com Will ou James; mal fala com eles.

Só resta Levi.

"Ela não faria isso", sussurro, mas já sei que faria. Ela é como Eliza: atraída pelo risco que ele representa e pela adrenalina, pelos feromônios, por alguma reação química que a deixa alterada de um jeito irremediável. O fato de ele ter sido considerado perigoso, proibido, só o torna mais desejável para ela, assim como Eliza se exibia diante de sua janela. Como ela ainda estava com ele naquela noite, mesmo depois de encontrarmos a prova do que ele fez, quem ele era: a foto desaparecida, sua porta aberta. O cheiro dele, de revirar o estômago, impregnado em tudo.

Penso em voltar para o meu quarto, deitar na cama e tentar esquecer tudo, como tentei esquecer aqueles vídeos no meu celular. Mas ouço um barulho de novo — e dessa vez, é diferente. Inconfundível.

Dessa vez, vem de cima. Um *baque* forte, como alguém andando no telhado.

CAPÍTULO 34

Corro para fora e estico o pescoço, o céu acima preto como granito. Não há uma nuvem à vista e as estrelas parecem pequenos pontinhos num tecido, tão nítidas e claras que me tiram o fôlego.

“Ei!” Eu grito, o som da minha voz me deixando, ainda que de modo um pouco estranho, autoconsciente no silêncio da noite. É como falar em voz alta em uma sala vazia, buscando provas de que você existe de verdade. “Quem está aí em cima?”

Ouço mais barulho e viro para a direita, apertando os olhos, tentando distinguir sombras no escuro. Ainda não consigo ver nada, então ando para a lateral da casa, me inclinando para ter uma visão melhor. É quando uma figura surge do nada, como se quem quer que fosse estivesse deitado de costas e de súbito decidisse se sentar.

“Oi”, responde ela.

“Lucy?”

A voz é inconfundível. É Lucy lá em cima — talvez sozinha, talvez não — e tenho a nítida sensação de que interrompi algo.

“O que você está fazendo?”, pergunto, me aproximando. “Como você chegou aí em cima?”

“A treliça”, diz ela, inclinando-se para trás sobre as mãos. Posso ver a incandescência vermelha de um cigarro entre seus dedos, a sombra de seus pés se mexendo numa batida indetectável. “Se você ficar em pé no corrimão, dá para colocar seu pé no de baixo e subir.”

Olho para a treliça, o jasmim que cresce ao redor dela está em hibernação nesta época do ano, embora as folhas ainda estejam viçosas, verdes, e as vinhas grossas subam pela madeira como veias suculentas em um braço estendido.

Pego a estaca mais próxima e a sacudo, testando sua resistência.

"Por que você está aí em cima?", pergunto. "Tem... alguém com você?"

"Não", responde ela, enfim me oferecendo toda a sua atenção. De alguma forma, posso senti-la se sentando direito, os olhos atentos à minha sombra abaixo. "Quem mais estaria aqui em cima?"

"Sei lá."

Mordo o lábio, envergonhada demais para admitir o que estava pensando. Foi estúpido; minhas próprias inseguranças mostrando a cara feia. Não só isso: era impraticável. Levi não estaria no telhado, não depois do que havia confessado antes. Ele tem medo de altura, pelo visto. Mesmo que isso não o tenha impedido da última vez.

"Sobe aí", ela me chama após um momento de silêncio. "É legal."

Olho para a treliça, depois de volta para o telhado, meu coração bate forte no peito. Em geral, esse seria o tipo de coisa que eu mesma ridicularizaria — Eliza no telhado, acenando para eu subir enquanto eu revirava os olhos e balançava a cabeça, importunando-a para descer antes que ela quebrasse o pescoço — mas, em vez disso, eu me levanto e agarro a estaca ao lado, deslizando até encontrar equilíbrio. Sinto Lucy me olhando lá de cima, me observando em silêncio, e mesmo que o vinho barato que flui pela minha corrente sanguínea esteja fazendo tudo parecer um pouco descontraído e leve, ainda tenho total consciência de como é alto ali. De como essa coisa parece frágil sob meu peso, como se um passo errado fosse me fazer tombar para trás.

"Pega", oferece ela, inclinando-se com a mão estendida. Estou quase no telhado agora, quase paralela à janela de Nicole no segundo andar.

"Obrigada", agradeço, agarrando seu braço. Sinto seus dedos envolverem meu pulso enquanto ela me ajuda. Então, quando me sinto segura, me afasto da treliça e caio de joelhos, engatinhando para o outro lado de Lucy, mais longe da borda.

"Então", eu digo assim que me sento próxima dela, com as palmas das mãos ardendo. Cruzo as pernas, imitando sua postura, tentando parecer relaxada, embora ainda sinta meu coração disparado no peito. "Você vem sempre aqui no meio da noite?"

"Às vezes", diz ela, dando uma tragada. Ela me oferece e eu nego com a cabeça.

"O que você faz?"

"Só fico sentada", responde ela. "Contemplo. Penso."

Ficamos em silêncio por um tempo, sem ruídos entre nós além da tragada do cigarro de Lucy: o tabaco crepitante, a longa expiração. O enrolar e o estalar do papel, o movimento suave de seus dedos, as cinzas incandescentes que se espalham a seus pés.

"Por que você está acordada?", ela pergunta então, sem se dar ao trabalho de olhar para mim. Lucy fita algo que não consigo ver, com o olhar fixo em um daqueles pontos invisíveis à distância.

"Sei lá", respondo, sem querer revelar o verdadeiro motivo: todos aqueles pensamentos sobre ela e Eliza, Eliza e ela, as duas dançando em minha mente como as estrelas de um balé terrível. "Eu não conseguia dormir."

"Por quê?"

Olho para ela e o seu perfil não revela nada.

"Ouvi barulhos", respondo. "Era você, eu acho, embora não parecesse vir de cima antes." Olho para frente, começando a compreender. "Parecia vir de baixo."

É por isso que aqueles ruídos eram tão estranhos, tão difíceis de definir: eles não vinham de dentro ou de fora, mas de algum outro lugar diferente. Ambos e nenhum ao mesmo tempo.

"Você ouviu isso no Halloween também?", indaga ela. "Os ruídos?"

"Na verdade, sim. Eu ouvi."

Relembro aqueles sons estranhos que me atraíram para fora da cama: o farfalhar, a tosse. Aquela batida rápida de uma porta abrindo e fechando de novo. Havia me esquecido deles por completo depois de tropeçar em Nicole no chão, toda a minha atenção focada nela. Vejo Lucy dar o último trago no seu cigarro e jogá-lo para fora do telhado, a bituca voando como um vaga-lume na noite. Ela se deita de costas enquanto sopra a fumaça, uma única nuvem gorda que se afunila no ar.

"Levi não estava em casa naquela noite", diz ela, enfim. "Não tecnicamente, pelo menos."

"O que você quer dizer?" Viro a cabeça para olhá-la, tentando entender, embora ela continue olhando para o céu.

"Ele estava na caverna."

"Na caverna?", pergunto, meus olhos correm pelo rosto dela. Eles estão começando a se ajustar, apenas o suficiente para ver o contorno escuro de suas feições no escuro: a suave inclinação do nariz, a saliência do queixo. "O que é a caverna?"

"O porão."

"Esta casa tem um *porão*?", pergunto. "Não pensei que as casas por aqui pudessem ter porões. O lençol freático..."

"Sim, muito alto, eu sei", diz ela. "Menos um porão e mais um vão de acesso, então. Não dá nem pra ficar em pé lá."

"O que ele estava fazendo no nosso vão de acesso?"

"É uma idiotice", responde ela, enfim virando a cabeça para me olhar, o branco úmido de seus olhos brilhando no escuro. "É parte do trote deles. Todos os calouros têm que passar um certo número de horas lá antes de serem iniciados."

"Você não está falando sério", digo, mas quando penso no Halloween, isso faz sentido, mesmo. Recordo-me primeiro do garoto louro, o de vestido, chegando à fogueira antes de apontar para nossa casa como se estivesse indo para lá — então balançando a cabeça, franzindo os lábios. Percebendo, talvez, com quem ele estava falando. O que ele não deveria contar. Em seguida, Levi e a maneira como ele parecia tão assombrado, tão assustado, gaguejando para encontrar uma explicação que defendesse sua presença.

Os olhos dele pousando no fogo e, então, em Trevor. Aquele olhar doentio em seu rosto como se tivesse se tornado selvagem.

"Você está bem, cara? Parece um pouco pálido."

"O que eles fazem?", questiono.

"Apenas ficam deitados", explica ela. "É muito estreito para fazer qualquer outra coisa. Eu já o vi antes. É um buraco mesmo, é como ser enterrado vivo."

Meus pensamentos fazem mais uma viagem de volta a Levi, com aquela expressão torturada, e me pergunto quanto tempo ele ficou lá embaixo antes de sair correndo pelo galpão com olhos arregalados e cheios de terror. Uma hora, talvez duas, corpo rígido no escuro enquanto ouvia o som do próprio coração em seus ouvidos. O próprio sangue correndo. A sensação de pequenas pernas rastejando sobre sua pele para abrir os olhos e ver apenas a vasta extensão de nada o olhando de volta.

"É ainda mais cruel fazer isso com um cara que diz ser claustrofóbico", acrescenta ela.

É por isso que Trevor havia rido hoje à noite ao ouvir Levi admitir isso, seu medo de espaços pequenos, sabendo o que ele o havia forçado a fazer.

"Eles acham que é um grande segredo, mas Trevor me contou quando estava bêbado", continua Lucy, e eu penso naquela noite no Penny Lanes, seu dedo traçando a borda do copo. Ela ouvindo, o resto de nós falando, derramando nossos segredos como se nos abrisse ao meio.

Num instante, me pergunto o quanto ela sabe sobre as pessoas. Me pergunto tudo o mais que ela já ouviu.

"Na manhã seguinte, ele me fez prometer não contar a ninguém", continua ela. "Se Rutledge descobrisse isso, eles com certeza seriam dissolvidos."

"Por que alguém concordaria em fazer isso?", pergunto. "É..."

"Degradante?", interrompe ela. "Repugnante? É porque eles estão desesperados."

"Desesperados", repito.

"Desesperados para *pertencer*."

Ela fala isso como se fosse um insulto, algo para se envergonhar, mas pela primeira vez desde que o conheço, consigo ver a menor parte de mim em Levi: tão ansiosa para fazer parte de algo, para ser aceita, que você se obriga a fazer coisas que nunca faria em outras circunstâncias. Tragar a ponta errada de um cigarro, o tabaco abrasivo queimando sua língua; comer pizza velha do chão ou deixar uma droga se dissolver na sua corrente sanguínea só porque alguém a colocou na palma de sua mão e a segurou com força. Não é nada diferente do que fiz para chegar aqui, na verdade: concordar em viver com três estranhas das quais eu nada sabia. Aceitar sem questionar o que elas diziam, o que elas faziam, como se, fingindo o suficiente, acabasse sendo uma delas.

"Trevor diz que isso *os une*." Ela ri. "Como um vínculo traumático."

"Que merda", digo.

"Sim. É só uma questão de tempo antes que algo aconteça."

Me viro para ela de novo, estreitando os olhos, esperando que ela continue.

"Há uma pequena porta na lateral da casa que você abre para entrar lá, atrás das azaleias, mas se ela fechar por completo, trava por fora e você fica presa lá dentro. Esta casa não está de acordo com as normas", acrescenta ela. "É muito velha."

Ouço aqueles ruídos mais uma vez dentro da minha cabeça, tão distintos no escuro: uma porta deslizando, um corpo raspando contra algo ao se arrastar para dentro. Um pigarro, uma tosse seca. Acomodando-se antes da espera terrível e interminável.

"Eles a deixam entreaberta quando estão lá dentro, mas... você sabe. Acidentes acontecem. Um pequeno empurrão e você fica preso."

Fico calada, com o coração na boca. Pensando em Levi no Halloween, seu peito nu, arranhado e sangrando, como se unhas pontiagudas tivessem cortado a pele.

"Você quis dizer aquilo mesmo?", Lucy me pergunta de repente, torcendo o pescoço para ficar de frente para mim de novo. "Aquilo que você disse no Halloween? Na cozinha?"

Demoro um segundo para perceber a que ela está se referindo, mas então a memória volta devagar, como recordar um sonho. Ela tem vivido em silêncio entre nós nas últimas quatro semanas, meu reconhecimento aninhado como um animal em hibernação. Nenhuma de nós quer cutucá-la e acordá-la, reconhecer sua presença. Falar sobre aquelas palavras que eu murmurei enquanto meu corpo tremia de frio na cozinha e Lucy me dava água, pequenos goles no escuro. Não estava consciente, foi o próprio pensamento que se projetou para fora de mim como em um exorcismo: demoníaco e violento, completamente externo ao corpo. Precisava apenas colocá-lo para fora, a terrível crença que estava vivendo dentro de mim por tempo demais.

"*Queria que tivesse sido ele. Devia ter sido ele.*"

"Claro que eu quis dizer aquilo", respondo. Espero me sentir envergonhada depois, talvez até mesmo ficar constrangida. Espero sentir nojo ou surpresa, mas, em vez disso, me sinto mais leve no segundo em que falo; como se esse pensamento estivesse amarrado em volta do meu tornozelo, uma bola com grilhões que me puxavam para baixo. "Eliza não merecia morrer daquele jeito. Levi, sim."

CAPÍTULO 35

DEPOIS

Sinto a respiração coletiva, nós três sorvendo ar. Esse é um detalhe que não tínhamos considerado, uma lembrança confusa que havíamos esquecido por completo.

O sangue de Lucy, as roupas de Levi.

Podemos lidar com isso, no entanto. Podemos usar isso a nosso favor se jogarmos direito.

"Como você sabe que é de Lucy?", pergunto por fim, lembrando-me de como escorria do dedo dela, pequenas manchas vermelhas salpicadas no chão, como uma torneira mal vedada. O detetive Frank com certeza percebe que nos pegou desprevenidas, e um sorriso satisfeito surge em seus lábios.

"Os pais dela forneceram amostras de DNA para compararmos", revela ele, com seus olhos fixos em mim. Em mim e apenas em mim. "Uma era compatível."

Esfrego minhas têmporas; é tudo tão difícil de entender.

"Eles querem encontrar a filha tanto quanto o resto de nós", acrescenta ele.

"Tenho certeza que sim", retruca Sloane, com a voz sarcástica e afiada.

"O importante aqui é que sabemos que a sua amiga estava com Levi Butler na noite em que ele morreu e sabemos que eles estavam próximos o suficiente para que o sangue dela sujasse as roupas dele", diz Frank, ficando impaciente. "Por que ela estava sangrando, meninas?"

Aquele momento retorna à minha memória e, num instante, estamos juntas de novo, todas as quatro. O céu alaranjado dá a tudo um brilho não natural. Parecia outro sonho, outra *bad trip*. A mão de Lucy sangrava em um gotejar tão constante e rítmico que o som do sangue batendo no chão me lembrava o ponteiro dos segundos de um relógio, o que, por mais estranho que possa parecer, era reconfortante no silêncio.

Vejo-a levar o dedo aos lábios, os olhos nos meus enquanto ela o sugava até secar.

"Ele a machucou?"

"Não", diz Sloane, e eu pisco, voltando da lembrança. "Não foi assim."

"Ele machucou alguma de vocês?"

Estamos todas caladas, nossas mãos se contorcem nervosas no colo.

"Sabemos do passado desse rapaz", diz Frank, com os olhos voltando para mim mais uma vez. "Você pode nos contar."

"Não foi assim", repete ela.

"As marcas no corpo dele... não eram naturais. Não foi só um acidente..."

"Você a ouviu", interrompo, percebendo tarde demais que meus dedos estão cravados nas palmas das minhas mãos com tanta força que a pele fina começa a arder. Solto-os e enxugo o suor das minhas mãos, colocando-as no meu colo para esconder as pequenas meias-luas deixadas pelas unhas. "Não foi assim. E não sabemos onde ela está."

A sala cai em um silêncio pesado e o detetive Frank apenas fica ali em pé, esperando que o preenchamos. Mesmo sabendo, a essa altura, que só vamos negar. Por fim, ele suspira, olhando para os policiais ainda parados atrás dele e sacudindo a cabeça em direção à porta do quarto dela antes de voltar sua atenção para nós.

"Bom, tudo bem", diz ele, com os dedos gordinhos de volta aos passadores do cinto. "Se é assim que vai ser, vou precisar que vocês, meninas, esperem lá fora enquanto fazemos a busca."

CAPÍTULO 36

ANTES

Ficamos em um silêncio confortável desde que Lucy me contou sobre a caverna, Levi, aquela coisa secreta que eles fazem quando nós quatro estamos em sono profundo.

Agora, parece estranho pensar nisso: todas aquelas noites em que fiquei deitada na cama, de olhos fechados, sem sequer saber que havia outro corpo abaixo de mim. Sua presença oculta, como um quinto colega de quarto do qual nunca soube. Mas agora que penso nisso, que sei, é difícil imaginar que não percebi a companhia de outra pessoa lá embaixo. Que não entendi o real motivo pelo qual sempre senti tanto frio; aquele bolsão subterrâneo de concreto e terra chegando ao meu quarto, irradiado através do chão.

Que não percebi a energia nervosa, não ouvi as respirações, não notei as batidas dos seus punhos em pânico sob as tábuas do assoalho, estridentes e assustadoras. O meu próprio coração delator.*

"Aquele cara da fogueira", Lucy quebra o silêncio. "O nome dele é Danny DeMarcus. Eu o conheço, sim. Ele estudou na minha escola."

Fico de lado, encolhida como uma bola, como se estivéssemos deitadas na cama e não no cimento rígido, o chapisco áspero sob o nosso peso.

"Danny DeMarcus", repito, lembrando-me dele do Halloween. O garoto louro de vestido azul que se sentou ao nosso lado, insistindo naquela

* O conto "O Coração Delator" pode ser lido em *Edgar Allan Poe: Medo Clássico Vol. 1*. DarkSide® Books, 2017. [NE]

conversa que Lucy, desesperada, não queria ter. Ele tinha sido tão insistente, tão seguro de que estava certo, e ela simplesmente o havia dispensado do jeito que sempre faz, afirmando não o conhecer. Mas, ainda assim, eu havia visto algo diferente em sua expressão naquela noite. Sabia que ela mentia.

"Acho que prefiro que as pessoas por aqui não saibam sobre o meu passado", declara ela, rolando para me encarar. "Eu queria um recomeço. Imaginei que você entenderia."

"Sim", assinto, com a mão sob minha cabeça como um travesseiro. "Eu entendo."

"Há coisas daquela época que eu não queria trazer comigo."

Fico quieta, sem saber como responder, os olhos de Lucy nos meus como se ela estivesse esperando que eu dissesse algo.

"Era uma escola de merda", prossegue ela, quando o silêncio se estende por tempo demais. "Havia nove pessoas na minha turma de formandos. *Nove*. Passei anos sem conhecer uma pessoa nova."

Penso em Eliza e em mim, exatamente igual, dois anos atrás: a madeira dura abaixo de nós, as estrelas acima. Ouvindo as cigarras no píer, confiáveis como um metrônomo, firmes como uma máquina de som, sua canção de ninar me acalmando e me induzindo a um estado de transe. Assentindo de forma vaga enquanto falava sobre todos os lugares que queria ir, pessoas que queria conhecer, nossa pequena cidade e escola particular a sufocando como uma jiboia: quanto mais ela lutava, mais forte a esmagava. Era difícil não levar para o lado pessoal.

"Para ser sincera, não achei que nenhum deles fosse para a faculdade, muito menos que viria para *cá*", afirma Lucy. "Este lugarzinho aleatório."

Só me dei conta mais tarde, depois que cheguei em Rutledge, que talvez Eliza gostasse mesmo de ser o peixão em um mar pequeno e simples, apesar de seus grandes planos. As coisas que ela disse. Afinal, ela havia escolhido esta faculdade. Poderia ter ido para qualquer lugar e eu a teria seguido. Mas, em vez disso, escolheu vir para cá, outra cidade pequena onde ela poderia ofuscar a todos nós.

"Só imaginei que nunca mais os veria", continua Lucy. Eu pisco para afastar as lembranças e me concentrar de novo nela. "Então, quando o Danny veio até mim daquele jeito, me pegando desprevenida... Não sei. Só menti."

"Você nunca os vê pela cidade?", pergunto. "Quando você vai pra casa?"

Ela fica quieta, me encarando enquanto morde a bochecha. Por um segundo, acho que ela não me ouviu, até que ela se vira e olha para o céu.

"Eu não vou para casa."

Não entendo, a princípio, o que ela está tentando dizer. Ela não foi para casa no verão, é verdade, mas eu também não. Ela não foi para casa no Dia de Ação de Graças, me convencendo a ficar aqui com ela, fazer-lhe companhia — devagar, minha ficha cai. A confissão silenciosa que ela está tentando fazer.

Ela não vai para casa, nunca. Ela não tem um lar.

Este é o lar dela.

Acho que não deveria ser um choque. Lucy sempre teve um ar de independência, de estar sozinha. Seus pais nunca parecem pagar por nada como os nossos, e uma repentina sensação de ingenuidade se instala em mim ao pensar em Lucy indo para Penny Lanes toda noite, com espinhas permanentes ao redor da linha do cabelo por causa da gordura da fritadeira e bolhas d'água nos calcanhares por causa dos patins que são sempre meio número menores. Enquanto isso, tenho dependido de maneira irrefletida de um depósito direto que aparece por alguma mágica confiável no primeiro dia de cada mês: aluguel, mensalidade, a própria comida que me alimenta ainda sendo distribuída por mamãe e papai. Eu nunca vi Nicole querer nada, também — ela passa o cartão de crédito tão despreocupada que não é possível que ele seja vinculado à sua própria conta —, e Sloane tem aquele emprego com o registrador, claro, mas parece mais uma almofada de currículo, o tipo de coisa que ela usa não apenas pelo dinheiro, mas como uma oportunidade extra para fazer sua lição de casa em um escritório com ar-condicionado, com café e lanches grátis.

Não é o tipo de trabalho, como o de Lucy, que a mantém de pé o dia todo. O tipo de trabalho que depende de gorjetas para ganhar dinheiro.

"Eu não me dou bem com a minha mãe", acrescenta ela após um momento de silêncio. "Nunca me dei."

"Sinto muito...", digo, a crua verdade de tudo isso me atordoando em silêncio. Não é a realidade de Lucy estar livre que me choca, uma erva daninha vagando pela vida sozinha. Essa parte faz sentido mesmo que de uma forma estranha. É a confissão, a vulnerabilidade disso.

Aprendi a não esperar esse tipo de abertura dela.

"Não sinta", diz ela. "Estou melhor sem ela."

"Vocês conversam?"

"Não." Ela balança a cabeça. "Fui embora logo depois da escola. Então, pensei em vir aqui e conseguir um emprego e um apartamento barato. Não entrei em contato desde então e ela também não. Ela nem sabe onde estou."

"E seu pai?"

Pergunto hesitante, gentil como uma ponta de pé, o manto da noite me fazendo sentir mais ousada, mais corajosa, me empurrando para me aventurar em um território do qual, em outros momentos, eu fugiria. Mas, agora, Lucy está se revelando para mim. Está me contando coisas, coisas íntimas, o tipo de coisa que ela sempre extrai de outras pessoas e nunca revela.

Penso na voz de Sloane naquela manhã em seu quarto, baixa para que ninguém mais pudesse ouvir: "*Você ainda não sabe nada sobre ela, né?*". Lucy em geral é tão reprimida, tão retraída, que testemunhar essa versão dela que revela segredos com tanta liberdade está me deixando estripada, despedaçada como o cadáver daquele cervo quando os meninos cravaram uma faca em suas costelas e o abriram todo. Por um lado, não quero que ela se arrependa disso de manhã. Não quero que ela acorde, pisque seus olhos turvos e pense nas coisas que tirei dela no escuro, minhas perguntas insistentes como um par de dedos puxando um pedaço de lã. Sei que essas são coisas que ela nunca me contaria se estivéssemos sóbrias. Se não tivéssemos passado a semana inteira juntas, só nós duas. Se não estivéssemos sentadas no topo de um telhado agora, com o anoitecer tão escuro e desorientador que quase parece falar sozinho.

Por outro lado, não quero que ela pare.

"Ele não sabia como as coisas eram ruins", enfim responde ela.

"Por que você não foi morar com ele, então?"

Espero sua resposta, mas de repente ela está tão quieta que sinto uma vontade enorme de me arrepender. Eu forcei muito, me intrometi demais, fazendo com que ela se fechasse em vez de se abrir mais. Contudo, no instante em que estou abrindo a boca para me desculpar mais uma vez, tentando puxá-la de volta, ela começa a falar.

"Não preciso dele", diz ela por fim, e posso senti-la se inclinar, sua mão segurando algo prateado em volta do pescoço. "Mas ele me deu isso."

Eu me inclino também, meu nariz quase tocando seu pescoço, tentando ver apesar da escuridão. Ela está segurando um colar. O mesmo colar que notei naquele dia no dormitório, o que a vejo usar todos os dias desde então: uma corrente de prata com um conjunto de pequenos diamantes dispostos ao redor de sua clavícula, como uma constelação.

"Ele disse que o fazia pensar em mim porque meu nome veio daquela música: 'Lucy in the Sky with Diamonds'."

"Você recebeu esse nome por causa do LSD?", brinco, numa tentativa de aliviar a tensão. Lucy bufa, socando meu ombro, mas percebo que ela está sorrindo.

"Essa é uma interpretação", diz ela. "Mas acho que é por causa das estrelas. Sempre gostei delas."

"É, elas são legais", digo, um tanto atordoada. Pensando em todos aqueles adesivos no teto dela. Não sei mais que horas são, nem há quanto tempo estamos aqui em cima. "Eliza e eu também costumávamos nos sentar do lado de fora. Tentar encontrar as constelações. Ela tinha um telescópio grande que pegávamos às vezes quando estava claro o suficiente para ver."

"Você conhece alguma?"

"A Ursa Maior", digo. "A Ursa Menor."

"Essas são fáceis. Olha, ali está Órion", diz ela, apontando para o céu. Traçando os braços, as pernas, a espada e o cinto. "E Taurus. Gemini, os gêmeos."

"Onde estão os gêmeos? Não os vejo."

"Bem ali."

Ela pega minha mão do teto, a dela está excepcionalmente quente no frio da noite, e a enfia no ar acima de nós. Então ela usa a minha para desenhar o contorno de duas figuras, braços conectados, e eu observo o padrão surgir diante de meus olhos.

"Vê as duas pessoas?", pergunta ela, e de repente, eu vejo. Posso vê-las tão nítidas, tão claras, que é difícil imaginar que houve um momento em que eu não as vi. "Elas estão de mãos dadas. Como nós."

CAPÍTULO 37

"O que vocês fizeram enquanto estávamos fora?"

Estou sentada na cama de Sloane, observando-a dobrar roupas limpas no chão, embora eu não entenda por que ela se dá ao trabalho de desfazer as malas. Ela voltou para a cidade esta manhã e faltam apenas duas semanas de aulas até as férias de inverno. Em breve terá que refazer as malas.

Todas teremos que fazer as malas e nos preparar para um mês inteiro separadas.

"Só ficamos por aqui", digo, observando-a tirar um par de jeans da bolsa de viagem. "Foi legal."

"Legal", repete ela. "Parece enigmático."

Penso naquela noite, Lucy e eu, nós duas por fim descendo pela treliça em silêncio. Em como entramos caladas para o corredor, nos despedimos com um boa-noite. O clique silencioso das portas dos nossos quartos antes de nos enfiarmos em nossas respectivas camas e puxarmos as cobertas para perto.

Penso em como fiquei ali, relembrando nossa conversa, me perguntando se ela estava fazendo o mesmo. A maneira como eu ansiava por ficar sozinha com ela, mas, ao mesmo tempo, temia isso mais do que qualquer outra coisa.

Talvez seja porque Lucy tem um jeito de falar que me deixa desconfortável, sua voz se esconde dentro da minha pele, como um inseto que cava fundo e vive em silêncio ali. Talvez seja o jeito como ela faz as pessoas admitirem coisas com tanta facilidade, aqueles olhos sinistros que parecem quase hipnóticos, poderosos o suficiente para fazer seus lábios se separarem sem sua permissão, para forçar seus braços a se esticarem e entregarem a ela qualquer coisa que queira.

Ou talvez seja porque comecei a escutá-la, comecei a acreditar de verdade nas coisas que ela diz. Durante o verão, o jeito como ela falou sobre assassinato no Penny Lanes com tanta indiferença lançou um arrepio agudo pela minha espinha. Aquilo me assustou, aquela lógica moral nebulosa. Porém, nos meses seguintes, falando sobre a vida e o jeito que eu queria que as coisas fossem, a rigidez de tudo começou a esvair, como se ela estivesse inserindo a ideia em minha mente, de maneira lenta e gentil, até que as arestas irregulares não estivessem mais lá.

"Foi bem de boa", explico. "Não saímos muito de casa."

Agora me pergunto se mais alguém sabe o que eu sei. Se Lucy contou às outras sobre o espaço embaixo do piso, seus pais; deram as mãos no escuro enquanto ela desenhava no céu.

"Você viu Nicole?", pergunta Sloane, me tirando do meu devaneio. Ela diz isso com um tom entediado, quase como um pensamento tardio, mas percebo, pela maneira como ela evita meus olhos, que está curiosa para saber a minha resposta.

"Ainda não", digo. "Eu a ouvi entrar mais cedo, mas depois ela saiu de novo."

"Ela perdeu, tipo, cinco quilos."

"Em uma *semana*?"

"Margot, dá pra ver a coluna dela."

Eu mordo meus lábios. Nicole sempre foi magra, uma característica que ela atribui à genética e a um metabolismo rápido. Mas, agora que penso nisso, desde que a encontrei naquela noite de bruços no chão, ela tem mais beliscado do que comido sua comida.

Penso nela segurando aquela caneca de café, a afastando com o olhar vago.

"Você sabe o que aconteceu?", indaga Sloane, olhando para mim. "No Halloween?"

"Não", respondo com vagarosidade, hesitante, lembrando-me de como Nicole me pediu para não contar. "Quer dizer, não de verdade."

"Margot", repete ela, os olhos fixos nos meus. "Ela é minha melhor amiga. Por favor."

Fico quieta, pensando naqueles hematomas em seu pulso. Em como Nicole tem agido tão diferente desde então, tão reservada. Como é inegável que a dinâmica entre todas nós tem estado tão anormal. Quero manter minha promessa a ela, mas, ao mesmo tempo, não é Lucy que está me questionando — Lucy, que nunca a deixaria esquecer o que aconteceu, que tocaria no assunto repetidas vezes, usando seu constrangimento como alvo de alguma piada. É *Sloane*.

"Eu a encontrei", eu digo antes que eu possa mudar de ideia. "Tarde. Depois que todos já estavam dormindo."

"O que você quer dizer com você a *encontrou*?"

"Ela estava no chão do meu banheiro. Passou mal... foi feia a coisa."

Sloane suspira, estica o pescoço, olhos no teto.

"Bom, sabíamos que ela estava bebaça", diz ela. "Lucas nos contou, certo?"

"Sim, mas na manhã seguinte ela parecia um pouco estranha."

"O que ela disse?"

"Ela não disse nada", conto, lembrando-me de como ela se encolheu, cruzou os braços e murmurou aquele pedido de desculpas como se tivesse acabado de sair de um devaneio. "É mais a forma como ela agiu."

Sloane olha para o chão mais uma vez, ocupada com uma camiseta. Eu a observo dobrar e redobrar — três, quatro vezes — tentando resolver a situação em sua cabeça, encaixar as peças.

"Levi esteve no nosso terreno naquela noite", eu deixo escapar contra a minha vontade. Não só não tenho ideia se Sloane sabe sobre a caverna, como também não tenho nenhuma prova de que Levi esteve em qualquer outro lugar além dela a noite toda. Se o que Lucy me disse for verdade — se ele não esteve na casa no Halloween, mas sim abaixo dela — então isso significa que ele não poderia ter feito nada a Nicole, de qualquer forma... a menos, é claro, que ele não estivesse na caverna, uma possibilidade que tenho massageado na minha mente desde que me lembrei da sua confissão no Dia de Ação de Graças.

Talvez ele tenha caminhado pelo galpão, em direção à pequena porta atrás das azaleias. No entanto, em vez de ir para baixo da casa como deveria, ele entrou. Talvez tenha começado por um motivo simples: ele não queria fazer aquilo. Estava claustrofóbico, temendo outra noite naquele pequeno espaço apertado. Pensou que não havia ninguém em casa, que estávamos todas na casa ao lado, então decidiu entrar e esperar ali. E apenas mentir para os companheiros quando voltasse.

Mas ele não estava sozinho. Nicole estava lá, a pior pessoa possível. Nicole, a namorada de Trevor.

Imagino o que ele teria pensado: vê-la na casa, seus grandes olhos esbugalhados enquanto ele entrava. Nicole já tinha medo dele. Ela ouviu minhas histórias, encolhendo-se enquanto eu descrevia como ele invadiu o quarto de Eliza. Talvez ela tenha pensado que estava acontecendo tudo de novo e começou a gritar, chamando por Trevor, e Levi sabia que um simples deslize verbal sobre ter entrado em nossa casa sem ser convidado, a fim de passar seu trote em um sofá confortável em vez de onde ele deveria estar, o levaria não apenas a se meter em problemas, mas a ser expulso para sempre.

Então, talvez ele tenha corrido até ela, tentado impedi-la de gritar enquanto suas unhas arranhavam seu peito. Talvez ele tenha agarrado seus pulsos, torcendo um pouco forte demais.

"O que você está insinuando?", pergunta Sloane. "Você está dizendo...?"

"Sei lá", interrompo. "Não sei o que estou dizendo. Só... que ele esteve aqui. Só isso."

Sloane olha de volta para sua roupa suja, desdobrando aquela mesma camiseta. Dobrando-a mais uma vez. O que quer que tenha acontecido com Nicole naquela noite, de alguma forma, Levi está envolvido. Tenho certeza disso. Penso naqueles hematomas de impressão digital e em como eles passaram a se ignorar por completo depois, uma tensão entre eles que não existia antes. A briga entre Trevor e Nicole na manhã seguinte e como nada foi igual desde então. Talvez ela tenha tentado contar ao namorado e ele ficou com ciúmes, culpou-a em vez de Levi, a ideia dos dois sozinhos na casa juntos era demais para seu ego frágil suportar. Ou talvez ele não acreditasse nela. Levi é um legado, afinal. Trevor não poderia apenas expulsá-lo sem alguma evidência concreta.

Quase posso ouvi-lo agora, aquela sua voz depreciativa. Dominante e masculina, sempre certa. "*Você estava bêbada, Nicole. Você não sabe o que viu.*"

"Precisamos começar a trancar as portas", digo. "Lucy me disse que Nicole sempre perde a chave, mas não podemos deixá-las abertas para qualquer um entrar."

Sloane olha para mim e abre a boca como se estivesse prestes a me repreender.

"Não estou culpando Nicole", acrescento, levantando minhas mãos. "Isso não saiu direito. Só estou dizendo que precisamos nos proteger."

Ela fecha a boca e olha para o seu colo, os dedos trabalham na costura de uma saia por tanto tempo que puxam a linha, desfiando o tecido.

"Sim, você está certa", diz ela, concordando com a cabeça bem devagar. "Precisamos nos proteger."

CAPÍTULO 38

As provas finais passam em um borrão de privação de sono: acordar cedo, ir para o campus, aquelas horas nebulosas da manhã, desoladas e escuras, apesar das luzinhas enroladas com firmeza nas frondes das palmeiras. Dias inteiros passados curvada sobre livros em um canto sempre abandonado da biblioteca, com poucas horas dormidas e os efeitos do excesso de cafeína, meu corpo enterrado entre computadores de mesa arcaicos, como a única enlutada do velório que sobrou em um cemitério esquecido.

É estranho ter que dizer adeus quando o semestre acaba e enfim é hora de nos separarmos. Talvez seja porque passamos todos os dias dos últimos sete meses juntas, de repente inseparáveis do jeito que Eliza e eu éramos: lado a lado, terminando as frases umas das outras. Muitas vezes adormecendo na mesma cama. Tantas noites, acordo com um sobressalto por causa da luminosidade de algum filme antigo passando ao fundo, a sensação pegajosa de boca seca na minha língua. Viro para o lado e vejo as três enroladas umas nas outras como raízes trançadas, as pálpebras tremendo no escuro e o piscar das luzes de Natal penduradas de forma aleatória em volta do meu quarto enquanto fico me perguntando o que fiz para estar aqui. Como tive tanta sorte com essa segunda chance que sei que não mereço.

Ou talvez seja porque sei que, quando todas nós formos embora, Lucy ficará. Que enquanto o restante de nós voltará para casa por quatro semanas inteiras de engorda com refeições caseiras, sendo mimadas com pilhas de presentes com embrulhos complexos, Lucy continuará aqui, sozinha. Sem nós. Fazendo suas próprias refeições ou talvez trazendo comida do trabalho, com um garfo de plástico cutucando as sobras do Penny Lanes. A casa ficará num silêncio sinistro ao redor dela — até mesmo a Kappa Nu estará vazia, todos os rapazes também terão partido — e é uma ideia tão ultrajante, tão o contrário de Lucy, imaginá-la desamparada e diminuta.

"Você vai ficar bem?", pergunto, minha mão na porta enquanto hesito do lado de fora do meu carro ligado. A fumaça do escapamento levanta enquanto Lucy está parada na varanda de moletom e pés descalços, os braços cruzados firmes contra o peito. "Ficando aqui sozinha?"

"Margot", diz ela depois de um momento de silêncio, a ponta do nariz ressecada e rosa. "Você está falando sério?"

"Você pode vir para casa comigo. Ficaremos felizes em recebê-la."

Desde aquela noite no telhado, sua voz rouca e crua ao me contar seu segredo, senti essa oferta ameaçar me rasgar tantas vezes antes de engoli-la de volta e me forçar a esquecê-la. Sei que ela vai recusar, talvez até ficar com raiva de mim por sentir um pingo de pena dela, mas agora que estou aqui, a última a sair, parece errado apenas ir embora sem dizer nada.

"Estou tocada", responde ela, com a mão sobre o coração, monocórdica e debochada.

"Sério. Meus pais são... quer dizer, eles são pais. Às vezes são irritantes. É provável que comecem um interrogatório no segundo em que você pisar lá..."

"Você está fazendo um ótimo trabalho para me convencer a ir."

"... mas pelo menos você não vai ficar sozinha no Natal", concluo. "Vamos, Lu. Você não merece isso. Ninguém merece."

Ela hesita e, por um segundo, eu a imagino descendo os degraus e me envolvendo em um abraço, seu nariz bem aninhado em meu pescoço e sua respiração quente em meu ouvido. Eu a imagino deslizando para o banco do passageiro, mexendo no rádio. Os pés descalços no painel enquanto ela mexe nos porta-copos, os dedos curiosos coletando moedas soltas.

Em vez disso, ela cruza os braços com mais força e se inclina contra o batente da porta.

"Eu quero ficar sozinha", diz ela, enfim. "Sério, está tudo bem."

• • •

Vejo a silhueta da minha mãe no quintal no segundo em que entro na rua. Ela acena, frenética, na ponta dos pés com um braço estendido balançando no ar enquanto meu pai está parado atrás dela com as mãos nos bolsos, parecendo desconfortável.

Não vejo nenhum dos dois desde março do ano passado, nove longos meses atrás, nas férias de primavera do primeiro ano. Maggie foi de férias em família para a Disney World e todos do meu dormitório, ao que tudo indica, planejaram uma viagem para Keys que eu só descobri um dia antes de partirem. Eu ficaria feliz em escolher ficar no meu quarto sozinha, passar a semana atualizando os trabalhos escolares ou apenas assistindo à TV, mas o Hines estava fechado durante as férias. Todos os dormitórios estavam. Por um breve momento, pensei em ficar para trás de qualquer jeito, ficar trancada lá dentro depois que as monitoras fossem embora. Vagando pelo prédio abandonado como um tipo de fantasma do purgatório. Mas não fui rápida o suficiente quando Janice apareceu, enfiando a cabeça em todos os cômodos para ter certeza de que estavam vazios.

Quando ela me viu sentada no futon, com meus olhos arregalados e fingindo inocência, ouvi-a xingar baixinho antes de entrar no nosso quarto e ficar por perto enquanto eu fazia as malas.

“Oh, querida”, minha mãe me diz assim que saio do banco do motorista, me puxando para um abraço. Ela tem o mesmo cheiro: um aroma permanente de protetor solar em seus braços misturado ao perfume que meu pai lhe dá de presente todo ano no Natal. Ela está sempre dando dicas de que quer algo diferente, mas todo ano, ela desembrulha e reage como se estivesse surpresa. “Graças a Deus você está aqui.”

“Oi, mãe.”

“Como foram as provas finais?”

“Bem”, digo, me afastando. “Acho que fui bem.”

“Você ainda quer se formar em inglês, então?”

Eu fico calada, já sabendo o que ela vai dizer em seguida.

“Não sei se é uma boa ideia, Margot. Não é prático, e quanto mais você esperar, mais difícil será mudar de...”

“Eu gosto de inglês”, interrompo. “Não vou mudar.”

“Mas o que você vai *fazer* com isso?”

“Meu bem”, intervém meu pai. “Vamos deixá-la desfazer as malas primeiro.”

“Certo, certo”, cede minha mãe, levantando as mãos. “E suas amigas?”, pergunta ela. “Elas são boas?”

“Elas são boas.”

Eu me forço a sorrir, enquanto ando até o porta-malas e tiro de lá uma bolsa de viagem.

“Bem, eu espero que sim, considerando que elas te roubaram de nós.”

“Elas não me *roubaram*”, digo, puxando a bolsa sobre meu braço. “Só tenho estado ocupada.”

“Você vai nos contar tudo sobre elas”, continua ela, mais um comando do que uma pergunta, antes de se virar e caminhar em direção à casa. Meu pai acena para mim, sua versão de um abraço, antes de se virar e segui-la em silêncio. “Tudo o que há para saber.”

O jantar é como sempre: o tilintar dos talheres contra a melhor porcelana da minha mãe, nós três tagarelando o tipo de conversa fiada estéril que você esperaria ouvir em um evento para prospectar contatos de trabalho. É tão diferente dos jantares de família que eu costumava ter na casa de Eliza, que não consigo deixar de compará-los: a música sempre presente enchendo a casa deles em comparação aos longos e pesados períodos de silêncio na nossa. Suas gargalhadas e conversas genuínas ao lado das nossas velhas falas recicladas. Sei que em essência não há nada de errado com meus pais. Eles sempre me amaram, cuidaram de mim, me deram tudo o que eu precisava e muito mais — a verdade é que eles não parecem gostar muito um do outro. O casamento deles parece uma transação apenas comercial e eu sou o resultado de vinte anos de trabalho. Talvez seja por isso que minha mãe pega tanto no meu pé em relação à minha vida, minhas escolhas. Porque meu pai sempre parece estar me avaliando em silêncio como se eu fosse uma linha em uma de suas planilhas.

Sou um investimento para eles, sua única filha. Se eu der errado, eles deram errado, e todo mundo sabe disso.

Minha mãe deixa meu pai lavando a louça quando terminamos e nós duas caminhamos juntas para o meu quarto, como se ela tivesse certeza de que devo ter esquecido o caminho. Abro a porta e descubro que eles o deixaram quase intacto, o espaço inteiro como uma cápsula do tempo preservando a pessoa que eu tinha sido.

"Sabe, você pode doar essas coisas", digo enquanto acendo as luzes, fazendo uma varredura em tudo. Os bichinhos de pelúcia com os quais eu costumava dormir ainda estão arrumados sobre minha cama como se estivessem me esperando esse tempo todo, a decepção pelo tempo que fiquei longe estampada em seus rostos felpudos. As roupas que não levei para a faculdade ainda estão penduradas no meu armário, agora ultrapassadas e é provável que muito pequenas, e há até uma foto minha e de Eliza pregada na parede: aquela com nossos capelos de formatura, sorrisos forçados no auditório, as bordas da foto se dobram como uma lasca de madeira. "Não preciso mais delas."

"Eu nunca faria isso", diz ela, cruzando os braços sob o batente da porta.

"Você poderia fazer melhor uso deste quarto também", sugiro, vendo as leves linhas do aspirador no carpete, o cheiro químico do limpa-vidros nas janelas. Imaginando minha mãe entrando aqui, semana após semana, limpando-o para ninguém. "Transformá-lo em um escritório ou algo assim."

"Por que você está tão ansiosa para nos deixar, Margot?"

Eu me viro para encará-la, o comentário me pegou de surpresa. Eu nunca pensei que minha mãe percebesse o jeito como sempre a estou ignorando, afastando-a, deixando sua adulação escapar como água salgada na pele com protetor solar. Nunca me considerei digna de tal honra — sei que sou, e sempre fui, desprovida de brilho —, então sempre presumi que ela estava fazendo isso para seu próprio benefício: inflando todos os meus atributos, recitando-os no espelho como uma afirmação, uma prece. Como se dizendo com frequência suficiente, eu pudesse, de fato, me tornar a filha que ela sempre quis que eu fosse.

"Não estou", digo, com as bochechas ardendo.

"Você está. Você nunca vem para casa. Sentimos sua falta no Dia de Ação de Graças."

"Estou ocupada com a faculdade..."

"Você está nos evitando."

Minha mãe aponta de forma errática para o quarto e eu sei o que ela quer dizer, a insinuação silenciosa: não estou apenas evitando eles, mas *isso*. Ela. Eliza e as memórias de nós duas aqui, neste mesmo quarto.

Linhas de lápis desbotadas gravadas no revestimento, registrando nosso crescimento. As fotos que arrancamos de revistas e colamos na parede. Há recordações dela em todos os lugares e eu largo minhas malas no chão e sento na cama.

Se ela soubesse que as recordações eram ainda mais fortes na faculdade: com Lucy e Levi. Eliza está em todo lugar agora. Não há lugar seguro.

"Você deveria ir vê-los", diz minha mãe, caminhando para se sentar ao meu lado. "Aposto que eles adorariam."

"Sim", concordo, embora a ideia de visitar os Jefferson seja quase insuportável.

"Vão demolir, sabia? O local onde aconteceu."

Olho para minha mãe e ergo as sobrancelhas. Assim como tenho evitado minha casa, também procuro não pensar naquele lugar. Como um buraco na estrada, uma poça no meu caminho, desvio meus pensamentos dele, mesmo que apenas para me sentir mais confortável. É claro que o vi no noticiário nos dias seguintes, aquele prédio velho e abandonado, com fita zebrada esticada nas entradas pretas como que carbonizadas. Bandeirinhas vermelhas presas na grama, o plástico tremulando com a brisa.

"Quando?", pergunto.

"Em três semanas."

"Isso é bom."

"É bom", ela repete. "Eles deveriam ter feito isso há muito tempo. É muito inseguro, além de uma aberração."

Concordo, com o pensamento naqueles vídeos de novo. Em Eliza tropeçando nos degraus caminho acima, um por um, a praia vazia bramindo abaixo dela e o luar acima. É por isso que eles foram lá: a lua. Que golpe de azar estranho e estúpido. Se não estivesse cheia naquela noite, a festa não teria acontecido. Se não estivesse tão claro e sem nuvens, ela não teria ido.

Se ela não estivesse lá com Levi, de todas as pessoas, uivando para a lua como um lobo solitário tentando encontrar sua matilha, ela não teria sido tão negligente, ficado tão bêbada.

Ela não teria caído. Ela não teria morrido.

CAPÍTULO 39

Demoro algumas horas para conseguir adormecer; minha cama de infância parece mais estranha do que meu quarto em Rutledge. Aninhada entre explosões de sonhos profundos que sempre me fazem acordar num sobressalto — assustada e suada, os olhos correndo pelo quarto como se meu próprio corpo não conseguisse lembrar onde estou —, percebo que minha mãe está certa. Ela está certa sobre tudo isso.

A razão pela qual não voltei é que os estou evitando, evitando-a. *Aqui.* A última conversa que aconteceu neste mesmo quarto.

Soube no segundo em que Eliza começou a encontrá-lo de novo. Era como uma intuição, pouco sólida, meus olhos captavam a sutileza com que ela sorria quando seu telefone tocava à noite ou como ela começou a se arrumar de novo sempre que nos aventurávamos no píer. Ela manteve distância por um tempo, a invasão a assustou o suficiente, mas não durou muito, o magnetismo da atenção dele era mais forte do que qualquer coisa que eu pudesse dizer para convencê-la a ficar longe. E admito: gostei de estar certa. O tempo todo, eu estava certa sobre Levi. Eu estava certa em ser cautelosa com ele, e era sempre tão tentador lembrá-la disso, a vontade constante de cutucar a crosta de uma ferida antes que ela pudesse sarar por completo. Não sei por que fiz isso. Estava me gabando, eu acho, lembrando-a, como podia, de que eu era útil, necessária.

Eu havia visto algo que ela não tinha. Mas Eliza... ela odiou isso. Ela se ressentia de mim por perceber o que ela não havia percebido.

“Como você pode sem mais nem menos esquecer que ele invadiu sua casa?”, perguntei uma noite, com as mãos na cintura, a raiva irrompendo de mim enquanto ela digitava em seu celular. Embora a formatura estivesse se aproximando, faltando apenas alguns dias para subirmos ao palco, eu precisava indagá-la sobre isso. Eu tinha que saber. Sabia que seria apenas temporário — apenas mais um verão com Levi persistindo e então nós duas, enfim, seríamos livres — mas eu não conseguia lidar com a ideia de que ela escondesse algo de mim, algo secreto. Algo tão grande quanto isso. “Eliza, isso é crime. Devíamos ter chamado a *polícia*.”

Percebi, tarde demais, que estava imitando a maneira como minha mãe às vezes ficava quando me repreendia por uma nota medíocre em uma prova, seu julgamento como algo físico entre nós, sugando todo o ar do ambiente. Até meu tom era o mesmo, áspero e irritante, então deixei minhas mãos caírem ao lado do corpo, de repente, sem saber onde colocá-las.

Ela me olhou e houve um momento de silêncio antes de deixar o telefone cair na minha cama.

“Ele disse que não fez isso.”

“O que você quer dizer com isso...” Comecei, então parei, arregalando os olhos enquanto começava a compreender. “Você *perguntou* a ele?”

“Sim”, disse ela. “Perguntei se ele entrou em casa enquanto estávamos fora.”

“E o que ele disse?”

“Ele disse que jamais faria isso. Que tinha que haver alguma outra explicação.”

“Bem, sim, é claro que ele vai negar...”

“Eu poderia ter perdido a foto, Margot. Talvez minha mãe a tenha levado para usar no anuário ou algo assim. Nós nem sequer contamos aos meus pais que ela havia sumido.”

“Isso é ridículo”, disse. “Você não a perdeu.”

“Levi também sugeriu que talvez *você* a tenha levado.”

Eu a encarei, com uma onda de descrença me invadindo, tentando processar o que ela havia acabado de dizer.

"O quê?", perguntei, embora eu a tenha ouvido bem. Só queria que ela repetisse. Eu queria dar a ela um segundo para reconsiderar o que ela havia acabado de dizer, a oportunidade de se desculpar, retirar o que falou. "Ele disse isso?"

"Ele sugeriu."

"E o que você disse?"

"Eu disse que fazia sentido."

Eu pisquei — duas, três vezes —, um silêncio considerável se abateu sobre nós. Já fazia quase um ano inteiro que Levi tentava se intrometer entre nós, nos separar como uma rachadura de madeira seca, mas essa foi a primeira vez que ele agiu de modo tão intencional. Como se, em vez de apenas sentar e esperar a fenda se deslocar, crescer de forma lenta e natural, até a fissura estar completa, ele tivesse decidido pegar uma marreta. Nos esmagando em pedacinhos.

"Você já fez isso antes", disse ela, desviando os olhos, como se de repente estivesse envergonhada por mim.

"O que você quer dizer?"

"Você coleciona coisas. Eu já vi você levar coisas do meu quarto antes... ingressos, notas fiscais..."

"Isso é *diferente*", disse, minhas bochechas corando ao saber que ela havia visto. Todas as pequenas lembranças que estavam escondidas naquele mesmo quarto, naquele exato momento. "Eu nunca *roubaria* algo seu."

"Você não faria isso?", indagou ela, com uma calma exasperante.

"Não, eu não faria. Além disso, por que eu roubaria uma foto e colocaria a culpa no Levi?"

"Porque você o odeia, Margot. Você sempre o odiou."

"Eu não o odeio..."

"Sim, você *odeia*!", gritou ela, enfim ficando brava. "Apenas admita. Por que então *tentaria* me virar contra ele?"

"Eu só tenho um mau pressentimento sobre ele, tá?", berrei de volta, jogando meus braços para cima. "Estou tentando proteger você!"

"Eu não preciso que você me proteja. Você não é minha mãe."

"Sim, mas sou sua amiga", argumentei, tentando me acalmar. Andei em direção à cama e me sentei na beira, apoiando minha mão entre nós. "Há algo nele que me incomoda, Eliza. Algo que não bate."

"Você está sendo dramática", disse ela.

"Eu não estou sendo dramática."

"Ok, então você está com *ciúmes*", retrucou ela, levantando-se e atravessando o quarto. "Meu Deus, Margot, o que há com você? Eu não tenho permissão para ter outros amigos? Um namorado?"

"Sim, claro que você pode ter outros amigos", respondi. "É só que... ele é muito..."

"Muito o quê?", questiona ela, as mãos grudadas na cintura. "Muito fofo? Legal? Interessado?"

"Pegajoso!", gritei mais uma vez, frustrada demais para manter minha voz baixa. "Ele é obcecado por você, Eliza. Não é saudável. É *esquisito*."

"Bem, acho que vocês dois são."

Ao ouvir isso, eu congelei, suas palavras me atingiram como um tapa na cara. Eu a encarei enquanto o silêncio aumentava e percebi que ela se arrependeu no mesmo instante. Eu notei, no segundo em que ela disse, que ela queria se conter, engolir de volta, mas não importava o quanto ela se desculpasse, não importava o quanto ela voltasse atrás, estava tudo exposto agora. Como ela de fato se sentia.

"Eu não quis dizer isso...", começou ela. Mas eu levantei minha mão, balancei minha cabeça.

"É claro que quis."

"Eu não quis", disse ela. "Desculpe, de verdade, eu não quis. É que... tem muita coisa acontecendo agora, tá? E eu gosto dele de verdade e você tem se esforçado tanto para nos separar..."

"Saia", disse, me levantando e apontando para a porta. Então, eu tive que olhar para o lado, com os lábios tremendo, tentando não mostrar as lágrimas que se acumulavam, subiam pela minha garganta. O choro que ameaçava desaguar com apenas um olhar em sua direção. "Eu tentei te avisar."

"Margot..."

"Eu tentei te proteger", disse, por fim, me virando para encará-la, surpresa ao descobrir que ela estava chorando também. "Eu não estou te separando, Eliza. *Ele* está *nos* separando. Ele está te manipulando."

"Vamos sentar", disse ela, apontando para a cama. "Nós podemos conversar."

"Eu já tentei", interrompi, minha voz fria enquanto agarrava seu pulso e a conduzia para fora do meu quarto. Não era a primeira vez que tentávamos machucar uma à outra daquele jeito, nossas palavras mais dolorosas do que qualquer ato físico de violência, nossas línguas mais cortantes do que qualquer lâmina recém-afiada. Conhecíamos as fraquezas uma da outra melhor do que as nossas — tínhamos tocado em cada ponto fraco, apertado como se fossem hematomas roxos só porque podíamos —, mas até aquele momento, nunca parei para pensar no que aconteceria se partíssemos para a briga. Nunca sequer considerei a possibilidade de um golpe fatal que tivesse o poder de acabar com tudo.

"Tentei falar, mas você não quis ouvir", continuei. "Você está escolhendo ele em vez de mim."

"Isso não é verdade", disse ela, choramingando no corredor.

"Parabéns, você caiu nessa."

"Margot, pare..."

"Ele vai te machucar, Eliza. É só uma questão de tempo."

"Por favor, não diga isso."

"E quando acontecer", disse, olhando para ela no corredor, aqueles olhos rosa-claro e bochechas manchadas de lágrimas me implorando para não dizer isso, "não me ligue."

CAPÍTULO 40

Acordo na manhã de Natal com uma mensagem do sr. Jefferson.

Feliz Natal, querida. Vi seu carro passar na semana passada.

Fico deitada na cama, olhando para a mensagem, meu próprio cursor me incitando a pensar em algo para dizer. Antes que eu possa me decidir, o celular apita de novo.

Adoraríamos te ver hoje.

Suspiro e minha cabeça afunda no travesseiro, penso na última vez que vi os pais de Eliza. Foi no verão em que ela morreu, na noite de seu velório. Mesmo então, eu já os evitava, a culpa que sentia pela morte de Eliza surgia como uma tempestade toda vez que eu passava com o carro pela casa deles.

Nunca vou esquecer seus rostos naquele dia, a maquiagem borrada sob os olhos da sra. Jefferson enquanto o sr. Jefferson a levava pela sala, empurrando-a pela lombar. Apertando as mãos, balançando a cabeça, melancólica. Aceitando condolências em seu nome.

"Eu só queria que você estivesse lá", ele me disse naquela noite, com uma expressão abatida que eu nunca havia visto nele antes. Estávamos sentados juntos na varanda dos fundos, a gravata afrouxada em volta do pescoço dele, e eu podia sentir o cheiro do uísque em seu hálito, quente e rançoso. Eu sabia que era provável que, o que quer que viesse em seguida, ele se arrependeria pela manhã. "Você a mantinha segura."

Fiquei em silêncio, me perguntando se Eliza havia contado a ele sobre nossa discussão, as coisas que dissemos uma à outra que eram tão difíceis de retirar. Duvidava. Ela havia morrido com os pais ainda achando que eu era uma boa pessoa. Eu o observei continuar a beber, imaginando-me na cama naquela noite, fitando o meu telefone.

"E quando acontecer, não me ligue."

"Você conversava com ela", continuou ele. "Ela ouvia você."

"Nem sempre", disse, olhando para o meu colo. "Às vezes, acho que ela fazia coisas só porque eu havia dito para não fazer."

"Bem-vinda à minha vida." Ele sorriu para o nada e, então, se virou para mim. "Alguma coisa a estava incomodando?", perguntou ele por fim. "Você consegue pensar em alguma razão pela qual ela poderia ter...?"

Ele se calou, como se o resto da frase fosse doloroso demais para dizer.

"Sr. Jefferson, o senhor não acha...?" Parei, tentei entender o que ele estava insinuando. Por fim, falei logo. "Ela não *pulou.*"

"Não", disse ele após uma pausa muito longa. "Não, claro que não. Mas ela nunca mencionou nada para você? Nada parecia... errado?"

Fiquei quieta, nossa conversa final passando na minha cabeça. As lágrimas em seus olhos e aquele tremor em sua voz. A traição vazando de nós duas por razões relacionadas, mas ao mesmo tempo separadas por completo.

"Não", respondi. "Não consigo pensar em nada."

"E você nunca viu ninguém pegando no pé dela? Alguém que pudesse tê-la afetado?"

"Sr. Jefferson, foi só um acidente. Ela caiu..."

"Me faça o favor, Margot."

Eu não conseguia mais olhar nos olhos dele, inflamados e impassíveis, então me virei para o quintal, o longo píer se estendendo em uma escuridão tão escura que eu não conseguia nem ver o seu fim.

"Ninguém desgostava da Eliza", respondi. "Ela era amiga de todo mundo."

Ele suspirou, apertando as pálpebras com os dedos, talvez percebendo o quanto começava a soar desesperado. Perturbado. Olhei para ele e senti uma pontada de pena surgir no meu peito, porque sabia o que ele estava fazendo, o que ele vinha fazendo desde que recebeu o telefonema naquela noite. Desde que ele acordou assustado às duas da manhã, olhou para o telefone e viu o número de Eliza na tela, mas ouviu a voz de outra pessoa do outro lado da linha. Aquele silêncio pesado, um longo suspiro. O som das sirenes ao longe e as palavras que nenhum pai está preparado para ouvir.

Ele estava se agarrando ao que fosse, procurando sem nenhum critério por qualquer coisa e qualquer pessoa para culpar além da própria imprudência de Eliza. Sua própria estupidez.

Eu sabia, porque eu também estava fazendo isso.

"Havia hematomas", disse ele, fazendo com que eu virasse minha cabeça com tudo em sua direção, um nó na garganta que dificultava a respiração. Eu o vi abrir os olhos, olhar para o copo, inspecionar algo invisível no fundo.

"Como assim?", perguntei, lenta.

"No pulso dela", disse ele. "Como dedos. O legista disse que eles estavam... frescos."

Dei uma olhada para a casa de Levi, o pequeno ponto de luz vindo de seu quarto. Ele também esteve no velório, manteve distância. Sentado em silêncio no canto antes de se levantar e ir embora assim que tudo acabou. Ele havia sido interrogado pela polícia naquela noite e depois, mais tarde, no noticiário. A pele pálida e os olhos assombrados após se inclinar sobre a beirada, vendo como o corpo dela ficou depois de cair quinze metros no escuro. Mais tarde, descobrimos que seus ossos se quebraram no instante do impacto. Seu pescoço se partiu ao meio como um macarrão cru.

O golpe de misericórdia, suponho eu, foi ela ter morrido assim que percebeu o que estava acontecendo.

"Claro, ela estava toda machucada", continuou o sr. Jefferson, seus olhos brilhando com as lágrimas frescas. "Ela estava coberta deles. Hematomas. Mas eu não sei... Acho que eu só estava pensando..."

"Ela estava com Levi", interrompi, ainda olhando para a janela dele. "Eles foram à festa juntos."

"Eu sei", disse ele. "Eu sei disso. Eles estavam namorando?"

"Eu não sei o que eram, mas ele sempre estava por perto."

"O que você achava disso?"

"Posso ser sincera?", perguntei, me virando para encará-lo. "Eu odiava."

"Por quê?"

"Ele é só uma má influência, um cara mau."

"Como assim?"

"Ele apenas é", disse. "As coisas ficaram tão diferentes quando ele apareceu. Eliza me contou..."

Eu parei. Meu peito acelerou quando o sr. Jefferson virou a cabeça na minha direção. Mesmo que ela estivesse morta, eu ainda sentia uma estranha sensação de lealdade, uma profunda obrigação de guardar os segredos da minha melhor amiga. "Eliza te contou o quê?", insistiu ele.

"Ela me contou que Levi costumava observá-la à noite. Pela janela dela", revelei por fim, e a confissão me deixou desconfortável. "Que ele costumava segui-la."

"Ela te contou isso?"

Eu assenti, a vergonha se infiltrando em minhas bochechas.

"Por que ela não...?"

"Ela não queria te chatear", continuei, falando depressa. "Ela achava fofo, eu acho. Que ele estivesse tão interessado."

Eu o vi suspirar e tomar outro longo gole da bebida, mais resignado do que qualquer outra coisa. Nós dois ficamos quietos, ouvindo os sons das cigarras ao longe. O marulho pontual da água, as ondas suaves.

"Sabe, você tenta incutir um senso de certo e errado em seus filhos..."

"Isso não é culpa sua", comecei, mas ele levantou a mão.

"Mas como pai, em geral, você erra mais vezes do que acerta." Ele ficou quieto, girando o gelo derretido em seu copo. "É difícil ficar bravo com ela."

Olhei para o perfil dele, novas linhas profundas gravadas em sua pele como se ele tivesse envelhecido anos em vez de dias. Ele estava certo: era difícil ficar bravo com ela, mas eu não podia dizer isso a ele. Não podia contar sobre as coisas horríveis que havíamos dito uma à outra, todas as coisas terríveis que tínhamos feito.

Eu não podia dizer a ele que eu também me culpava, de tantas maneiras diferentes. Então, em vez disso, apenas fiquei sentada ali em silêncio, fitando o horizonte. Meus olhos se fixaram na casa dos Butler até que a luz de Levi enfim se apagou.

CAPÍTULO 41

ANTES

A manhã se arrasta em um torpor lento: fornadas açucaradas e canções de Natal se repetem enquanto desembrulho meus presentes. Simulo satisfação com um novo conjunto de pijama xadrez e uma pulseira de prata com berloques que talvez nunca usarei. Minha mãe desembrulha seu perfume anual — meu pai, uma pilha de livros que ele sempre escolhe —, então, visto um par de jeans e um moletom antes de caminhar até a casa de Eliza.

É um trajeto rápido, apenas um punhado de casas entre nós e, ao virar a curva para a entrada da garagem dos Jefferson, não posso deixar de notar como parece vazia. Não apenas o quintal, todas as flores antigas há muito mortas, mas a casa em si também. Nenhuma das decorações de sempre está entulhando a varanda, não há velas tremeluzindo nas janelas ou guirlandas penduradas em ganchos na porta. A sra. Jefferson sempre costumava montar um presépio inflável no gramado, algo que minha própria mãe criticava como *cafona* sempre que dirigíamos pela vizinhança para olhar as luzes, embora eu saiba que não posso culpá-los por não se sentirem festivos este ano.

Por fim, chego à porta e meto o dedo na campainha, esperando impaciente enquanto ouço o som de passos se aproximando do outro lado.

"Margot."

A porta se abre e tento o meu melhor para esconder a surpresa, embora eu tenha certeza de que está perceptível em todo o meu rosto. O pai de Eliza está quase irreconhecível sob o tufo de uma barba recém-crescida, o cabelo grande salpicado de fios brancos. Sua pele ainda é de um bronzeado profundo e escuro, mas também há mais rugas. Vincos finos onde costumava ser lisa e bolsas pesadas, que não existiam antes, sob os olhos.

"Olá, sr. Jefferson."

"Obrigado por vir", diz ele, abrindo mais a porta e me conduzindo para dentro. "Feliz Natal."

"Feliz Natal."

Chego mais perto e deixo que ele me envolva em um abraço, o cheiro azedo de odor corporal faz cócegas em minhas narinas. Então me afasto e dou uma olhada na sala de estar. Percebo também que lá dentro está bem diferente, como se todo o sangue tivesse sido sugado do lugar.

"Onde está a sra. Jefferson?"

"Resolvendo umas coisas", responde ele, me levando para a cozinha. Sinto o cheiro de café coado, bacon queimado e o observo se virar em direção ao armário, abrindo-o para pegar algumas canecas.

"No Natal?"

Ele fica em silêncio, seus braços suspensos no ar até seus ombros caírem um pouco.

"Hoje não é um dia fácil para ela", diz ele, ainda sem me encarar. "Ela precisava de um pouco de espaço."

Ando até ele e pego as canecas de suas mãos, gesticulando para que ele se sente. Ele sorri, grato, e eu sirvo café suficiente para nós dois antes de deslizar para a cadeira ao seu lado. Isso me traz uma vaga lembrança daquela noite após o velório, nós dois sentados na varanda em silêncio. Seu uísque diminuindo enquanto eu olhava para o horizonte, contando coisas que deveriam ser segredo.

"Como vai a faculdade?", pergunta ele, envolvendo a caneca com as mãos.

"Bem. Gostei das aulas do semestre passado."

"Ainda cursando inglês?"

Confirmo, tomando um gole do meu café, embora esteja escaldante.

"Bom para você", diz ele. "Você sempre foi boa nisso."

"Minha mãe não está muito feliz com isso."

"Bem, não é ela quem vai se formar, né?"

Eu sorrio, lembrando com uma onda de calor porque eu gostava tanto de estar aqui. Eliza e eu sentadas nesta mesma mesa, fazendo nosso dever de casa enquanto o sr. Jefferson pegava um poema que eu escrevi. Lendo-o baixinho com um aceno de aprovação.

"*Você tem um dom de verdade*", ele me falou. Meu próprio pai, por outro lado, murmurou algo sobre o pentâmetro iâmbico ser inútil no mundo real.

"Ela me disse que vão demolir a velha escola", comento.

Olho para ele com cautela, tentando avaliar sua reação. Eu não estava planejando tocar no assunto, mas, ao mesmo tempo, talvez seja bom para ele. Tenho a nítida sensação de que o sr. Jefferson evita falar sobre isso. Que se eu não tomasse a iniciativa, nunca reconheceríamos o motivo pelo qual estou aqui, sozinha, sentada no lugar de Eliza na manhã de Natal.

"É", diz ele, esfregando a mão na nuca. "Ela está isolada com fita desde... bom, você sabe. Mas isso não impede os jovens de entrarem escondidos lá."

"Ainda?"

"Ah, sim. Eles acham que são invencíveis nessa idade. Assim como ela achava que era."

"Pelo menos não vai acontecer de novo", digo. Ele dá de ombros.

"Acho que a cidade enfim decidiu que era hora. Há rumores de algum tipo de homenagem sendo erguido no lugar. Um parque público e uma árvore. Algum tipo de placa."

"Isso é ótimo."

Ele sorri para mim, mas é um sorriso tímido.

"Você fez alguma amiga na Rutledge?"

Hesito, cutucando minha cutícula. Sei que os pais de Eliza querem que eu seja feliz, mas, ao mesmo tempo, não quero que a vejam como substituível. Não quero que se lembrem de todas aquelas cenas de nós duas juntas — lendo em sua cama, pintando as unhas no chão do banheiro, deitadas no píer, dia após dia, rindo por nada — e de repente a encontrem arrancada de tudo isso, outro rosto e corpo sobrepostos. Quase me pergunto se teria sido um conforto para eles ver como eu estava perdida no ano passado, saberem que eu mal conseguia sair do quarto, comer uma refeição decente ou sair da cama sem primeiro pensar nela.

"Algumas", respondo. "Nenhuma tão boa quanto Eliza."

O sr. Jefferson sorri enquanto agarra minha mão e a aperta com força.

"O senhor se importa se eu subir?", pergunto, retribuindo seu olhar. Há algo sobre estar aqui, de volta a esta casa, que de repente me deixa desesperada para tocar em tudo, me familiarizar de novo com cada canto. Cada último cheiro. Em especial depois do desconforto da minha própria casa, da minha própria cama, anseio por sentir o conforto familiar do quarto dela. Meu porto seguro por tantos anos.

"É que... não entro no quarto dela desde a última vez", digo. "Quero ver o que vocês fizeram com ele."

"Está do mesmo jeitinho", diz o sr. Jefferson, recostando-se. "Mal entrei nele desde então. Mas vá em frente, leve o tempo que precisar."

Agradeço e peço licença, voltando para a sala e depois para o saguão de entrada, notando a falta de uma árvore no canto e as inexistentes meias que deveriam estar penduradas acima da lareira. Um rastro de arrepios percorre meus braços quando vejo aquelas portas duplas se abrindo de novo, escancarada como na noite da invasão. Uma brisa fresca do manguezal vaza para dentro da casa e o tremular do vento é quase imperceptível nas cortinas.

Me aproximo das escadas e subo-as devagar, imaginando as mãos calejadas de Levi segurando o mesmo corrimão. Imaginando se o sr. Jefferson sabe que ele também está em Rutledge. Andando pelos corredores que sua filha deveria ter andado, vivendo a vida que ela sonhou primeiro. Eu me afasto mais pelo corredor, meus olhos passam rápido pela colagem de retratos da família, as fotos de escola de Eliza, a foto do casamento dos Jefferson. Eles parecem tão jovens ali, namorados do ensino médio que se casaram logo depois de completarem 18 anos. Às vezes me pergunto se é por isso que Eliza sentiu uma atração tão forte por Levi. Imagino se ela olhou para os pais — apaixonados desde o começo, juntos por tanto tempo — e quis a mesma coisa para si, não importa com quem fosse.

Afasto o pensamento ao entrar no quarto dela e acender a luz.

O sr. Jefferson estava certo: está do mesmo jeitinho. Um santuário para Eliza, assim como meus próprios pais preservaram meu quarto, todas as suas coisas velhas estão nos mesmos lugares, como se estivessem esperando que ela voltasse. Eu ando pelos cantos, observando todos os mesmos pôsteres. O copo vazio na mesa lateral e a marca de água manchando a madeira, permanente. O beijo do batom dela ainda grudado na borda. Olho para o mural de cortiça gigante ao lado, abarrotado de fotos, o lugar vazio ainda bem no meio.

A janela ao lado da cama, as cortinas abertas como sempre.

Consigo ouvir a voz dela agora, mergulhada em um sussurro, do mesmo jeito que ela sempre se materializa quando as lembranças são demais. Posso ver o balanço das pernas dela na minha visão periférica, o movimento de seus olhos disparando para fora.

Aquele lampejo de excitação ao mastigar o lápis e puxar o cabelo duas vezes.

"*Acho que ele anda me observando. Acho que ele está lá fora agora mesmo.*"

Caminho em direção à sua cômoda, abrindo as gavetas antes que eu possa pensar duas vezes, resistindo à vontade de tirar algo e cheirar profundamente. Colocar em volta dos meus ombros e chamar de meu. Em vez disso, deixo os meus dedos percorrerem as roupas ainda dobradas com cuidado, contornando as bordas, sentindo o tecido, até que eles roçam em algo diferente, mais áspero.

Papel, eu percebo. Um envelope rasgado enfiado bem fundo lá atrás.

Olho por cima do ombro, em direção à porta aberta, depois de volta para a cômoda. Pego o envelope e puxo-o para fora entre dois suéteres. É grosso e volumoso. Enfio os dedos lá dentro, meus olhos se arregalam ao tirar um bolo de dinheiro.

"O que é isso?", sussurro, meu polegar folheando as notas. Há vários milhares de dólares aqui, fácil, as notas são de cem.

Enfio o dinheiro de volta e fecho a aba, virando o envelope. Está endereçado a um lugar que não conheço — em Fairfield, na Carolina do Norte — sem endereço de retorno.

Olho com cuidado, tentando descobrir de quem pode ser, quem deveria recebê-lo. Por que Eliza o colocou no fundo da cômoda como um segredinho sujo que ela não queria revelar. Talvez ela o tenha encontrado quando estava fora um dia e decidiu ficar com ele, reivindicá-lo como seu. Eu não desprezaria a possibilidade. Certa vez, ela encontrou uma pulseira de ouro maciço no estacionamento da escola e decidiu ficar com ela, em vez de entregá-la e tentar encontrar sua legítima dona.

Tiro o celular do bolso e abro a câmera, tirando uma foto do endereço antes de colocar o envelope de volta onde estava. Fecho a cômoda e caminho até sua mesa, tomada por uma curiosidade urgente. Não me importo com o dinheiro; só quero respostas. Eliza e eu não escondíamos coisas uma da outra — pelo menos, no começo —, mas esse envelope significa alguma coisa, e eu quero saber o que é. Meus olhos saltam sobre seus livros didáticos antigos, ainda empilhados em cada canto, um punhado de notas e papéis que sobraram do último ano. Encontro a agenda dela e a abro, folheando as páginas, com os olhos ardendo enquanto os pequenos rabiscos de caneta dançam diante de mim como um folioscópio. Leio todos os marcos antigos que ela julgou importantes o suficiente para anotar — datas do teste de aptidão, o último dia de aula, formatura — e pisco para conter as lágrimas quando vejo que ela escreveu os futuros também. Dias que ela parecia estar animada o suficiente para anotar, dias que ela nunca veria.

Aniversário da Margot. Mudança para Hines. Primeiro dia na Rutledge!!

Fecho a agenda com muita força, meus olhos lacrimejam ao caminhar até a cama e me sentar na beirada, meus dedos cravados em seu edredom.

"Margot, querida, você está bem?"

Posso ouvir o sr. Jefferson na base da escada e olho para o corredor, enxugando uma lágrima rebelde que escorre pela minha bochecha.

"Tudo bem!", grito de volta. "Já desço em um segundo."

Olho para a cama dela, a marca da minha mão, a foto daquele endereço arde em meu bolso. Talvez não seja nada. Talvez seja dinheiro de formatura, um presente de um parente que ela não viveu o suficiente para gastar. Talvez sejam suas próprias economias pessoais enfiadas em algum envelope aleatório que ela encontrou, um fundo para a faculdade que ela estava poupando, dinheiro para gastar quando, enfim, estivéssemos livres.

Talvez eu esteja tentando atribuir significado a uma coisa sem sentido, e o próprio fato de que eu ainda esteja sentada aqui, puxando meu cabelo no quarto dela do jeito que sempre fiz, transmite uma aguda pontada de ironia em meu peito. Uma pontada de constrangimento por eu ainda estar tentando tanto entendê-la, minha melhor amiga. Ainda tentando ler as entrelinhas das coisas que ela me disse, separar a verdade de suas mentirinhas inofensivas; mesmo assim, é inútil. Apesar disso, Eliza só mostrou ao mundo o rosto que ela queria que vissem: despreocupada e destemida, ousada e corajosa. Todo o resto permaneceu escondido, secreto, então suponho que sua morte não deveria ser diferente.

Eu me levanto e passo os dedos sob os olhos, uma tentativa de me recompor, quando uma sugestão de movimento chama minha atenção através da janela. Começo a andar em direção a ele, espiando através do vidro.

Está vindo do quarto de Levi.

Suas persianas estão abertas — as cortinas também — e eu mal consigo ver a parte de trás de sua cabeça enquanto ele está sentado em sua cama, seus braços gesticulam como se estivesse falando com alguém fora da minha visão. Nunca percebi a clareza com que Eliza conseguia ver o quarto dele daqui, embora eu ache que faça sentido, se ele a observava, isso significa que ela poderia tê-lo observado também. Eu me inclino para me aproximar e uma pequena emoção viaja pelo meu peito com o pensamento de espioná-lo como ele uma vez nos espionou.

Este momento privado, seja lá o que for, algo secreto que eu não deveria ver.

Estou prestes a me forçar a me virar, ciente do sr. Jefferson esperando lá embaixo, quando quem está conversando com Levi entra em cena, chamando minha atenção de volta. Leva alguns segundos para eu entender o que estou vendo, seu corpo entrando em foco após algumas longas piscadas: braços esguios, aquele cabelo preto. Cachos saltitantes e rebeldes enquanto ela entra em quadro e se senta ao lado dele.

Então eu observo quando os dedos compridos de Lucy passeiam por seu cabelo, segurando-o próximo, seus lábios encontrando os dela enquanto ela se inclina para um beijo.

CAPÍTULO 42

Desço as escadas correndo, minha mente girando e os joelhos fracos enquanto agradeço ao sr. Jefferson pelo café e balbucio alguma desculpa sobre precisar ir para casa.

Eu havia olhado pela janela por tempo demais: paralisada pelo choque, as mãos na janela, a testa quase pressionada contra o vidro enquanto me forçava a piscar e encontrar o rosto de Lucy substituído pelo de outra pessoa. Desesperada para que tudo fosse algum tipo de miragem complexa, uma ilusão induzida por trauma. Um mal-entendido que poderia ser explicado com facilidade, mas não era. Não é.

Aquela na casa ao lado é Lucy. Lucy com Levi, os dois entrelaçados em um beijo prolongado.

Estou virando a esquina da garagem quando o som repentino de sua risada me faz parar no meio do caminho. Vejo Lucy sair da casa dele, seus olhos acendem quando ela me vê na rua, a poucos metros da porta.

"Margot!", grita ela, acenando com a mão. "Aí está você!"

Levi aparece na porta também, com as mãos nos bolsos e a cabeça abaixada. Ele está vestindo uma camiseta e calças de pijama de flanela, pego de surpresa, um pouco desgrenhado, embora Lucy esteja agindo como se estivesse tudo bem. Como se fosse algo corriqueiro ela estar aqui. Caminhando em minha direção no jardim de Levi, com os braços estendidos, a grande revelação em algum *game show* que eu nem sabia estar jogando. É como aquele primeiro dia em que ela apareceu no meu dormitório, biquíni vermelho-rubi e bochechas beijadas pelo sol enquanto se inclinava contra o batente da porta, mexendo no cabelo.

O modo como ela entrou com tanta casualidade, arrastando os dedos por todas as minhas coisas como se reivindicasse a propriedade sobre elas e sobre mim.

"O que você está fazendo aqui?", pergunto, os meus olhos indo de um para o outro. Pensando em todas as vezes que ela entrou no meu quarto desde então, apareceu do nada ou já estava lá quando cheguei: examinando as fotos na minha lareira, folheando os livros na minha mesa. Inserindo-se em todos os espaços onde não deveria estar e agindo como se fosse a coisa mais natural do mundo.

De repente, Lucy para hesitante na entrada da garagem, como se eu tivesse estendido a mão e lhe dado um tapa.

"Você disse..." Eu observo enquanto seu sorriso desaparece um pouco, sua excitação em me ver sendo aos poucos substituída por algo que parece vergonha. É estranho essa expressão nela. Eu nunca vi Lucy envergonhada por nada. "Você disse que eu podia vir."

"O quê?", pergunto, dando outro passo à frente. Ainda tentando entender o que significa vê-la aqui. Com ele. "Como assim?"

"Para o Natal. Você disse que se eu não quisesse ficar sozinha no Natal... ai, Deus, me desculpe. Você não quis dizer isso de verdade, né? Você estava sendo legal."

"Você veio para o Natal", repito, lembrando-me daquela conversa na varanda. Minha oferta, sua recusa. O sorriso triste em seu rosto e a fração de segundo em que pensei de verdade que ela poderia concordar.

"Eu me sinto uma idiota."

"Não, não se sinta uma idiota. Eu quis dizer... por que você está *aqui*?", questiono, apontando para Levi, abaixando minha voz. "Com ele?"

"Fui à casa dos seus pais mais cedo, mas sua mãe disse que você estava visitando um amigo. Vi o Jeep do Levi na garagem, então pensei em passar e dizer oi. Passar o tempo até você terminar."

Abro a boca, pronta para confrontá-la com o que vi pela janela — mas então a fecho, decidindo que não quero que nenhum deles saiba que eu estava lá em cima, assistindo. Melhor ainda, quero ver se Lucy vai tocar no assunto sozinha. Se ela tentará esconder ou se vai confessar, me contar tudo. Explicar o que ela estava fazendo no quarto de Levi, com os dedos agarrados em seu cabelo.

"Achei estranho ficar sentada sozinha na casa dos seus pais sem você lá", diz ela enfim, com um toque de constrangimento na voz. "Eles nem sabiam quem eu era."

"Sinto muito", digo, olhando de Lucy para Levi, tentando forçar um sorriso. É verdade que eu a escondi dos meus pais — os detalhes, pelo menos. As coisas íntimas que eu não queria que eles contaminassem. Não foi nada pessoal, apenas meu próprio desejo egoísta de manter minhas duas vidas separadas. No entanto, agora consigo entender como deve ter sido para ela, aparecer na casa de sua melhor amiga e ser recebida com apenas olhares sem expressão.

Em seguida, olho para o carro de Levi, um Jeep branco gigante, o para-choque com um adesivo de Outer Banks descascando nas laterais. Também é verdade que ela o teria reconhecido. É notável em qualquer lugar, em especial porque ela passou o último semestre passando por ele todos os dias. E eu *de fato* a convidei para vir aqui. Ela nunca disse sim, mas não é incomum Lucy aparecer sem avisar. Ela faz isso o tempo todo.

"Só fiquei surpresa em te ver", acrescento.

"Vou embora, se você quiser..."

"Não, não vá embora", digo, diminuindo a distância entre nós, me forçando a puxá-la para um abraço. "Eu quero que você fique."

Seus braços pendem frouxos ao lado do corpo até que eu os sinto envolver meu pescoço, me apertar de volta, me envolver em todos aqueles cheiros familiares: seu perfume de baunilha e seu hálito quente de café. O cheiro sutil de fumaça sempre pairando em seu cabelo. É tentador cair de volta em seu feitiço, fechar os olhos e me deixar levar. Lucy nunca se permite ser vulnerável assim e eu consigo imaginá-la acordando esta manhã, o primeiro sinal de luz vazando pelas janelas e o silêncio frio da nossa casa enquanto ela preparava uma cafeteira para uma pessoa. Posso imaginá-la se encolhendo no sofá pela segunda semana consecutiva, os olhos vidrados ao trocar de canal, ler outro livro sem registrar as palavras. Ponderando mais duas semanas de solidão e a decisão de última hora de pular em seu carro, dirigir até aqui sem pedir permissão ou contar a ninguém.

Algo egoísta e impulsivo que é, para ser sincera, o exato tipo de coisa que Lucy faria.

"Estou feliz que você esteja aqui", afirmo enquanto meu nariz cutuca seus cachos. Parte de mim fala sério, de verdade, a ideia de Lucy precisar de mim o suficiente para se expor assim envia uma onda de calor através do meu peito. Contudo, a outra parte não consegue negar o que vi por aquela janela.

Penso nesses últimos sete meses, em como, devagar, Lucy escolheu Levi em quase todas as interações. Desde que seus olhos pousaram nela no Penny Lanes — o momento em que ouvi seu sussurro rouco enquanto ela se inclinava para ele no chão, fazendo a pergunta que ecoa na minha cabeça desde então —, eu estava com medo disso. Com medo de Levi aparecer e reivindicar outra coisa que deveria ser minha.

Com medo de Lucy me deixar, como Eliza fez, por um garoto que não a merece.

Abro os olhos, me desvencilho do abraço de Lucy e percebo que Levi ainda está ali, nos observando com curiosidade da varanda. Ele parece revirar alguma coisa em sua mente, dissecando-a devagar, e eu o observo passar a mão pelo maxilar e limpar o que sobrou de Lucy dos lábios, antes de se virar e desaparecer para dentro de casa, fechando a porta atrás de si.

CAPÍTULO 43

DEPOIS

Estamos do lado de fora há mais de uma hora, esperando com paciência enquanto a polícia varre a casa. Sentadas no quintal, com as pernas apoiadas no chão, vemos enfim o detetive Frank aparecer, seguido por uma horda de policiais que carregam sacos plásticos com evidências em direção aos carros.

"Vocês podem entrar", avisa ele, parando alguns metros à nossa frente. Sloane segura a mão acima dos olhos, protegendo-os do sol, enquanto olha na direção do detetive, e Nicole continua brincando com uma pilha de cascalho na palma da mão. As pontas de seus dedos estão esbranquiçadas quando joga as pequenas pedras brancas de volta na calçada, uma por uma, como pedrinhas atiradas na praia.

"O que é isso?", pergunta ele de repente, algo à distância chama sua atenção. Observo enquanto seus olhos se afastam de nós e percorrem o quintal, seu nariz empinado.

"Os rapazes", digo, já sabendo a que ele se refere. "Eles guardam carne no galpão."

"*Carne*?"

"Eles estão fazendo carne seca."

Sloane e eu observamos ele se aproximar do local, um único dedo atarracado empurra a porta com um rangido. Posso sentir sua careta daqui enquanto aquele estalo familiar de metal atinge nossas narinas, o observo enquanto ele assimila as longas e magras tiras de cervo, vermelho-ferrugem, moles, secando nas prateleiras de metal. Tufos de pele amontoados nos cantos e moscas inchadas zumbindo ao redor do cômodo.

"Isso é seguro?", pergunta ele. "Para... consumo?"

Eu dou de ombros, me virando de volta.

"Não sei", digo. "Eles parecem saber o que estão fazendo."

O detetive Frank olha para mim, para Sloane e, por fim, para Nicole, ainda ocupada com aquelas pedrinhas.

"Sabe, toda essa situação parece ter o potencial de ficar terrivelmente... imprevisível", fala ele. "Problemas esperando para acontecer."

"E que *situação* é essa?", indaga Sloane.

"Sua situação de moradia. Quatro meninas morando aqui bem ao lado de todos aqueles rapazes. Eles são seus senhorios?" Nós concordamos. "E como isso funciona, mesmo?"

"Eles são donos da casa, nós pagamos para morar aqui", respondo. "Bem simples."

"Vocês assinaram um contrato de locação?"

Ficamos quietas, sabendo que é provável que os meninos estejam quebrando algum tipo de regra da cidade ao nos deixar morar aqui. Duvido que eles tenham uma licença para alugar, nunca assinamos nada ou entregamos cópias de nossas identidades. Como Lucy me disse naquela noite no telhado, é provável que a casa nem esteja de acordo com as normas, com as estruturas preservadas, segura para ser habitada. Apenas entregamos um envelope de dinheiro todo mês, por baixo dos panos, e eles consertam as coisas que precisam ser consertadas quando sentem vontade.

"Há um desequilíbrio de poder aqui que eu não gosto", diz ele, quando não respondemos. "Deve ser uma boa coisa que vocês estejam de mudança."

"Vocês encontraram alguma coisa?", pergunto, movendo a cabeça em direção à casa, numa tentativa de mudar de assunto. Eles encontraram o celular dela, tenho certeza, entre outras coisas.

"Você sabe que não posso te contar isso."

Observo enquanto o detetive Frank enfia a cabeça no galpão mais uma vez antes de fechar a porta e caminhar de volta em nossa direção.

"Estamos preocupadas com ela", diz Sloane. "Nós achamos mesmo que ela se assustou e fugiu."

"E por que ela faria isso?", indaga ele. "Por que ela fugiria se não tem nada a esconder?"

"Porque é isso que Lucy faz", interrompo, cruzando os braços. "Ela fugiu de casa depois do ensino médio. Não significa que ela fez algo errado."

"Olha, meninas." O detetive Frank dá mais alguns passos em nossa direção, agachando-se. Não sei dizer se ele está tentando parecer simpático, mostrar que está do nosso lado, ou intimidador ao ficar no mesmo nível dos nossos olhos. De qualquer modo, vê-lo balançando na ponta dos pés daquele jeito, vendo os joelhos e a dobra das calças ficarem muito apertados contra a tensão do seu peso, só o faz parecer um pouco patético. Como um adulto usando as gírias dos jovens que têm metade da sua idade. "Eu sei que vocês sabem mais do que estão deixando transparecer."

Ninguém fala, um silêncio pesado se instala sobre nós, exceto pelo clique ocasional do cascalho. Nicole ainda está jogando aquelas pedras e eu queria que ela parasse. É um tique nervoso, eu acho, como Sloane cutucando suas cutículas. Ela precisa de algo para fazer com as mãos.

"Eu tentei ser paciente com vocês, mas vou ser sincero, está começando a ficar cansativo. Então podemos fazer isso do jeito fácil, com vocês cooperando aqui, na casa de vocês, ou fazer do jeito difícil, com vocês na delegacia."

"Quer saber? Tudo bem", diz Nicole de repente, enfim direcionando sua atenção para ele. Ela deixa o resto das pedras cair e se levanta, limpando o resíduo branco na blusa. "Talvez Lucy tenha feito algo com Levi, tá bom? Talvez ela tenha feito."

"Nicole..."

Eu a observo esticar a mão, calando Sloane, seu olhar ainda no detetive agachado alguns centímetros abaixo dela.

"Estou cansada de ser tratada como criminosa quando não fizemos nada de errado."

Sloane e eu ficamos caladas, a explosão de Nicole ecoa ao nosso redor, a tensão espessa e pegajosa como uma rajada de ar quente e úmido. O detetive Frank levanta as sobrancelhas, quieto, esperando que ela continue.

"Ela disse todas essas coisas..."

"*Nicole*", avisa Sloane.

"Que coisas?", pergunta Frank, sua atenção inflexível.

"Sobre assassinato", diz ela. "Justificando-o."

"Ela não quis dizer isso", digo, pensando naquela noite no Penny Lanes. Para todos nós sentados naquele círculo como uma sessão mediúnica, balançando as cabeças e olhos cansados enquanto murmurávamos uns para os outros sobre desvio, sobre morte. "Nós estávamos apenas brincando."

"Ela disse que qualquer um cometeria", continua Nicole. "Pelo motivo certo..."

"Está bem." Sloane também se levanta, colocando a mão nas costas de Nicole. "Se você nos der licença, vamos voltar para dentro agora. Estamos todas exaustas."

"Ocultar informações de uma investigação é ilegal", diz Frank, olhando para Sloane quando elas começam a se afastar. "Podemos acusá-las de obstrução."

"Vocês podem?", indaga Sloane, se virando com tudo. "Porque já contamos tudo o que sabemos. Lucy fala muito, tá bom? Mas metade do que ela diz é besteira. Todas nós sabemos que não devemos acreditar nela."

O detetive Frank fica quieto, ignorando sua explosão, os olhos indo e voltando entre Sloane e Nicole, paradas com o corpo rígido diante dele.

"Quer você queira admitir ou não, sua amiga é a chave para essa coisa", afirma ele. "Ela fez alguma coisa ou sabe de alguma coisa e há uma razão para ela ter ido embora."

Sloane olha para ele, ainda abraçando o corpo frágil de Nicole antes que as duas se virem e andem em direção à casa sem dizer nada, a porta de tela bate atrás delas.

"Eu sei o que acontece num lugar como esse", Frank me diz em seguida, abaixando o tom de voz. Eu me viro para ele e ele aponta para o galpão, para os meninos da casa ao lado e tudo o que eles fazem. "E eu sei sobre Eliza. O antigo namorico de Levi e sua antiga amiga."

Ele tenta bancar o policial bonzinho — estendendo a mão, me oferecendo uma saída —, mesmo que eu saiba que não devo acreditar. Mesmo que eu saiba que, se eu ceder, deixar meus dedos se envolverem nos dele, ele vai apenas agarrar meu pulso e torcê-lo.

"Eu entenderia se algo acontecesse", continua ele. "Se Lucy precisasse se proteger ou proteger uma de vocês. Se fosse legítima defesa, talvez..."

"Não sei do que você está falando", digo, interrompendo-o.

"Você tem certeza?", pergunta ele. "Porque parece uma coincidência grande demais. Seu vizinho, suas duas melhores amigas."

Continuo a fitá-lo, em silêncio, até que o detetive Frank enfim suspira e se levanta. Ele assente com gentileza antes de ir embora sem dizer mais uma palavra. Após sua partida, enterro o rosto nas mãos e pressiono os olhos com tanta força até ver estrelas.

CAPÍTULO 44

ANTES

Lucy e eu estamos em nosso próprio trecho particular de praia, pescoços cheios de areia ao contemplarmos o céu. Encontramos este lugar há alguns dias enquanto andávamos por aí, os sapatos pendendo nas pontas dos dedos enquanto cambaleávamos pelas dunas. Tentando escapar das multidões que, apesar do tempo frio e da brisa cortante do mar, nunca parecem se dissipar de verdade por aqui.

Há um leve crepitar de fogos de artifício em algum lugar ao norte de onde estamos, e o som das ondas batendo perto dos nossos pés, embora esteja escuro demais para ver o quanto estamos perto da água. Ouço um chapinhar à minha esquerda e me viro, tenho uma vaga percepção do braço estendido de Lucy segurando a garrafa de vinho que roubou da despensa dos meus pais.

"Feliz Ano Novo, Margot."

Ela balança a garrafa na minha direção. O som repentino de sua voz me faz perceber que estamos deitadas em silêncio há muito, muito tempo: dez minutos, talvez vinte, em um silêncio confortável na presença uma da outra.

"Feliz Ano Novo, Lu."

Pego a garrafa e dou um gole, o doce do rosé faz minha pele formigar. Estamos agasalhadas com calças e blusas de moletom, dois cobertores de tricô estendidos entre nós, mas, ainda assim, faz frio. Devíamos ter trazido chocolate quente ou algo assim. Batizado com Bailey's.

Lucy está em Outer Banks há cerca de uma semana. Nós duas dormindo na minha cama com a cabeça virada pros pés uma da outra, embora meus pais tenham dois quartos de hóspedes bastante aceitáveis, tendo lhe arrumado um deles no segundo em que perceberam de quem se tratava. Depois que saímos da casa do Levi, voltamos para minha casa e encontramos minha mãe dando voltas pela sala de estar até que ela ouviu nossa entrada e parou de modo abrupto, apertando as mãos com firmeza atrás das costas como se a tivéssemos flagrado roubando. Tentei ignorar o calor do constrangimento que subiu pelo meu peito ao pensar que ela passou a hora inteira desde a chegada inesperada de Lucy correndo por aí em uma onda de nervosismo: recolhendo pratos, acendendo velas, gritando ordens e afofando loucamente as almofadas como se Lucy pudesse dar uma olhada em seu físico empelotado e balançar a cabeça, decepcionada com todos nós. Depois que nos estabelecemos, no entanto, virou uma semana lenta e preguiçosa, como os feriados costumam ser, e eu, de fato, descobri que não me importava. Graças ao questionamento incessante da minha mãe, aprendi mais detalhes mundanos sobre a vida de Lucy nos últimos sete dias do que nos últimos sete meses juntas. Pelo que disseram, ela cresceu com gatos, embora pense que pode ser alérgica. Ela não tem uma família grande — nem tias, nem tios, nem primos — e, embora eu tenha avisado minha mãe para não perguntar muito sobre isso, sobre como ela cresceu, ela ainda encontrou um meio de apimentar suas perguntas intrometidas, fingindo ignorância quando eu a olhava do outro lado da mesa.

"E um namoradinho?", perguntou ela na outra noite, nós quatro sentados juntos na sala de jantar. Pude ver os ombros do meu pai se curvarem por instinto, a pequena tosse que ele deixou escapar, como se algo estivesse preso em sua garganta. "Uma garota bonita como você tem que ter um."

"Mãe", adverti, mas Lucy apenas riu.

"Está tudo bem. Eu tive um no ensino médio, mas não deu certo."

Então, ouvi a voz de Maggie no meu ouvido, aquele sibilo no gramado enquanto observávamos Lucy deitada lá. "*Ouvi dizer que ela cegou o namorado no ensino médio*." Parecia apenas mais um boato na época, uma das inúmeras histórias malucas que algum aluno inventou sobre ela para se sentir relevante, mas ainda assim. Percebi que me inclinei para frente, não queria perder uma palavra.

"Azar o dele", disse minha mãe, espetando um pedaço de brócolis.

"É", concordou Lucy, desviando os olhos, sua voz de repente soando muito cortada. Muito tensa.

"Ele não... ele não te *machucou* nem nada, né?"

"Mãe, sério."

"Margot, querida, só estamos conversando."

"Está tudo bem", disse Lucy de novo, cortando uma coxa de frango. "Não, nada disso. Pelo menos, não fisicamente." Ela sorriu.

"Verdade ou desafio", Lucy me diz agora e eu me sinto piscar. Afasto a lembrança junto a um bocado de areia na minha bochecha antes de esfregar os dois braços com as mãos para aquecê-los.

"Verdade", respondo, outro estalo saindo de algum lugar distante. Um clarão de luz, uma alegria distante.

"Isso é novidade para você."

"É, bem, se eu dissesse desafio você me desafiaria a nadar nua e eu não estou tentando morrer de hipotermia."

Lucy ri, um ronco de boca aberta que é interrompido por outro gole da garrafa. Ela balança a cabeça, limpa os lábios na mão e a joga na areia entre nós.

"Você não está errada quanto a isso."

Fico quieta enquanto ela pensa, os dedos fazendo cócegas em seu queixo até que ela se vira para o lado e descansa a cabeça em seu braço.

"Qual é sua resolução de Ano Novo?"

"Sinceramente, não tenho uma", respondo, e essa é a pura verdade. Nunca fui esse tipo de pessoa. Sempre houve coisas em mim que eu queria mudar, coisas que eu não gostava, mas até conhecer Lucy, eu jamais poderia imaginar acordar uma manhã e apenas decidir ser outra pessoa. Me desfazendo das minhas inseguranças como uma pele pequena demais, deixando-as para trás. Superando meu antigo eu e me transformando em um novo alguém.

"Você precisa ter uma. Apenas escolha alguma coisa."

Paro um minuto para pensar sobre o ano passado, um desvio tão drástico da minha vida até agora. Nem consigo acreditar que, 365 dias atrás, eu ainda estava morando no dormitório com Maggie, envolta em um casulo de comida rápida e filmes medíocres para me impedir de ter que pensar muito sobre tudo que havia perdido. Então, talvez essa seja minha resolução: nunca mais voltar para aquele lugar. Nunca mais perder nada de modo definitivo. E não estou falando apenas de Eliza, mas também de mim mesma. Não tinha ideia de como era frágil naquela época, de como meu próprio ser se mantinha unido por uma trama tão perigosamente fina. Porque antes de estar com Maggie, eu estava com Eliza. Eu ainda não a tinha perdido. Ainda éramos melhores amigas, ainda fazíamos tudo juntas. Ainda estávamos contando os dias até Rutledge, quando enfim poderíamos ser livres... mas eu era feliz naquela época? Eu era, *mesmo*? Na verdade, não sei. Nunca tentei mudar as coisas que eu não gostava em mim, consertar aquilo que precisava ser consertado. Em vez disso, apenas me agarrei a Eliza, focando em todos os lugares em que ela estava cheia, onde eu estava vazia, e esperando que, se eu os sorvesse por tempo suficiente, eles se acumulariam e me preencheriam também.

"Eu quero ser diferente", digo, da única maneira que sei como dizer.

"Diferente como?"

"Eu não sei", respondo, me virando também. "Estou cansada de ser fraca, eu acho. De ser... maleável."

"Eu não acho que você seja fraca."

"Lucy, fala sério." Nós duas estamos quietas, nada além do marulho das ondas entre nós. Quero que ela fale alguma coisa, que faça algum tipo de piada para quebrar a tensão, mas em vez disso, ela fica em silêncio. "Você viu como eu era ano passado."

Sinto-me grata pela escuridão, a cobertura da noite, assim ela não consegue ver o rubor quente subir pelas minhas bochechas. Nós nunca conversamos sobre isso antes: ela me escolher, a anomalia disso. Como isso não faz o menor sentido, não importa de que forma você veja.

Pego a garrafa da areia, surpresa com o quanto ela parece leve, e tomo outro gole.

"Você estava passando por um momento."

"Eu sempre fui assim", digo, balançando a cabeça. "Mesmo antes de Eliza. Eu sempre fui muito discreta. Sempre deixei as pessoas pisarem em mim."

"Bem, eu gosto de você do jeito que você é, mas sei que você tem o que é preciso para ser diferente. Eu já vi."

Nós duas ficamos em silêncio, as lembranças do Halloween voltando e tomando conta. A maneira como me levantei próxima à fogueira e interroguei Levi assim que o vi emergir do galpão, minhas acusações ferozes e destemidas. Mais tarde, tremendo no chão da cozinha, um ódio tão puro e afiado que cortou o silêncio, surpreendendo a nós duas.

"*Deveria ter sido ele.*"

"Aquela não era eu", afirmo. "Eu estava com raiva..."

"É possível ser ambas", ela interrompe. "Radicalmente ambas."

Viro a cabeça, meus olhos se esforçam contra a noite. Ainda não consigo vê-la, mas sinto o sorriso de Lucy se abrindo na escuridão: largo, atrevido e provocador. Do tipo que mostra os dentes.

"Você leu *O Médico e o Monstro*", digo, lembrando-me daquela fala, *radicalmente ambas*, uma das muitas que destaquei antes de fechar o livro e jogá-lo no sofá. O conceito de ser ao mesmo tempo bom e mau, escuro e claro, fazendo cócegas no meu inconsciente como uma coceira incessante que fica mais forte, mais difícil de ignorar. Que noção profunda: que nenhuma dessas coisas precisava cancelar a outra, entretanto, em vez disso, poderiam apenas coexistir até que você se tornasse sua própria mistura única de cada uma.

"Eu gostei", diz ela.

"Eu sabia que você ia gostar."

"É o que eu venho dizendo esse tempo todo."

Pego um punhado de areia entre nós e esfrego os grãos entre os dedos. Se há uma coisa que aprendi sobre Lucy, algo que se tornou claro de uma forma gritante, é que, para ela, o mundo inteiro existe como uma gradação, uma balança progressiva. Sua bússola moral não está quebrada, por assim dizer, mas está sem dúvida enviesada: os ímãs se atraem por qualquer direção que ela julgar adequada. Giram, insana, guiando-a para qualquer caminho que ela queira seguir.

Não há bem ou mal para Lucy. Não há certo ou errado, nobre ou cruel, mas apenas a existência de pessoas que se envolvem em sua própria combinação de cada um.

"Sua vez", digo, devolvendo a garrafa. Tento não pensar sobre o pesar progressivo; aquelas balanças, inclinando-se, assim como ela disse que fariam. "Verdade ou desafio."

"No espírito de tentar coisas novas: verdade."

Recolho as pernas contra o peito, pensando em tudo o que gostaria de perguntar a ela. Todos os segredos que sei que ela guarda — mas, no fim, só uma questão me vem à mente. Uma pergunta que me corrói desde o segundo em que ela chegou, um mistério na ponta da minha língua. O peso dele afasta meus lábios e, então, perco a coragem e o engulo de volta.

"Por que você foi lá?", pergunto, enfim, imaginando-a no quarto de Levi. Os dedos se enroscando em seu cabelo e a palma delicada em sua coxa enquanto ela se inclinava para perto, seus lábios nos dele. "Quando você foi à minha casa e eu não estava lá... por que você foi até Levi?"

Ela se vira para me olhar, seus olhos fazem uma enorme sombra.

"Eu já te falei...", começa ela, mas eu balanço a cabeça.

"Não", interrompo. "Você sabe o que quero dizer. De verdade, por que você foi lá?"

"Acho que fiquei curiosa", responde ela.

Fico calada, imaginando aqueles dias de outrora com Eliza. O jeito como ela passeava pelo píer, seus olhos correndo para Levi quando ela achava que ele não estava olhando. Como ela o observava de longe, uma espécie de atenção entediada por não haver nada melhor para fazer. Lembro-me dela procurando o nome dele no telefone como se ele fosse uma coisa estranha e exótica que ela só queria estudar, tentar entender. Mas, então, isso se metamorfoseou a partir daí, um interesse inocente foi se transformando em algo maior, mais forte.

Não consigo deixar de me perguntar se é isso que está acontecendo aqui também.

"Ele me contou sobre a festa", diz Lucy, rolando de volta para encarar as estrelas. "A noite em que ela morreu."

Fico paralisada, meu corpo anestesiado pelo frio e pelo vinho, pelo vento que sopra da água, por essa conversa, tudo. Eu estava tentando criar coragem para, em seguida, perguntar a ela sobre o beijo, o que eu vi através daquela janela, mas isso parece mais importante agora.

"O que ele disse?"

"Ele mencionou a antiga escola", diz ela. "A festa que acontece lá todo ano."

Eu a visualizo em pensamento, do jeito que sempre foi: erguida, avariada, mas imponente à beira-mar, por dentro destruída por um incêndio causado por um relâmpago que destruiu os cômodos anos atrás. A estrutura ainda está de pé, embora ninguém possa chamá-la de firme. Faltam paredes, não há cobertura, apenas três andares de espaços vazios pretos de fumaça, abarrotados de móveis carbonizados que ninguém nunca se preocupou em remover, além de pichações fálicas feitas com spray sobre velhas lousas. Garrafas de vodca vazias acumulam poeira nos cantos, evidências de festas passadas; o saco de dormir deixado para trás por alguém bêbado demais para dirigir para casa. Nem eu podia negar que era o lugar perfeito para um bando de adolescentes menores de idade: bem na praia, com vista para a água. Abandonado, desordenado e nosso.

"A primeira lua cheia do verão", falo, assentindo devagar com a cabeça. "Em geral, fica um breu sem energia ali, mas quando a lua está lá fora e o céu está limpo, de uma hora para outra, fica claro. Dá pra ver tudo."

Mesmo do meu celular, lembro-me de pensar que parecia artificial todo aquele brilho: a lua da meia-noite refletia na água como um espelho gigante, uma vidraça, cobrindo tudo com uma luminosidade fantasmagórica. O tipo de luminescência sinistra que aparece logo antes de um tornado, imóvel e assombrosa, escura e clara, o próprio céu avisando sobre um certo perigo por vir.

"Radicalmente ambas", murmura Lucy, e eu me viro para fitá-la, o crepitar de um fogo de artifício distante como ruído branco em meus ouvidos.

"É", digo. "Acho que sim."

Olho para o céu, o vislumbre da lua como algo tímido e cauteloso, entrando e saindo da névoa lá em cima. Imagino Eliza e Levi subindo aqueles degraus, indo cada vez mais alto, tropeçando de forma perigosa perto da beirada. Uma única nuvem perdida poderia ter arruinado tudo, deixado tudo escuro demais para que vissem. Mas naquela noite, tudo foi perfeito, tão bom quanto possível: a lua brilhava forte contra o céu preto, como uma lanterna no escuro, expondo todos eles.

CAPÍTULO 45

É nossa primeira semana de volta a Rutledge e nada parece igual. Está tudo diferente desde o Halloween, na verdade, aquela noite amaldiçoada que lançou um feitiço sobre tudo.

Fecho meus olhos, massageio as têmporas, minha cama fria e dura enquanto a imagem de Lucy e Levi se repete na minha memória pela milionésima vez. Eu esperava que as coisas fossem diferentes quando voltássemos, a página das férias de Natal virando e levando tudo de ruim, mas, em vez disso, a partir do segundo em que Lucy e eu entramos pela porta da frente juntas, tudo parecia diferente, estranho, como se tivéssemos adentrado a casa errada.

Apesar da semana que tivemos juntas e meus melhores esforços para ignorar, não sei o que pensar sobre vê-los juntos daquele jeito: minha mente oscila entre as duas únicas explicações sempre que me encontro em algum lugar no meio delas, suspensa. Presa. Para ser sincera, não sei de qual possibilidade tenho mais medo: da ideia de Lucy se apaixonar de verdade por Levi, assim como Eliza, e eu ter que observá-lo arrancar de mim outra amiga, segurando-a firme em sua palma antes de esmagá-la ao fechar a mão; ou de Lucy estar apenas jogando outro de seus jogos com a gente.

Penso naquela primeira noite nesta mesma cama, contando histórias sobre Levi e quem ele é. As engrenagens girando em seus olhos como se ela estivesse começando a ter uma ideia, montar um plano. Inclinando-se para ele no Penny Lanes e sussurrando aquela pergunta como se ela já soubesse a resposta.

Sloane e eu em seu quarto, nós duas no escuro, encolhidas sob os lençóis.

"É isso que Lucy faz. Ela joga."

Talvez seja disso que se trata: Lucy ostentando seu poder, seu conhecimento, bombardeando Levi com perguntas sobre Eliza como se apertasse um hematoma cada vez mais forte. Arrancando as pernas de uma aranha, uma por uma. Ver por quanto tempo ela consegue ir até que ele grite. No entanto, qual é a meta dela? Qual é o objetivo? Como Sloane disse: Lucy é calculista, astuta. Ela tem escolhido Levi por um motivo, e eu preciso saber qual é. Quase parece que ela está nos testando, Levi e eu, puxando nossas cordas e nos fazendo dançar. Invadindo meus pensamentos todas as noites como um parasita roendo meu cérebro, me deixando febril e doente.

Me forçando a pensar coisas, sentir coisas, que eu nunca pensei ou senti.

"Margot."

Abro os olhos e vejo Sloane parada no batente da minha porta, sua expressão sombria o suficiente para me fazer sentar depressa. Ela parece de fato preocupada pela primeira vez desde que a conheço: não entediada como sempre, um pouco distante como se só estivesse examinando o resto de nós apenas para seu bel-prazer, mas alarmada a olhos vistos. Talvez até com medo.

"Piorou", diz ela.

"O quê?"

"*Nicole.*"

Ela se apressa para dentro do meu quarto e fecha a porta atrás de si, baixando a voz, embora, até onde eu saiba, sejamos as únicas pessoas na casa. Lucy trabalha o dia todo e Nicole está na casa ao lado, conversando com Trevor. É a primeira vez que ela vai lá por vontade própria desde que me lembro, o que me pareceu um progresso, até que me dei conta de que a festa dos calouros é hoje à noite. O primeiro sábado do novo semestre.

"Margot, isso é sério", diz Sloane. "Ela parece muito mal."

"Como?"

"Esquelética."

Mordo meu lábio enquanto penso. Quase não houve tempo entre Nicole chegar em casa do Dia de Ação de Graças e ir embora de novo para o Natal, então nenhuma de nós disse nada sobre seu corpo definhar tão rápido. E o que diríamos? Ela está se recusando a nos dizer o que há de errado, o motivo pelo qual algo pareceu mudar em sua psique no segundo em que ela acordou na manhã seguinte ao Halloween. Tudo o que temos para nos ajudar são flashes daquela noite, nenhum dos quais parece muito concreto graças à mistura química que corria em nossas correntes sanguíneas: Nicole perdida por horas naquela festa, Lucas resmungando sobre ela estar muito bêbada. Eu a encontrando no chão do banheiro, inerte, confusa e coberta de hematomas.

Levi em nossa propriedade, zanzando por aí.

"Isso é tudo culpa da Lucy", murmura Sloane, me tirando na hora das lembranças.

"Como pode ser culpa da Lucy?", pergunto. "Fiquei com ela a noite toda."

"Foi ela quem fez com que ela ficasse com Trevor", diz Sloane. "Ela quase os forçou a ficarem juntos no ano passado, embora eu tenha dito a ela que eles não combinavam."

"Eles não são uma combinação ruim", defendo, embora soe falso no instante em que digo.

"Margot, fala sério", retruca ela, me lançando um olhar. "Eles são péssimos juntos e você sabe disso."

Penso em todos os momentos que testemunhei entre eles, Nicole e Trevor, pequenas coisas sutis que sempre me incomodaram, desconfortos indescritíveis que nunca conseguia definir. Era a maneira como ele olhava para ela, mais luxúria do que amor, que se transformava em algo totalmente diferente sempre que ele tomava alguns drinques: animal, quase predatório, como se ele a quisesse apenas para possuir algo. Um orgulho doentio em drenar a vida de um ser vivo apenas para colocá-lo em uma parede. E então houve a vez em que ele a interrompeu no Penny Lanes e nos contou os segredos deles. O olhar em seu rosto, como se ele estivesse se deleitando com a vergonha dela. Flertando comigo quando ela não estava por perto e andando pelo quintal no Halloween, com a camisa rasgada e aquele sorriso voraz.

O lampejo em seus olhos que me fez dar um passo para trás.

"Por que Lucy queria tanto eles juntos?"

"Nunca foi pelo Trevor", diz Sloane. "Foi pela porra desta casa."

"A casa?"

"Lucy queria morar aqui. Trevor ia ser o presidente."

Sloane arqueia as sobrancelhas e, enfim, entendo: Nicole namorar o Trevor era um meio para um fim. Lucy queria a casa, e a única forma de obtê-la era por meio dele. Ela por pouco não admitiu isso para mim naquele primeiro dia de férias de Ação de Graças, quando estávamos caminhando pela grama juntas, indo para o galpão. Seu medo de que eles terminassem e que passassem a casa para outra pessoa.

"Se tudo isso é por causa daquela briga com Trevor, então por que Nicole não põe um fim na história deles?", pergunto. "Quer dizer, a casa é boa, o aluguel é barato, mas podemos morar em outro lugar no ano que vem..."

"Ela não vai terminar com ele, Margot. Ela é muito boazinha. Você não percebe?"

O jeito como Sloane olha para mim envia uma onda de desconforto pelo meu peito. Ela está certa: Nicole é boazinha demais. Ela sempre foi, desde aquele primeiro dia em que tentou me tirar da minha concha, seu sorriso cortando a pressão como uma lâmina quente e úmida. É sempre ela quem acalma as coisas, mantém a paz. Deve ser o que ela está fazendo agora na casa vizinha: aliviando qualquer tensão remanescente antes que todos nós fiquemos isolados em uma ilha juntos, sem nossa própria casa para onde correr. Sem nenhuma escapatória.

"Lucy a escolheu por um motivo", continua Sloane, inclinando-se para a frente, e eu posso senti-la agora, irradiando, uma admissão massiva prestes a escapar. A força dessa confissão é algo que ela não consegue mais conter. "Eu venho te dizendo isso desde o começo."

Penso em nós duas do lado de fora do galpão; em como ela parou, como se ponderasse muito sobre algo antes de se virar para mim e soltar aquela pergunta: "*Tem certeza que quer fazer isso?*". A forma como ela me chamou de baunilha, de maleável. Uma página em branco. Do modo exato como Lucy queria; como se ela tivesse me escolhido, me escalado para desempenhar algum tipo de papel para ela. Um propósito pré-ordenado que eu ainda não compreendia.

"*Quando você é amiga de Lucy, ela faz você se sentir especial*", disse ela, com aquela dor no rosto, como se ela ainda não tivesse decidido se aquilo era bom ou ruim. "*Como se ela tivesse escolhido você por um motivo.*"

Eu havia parado de questionar qual motivo seria esse. Mas nunca pensei que também houvesse razões por trás da amizade dela com Sloane e Nicole.

"O que você sabe?", pergunto, e um calafrio sobe a minha espinha. "O que você sabe que não me contou?"

Ela hesita. Dá mais uma olhada por cima do ombro antes de se inclinar para mais perto da minha cama.

"Lucy não morava no Hines no ano passado", diz ela, e percebo o jeito como ela está rasgando os dedos, cutucando uma unha solta com tanta força que sangra.

"O que você quer dizer? Claro que morava. Ela estava lá o tempo todo..."

"Não, ela não morava", corta ela, balançando a cabeça. "Margot, você precisa me escutar. Tudo o que você acha que sabe sobre Lucy... nada disso é verdade."

E.L.A.S®

STACY WILLINGHAM
QUANDO A SORTE TE VISITAR

CAPÍTULO 46

Ainda consigo vê-la naquele primeiro dia, entrando no nosso círculo com uma caixa de cerveja na mão, as garrafas chacoalhando. O jeito como ela tirou uma e girou a tampa, mergulhando o braço no ar como um chamado às armas, um grito de guerra.

"*A nós*", declarou ela, o gargalo fumegante. Tomando um longo gole e se consolidando em nossas mentes como apenas isso: nós. Uma de nós. Nossa líder, nossa estrela-guia. A autoimposta mais brilhante de todas. Ela estava em todos os lugares, sempre, andando pelo corredor no escuro e entrando no chuveiro pela manhã. Enxaguando a ressaca antes de aparecer mais uma vez, começar tudo de novo.

As três conectadas, para sempre entrelaçadas. Elas faziam tudo juntas.

"Não entendo como isso é possível", admito, tentando compreender. "Ela estava lá. Ela sempre estava lá."

"Ela se aproximou de mim e de Nicole no dia da mudança", conta Sloane. "Apresentou-se no pátio e nos demos bem. A partir daquela noite, ela andava no nosso quarto como se a conhecêssemos desde sempre."

Visualizo o círculo de novo; a monitora, Janice, nos levando para a sala comum, recitando as regras. As vinte e quatro meninas do corredor 9B agrupadas, amontoadas em duplas — exceto Lucy. Ela não estava lá com uma colega de quarto, apegada à única outra pessoa que ela conhecia, como o resto de nós. Mas ela não era como nós, não é mesmo? Nunca foi. Ela só estava *lá*, parada atrás de Sloane e Nicole. Esperando até que Janice fosse embora e ela pudesse ir para o meio, se fazer conhecida. Sempre confortável em estar sozinha.

"Havia vinte e cinco", digo, fazendo o cálculo mental de todas nós. Doze quartos, doze duplas de colegas de quarto... e Lucy. Mas na minha cabeça, Lucy não pertencia a uma dupla, pertencia a um trio. Eram sempre as três e ela no meio.

Nunca me pareceu estranho... até agora.

"Ela nos disse que não gostava da colega de quarto dela", relembra Sloane. "Por isso que ela sempre estava no nosso quarto."

"Ela dormia lá?", pergunto. "Ela estava no nosso corredor o tempo todo."

"Às vezes no nosso futon. Nem sempre."

"E você nunca pediu para conhecer a colega de quarto dela?"

Sloane dá de ombros, como se o pensamento tivesse ocorrido a ela, mas, por fim, ela apenas o houvesse descartado. "Ela falou que a colega era chata, nunca saía do quarto", diz ela, mordendo o lábio assim que as palavras escapam. Sinto minhas bochechas corarem. Posso dizer que ela se sente mal. "Sem ofensa."

"Está tudo bem", digo, acenando como quem deixa pra lá. "Mas talvez ela morasse em outro corredor ou algo assim. Em um andar diferente?"

"Foi o que pensei no início também."

"Quando você começou a pensar o contrário?"

Sloane suspira, revirando o pescoço, e não consigo deixar de lançar outro olhar para minha porta fechada, sempre ciente da possibilidade de que Lucy possa estar ouvindo.

"Depois que as provas finais acabaram, quando chegou a hora de sair do Hines e vir para a casa, Nicole e eu não conseguimos encontrar ela", responde Sloane. "Ligávamos para o telefone dela, procurávamos no saguão. Mesmo que ela morasse em outro andar, ela deveria estar lá também, certo? Se mudando com todo mundo?"

"Certo", confirmo, lembrando-me da horda de garotas com seus carrinhos de propriedade do campus. Os cantos de metal batendo em nossos tornozelos, rodas velhas e frágeis e números fluorescentes grudados na parte de trás.

"Por fim, imaginamos que ela estava no trabalho ou algo assim e iria pegar suas coisas mais tarde, mas quando chegamos em casa, ela já estava aqui descarregando as coisas do carro. De onde veio tudo isso?", questiona ela, inclinando-se para frente. "Se ela não tirou do Hines, onde ela os guardava?"

Mordo o interior da minha bochecha, pensativa. Lembrando-me daquela noite no telhado, a confissão de Lucy que, na época, não parecia grande coisa, mas que, de repente, se revela diferente sob essa nova ótica estranha.

"Fui embora logo depois da escola. Então, pensei em vir aqui e conseguir um emprego e um apartamento barato."

"Você já perguntou a ela sobre isso?"

"Sim", diz Sloane. "Ela me deu de ombros, disse que tinha se mudado mais cedo porque queria evitar multidões, depois agiu como se *eu* fosse a maluca por questioná-la sobre isso."

Lembro-me do meu primeiro dia nesta casa, no exato momento em que conheci as outras. Lucy me chamando para a sala de estar e a hostilidade severa que emanava de Sloane. O jeito como ela me encarava, ríspida com ela.

"Onde você a encontrou?", perguntou ela, me olhando desconfiada.

"Ela morava no nosso corredor."

Ainda me lembro da inflexão na voz de Sloane quando ela respondeu, incrédula: *nosso* corredor? Sempre achei que ela havia dito isso assim por não conseguir acreditar que eu havia morado lá também. Como se fosse o corredor *delas*, não o meu, aquela pontada humilhante disparando em meu peito ao pensar em todos os dias que havia desperdiçado escondida no quarto.

Mas não era isso; nunca foi isso. Sloane não havia duvidado que eu morava lá. Ela estava contrariando Lucy porque *ela não morava*.

"É por isso que você estava tão chateada", digo. "No dia em que me mudei."

"Ela estava me manipulando", diz Sloane, e toda a nossa conversa do lado de fora do galpão vem à tona na minha cabeça. Consigo visualizar cena por cena: Sloane, os olhos de um lado para o outro, com medo de estar sendo observada. O veneno em sua voz, como alguém desprezado: "*Ela é mentirosa pra caralho*".

"Tem que ter uma explicação", digo, tentando pegar leve. Não quero que Sloane pense que a estou ignorando, ficando do lado de Lucy, mas, ao mesmo tempo, não faz sentido. "Se ela não morasse no Hines, como ela estava sempre entrando e saindo do prédio? Vocês não teriam que liberar a entrada dela toda hora se ela não morasse?"

"O cartão-chave de Nicole", explica ela. "Foi você mesma quem me fez ver."

Eu penso em nós duas no quarto de Sloane, logo depois do Dia de Ação de Graças, falando sobre Nicole e como ela parecia magra. O jeito que eu havia exigido que começássemos a trancar a porta, mesmo que ela nunca conseguisse não perder a chave dela.

Sloane abrindo a boca antes de fechá-la de novo, parecendo preocupada. Os dedos mexendo naquela costura por tanto tempo que a trama começou a desfiar.

"Ela perdeu o cartão-chave...", começo, mas Sloane já está balançando a cabeça.

"Ela não perdeu", contesta ela. "Nicole ainda jura que foi roubado. Nós apenas nunca descobrimos quem o levou."

Só de pensar me dá arrepios: Lucy caminhando até Sloane e Nicole no pátio, puxando conversa para conseguir entrar. Afanando o cartão--chave de Nicole para que pudesse ter passe livre para o dormitório sempre que quisesse, antes de seguir do corredor para o espaço comum. Convencendo a todas de que era uma de nós.

"Antes de ir para casa no Natal, passei na secretaria", conta Sloane. "Antes do recesso das festas. Busquei o nome de Lucy."

"Você não pode sair olhando as matrículas dos alunos", aviso, arregalando os olhos. "Poderia ser expulsa..."

"Eu sei", diz ela, levantando a mão. "Mas depois de perceber que foi ela quem pegou a chave da Nicole, eu tinha que saber o porquê."

"O que você descobriu?"

"Nada", responde ela. "Toda vez que eu procurava o nome dela, nada aparecia."

"O que você quer dizer com *nada aparecia*?", indago, embora eu consiga visualizar: Sloane indo de fininho para o computador, um escritório vazio pouco antes das férias. Inicializando-o, olhando por cima do ombro, confirmando que estava sozinha. Abrindo as matrículas e digitando o nome de Lucy, os olhos castanhos se arregalando quando nada surge. "Tem certeza que escreveu o nome dela direito? Sharpe com *e*?"

"Sim, eu escrevi a porra do nome direito."

"Ok, desculpe. É que eu não entendo..."

"O que é tão difícil de entender, Margot?"

Dá para ver que ela está mordendo a língua, tentando não gritar. Seus dedos estropiados puxando o cabelo enquanto ela me implora para apenas juntar as peças. Ler a situação. Sua frustração está aumentando, vaza dos seus olhos, e eu me preparo para ouvir a coisa que, no fundo, sempre soube que viria. Todos aqueles pequenos momentos borbulhando à superfície. Os momentos com Lucy: quando alguém perguntou sobre sua especialização e ela o ignorou; quando mencionaram nunca a terem visto no campus e ela apenas sorriu e foi embora. Ela nunca estuda. Claro, ela lê, mas são livros que eu lhe emprestei. Já era assim no ano passado; garotas invejosas especulavam sobre todas as coisas terríveis que ela devia fazer para sobreviver. Ela entra e sai de casa como o restante de nós, mas também trabalha. É a única de nós com algum lugar para estar além do campus, então como sabemos que ela não está apenas pegando sua mochila e indo para o Penny Lanes, em vez de ir para a aula como o resto de nós?

A resposta é: não sabemos.

"Nada apareceu porque não há nenhuma Lucy Sharpe matriculada em Rutledge", afirma Sloane. Sinto algo afiado girar em meu peito: pavoroso, frio e difícil, mergulhando fundo como uma faca no coração. "Lucy Sharpe não existe."

CAPÍTULO 47

DEPOIS

Entro e encontro Sloane e Nicole no quarto de Lucy, os olhos cansados absorvendo tudo. O lugar está destruído: do chão ao teto, de parede a parede, gavetas abertas e roupas desarrumadas. Sapatos jogados para fora do armário e livros espalhados como se uma bomba tivesse explodido.

"Você olhou embaixo da cama?", pergunto, juntando-me a elas no colchão da cama desfeita. Ainda consigo sentir o cheiro dela aqui: baunilha e cigarro. Almiscarado e delicado. Radicalmente ambos.

"Sim", diz Sloane. "O telefone dela não está lá."

Concordo com a cabeça, puxando minhas pernas para baixo de mim. "E na escrivaninha?"

"Também não."

Coloco minha mão no joelho de Nicole, aperto-o com delicadeza. Isso é o mais difícil para ela, eu sei. A performance, as mentiras. Ela é uma boa pessoa.

"Sinto muito...", começa, mas Sloane balança a cabeça, interrompendo-a.

"Eu já te disse, não é culpa sua."

"O que Frank te falou lá fora depois que saímos?", Nicole me pergunta em seguida.

"Nada", respondo. "Não se preocupe com isso. Você está indo bem."

"Meu Deus, eu odeio isso", diz ela, se afundando ainda mais na cama. Ela deita a cabeça no travesseiro de Lucy e percebo um fio preto ali, longo e cacheado, repousando com delicadeza sobre ele. Um pedacinho dela ainda grudado na farsa.

Aposto que, se olhássemos com bastante atenção, encontraríamos pedacinhos dela em todos os lugares.

"Logo acaba", diz Sloane. "Só mais alguns dias. Eles vão encontrar as coisas no telefone dela."

"Quanto tempo você acha que falta para tudo vir à tona?", indaga Nicole.

As duas olham para mim e eu apenas dou de ombros, minha atenção vaga pelo quarto. Eu me sinto um pouco atordoada, vendo-o assim, como se estivesse observando as ruínas de um lugar antes amado. O quarto dela foi o epicentro do terremoto que abalou nossas vidas.

"Não tenho ideia", respondo, enfim. "A imprensa ainda está noticiando que ela é uma aluna. Rutledge vai ter que se pronunciar em algum momento."

"Eles devem estar numa correria", diz Sloane, rindo um pouco. "Você consegue imaginar a reitora admitindo que uma pessoa aleatória passou um ano inteiro morando no dormitório deles e ninguém sabia? Ela possuía uma nécessaire no chuveiro, pelo amor de Deus."

"Os pais virão com pedras", comento. "E minha mãe estará liderando o bando."

Nicole sorri, por fim, e sinto algo aliviar no meu peito quando olho para ela. Ela olha para Sloane, depois para mim e nós três caímos na gargalhada, um ataque intenso que nos faz chorar de rir. Devemos estar cansadas, delirantes, o estresse e o surrealismo dessas últimas semanas fazem algo estranho com nossos cérebros.

É meio ridículo, no entanto, quando você para pra pensar. As coisas que Lucy conseguiu fazer. As pessoas que ela enganou.

As pessoas que ela ainda está enganando.

"A essa altura, os policiais já devem saber", diz Sloane, enxugando uma lágrima do olho.

"É, bem, nós não mentimos."

E essa é a verdade: não mentimos. Não de maneira descarada, apenas por omissão, elaborando nossas respostas de forma lenta, deliberada, toda vez que o detetive Frank nos atingia com uma pergunta que poderia se voltar contra nós. Naquela primeira manhã, sentadas na sala de jantar, nós três engolidas por nossas camisetas enormes enquanto nosso plano entrava em ação: lento, no início, mas ganhando força. Logo ela decolaria e nos deixaria para trás.

"Ninguém está encrencada, meninas, mas ela não é vista desde sexta-feira."

Nós nos mantivemos firmes, os olhos cativantes e inocentes, e foi fácil, na verdade, porque isso é tudo que somos para ele: sempre subestimadas. Apenas crianças, apenas meninas.

"Vocês chegaram a falar com alguém das turmas dela?"

Ainda sou capaz de ouvi-la com clareza, Sloane impassível, intervindo com a resposta perfeita enquanto Nicole e eu mordíamos nossas línguas, sentíamos o gosto de sangue, uma mistura de terror e triunfo bombeando em nossas veias ao nos esforçarmos para não rir.

"Lucy não vai à aula."

"Frank vai ficar tão puto", comenta Nicole, entrelaçando as mãos atrás da cabeça. "Vai fazer ele parecer um idiota."

Sloane é quem ri dessa vez, sentando-se ao lado dela e se aconchegando. "É porque ele é."

Deslizo entre elas e nós três nos deitamos quietas na cama, do jeito que fizemos tantas vezes antes: olhando para as estrelas de plástico no teto, organizadas de forma tão meticulosa.

Pensando em Lucy e em tudo que ela nos ensinou.

CAPÍTULO 48

ANTES

A água está com uma calma incomum, a rotatividade suave do motor criando pequenas ondas que se propagam ao nosso redor. O céu de geleia reflete na superfície, cobrindo tudo com um brilho alaranjado. Em geral, seria uma imagem tão cênica, algo tirado direto de uma música, mas a lenta aproximação do barco à ilha distante faz com que pareça que estamos sendo transportados para uma prisão em algum lugar, isolados da sociedade e sem nenhuma chance de fugir.

"Margot."

Eu me viro, contando os corpos no barco. Nicole está sentada no colo de Trevor, as pernas ossudas saindo de um cobertor de lã pendurado sobre sua barriga. Ele está bebendo algo de um cantil de aço inoxidável, pequeno em uma das mãos, a outra palma apoiada na coxa dela enquanto roça o nariz fundo em seu pescoço. À esquerda deles, Sloane se apoia em Lucas, toda dura enquanto seus dedos brincam distraídos com o cabelo, enquanto Will e James estão ao meu lado no banco de trás e Levi está pilotando, os nós dos dedos brancos enquanto suas mãos agarram o volante.

"Margot."

"Sim", respondo devagar e me virando, já sentindo os olhos de Lucy em mim. Gelados e caleidoscópicos, curiosos, como se ela de alguma maneira soubesse. Ela está bem na frente, empoleirada como uma escultura de proa nos puxando adiante.

Ou talvez uma sereia, sedutora e perigosa, suas pequenas mentiras enganando a todos nós.

"Você ouviu isso?", pergunta ela.

"Ouvi o quê?"

"Hoje é noite de lua cheia."

Observo Lucy, registrando aquela pequena contração em seu lábio. Como naquele dia no gramado, nossa primeira conversa no dormitório, rindo de algo que ainda não entendo. Não sei por que ela está me contando isso, qual é a jogada, então eu apenas assinto, sorrio e me viro enquanto puxo meu próprio cobertor com firmeza em volta dos ombros. O frio cortante que vem da água me arrepia.

Minha mente volta a esta tarde, pouco mais de uma hora atrás, o exato momento em que tudo mudou. Sloane e eu, frente a frente na minha cama, as palavras que ela me disse presas em meu cérebro, grudadas como uma farpa, afiadas e pulsantes, enquanto eu tentava evocar uma única lembrança de Lucy no campus, em uma das minhas aulas. Cachos pretos balançando em um mar de alunos, ou talvez olhos azuis penetrantes me fitando do fundo da biblioteca.

Aquele cheiro de baunilha pairando como o fantasma dela preso em uma sala vazia.

Era um exercício inútil. Lucy nunca esteve lá. Eu estava começando a aceitar isso com uma certeza que era impressionante, tanto que é difícil imaginar como nunca havia percebido antes — mas a verdade é que é fácil se misturar em um lugar como este. Rutledge pode não ser grande, mas é extensa. As salas de aula estão espalhadas pela cidade, prédios históricos enfiados em pequenas frestas e cantos, que desaparecem em seus arredores com tanta naturalidade que é difícil até mesmo saber o que pertence à faculdade e o que não. Há seções inteiras da faculdade que eu nunca havia notado antes, prédios inteiros nos quais não tive motivo para entrar. Não só isso, mas eu vejo o mesmo punhado de pessoas nas minhas aulas há quase dois anos, todos nós presos dentro de uma bolha que nós mesmos criamos. Sem a menor consciência do que acontece lá fora. É raro que eu veja Sloane ou Nicole durante o dia, ambas se retiram para seus respectivos espaços e ficam lá até a hora de voltar para casa, e quando eu penso sobre tudo isso, quando penso *mesmo* sobre isso, parece chocante como é fácil fazer o que Lucy fez: apenas pisar neste lugar e se misturar com tanta perfeição.

Para nos convencer de que ela é uma de nós.

"Ela ainda é nossa amiga", disse a Sloane, as implicações disso tudo teimando entre nós, a ficha se recusando a cair. "Quer dizer, isso não muda nada..."

"Margot, isso muda tudo", afirmou ela, boquiaberta. "Estamos morando com uma estranha."

"Ela não é uma estranha", argumentei, um tanto moderada, com a humilhação florescendo em meu peito por quão natural era para mim continuar a defender Lucy assim, sem questionamentos. Assim como naquele primeiro dia do lado de fora do galpão, ouvindo as difamações de Sloane, o reflexo de protegê-la foi automático, instintivo, como um martelinho no joelho.

"Bem, ela também não é quem diz ser."

Ainda é tentador, mesmo agora, dar a Lucy o benefício da dúvida. Sloane não estava conosco naquela noite no telhado, ela não ouviu Lucy falar sobre sua infância, seu passado. O jeito que as coisas eram e seu desejo de fugir.

"Eu queria um recomeço", disse ela. *"Imaginei que você entenderia."*

Eu entendia e estava começando a me convencer de que talvez fosse simples: quem sabe Lucy tenha se mudado para Rutledge por conta própria, mas não tinha dinheiro ou notas suficientes para entrar. Ela começou a trabalhar no Penny Lanes, viu o jeito como os alunos viviam e queria isso para si também. Uma chance de pertencer, de ter amigos. Não tão diferente de qualquer um de nós, na verdade. Então, ela conheceu Sloane e Nicole no gramado e se sentiu em casa na presença delas. Ela foi convidada para o dormitório, para suas vidas, e não queria admitir que era de alguma forma diferente, inferior, por causa de seus pais. O jeito como ela cresceu.

Por que ela *não fingiria* se ninguém a questionou? Por que ela não apenas seguiria com isso tudo, apenas fingir, como o resto de nós, ser algo que não é?

Agora, estamos tão perto da ilha que posso ver os outros barcos ancorando, hordas de garotos pulando na água e seguindo para a areia, carregando suas bolsas de viagem e coolers sobre suas cabeças para evitar que se molhem. Garotas sentadas nas laterais dos barcos, balançando as pernas, tomando goles de vodca direto da garrafa. Água salgada e vento deixam seus cabelos frisados e desgrenhados. Pensei em pular a festa hoje à noite, ficar para trás enquanto os outros saíam e usar o tempo livre para organizar meus pensamentos, tentar encontrar algumas respostas. Sloane não conseguiria escapar sem chatear Lucas — isso, e ela não queria deixar Nicole sozinha — e nenhum de nós queria alarmar Lucy. Alertá-la sobre o fato de que algo estava errado. No fim das contas, devemos dividir uma barraca, somos as únicas duas colegas de quarto que não estão em casal — e aí, eu tive uma ideia.

"Lu, você pode voltar aqui?", pergunta Levi, trazendo minha atenção de volta para o barco. "Estou me preparando para ancorar."

Nunca o ouvi usar esse apelido antes e o observo dando um tapinha no assento ao lado dele enquanto Lucy se levanta, pisando em nossas coisas ao se dirigir para os fundos. As imagens dos dois passam pela minha mente de novo: Lucy no quarto dele, afundando no colchão. Dedos longos se entrelaçando no cabelo dele enquanto ela o puxava para perto, seus lábios nos dele. Ela se senta no banco ao lado dele e começa a cutucar o porta-copos, sempre curiosa e sempre entediada, antes de puxar um anzol enferrujado e usá-lo para cutucar as unhas.

"Certifiquem-se de que vocês, meninas, não se afastem quando estiverem bêbadas", diz Lucas, as palhaçadas tomando conta dele agora que a noite está prestes a começar. "Há animais à solta."

"Que tipo de animais?", questiona Sloane, cruzando os braços.

"Aranhas", responde ele, com os dedos rastejando pela perna dela. "Jacarés, cobras."

"Fiquem na praia e vocês ficarão bem", avisa James, eu me viro, surpresa com sua proximidade. Com tudo o mais acontecendo, esqueci que ele estava aqui.

"Esperem até ver as estrelas", continua Lucas, abraçando Sloane. "Fica bem escuro sem a luz ambiente..."

"*Merda!*"

Todos nos viramos para olhar Lucy, seu grito repentino nos assusta. Um jato de sangue vermelho-vivo irrompe de sua unha, escorrendo pelo dedo, e eu a observo jogar o anzol de volta no porta-copos como se, de alguma forma, ele tivesse ganhado vida e a atacado por conta própria.

"Aqui", diz Levi, vasculhando vários cubículos em busca de algo para estancar o sangramento. Observo o ferimento vazar em um jorro constante, pequenos círculos perfeitos pingam no chão do barco, no assento acolchoado, na bermuda de Levi. Ele está distraído, dividido entre olhar e conduzir o barco, quando uma onda nos atinge em um ângulo estranho e bate de volta na água, com força, quase lançando Nicole no chão.

"Butler!", grita Trevor. Há um sutil xingamento em sua fala enquanto agarra a coxa da Nicole com a mão livre. Ela estremece, endireitando-se em seu colo. "Olhe para onde você está indo, porra!"

"Eu tô bem...", começa Nicole, mas Trevor a interrompe, ansioso para continuar brigando.

"Meu Deus, cara, assim você mata todos nós."

"Está tudo bem", diz Lucy baixinho, tocando o braço de Levi. "Eu cuido disso."

Levi desvia os olhos dela e os fixa à frente, no para-brisa, evitando, de propósito, o olhar de Trevor. Posso ver os tendões em seu pescoço inchando, a mandíbula cerrada como se ele precisasse se conter fisicamente para não reagir. A tensão no barco é tão palpável, tão densa, que percebo, acho que pela primeira vez, que não está só entre Lucy e nós, mas entre os rapazes também. Nicole e Trevor, Levi e eu. Este nosso pequeno grupo, antes tão sólido, agora está deformado e se dobra sob a pressão disso tudo; pequenas rachaduras seguindo devagar e ameaçando explodir.

"Você está bem?", pergunto, minha voz baixa enquanto observo Lucy segurar o dedo, o lento escorrer do sangue entre suas mãos como se fosse a cera de uma vela derretida pingando no chão.

"Bem", diz ela. "Um pouco de sangue nunca me incomodou."

Eu a observo levantar a cabeça, olhos nos meus, antes de levar o dedo aos lábios e sugá-lo até secar, e tenho a repentina sensação de perigo iminente, vendo-a assim. Como olhar para uma nuvem em formato de funil no horizonte se aproximar, ficando mais forte. Como se todos estivéssemos marchando em direção a algo grande, algo permanente, o lento fervilhar dos últimos oito meses se transformando em ebulição total.

O barco se aproxima da costa e para de súbito; a âncora mergulha na água com um esguicho violento. Foi dada a largada da noite com o som de gritos bêbados e gargalhadas insanas, mas tudo o que ouço é meu próprio sangue zumbindo em meus ouvidos. Meu próprio coração martela como o batuque constante de tambores a distância, o chamado do carrasco, a intensidade crescendo até o inevitável ápice — e quando ele chegar, quando atingirmos o topo, não restará mais nada a fazer senão cair.

CAPÍTULO 49

Escurece rápido, a pequena bolha de sol no horizonte se dissolve na água enquanto os rapazes trabalham rápido, calados, tentando armar as barracas e acender o fogo antes que sejamos engolidos pelo céu. Já consigo ouvir os barulhos da noite: o som veloz de algo que se alimenta ao longe, o zumbido dos insetos enquanto percorrem nossa pele.

"Uísque?", oferece Nicole, andando atrás de mim. Eu me viro e vejo uma garrafa já pela metade em sua mão.

"Claro", aceito, pegando-a e tomando um gole. É doce, com sabor de mel, e o líquido xaroposo desce devagar, como se estivesse bebendo seiva. "Você comeu alguma coisa hoje?"

Tento sorrir quando pergunto, fazer soar como uma piada. Uma referência sutil ao seu pedido na manhã seguinte ao Halloween, lembrando-a de jantar, mas ela não sorri de volta quando se senta ao meu lado.

"Se não, isso vai subir direto para sua cabeça."

"Estou bem", diz ela, envolvendo os braços com firmeza em volta das pernas. Elas estão tão frágeis, tão finas, e não consigo parar de pensar em sua aparência mais cedo, tropeçando no barco. Sem carne nos ossos para amortecer a queda.

"Você está mesmo?", pergunto baixinho. "Bem?"

Ela não responde. Ficamos as duas sentadas na areia em silêncio, à margem de todos, observando os calouros amontoarem madeira e folhas secas de palmeira em uma pilha gigante para a fogueira. Os outros rapazes montam barracas em um círculo ao redor do fosso; as meninas estão junto aos coolers, enchendo a cara de destilado para se aquecerem. De repente, um grito ao longe nos faz virar em direção ao som. Nossos olhos pousam em Lucy na água. Está quase congelando, mas ela ainda está com água até os joelhos, os jeans enrolados e úmidos nas barras. Espirrando água no Levi enquanto ele tenta carregar o resto dos suprimentos do barco.

"Isso te incomoda?", indaga Nicole, ignorando minha pergunta e apontando para eles com a cabeça.

"Então, você percebeu", digo, com um sorriso irônico.

"Não que ela seja sutil, né?"

"Acho que é difícil entender o que ela vê nele", respondo, uma verdade amarga. "Depois de tudo que eu contei para ela."

Nicole assente, seus dedos descalços cavam na areia e eu me viro para fitá-la, sabendo que esta é minha abertura. Tenho estado tão distraída nos últimos tempos — por Lucy, por Levi, pelos dois juntos e as memórias que eles provocam, tentando entender como tudo isso se conecta, o que isso tudo significa — que sei que tenho negligenciado Nicole, seja lá o que for que ela esteja passando. Deixando para depois, para nunca. Esperando que isso se resolva por conta própria.

"Isso *te* incomoda?", pergunto com cuidado, tentando avaliar sua reação.

"Por que incomodaria?", pergunta ela, com uma expressão impassível enquanto pega o uísque da minha mão e toma um gole grande, a mandíbula cerrada ao engolir.

"Só pensei que depois do que aconteceu no Halloween..."

"Eu disse que estou bem, Margot."

"Não *acredito* em você", pressiono enquanto meus dedos cravam na areia. "O que quer que tenha acontecido... você pode me contar."

"Não aconteceu nada no Halloween."

"Nicole", sussurro, abaixando a voz. Eu não tinha planejado fazer isso hoje à noite, confrontá-la de forma tão deliberada, mas há algo sobre todos nós estarmos presos aqui sem ter para onde correr que me faz querer continuar cavando. "Sério. Por favor."

"Levi não fez nada", diz ela, com um brilho repentino de lágrimas em seus olhos. É o mais próximo que ela já chegou de uma confissão e eu a observo as limpar com raiva, pequenas manchas molhadas escurecendo as mangas de sua camisa. "Eu juro."

"Você tem certeza?", pergunto, olhando de volta para a fogueira. Meus olhos nele agachado ao lado dela, soprando um feixe de gravetos candentes e vermelhos com delicadeza. Pensando nos hematomas nos pulsos dela; nos que encontraram em Eliza. Em Levi e em Lucy e a ideia de que ele se sirva à vontade de tudo que eu amo me faz cerrar o maxilar.

"Sim, tenho certeza", afirma Nicole, pegando o uísque de novo e drenando-o por completo. "Ele não fez nada."

A noite logo mergulha no caos, como se, ao se pôr, o sol tivesse levado nossas inibições com ele. Enfim, o fogo crepita, a incandescência alaranjada dele reflete suas faíscas em nossos olhos; cinzas e brasas voam em direção ao céu antes de se afastarem, sendo levadas à deriva pela brisa. Alguém toca música em uma caixa de som portátil e um grupo de meninas está de mãos dadas, correndo em círculos ao redor da fogueira enquanto cantam.

Eu me pergunto o que há no manto da noite, um céu cheio de estrelas, que faz todos agirem um pouco estranhos, um pouco selvagens. "*O grande erro da lua*", disse Shakespeare, um verso de Otelo que ficou comigo desde que o lemos no semestre passado. *"Ela deixa os homens loucos."*

Olho mais uma vez para o céu, aquele único holofote nos iluminando, e tento afastar as memórias da última vez em que tive plena consciência de uma lua cheia, uma outra festa que acontecia no escuro. Um grupo de adolescentes deixados sozinhos com muita liberdade e pouco senso.

É animalesca, eu acho, nossa atração por isso. Como isso nos leva a pensar, sentir e fazer o que quisermos.

Olho em volta, observando os outros. Lucy e Levi estão de pé, próximos às chamas, o braço dele em volta do ombro dela de um jeito que me faz pensar nele e em Eliza naquela última noite: tropeçando, rindo, dedos entrelaçados. Sloane e Nicole estão sentadas juntas perto das barracas, seus olhos em Trevor enquanto ele cambaleia na areia. Há uma garrafa de rum agarrada em sua mão desde que chegamos aqui, mas isso não o impediu de ladrar ordens. Ainda mandando nos calouros, brincando de Deus, mesmo que seus deveres tenham acabado e seu poder tenha desaparecido. Depois de mais alguns segundos, encontro quem estou procurando e levanto depressa, tirando a areia do meu jeans enquanto caminho em sua direção. Olho de volta para Lucy a cada poucos segundos, aliviada em vê-la ainda envolvida com Levi, sem prestar atenção à minha lenta fuga para o escuro.

Aproximo-me dele com discrição, de pé à beira da água com outros dois irmãos. Noto que ele parece diferente da última vez que o vi: não há mais sangue espalhado em sua pele, em suas bochechas. O longo cabelo louro agora raspado rente ao couro cabeludo.

Não há mais fantasia, aquele vestido azul ridículo.

"Com licença, Danny?", pergunto, observando-o se virar ao som de seu nome. Ele não me reconhece a princípio, mas, aos poucos, eu a vejo: a lembrança do Halloween, de mim, de nós três sentados ao redor daquela fogueira nos fundos. Lucy fingindo não conhecê-lo, e ele fugindo para longe com o rabo entre as pernas. "Você tem um minuto?"

Danny DeMarcus, o antigo colega de classe de Lucy.

Talvez a única pessoa aqui que pode de fato conhecê-la.

CAPÍTULO 50

Caminhamos juntos pela praia, para longe da fogueira, a areia esponjosa sob nossos pés e o silvo agudo dos apitos ecoando ao nosso redor.

"Ignora eles", diz Danny, com uma das mãos no bolso e a outra segurando uma lata de cerveja. Os sons da festa ficam cada vez mais distantes até que, por fim, paramos em um monte de troncos encalhados e nos sentamos lado a lado, as silhuetas dos outros dançando no escuro. "Então, você disse que queria conversar?"

"Sim, sobre Lucy", digo, tentando escolher minhas palavras com sabedoria. "O Halloween."

"Certo", diz ele, olhando para a água. Consigo ouvi-la batendo ao longe, a corrida de caranguejos-violinistas ao passo que a maré recua, e, de repente, lembro-me do que Lucas disse antes sobre todas as outras vidas que rondam no escuro.

"Ela me contou que vocês estudaram juntos", comento. "Como ela cresceu. E que, na verdade, não gosta que as pessoas saibam sobre o seu passado."

Danny fica calado, me forçando a continuar.

"Acho que ela fingiu não te conhecer porque eu estava sentada lá."

"Acho que não posso culpar ela", diz ele, tomando um gole.

"Por quê?"

Ele se vira para me olhar com as sobrancelhas erguidas.

"Ela é sua colega de quarto. Por que você não pergunta a ela?"

"Sei que tem a ver com a vida em casa", continuo, usando meu dedo do pé para desenhar círculos na areia. "Não se dar bem com a mãe dela."

"Isto é dizer pouco."

"Era tão ruim assim?"

Danny dá de ombros e toma outro gole.

"Digamos que a mãe dela tem certa fama", comenta ele. "Tenho certeza de que não foi fácil conviver com ela."

Concordo, arquivando a informação.

"Eu também sei que ela namorava um cara que pode ter... machucado ela."

Danny se vira para mim e, de repente, sou grata pelo céu escuro como breu que protege minha expressão. Estou tentando juntar as peças, formar uma narrativa que possa fazer sentido. Todas as pequenas pistas que Lucy me deu, querendo ou não: verdades sussurradas que ela compartilhou no escuro e aquelas pequenas confissões que eu extraí dela, pressionando com cuidado até que elas jorrassem. Ainda não consigo admitir para mim mesma o que comecei a pensar, as peças se encaixando como um quebra-cabeça. Devagar, o enigma desconcertante de Lucy começa a se assemelhar a algo sólido, algo inteiro.

Não posso contar para Danny que, desde que vi Lucy e Levi pela janela do quarto, todos os pequenos momentos deles juntos começaram a se repetir na minha cabeça sob uma nova luz estranha: a primeira vez que ele a viu no Penny Lanes, aquele olhar sutil de choque enquanto seus olhos vagavam por todo o lugar. A maneira como ele se virou para mim e inclinou a cabeça: "*Você a conhece?*", perguntou, como se não conseguisse acreditar. Como Lucy sempre focava nele depois disso, quase como se eles tivessem uma história compartilhada, algo que nenhum dos dois queria admitir.

"Estou apenas preocupada com ela", acrescento. "Acho que eles podem estar se falando de novo."

Olho de volta para a fogueira e, embora não consiga distinguir rostos de tão longe, ainda consigo vê-los, Lucy e Levi, colados um no outro, no mesmo lugar. Penso na expressão de Lucy quando contei aquelas histórias sobre Eliza e Levi, aquele sorrisinho nos lábios como se ela estivesse achando um pouco de graça. Em como ela continuou perguntando sobre Eliza depois disso, me pressionando a contar mais, como se houvesse algum ciúme latente que eu nunca consegui entender.

"Isso não é possível", diz Danny, balançando a cabeça. "Parker está morto."

O choque da frase me imobiliza: a naturalidade dela, tão direta, nada do que eu esperava.

"Parker", repito, o nome desconhecido estranho à minha língua. A confusão no meu rosto deve ser aparente, pois Danny continua falando.

"O namorado de Lucy", explica ele. "Eles ficaram juntos por anos."

"O que aconteceu?", pergunto, minha cabeça rodando com essa mudança repentina. E assim, de súbito, estou de volta à estaca zero; a teoria frágil que eu estava começando a montar já desinflando em minhas mãos.

"Acidente de carro. Logo antes de ela ir embora."

Penso em nós naquele telhado mais uma vez, o jeito como Lucy olhou para mim e continuou falando no escuro, os olhos arregalados como se houvesse algo a mais, importante, que ela quisesse admitir. Algo para o qual ela estivesse se preparando, talvez. Algo mais profundo que ela queria dizer.

"Há coisas daquela época que eu não queria trazer comigo."

"Lucy estava no carro quando aconteceu?"

Danny suspira e torce o pescoço antes de virar o resto da cerveja e amassar a lata nas mãos.

"Não", diz ele. "Mas as pessoas a culparam por ele."

"Como as pessoas poderiam culpá-la se ela não estava lá?"

"Na noite em que ele morreu eles estavam em uma festa e começaram uma discussão. Uma discussão feia. As pessoas a viram dar um tapa nele antes de ir embora e ele tentou segui-la. Pegou o volante depois de beber e caiu em uma vala."

"Isso não é...", começo, mas mantenho a boca aberta ao não conseguir encontrar as palavras. Pensando no sorriso triste de Lucy na mesa de jantar, o jeito que ela desviou os olhos, como se estivesse envergonhada. "As pessoas não podem culpá-la por isso", digo. "Não é culpa dela."

"Você sabe como os boatos começam", diz ele. "Primeiro, ela o provocou, depois deu um tapa nele. Então, o tapa acabou se transformando nela atacando o cara, arranhando seus olhos para atrapalhar sua visão. Aí, as pessoas começaram a especular que ela ferrou com o carro dele para que os freios não funcionassem. Todo tipo de babaquice."

Lembro-me do meu primeiro ano, Maggie e eu naquele gramado. As histórias sobre Lucy que circulavam, sempre presentes, quase invisíveis como as sementes de dente-de-leão sendo levadas pela brisa. Mas basta uma se fixar no seu cérebro, plantar-se ali, e crescer devagar até tomar conta de tudo.

Tudo o que você precisa é de uma pessoa para acreditar. Até que os outros também acreditem.

"Às vezes, as pessoas não conseguem aceitar o acaso", continua Danny, com um encolher de ombros gentil, como se esta não fosse a primeira vez que ele pensa sobre a morte. "Às vezes, as pessoas apenas morrem."

"É", digo, lembrando-me daquela noite com o sr. Jefferson na varanda. Depois do velório, seu hálito de destilado, nós dois deixando cair migalhas de dúvida enquanto olhávamos um para o outro, sem dizer que esperávamos que um seguisse ao outro. Nós dois procurando aliviar nossa própria culpa, para que outra pessoa a levasse. Algum motivo besta que fizesse tudo isso fazer sentido.

"Sabe, você é a segunda pessoa hoje a me perguntar sobre Lucy", comenta Danny, virando-se para olhar para mim como se o pensamento tivesse acabado de lhe ocorrer. "Eu tinha esquecido que a garota existia até três meses atrás e agora só falo dela."

Minha cabeça se vira em sua direção, outra bomba que eu não esperava.

"Quem mais estava perguntando?"

"Levi", responde. "Pouco antes de sairmos de casa."

Consigo senti-la de novo: aquela pitada de inveja, de cobiça, mesmo que fuja ao meu entendimento. Eu não entendo como ainda posso sentir esse protecionismo com ela depois de todas as suas mentiras. Como ainda posso querer ficar entre eles, como fiz com Eliza, cada pequeno olhar roubado parecendo uma traição pessoal? Uma faca nas costas?

"Ele disse por quê?"

"Não é óbvio?" Danny ri, virando sua cabeça de volta para a fogueira. "Olhe para eles."

Eu me viro e cerro os olhos no escuro, os dois corpos que presumo serem deles tão próximos que se fundiram em uma mancha preta. Me pergunto, pela primeira vez, se devo engolir meu orgulho e falar com Levi em seguida. Perguntar na lata as coisas que tenho pensado, ver se há algo mais que ele saiba.

"De qualquer forma", diz Danny, levantando-se da madeira como se tivesse acabado de decidir que já deu de conversa para ele. "Você é uma boa amiga por se preocupar com ela, mas não há necessidade. Lucy sabe se virar sozinha."

"É, valeu", digo, também me levantando. Tento mascarar a decepção que sinto em deixar nossa conversa com mais perguntas do que respostas. "Sinto muito por te incomodar."

"Você não é incômodo nenhum", responde ele. "E, se vale de alguma coisa, eu não a culpo por ir embora. Fairfield é uma cidade pequena demais para ignorar rumores como esse."

"Fairfield", repito, e o nome familiar pulsa em minha mente como uma dor de cabeça crescente ao tentar identificá-lo. "Fairfield, na Carolina do Norte?"

"É, você conhece?", pergunta ele, com um sorriso surpreso, como se essa fosse a coisa mais interessante que saiu da nossa conversa. "Essa é a nossa cidade natal."

CAPÍTULO 51

Sinto meus dedos percorrendo as roupas de Eliza, bem dobradas e intactas. Aquele envelope gasto escondido no fundo e minhas mãos sentindo o volume dele que, é notório, está fora de lugar.

Puxo-o para fora, abro a aba. Todo aquele dinheiro enfiado ali dentro e, no verso, um endereço que não reconheci. A foto dele no meu telefone que eu havia esquecido por completo desde que Lucy apareceu, requisitando minha atenção.

"Por onde você andava?", ela me pergunta, sentando-se na areia ao nosso lado. Sloane, Nicole e eu estamos sentadas de pernas cruzadas, lado a lado, observando a queda gradual de todos na loucura. A festa ainda está acontecendo, ainda intensa como a fogueira ao redor da qual estamos reunidos, embora a multidão esteja começando a minguar, as pessoas cambaleando para dentro de suas barracas. Explorando a ilha, talvez. Casais saindo de fininho para o meio das árvores.

"Tive que fazer xixi", digo, virando-me para encará-la. Suas bochechas estão coradas por causa do fogo e vejo aquele envelope de novo, tão claro em minha lembrança.

Fairfield, Carolina do Norte.

Observo enquanto ela se vira na direção da folhagem atrás de nós, um aglomerado de arbustos selvagens e de mato alto e pontudo. Juncos bamboleantes e troncos secos com galhos que parecem ossos quebradiços despidos de pele. Eu me pergunto se ela viu Danny e eu caminhando juntos na direção oposta. Se ela sabe, em algum nível inconsciente, como seus segredos estão prestes a escapar. Se ela sabe que estou mentindo.

"Eu me perdi", acrescento, enquanto pego a garrafa de vinho ao meu lado e a viro, engolindo mais do que deveria. Pelo calor, pela coragem. O entorpecimento que sei que logo proporcionará. Já sinto o uísque de antes preenchendo meus membros devagar, pressionando meus olhos para que pareçam pesados e duros. "Está escuro pra lá, longe de tudo."

Olho para Sloane tomando sua cerveja, há uma tensão em sua mandíbula que calcificou no segundo em que Lucy apareceu. Bem ao lado dela, Nicole, as maçãs do rosto bem angulosas e ossudas na sombra das chamas. Ela parece sugada, oca, como se alguém a tivesse espetado com uma agulha e ela estivesse murchando aos poucos, perdendo a forma, e há algo tão desolador nisso. Em todas nós, na verdade. Sentadas aqui, lado a lado, tentando fingir que está tudo bem.

Tentando nos convencer de que nada mudou quando, na verdade, tudo está diferente.

"Hum."

Ela diz isso em um tom desconfortável e pouco convincente, e a cena toda me faz pensar em Eliza e eu naqueles últimos dias. Na formatura, esbarrando uma na outra do lado de fora do auditório, nossos pais nos empurrando sem perceber a rigidez em nossos braços ou as mentiras em nossos sorrisos. Aquela foto ainda pregada na parede do meu quarto, emoldurada sobre a lareira — a coisa mais triste que já vi. Naquele momento, sabíamos que algo grande havia se quebrado entre nós, algo talvez irreparável. Sabíamos, depois daquela discussão, que nunca seríamos inteiras de novo. Mesmo assim, tentamos. Tentamos parecer felizes, normais, os dedos de Eliza pairando sobre as minhas costas como se não suportasse a ideia de me tocar. Sua mãe fazendo a contagem regressiva, câmera em mãos, e o suspiro de alívio que escapou de seus lábios assim que o flash disparou e pudemos nos separar. Não havíamos trocado uma palavra desde aquela briga no meu quarto. Foi o maior tempo que passamos sem nos falar, uma década inteira de amizade reduzida a nada além de um frio silêncio. Nenhuma de nós queria ser a primeira a dar o braço a torcer, então, em vez disso, deixamos aquilo crescer entre nós como um tumor, ficando maior, mais denso. Como se ignorá-lo fosse fazê-lo desaparecer por conta própria.

"Merda", murmura Sloane, e eu olho para cima, seguindo seu olhar, observando enquanto Trevor tropeça na areia. Ele cai com força, perigosamente perto do fogo, seus membros parecendo borracha, suas pernas se abrindo em direções opostas.

"Estou bem", balbucia ele, gesticulando para Lucas enquanto ele tenta levantá-lo. Ele ainda está segurando aquela bosta de garrafa, os dedos firmes em volta do gargalo de plástico, recusando-se a soltá-la, mesmo para amortecer sua queda. Todos veem ele lutar para se equilibrar e eu olho para Nicole em seguida, me perguntando se ela vai ajudá-lo. Em silêncio, espero que ela não o faça.

"Vou pegar outro cobertor", diz ela, levantando-se para ir até a barraca.

Sei que ela está envergonhada, vendo-o assim. Talvez um pouco ressentida por Trevor ter permissão para se soltar e agir como um babaca quando ela, ao que parece, não tem. Olho para trás no momento em que Trevor enfim se coloca de pé e ergue a mão no ar, saudando a todos nós. É alarmante o quanto a garrafa está vazia , resta apenas alguns dedos de líquido no fundo. Ele tenta tomar outro gole, mas está sem mira. Um jato de líquido claro erra sua boca e escorre pela camisa.

"*Porra!*", grita ele, tropeçando um pouco enquanto puxa o tecido, o cheiro doce de coco flutua pelo vento em nossa direção. Uma gargalhada irrompe em algum lugar à minha direita e eu me viro, procurando a fonte.

Veio de Levi, é inconfundível, um olhar de puro divertimento ao ver Trevor se envergonhar assim na frente de todos.

"Tem alguma graça?", pergunta Trevor, dando um passo em sua direção.

Seu rosto se transforma em questão de segundos, e eu reconheço o mesmo olhar do Halloween que fez minha pele arrepiar: perigoso, predatório. Seu olhar enlouquecido e desenfreado.

"Butler", repete ele quando Levi não responde. "Eu perguntei, tem alguma graça?"

"Não", diz Levi, balançando a cabeça, virando o resto de sua cerveja antes de pegar outra em um cooler. Todos os outros parecem ter parado o que estavam fazendo, corpos imóveis como estátuas. Com medo de se mover, com medo de respirar.

"Me dá a sua", diz Trevor de repente, um tom de desafio em sua voz.

Assistimos a ele jogando a garrafa na areia e rasgando a camisa antes de arremessá-la em Levi. Seu peito nu ondula nas sombras do fogo. A camisa cai no colo de Levi com um baque molhado, e ele respira fundo, imóvel, ao encará-la. A incandescência das chamas ilumina seu rosto, seus olhos se esticam em duas longas sombras.

"Butler, eu disse para *trocar.*"

"Deus do céu, ele é um cuzão", murmura Sloane. Olho para ela e vejo o desgosto no jeito como ela observa Trevor.

Depois de um longo período de silêncio, Levi coloca sua cerveja no chão com cuidado e tira a camisa, jogando-a para Trevor. Mesmo daqui, vejo o rastro de arrepios descendo por seus braços, sua pele nua exposta ao ar frio da noite.

Ou talvez seja a humilhação, esse ato público de desonra, sua raiva se espalhando como uma infecção, tentando abrir caminho para a superfície. Por um segundo, ele fica sentado assim, seminu, a mandíbula cerrada e os olhos nas chamas enquanto Trevor puxa a camisa limpa sobre a cabeça e continua a encará-lo.

Por fim, Levi cede, pegando o chumaço de tecido molhado do colo e desdobrando-o antes de vesti-lo, aquele respingo de bebida ainda manchado na frente.

"Foi o que pensei", murmura Trevor, indo embora. Não consigo deixar de me perguntar por que Levi o deixou fazer aquilo. Por que permitiu que Trevor o repreendesse no barco mais cedo também. Talvez ele esteja condicionado depois de um semestre inteiro sendo pisoteado pelos outros companheiros, rapazes mais velhos tratando-o como seu saco de pancadas pessoal. Talvez ele ainda se sinta um calouro a ser escolhido, apenas algumas horas depois da festa que deveria tê-lo libertado. Talvez ele entendesse que não valia a pena brigar, que a ira de Trevor depois seria pior se ele resistisse.

Ou talvez ele esteja tentando manter a paz por algum motivo; cada interação entre eles é como se Levi estivesse andando em vidro, sem nunca saber quando irá se cortar.

Aos poucos, a festa pega no tranco de novo. Com cautela, as pessoas se esforçam para voltar às suas conversas e suas bebidas, embora, às escondidas, todos os olhos ainda se voltem para Levi, amuado no canto.

Há algo de perigoso em como ele pega sua cerveja da areia e vira o resto antes de esmagar a lata em suas mãos, jogando-a na água. Pegando outra e abrindo-a antes de virá-la também.

"Já volto", diz Lucy, levantando-se e caminhando em sua direção. Observo enquanto ela se joga ao lado dele, sua mão na perna dele como se estivesse tentando confortá-lo. Desvio o olhar, ainda desconfortável em ver os dois juntos daquele jeito, quando um movimento repentino joga minha cabeça de volta na direção deles: Levi agarrando o braço de Lucy e o jogando para longe com uma força quase violenta. Lucy sibilando algo baixinho antes de Levi reagir, levantando-se com um olhar de repulsa no rosto.

Vejo-o tropeçar, os pés descalços desajeitados enquanto avança em direção às árvores. Aqueles galhos retorcidos estendem-se como uma mão esquelética, e a silhueta de um único pássaro empoleirado na borda parece um presságio. Lucy também se levanta, sacode a areia das pernas e se vira para olhar para mim.

Um sorriso desponta em seus lábios antes de ela seguir Levi na escuridão.

CAPÍTULO 52

ANTES

Minha cabeça lateja assim que abro os olhos, a claridade da barraca quase me cegando.

Pisco algumas vezes, devagar, o entorno se materializa ao meu redor antes que eu estale os lábios, tente engolir. Minha garganta parece uma lixa e minha saliva está grossa como cola. Está congelando aqui dentro, o ar da manhã ainda não derretido, e estendo meu braço, procurando, por instinto, o calor familiar de outra pessoa ao meu lado, apenas para encontrar o segundo saco de dormir frio, vazio e bem fechado.

Não há ninguém lá.

Sento-me rápido, uma pontada de pânico queima em meu peito. Lembranças de Eliza, meu membro fantasma, todas aquelas manhãs em que acordei naquele segundo bem-aventurado e nebuloso quando meu inconsciente ainda acreditava que ela estava viva. Lembro-me agora, com uma clareza surpreendente, que Lucy deveria estar aqui comigo. Nós deveríamos ter dividido uma barraca ontem à noite. Fecho meus olhos mais uma vez enquanto explosões rápidas de lembranças permeiam meus pensamentos como uma luz estroboscópica, forte e ofuscante: a fogueira, a dança, os montes de corpos quentes desmaiados ao redor da gigante chama exposta. A lua no céu como um grande olho aberto e as garrafas de bebida sendo esvaziadas mais rápido do que deveria ser possível. Danny e eu na madeira flutuante, sussurrando aquelas histórias: Lucy e seu namorado, aquele acidente. Uma grande discussão pouco antes de morrer. Trevor tropeçando, gritando ordens.

Lucy e Levi e aquele confronto estranho, uma raiva latente enquanto ele repelia o braço dela.

Não me lembro de ter ido deitar. Afasto as cobertas e olho para baixo, percebendo que ainda estou com as roupas da noite passada. Manchas de lama seca grudaram nas calças jeans; as bainhas endurecidas pela água salgada. Areia e suor frio descascam do meu peito como uma segunda pele a se desfazer.

Lembro-me de Levi saindo, Lucy atrás dele, e aquele verme de raiva se contorcendo no meu estômago. Tentando afogá-lo, matá-lo, ao pegar a garrafa e tomar outro gole.

Num instante, uma sensação de claustrofobia toma conta de mim, e, de um modo desesperado, desejo sair desta ilha. Parece aquelas primeiras memórias com Eliza — nós duas sob o píer, cercadas por todos os lados, aquela bolha de ar úmido que ficou presa em meus pulmões e fez parecer que estávamos afundando, nos afogando. Levanto rápido demais na barraca, lutando contra a avassaladora vertigem que invade a minha cabeça antes de abrir o zíper e sair. A ilha fervilha com o tipo de ressaca que faz com que tudo pareça se mover em câmera lenta: alongamentos letárgicos e garotas tomando café instantâneo em canecas esmaltadas rústicas. Molhando o rosto com as palmas cheias d'água, o rímel borrado como um hematoma sob os olhos. Os meninos estão à toa em moletons e shorts de basquete, cabelos grossos espetados em ângulos estranhos. Alguns deles tentam fazer ovos mexidos acima de chamas quase imperceptíveis.

Enfim, avisto, na beira da água, Sloane e Nicole se movendo devagar e vou até elas, meu coração disparado no peito.

"Lá está ela", diz Sloane sem se virar para mim. Já não gosto do som disso. "E como estamos nos sentindo esta manhã?"

"Um cocô", digo, esfregando os olhos. "Acho que apaguei."

"Você acha?"

Sloane olha para mim com as sobrancelhas erguidas e apenas me encara por um segundo antes de voltar o olhar para Nicole, a ponta dos dedos arrastando-se com preguiça pela água.

"O que aconteceu?", pergunto, com a voz rouca, embora eu não tenha tanta certeza se quero saber.

"Você que deve me dizer", fala ela, olhando para baixo, as ondulações dos dedos de Nicole trincando a superfície vítrea. "Você não estava fazendo sentido no fim."

"O que eu estava dizendo?"

"Algo sobre como você precisava encontrar Levi", diz Sloane e, de súbito, lembro do pensamento que surgiu enquanto estava falando com Danny. Imaginando se eu não deveria apenas falar com Levi, engolir meu orgulho e exigir algumas respostas. "Eu ficava te dizendo para parar, mas você não ouvia."

"Eu estava tentando encontrar Levi?", pergunto, me virando, meus olhos examinando a praia em busca de qualquer sinal dele. De qualquer sinal de um deles, ele ou Lucy, embora sua ausência em nossa barraca tenha deixado dolorosamente claro que eles devem estar dormindo — e dormindo juntos.

"Em certo momento, você correu para encontrar ele e eu te achei deitada ao lado da água uma hora depois", diz ela. "A maré estava subindo."

Olho para o meu jeans, a mancha escura na barra e suas palavras desencadeiam outra memória da noite passada, embaçada, mas lá: meus dedos cavando na areia enquanto eu ouvia o marulho fortuito ao longe, o balançar dos barcos ancorados na costa. O murmúrio de vozes alguns metros atrás de mim e sons da festa se esvaindo ao passo que as pessoas se dirigiam para suas barracas ou apenas adormeciam ali perto do fogo. Minha cabeça girando e meus pensamentos em Lucy e eu no telhado na praia, durante o Natal, enroladas naqueles cobertores, passando a garrafa entre nós.

O estouro distante de fogos de artifício e sua voz como um sussurro, uma sugestão. Um desafio.

"Se você soubesse que poderia escapar impune de um assassinato, você mataria?"

Lembro-me de olhar para o céu, tão sem nuvens e claro que conseguia ver todas as constelações, como na noite de Ação de Graças com os dedos de Lucy nos meus. A rápida pontada de inveja ao encontrar as irmãs, as gêmeas, suas mãos entrelaçadas com força enquanto as minhas exibiam um angustiante vazio.

"Eu o encontrei?", pergunto com uma incerteza crescente na minha voz. Minhas bochechas ardem quando me lembro de Levi se levantando e caminhando em direção às árvores, o sorriso de Lucy ao olhar na minha direção antes de seguir, dissimulada, atrás. É tudo tão familiar, esse sentimento terrível. Mesmo depois de tudo o que aprendi sobre Lucy, tudo o que sei e não sei, ainda há uma possessividade em relação a ela que não consigo controlar. É o mesmo que a cobiça que eu sentia por Eliza, querendo sua amizade apenas para mim. A euforia pura e cortante de receber sua atenção, não a coisa diluída que eu tinha que engolir quando outra pessoa também a queria.

"Não sei", diz Sloane. "Você estava sozinha."

Suspiro, fecho os olhos e tento escavar o enorme buraco que se instala no fundo do meu estômago. Sinto-me desconfortável, doente, mas ainda não consigo entender o motivo. Deve ser todo o álcool, a mistura de bebidas, este lugar abandonado ou a ansiedade inevitável que se instala depois de uma noite de indulgência. Tento pensar no que fiz, no que disse. No que posso ter visto. Talvez seja a lua cheia da noite passada fazendo com que eu me sinta desequilibrada e estranha, me arrastando para aquela noite de quase dois anos atrás. De assistir a Eliza e Levi tropeçando no escuro, assim como Lucy e Levi depois. Testemunhando aquela discussão — aquele movimento violento do seu braço, seu sibilo baixo em resposta — e aquele sentimento de medo, de pavor, a certeza de que eu deveria intervir e fazer alguma coisa, mas também o desejo de apenas adormecer e esquecer.

Tento invocar mais memórias; minha mente regurgita a sensação de algo familiar, mas um pouco fora de alcance. Tento visualizar que os encontrei, talvez. Virando uma esquina para ver suas peles nuas reluzindo como fantasmas na noite enquanto eu observava tudo à distância.

"Queria que tivesse sido ele. Deveria ter sido ele."

"Acho que vou vomitar", digo em vez disso, com a cabeça rodando e um calor lento começando a subir pela minha garganta.

Eu me viro e caminho para longe da água, em direção à barraca, mas acabo desviando e seguindo para terra firme. Depressa, me aproximo das árvores, a folhagem se torna mais densa conforme me afasto da costa. Mantenho os olhos baixos, vendo onde estou pisando. Tentando não pensar muito no comentário de Lucas sobre todas as outras criaturas com as quais estamos compartilhando o lugar, todas as coisas letais que espreitam nas sombras, apenas esperando por algo despretensioso tropeçar em seu caminho. Quando enfim arrisco olhar para cima, vejo uma clareira a alguns metros adiante, outro pequeno trecho de areia, a água recuando além dele. Mantenho meus olhos erguidos, meu olhar fixo à frente, até que meu pé engancha em uma raiz e eu começo a cair.

"Merda!", chio, mal conseguindo me segurar.

Sacudo a perna para me livrar e olho para baixo, percebendo, tarde demais, que não é uma raiz. Em vez disso, meu pé ficou preso em algo muito diferente: um braço humano, estendido na minha frente, longo, magro e coberto de sujeira. Algo trava na minha garganta — choque, medo, um saber horrível trancado bem fundo — e antes que eu possa me conter, solto um grito, estridente e assustador, e a onda aguda de vômito jorra.

CAPÍTULO 53

Não demora para os outros me encontrarem.

Consigo ouvi-los antes de vê-los, o estalar de galhos e folhas ao correrem em minha direção, chamando meu nome. Meu grito suspenso no ar e a pilha de vômito fumegante no ar frio da manhã.

"Margot!"

Eles devem achar que tropecei em algum tipo de animal, visões de mim agarrada nas mandíbulas de um jacaré, os membros do corpo sendo rasgados enquanto ele me arrasta para longe. Reconheço a voz de Lucas primeiro, apenas alguns metros atrás de mim, mas ainda não consigo me mover. Ainda não consigo falar. Tudo o que posso fazer é olhar para o corpo embaixo de mim, de bruços na lama. Na parte de trás de sua cabeça, o cabelo castanho desgrenhado todo emaranhado e rasgado. A mesma cabeça que vi olhando para o horizonte por baixo das ripas do píer há quase três anos; aqueles braços longos e bronzeados, tão musculosos e tonificados, antes segurando um cigarro parado logo acima de nós, agora espalhados em todos os ângulos errados.

"Margot, você está bem?"

Lucas aparece ao meu lado e coloca a mão no meu braço, devagar e com delicadeza. Como se ele tivesse medo de que eu pudesse quebrar. Posso sentir o instante em que ele o vê também: o aperto dos seus dedos, a sugada de ar.

A nuca de Levi, toda marmorizada em hematomas.

"Merda", diz ele, me soltando antes de passar as mãos pelo cabelo. Eu me viro para olhar para ele bem a tempo de perceber a cor sumindo de sua pele. "Merda, merda."

"O que foi?"

Sloane corre atrás de nós antes de parar de súbito, os olhos esbugalhados e arregalados. Nicole logo atrás dela, seu rosto branco como um fantasma.

"O que está acontecendo?"

Em seguida, ouço a voz de Trevor, mais irritada do que qualquer outra coisa, e vejo um punhado de pessoas chegando atrás dele, curiosas demais para ficarem na praia. Dou um passo para o lado, de forma automática, deixando-o passar, e observo enquanto ele segue o olhar de todos antes de perceber o corpo inerte caído na lama.

"O que é isso?", pergunta ele antes de se virar para mim, sua voz subindo uma oitava. "O que aconteceu?"

"Não sei", digo, enfim encontrando a minha voz. "Eu acabei de... encontrá-lo aqui."

"O que você quer dizer com acabou de *encontrá-lo aqui*?"

"Eu acabei de encontrá-lo", repito. "Vim aqui e eu... tropecei. Pensei que fosse uma raiz ou um galho ou..."

Paro, balançando a cabeça, o choque tomando conta de mim, deixando-me entorpecida.

"Butler", diz Trevor, virando-se para o corpo antes de cutucar a lateral de Levi com o sapato. Todos estremecemos quando ele afunda de volta na lama, quase como se esperássemos que ele saltasse e desse o bote. "Butler, levanta."

"Trevor...", começa Nicole, mas ele a ignora, empurrando o torso com o pé mais uma vez.

"Butler, levanta, porra", diz ele, mais alto. "Ele desmaiou."

"Ele não desmaiou..."

"Sim, ele está desmaiado", insiste Trevor, cutucando-o com mais força. A ponta do sapato empurrando cada vez mais fundo enquanto ele tenta acordar Levi.

Ficamos todos parados, com medo demais para nos movermos. Para respirarmos. Assim como na noite passada, assistindo a Trevor e Levi brigando no escuro. Como se, apenas ficando aqui, imóveis como estátuas, pudéssemos nos misturar às árvores e desaparecer.

"Butler!", grita Trevor, chutando a lateral de seu corpo. Antes que alguém possa se dar conta do que está acontecendo, ele avança em direção a Levi e agarra seu ombro, rolando-o para que ele fique deitado de costas.

"Trevor, o que você está *fazendo*?", berra Nicole, avançando, mas Sloane a segura antes que ela vá muito longe. "Não toque nele! Ele está *morto*."

Olho para Levi, aquela palavra — *morto* — pairando sobre nós como uma nuvem de tempestade, bloqueando a luz. Todos sabíamos disso, lá no fundo. Pensávamos, temíamos, mas ninguém mais tinha sido corajoso o suficiente para, de fato, dizer isso em voz alta. Agora, porém, é impossível negar: Levi está morto, e já está há um tempo. Toda a frente do seu corpo está coberta de lama marrom e espessa. Está em seus cílios, suas narinas, sua boca, seu cabelo.

Tenho um lampejo repentino de Eliza de novo, como ela deve ter ficado esparramada no chão embaixo daquele velho prédio queimado. Talvez seja a posição dos seus membros que de repente me lembra dela, ambos os corpos sem vida e inertes como marionetes, jogados para o lado.

"*Caralho!*", grita Trevor, e o som ecoa ao nosso redor, me fazendo pular. Ouço alguns pássaros voando ao longe, assustados demais para ficar por perto, e, de súbito, fico com inveja da possibilidade deles de apenas ir embora.

"Precisamos chamar a polícia", diz Sloane baixinho, antes de lançar um olhar para Trevor. "Ninguém mais toca em nada."

"Meu Deus, estou fodido", murmura Trevor, andando de um lado para o outro, as mãos enfiadas no cabelo. "Estou tão fodido."

"Trevor, ele está morto", repete Nicole, com descrença em sua voz e novas lágrimas brotando depressa em seus olhos. "Você não entende isso? *Ele está morto*."

"Eu sou o presidente", retruca ele, virando-se para enfim encará-la. "Isso aconteceu sob o meu comando. Esse merda bebeu demais, não conseguiu lidar com a bebida e agora *eu* posso ir para a cadeia por isso?"

"Ninguém vai para a cadeia", sussurra Lucas, tentando acalmá-lo, embora sua voz soe tudo menos segura. "Foi um acidente."

"Não foi um acidente", contesta Sloane, sua voz, de repente, dura demais. "Você viu o pescoço dele."

Ficamos em silêncio, pensando naqueles hematomas com a assustadora aparência de dedos. Quase como se alguém o estivesse segurando no chão.

"Você é nojento", murmura Nicole, com seu olhar ainda em Trevor. Todos nos viramos para ela, um ódio silencioso inflamando seus olhos. "É impossível pensar em alguém além de si mesmo, não é?"

"Ok, vamos", fala Sloane, agarrando o braço de Nicole e a puxando para longe. "Vamos voltar para a praia. Vou pegar meu telefone e podemos pedir ajuda."

Meus pés permanecem plantados enquanto ouço a lenta retirada dos outros; suas respirações irregulares e choros abafados, agora que o choque inicial passou e todos se deram conta do que aconteceu. Tenho uma vaga impressão de que Sloane chama meu nome, tenta me cutucar, me forçar a segui-la, mas ainda não consigo me mover. Ainda não consigo falar.

Ainda não consigo tirar meus olhos dos dele, dos de Levi, bem abertos, de um branco ofuscante contra a lama espessa e escura que cobre seu rosto.

Sinto um toque no braço e dou um pulo, esperando ver Sloane de volta ao meu lado — mas, em vez disso, é Lucy, sua expressão tem uma calma assombrosa. Nem sequer me lembro de vê-la aparecer. Olho para frente e para trás, tentando decifrar há quanto tempo ela está aqui. De onde veio. Pensando na última lembrança completa que tenho da noite passada: ela e Levi juntos na areia. A mão de Lucy em sua coxa e o jeito como Levi a empurrou, levantando-se com aquele olhar de repulsa no rosto. Sua voz no Penny Lanes falando sobre assassinato com uma indiferença fria, nós duas na cozinha, meus dentes rangendo. Sua cabeça inclinada e curiosa enquanto eu murmurava minha confissão, aquela verdade sombria.

"É bom, não é?", diz ela, sua voz tão baixa que quase duvido se é real ou, de alguma forma, imaginação minha. Imaginei tudo. "Enfim conseguir o que você quer."

CAPÍTULO 54

O resto da semana passa como um borrão: todos nós sentados na areia, olhos molhados e vermelhos, observando a guarda costeira aparecer no horizonte. A polícia varrendo a ilha, lançando teias de fita isolante zebrada enquanto um homem inchado de nome detetive Frank nos puxava para o lado, um por um, rabiscando notas ao darmos nossos depoimentos.

Foi uma cena caótica, frenética desde o início. Nenhum de nós conseguiu responder às suas perguntas, não de verdade, os detalhes da noite eram confusos, desbotados. Relatos conflitantes sobre quem estava onde, quando e por quê. A lama havia engolido nossas pegadas, a areia movediça tornava impossível refazer nossos passos. A maré na noite anterior estava mais alta do que de costume — a lua cheia puxou a água como se arrastasse nós todos, a atração suave da gravidade como um dedo curvado que nos desafiava a ceder aos nossos próprios extremos — e, como resultado, qualquer evidência, por mais sombria que fosse, foi levada embora quando ela baixou. Destruídas por Trevor ao virar o corpo, a sujeira cobrindo a pele de Levi e mascarando quaisquer impressões, quaisquer pistas. Qualquer indicação, além dos hematomas, de como isso pode ter acontecido de fato. Do que poderia ter dado tão terrivelmente errado.

Quando voltamos para a terra, eu estava tremendo, em choque, uma manta térmica envolta em meus ombros, apesar de ainda suar. Em seguida, fomos levados para a delegacia, cada um de nós, onde nos pediram para repetir nossas declarações várias e várias vezes. E outra vez.

Nossos cabelos estavam com crostas de sal, a areia ainda grudada nas dobras de nossos braços, de nossos joelhos. Nos espaços escondidos entre nossos dedos dos pés. Roupas úmidas e o cheiro de lama sulfurosa grudado de forma indelével em nossas narinas, então, não importava para onde fôssemos ou o quanto corrêssemos, ainda estávamos lá, de volta àquela ilha. Olhando para Levi enquanto ela o engolia inteiro.

Na segunda-feira, a notícia estava em todo lugar: calouro Levi Butler morreu no fim de semana em atividade patrocinada pela fraternidade. Havia álcool envolvido, dezenas de embalagens vazias coletadas da praia e ensacadas como evidência. Latas amassadas indo e vindo com as ondas, os rumores de trote, todos se lembravam de como Trevor o havia tratado. Aquela atmosfera assustadora enquanto ele estufava o peito. Oficialmente, os rapazes juraram que a seleção dos calouros havia acabado e Levi deve ter bebido demais antes de tropeçar e desmaiar nas árvores. Que talvez ele tenha caído na lama, sua cabeça pesada e inerte demais para se levantar de volta. Talvez ele tenha sido sufocado por ela, espessa e pegajosa enquanto se alojava em sua traqueia. Silenciado até a morte. Ainda assim, a Kappa Nu foi suspensa por tempo indeterminado. Por enquanto, os rapazes ainda estão na casa ao lado — a maioria deles não tem outro lugar para ir —, mas as festas acabaram e as portas do galpão permanecem fechadas, aquela passagem entre nós inacessível para sempre. Fica em um silêncio estranho quando eles se aventuram a sair, os olhos baixos e o rabo entre as pernas. Todos com medo de atrair atenção indesejada, o que soa um pouco irônico, pois isso é revigorante — ao mesmo tempo, agora nós nos mantemos reservadas também, porque, enquanto as notícias que se desdobram são uma coisa, os boatos são outra sem qualquer relação com os fatos. Desde o instante em que saímos daquela ilha, as fofocas se espalharam como fogo em mato seco: poderosos, descontrolados, arrasando o campus com uma velocidade chocante.

Cada um ao mesmo tempo bizarro e crível, e a maioria deles, como sempre, girando em torno de Lucy.

Ela estava com ele, afinal, brincando na água. Sentada ao lado dele perto da fogueira e tentando consolá-lo depois que Trevor o humilhou na frente de todos. Como Nicole disse quando a noite estava apenas começando: "*Não que ela seja sutil, né?*". As pessoas notaram como ela tocou sua perna e ele recuou, jogando o braço dela de volta em seu colo. As pessoas perceberam como ele se afastou e ela se levantou e o seguiu.

Ninguém o viu depois disso. Ninguém o viu retornar.

"Peguei um turno hoje à noite."

Levanto meu pescoço, sem saber há quanto tempo estou sentada, com o olhar fixo, afundando no meu colchão, embora sejam duas horas da tarde de uma sexta-feira. Rutledge cancelou as aulas da semana e enviou e-mails incentivando os alunos a se inscreverem para terapia gratuita, mas, como resultado, passei cada segundo desde que tropecei em Levi nesta casa, o que antes parecia meu santuário, agora assemelha-se a uma cela.

"Tenho que sair daqui", diz Lucy quando não respondo, claramente sentindo o mesmo. "Acho que estou ficando louca."

Pisco algumas vezes, vendo-a na minha porta com o logotipo do Penny Lanes bem apertado no peito. Nossas conversas têm sido tão superficiais nos últimos tempos, tão formais, um silêncio pesado se instala sobre nós quatro toda vez que nos encontramos, espesso e impenetrável enquanto o mastigamos. O silêncio confortável que tínhamos antes agora é acusatório e cruel ao nos perguntarmos quais boatos poderiam ser reais, quais poderiam ser ficção.

Enquanto, em silêncio, desenvolvemos nossas próprias teorias.

"Aparece lá na hora de fechar?", oferta ela. Eu tento sorrir, mesmo que pareça mais com um rosnado. "Margaritas por minha conta?"

"Hoje à noite, não", digo, percebendo a mágoa sutil em seus olhos. "Desculpe."

"Por que não?"

Ela inclina a cabeça, aquele mesmo olhar de interesse inocente que agora sei que é tudo menos isso. Ele me traz uma lembrança vaga de um animal mancando, simulando fraqueza, apenas para te atrair para perto antes de se virar e te comer vivo.

"Eu só não estou a fim", respondo. "Com tudo isso, você sabe."

"Ah, sim", diz Lucy, cruzando os braços. "*Tudo isso.*"

"Fica para a próxima?", pergunto, sentando-me mais ereta e de repente desconfortável em como ela está parada na porta, bloqueando minha saída. Os olhos dela fuzilam os meus como se ela estivesse tentando extrair algo de mim, alguma verdade enterrada que eu não quero revelar. Pego aquele pequeno tremor em seu lábio como se houvesse algo mais que ela está desesperada para perguntar.

"Claro", diz ela em vez disso, embora ainda esteja ali, tamborilando os dedos contra a parede. Ela concorda com educação, vira-se e, antes de sair, gira de volta, como se o que quer que esteja em sua mente ainda estivesse lutando para se libertar.

"Sabe, Margot, este é um momento difícil para todos nós."

Ela escolhe as palavras devagar e com cuidado, seu cérebro lapidando a frase antes que revele seus pensamentos para mim.

"Sei como você se sentia a respeito do Levi", acrescenta ela.

Franzo minha testa, sem saber aonde ela quer chegar. Eu odiava o Levi. Ela sabe disso mais do que ninguém. Há uma tentação, quando as pessoas se vão, de dourar a pílula, inflar seus atributos e qualidades. Testemunhei todas as outras garotas que costumava ver na casa ao lado, choramingando para as colegas de classe sobre como ele era *um cara tão legal* — mas não eu, nem Lucy. Por isso lhe disse com todas as letras que o queria morto, e sinto uma pedra na garganta quando enfim compreendo:

Esse é o argumento dela.

"Deveríamos permanecer unidas, sabia?"

Ela descansa a cabeça no batente da porta, fazendo com que me lembre de todas as vezes que o fez no meu ombro, afundando o nariz no meu pescoço. Nós duas no sofá, aninhadas na minha cama.

"É", respondo devagar. "Acho que você está certa."

"Ok, ótimo", diz ela, enquanto a escuridão que havia se instalado em sua expressão se evapora por completo, revelando um sorriso que faz meu sangue gelar. "Porque agora não é mesmo hora de se afastar dos amigos."

CAPÍTULO 55

Espero a porta da frente bater antes de pular da cama, correr para a sala de estar e espiar pela janela, observando Lucy caminhar pela calçada.

Estou habituada aos seus ditados enigmáticos. Sabia desde o início que essa é Lucy, é o que ela faz. Como Sloane disse naquela manhã na cama: ela gosta de jogar. Ela é atraída pela reação, pelo risco, uma criança com uma lupa no ângulo certo. Mas esta é a primeira vez que me encontro do exato outro lado disso. A primeira vez que senti o calor do seu escrutínio rastejar pela minha pele, o seu sorriso gigantesco amplificado do outro lado. A primeira vez que olhei em seus olhos azuis não com conforto ou curiosidade, mas com medo genuíno, arregalados enquanto ela assistia eu me contorcer.

Penso naquele último comentário, em sua fala final. Havia um duplo sentido naquilo que não me agrada, uma insinuação que não consigo ignorar.

Estaria ela tentando me confortar, um aperto de mão metafórico, uma vez que ela sentia que eu começava a recuar, me recolher dentro de mim mesma assim como fiz no dia da morte de Eliza? O mesmo que uma batida suave, um pigarro, outro convite para o Penny Lanes em uma tentativa de me puxar de volta?

Ou estaria ela tentando me alertar, me *ameaçar*, de algum modo me lembrar que o que aconteceu naquela noite na ilha é algo que nós duas compartilhamos?

Vejo Lucy dobrar a esquina antes de eu ir para o quarto dela, pousando com cautela minha mão na maçaneta. Claro, já estive dentro do quarto dela antes. Dormi na cama dela e inalei a essência de baunilha e fumaça permanente do seu travesseiro. Folheei os cabides em seu armário, experimentei suas roupas. Espalhei seu blush em minhas bochechas e fiz uma careta no espelho quando o reflexo que me encarava ainda era, de modo inegável, eu.

Esta casa pertence a todas nós agora, cada canto dela é sagrado e compartilhado, mas com esse tipo de pertencimento vem uma compreensão intrínseca. Uma regra tácita que todas as colegas de quarto seguem — as boas, pelo menos.

Eu nunca entrei sem a permissão dela.

Isso não significa que eu nunca tenha sentido vontade. Como naquela noite no telhado quando meti a cabeça ali dentro, poderia ter feito isso tantas vezes: uma compulsão clandestina, secreta e vergonhosa, como entrar às escondidas na despensa e me empanturrar até vomitar. Ela mantém a porta encostada, mas nunca trancada à chave. Ela fica no Penny Lanes por horas a fio. Sempre me perguntei que tipo de coisas eu poderia aprender sobre ela apenas olhando, observando, nada diferente de folhear a agenda de Eliza ou vasculhar sua cômoda.

Poderia ter feito isso, mas nunca fiz.

Acho que queria ver se, de fato, eu poderia ser diferente. Se seria capaz de me transformar em alguém que não fosse incisiva ou ciumenta, mas possuísse uma confortável confiança com a maneira como as coisas eram. Alguém que não se importasse tanto com outra pessoa a ponto de estar disposta a afastar minha moral, meu orgulho, só para ter um vislumbre das coisas que queriam manter em segredo.

Agora, porém, vasculhar as coisas de Lucy não parece intrometido, mas necessário.

Prendo a respiração ao girar a maçaneta e dou um passo silencioso para dentro. No mesmo instante, o cheiro familiar dela me envolve, o ventilador zumbindo no canto agitando todos aqueles cheiros conflitantes. Sloane e Nicole estão lá em cima. Penso em mandar uma mensagem, pedir para Sloane ficar de olho, mas, ao mesmo tempo, muitas das coisas que descobri sobre Lucy quero manter em segredo por enquanto. Coisas que, primeiro, preciso entender.

Começo pela penteadeira, arrastando os dedos por vários frascos de maquiagem e produtos para cabelo, base borrada na madeira branca lascada e listras vermelhas no espelho, pequenos rabiscos de batom. Sua bolsa repousa na cama, aberta como se ela a tivesse jogado com pressa, e eu me pergunto por que ela não a levou com ela — mas, de qualquer forma, Lucy carrega mais de uma bolsa. Às vezes, ela está de mochila, outra razão pela qual sempre presumi que ela fosse uma aluna. Às vezes, uma bolsa de mão, como quando saímos. Ela poderia ter pegado uma diferente ao sair pela porta, então começo a vasculhar, tirando maços de recibos amassados, uma lata de pastilhas, protetor labial, óculos escuros e, por fim, uma identidade. Então, esta é, sem dúvida, uma bolsa de sair de casa, porque a carteira de motorista que estou segurando deve ser falsa. Eu já a vi exibi-la para seguranças e bartenders, além de caixas de supermercado enquanto pegava garrafas de vinho. Fiquei maravilhada com o quanto ela é convincente, a data de nascimento listada mostra que está prestes a fazer 23 anos... mas então vejo o endereço, aquele nome familiar da cidade.

Fairfield, Carolina do Norte.

A identidade treme em meus dedos, os olhos azuis de Lucy me encaram de volta através da fina tira de plástico. Todas as outras informações estão corretas: seu nome, sua foto. Sua cidade natal. *Ainda pode ser falsa*, minha mente tenta raciocinar. A pequena parte de mim que ainda quer, desesperada, acreditar no melhor. Ela poderia ter encontrado alguém para copiar sua identidade real e apenas alterar sua idade — mas já sei que estou mentindo para mim mesma.

Eu sei, no fundo, que esta data de nascimento é real.

"Quem é você?", sussurro. A expressão de Lucy na foto tão enigmática quanto sempre, e de súbito me lembro da voz de Danny ao lado da fogueira no Halloween. Seu olhar incrédulo enquanto nós três estávamos sentados do lado de fora, faíscas brilhando em nossos olhos.

"*Você estuda aqui?*", perguntou ele. "*Em que ano você está?*"

Eu pego meu telefone do bolso, tirando uma foto da identidade antes de colocar tudo de volta na bolsa e ir até sua mesa. Em seguida, abro o laptop dela e bato nas teclas — está travado, claro que está — então fecho-o, antes de alcançar as gavetas e puxá-las para abrir... mas elas também estão trancadas.

Então, me afasto, olhando as gavetas, imaginando como abri-las. Elas precisam estar trancadas por um motivo. Ninguém perde tempo trancando a escrivaninha a menos que haja algo valioso dentro. Algo que não querem que ninguém mais veja. De repente, penso de novo no Halloween.

Em como me sentei tremendo no chão, aquelas algemas ainda apertadas no meu pulso. O modo como Lucy entrou na sala de estar e pegou suas chaves, destrancou as algemas, minha pele vermelha e dolorida pela pressão. Volto para a sala de estar, notando que elas ainda estão penduradas no gancho na parede e isso também parece estranho — Lucy saiu para o trabalho, por que ela não levou as chaves? — mas, de qualquer forma, ela vai caminhando até o Penny Lanes. Fica a apenas alguns quarteirões de distância. Também nunca trancamos nossas portas, um mau hábito que ela antes atribuía a Nicole e que agora sei que não é verdade.

Olho mais uma vez pela janela antes de pegar as chaves e trancar a porta, só por precaução. Então volto para a mesa dela e as observo, uma por uma, reconhecendo a chave de casa que nunca usamos, a chave do carro dela pendurada em um chaveiro de couro. A chave das algemas e, por fim, uma menor, que parece diferente, mais velha.

Eu a empurro na tranca e ela desliza com facilidade antes de girá-la para a direita e abrir a gaveta.

Dentro, a mesma desordem de sempre: canetas, cadernos, post-its com listas de compras e lembretes aleatórios rabiscados em letra cursiva. Continuo a revirar tudo, com os dedos trêmulos, certa de que há algo para encontrar. Até que, enfim, minhas mãos roçam em algo brilhante e liso. Puxo para fora, viro e minha respiração fica presa na garganta quando me dou conta do que estou segurando.

Por um segundo, me pergunto se minha cabeça está me pregando peças de novo. Se ainda estou vendo Eliza em todos os lugares assim como todos os dias nos últimos dezenove meses: na sala de estar da Kappa Nu, cabeça baixa a nos observar de longe; sentada ao lado de Levi, a mão sobre a coxa dele, aquele fio fino de sangue escorrendo da boca. Nos pequenos trejeitos de Lucy e naquele colar de diamantes que, agora que eu o observo de perto, não parece nada com o de Eliza. Mas é indiscutível. Não importa quantas vezes eu balance a cabeça, tente piscar para dissipar a imagem: estou olhando para uma foto minha e de Eliza, aquela que não vejo há dois anos, mas na qual pensei tantas vezes. O estopim daquela briga final. O mistério que surgiu entre nós e que nunca, de fato, resolvemos.

Aquele que me virou contra Levi, que virou Eliza contra mim.

A foto que foi roubada do quarto dela.

CAPÍTULO 56
DEPOIS

"Começou!"

Sloane nos chama para a sala de estar e aumenta o volume, a voz de Dean Hightower se infiltra no silêncio da casa ao nosso redor. Reverberando nas paredes recém-nuas. Temos mudado nossas coisas aos poucos e com método, carregando as caixas para o novo apartamento entre as aulas. Os móveis que vieram com a casa vão ficar, é claro, e ainda não decidimos o que fazer com o quarto de Lucy. No momento, ele está intacto, como se estivéssemos esperando que ela entrasse pela porta da frente e se jogasse no sofá com um suspiro. Nos acertasse com um pedido de desculpas sem entusiasmo por causar tanto rebuliço antes de cruzar as pernas e inclinar a cabeça, exigindo que a atualizássemos de tudo.

Saio do meu quarto, o som das câmeras clicando e dos jornalistas murmurando vaza da TV, sorrio para Nicole quando a vejo emergir no patamar da escada.

"Mal posso esperar para ouvir isso", diz ela, sentando-se ao lado de Sloane. Sento-me ao lado delas e puxo minhas pernas para cima, me acomodando, tentando não pensar muito sobre como é provável que esta seja a última vez que estaremos aninhadas juntas no sofá assim.

"*Boa tarde*", diz ele, mexendo na gravata. O reitor da Rutledge é o mais estereotipado possível: cabelo branco, óculos de casco de tartaruga, nariz bulboso e um lento sotaque sulista. Lucy está desaparecida há três semanas e, embora ele tenha dado entrevistas coletivas desde a morte de Levi, discursos longos e desprovidos de qualquer detalhe real, esta é a primeira vez que se espera que ele diga algo sobre *ela*.

"Como tenho certeza de que todos vocês sabem, a Rutledge College está de luto pela morte de um dos nossos: o calouro Levi Butler, que faleceu de forma trágica em uma atividade da fraternidade no sábado, 12 de janeiro", declara ele, recusando-se a tirar os olhos do papel à sua frente. *"A fraternidade em questão, formalmente conhecida como Kappa Nu, foi suspensa em meio à investigação oficial e vários membros foram interrogados."*

"Tá, vamos ao que interessa", comenta Sloane, girando os pulsos. O reitor está ladeado por alguns policiais atrás dele — uma demonstração de solidariedade —, e não consigo não encarar o detetive Frank, logo à esquerda, rodando a aliança de casamento no dedo.

"Aqui na Rutledge, valorizamos a honestidade e a transparência acima de tudo, então gostaríamos de informar o público sobre o mais recente avanço no caso. Embora a morte do sr. Butler ainda esteja sendo investigada como um acidente, vocês já devem ter ouvido que a polícia está procurando por uma mulher desaparecida, que eles agora acreditam que pode ter informações vitais para o caso.

Essa mulher é Lucy Sharpe, de 23 anos, que não apenas possui conexão com o falecido, mas acredita-se que tenha sido a última pessoa a ser vista com ele vivo."

"Lá vamos nós", diz Nicole, esfregando as mãos. Sinto a euforia que irradia dela, de todas nós, esse segredo pesado que carregamos sendo liberado aos poucos. Como todas as outras vezes que aprendi uma nova verdade sobre Lucy, a surpresa inicial sobre sua idade foi substituída por um tipo de entendimento óbvio quando, de fato, pensei sobre isso: aquele primeiro dia no Hines quando ela apareceu com uma caixa de cerveja na mão, o restante de nós tão recém-saídas do ensino médio, tão ingênuas. Apenas começando a planejar como encontrar nossas falsificações enquanto procurávamos por veteranos pelo menos um pouco semelhantes a nós, talvez. Alguém que pudéssemos subornar para nos passar uma carteirinha. Mas Lucy sempre pareceu muito mais velha do que o resto de nós, muito mais madura, pegando qualquer uma daquelas garrafas do Penny Lanes. Nem um pouco preocupada em ser pega. E embora eu saiba que 23 anos não é tão velha assim, quando você está encasulado dentro de um lugar como Rutledge, onde todos são apenas uma cópia fiel de todos os outros, é velha o suficiente para, de algum modo, parecer predatório, errado.

Afinal, estamos apenas no segundo ano, a maioria de nós quase completando 19 anos. Enquanto os veteranos mal têm 21 anos.

"É importante que nossos pais e alunos saibam que, apesar de a sra. Sharpe ter se inserido de maneira profunda na comunidade Rutledge, ela não é, de fato, uma aluna matriculada na faculdade", continua o reitor, me puxando de volta. *"Ela, ao que parece, passou uma quantidade significativa de tempo no ano passado dentro do Hines Hall, nosso dormitório feminino e, embora possamos entender a preocupação sobre alguém de fora ter acesso a um prédio de propriedade da faculdade, podemos garantir que a sra. Sharpe só obteve permissão para entrar com residentes com quem fez amizade, o que não representa uma violação de qualquer regra da faculdade."*

"Eu sabia", afirma Sloane, batendo palmas antes de apontar para o reitor, acusatória, como se ele pudesse vê-la de alguma forma. "Eu *sabia* que ele negaria."

"Quer dizer, sim", acrescenta Nicole. "O que mais ele diria? Que ela trapaceou para entrar lá?"

"Além disso, a sra. Sharpe parece ter feito amizade com vários membros da fraternidade Kappa Nu, incluindo o sr. Butler. Na época de seu desaparecimento, ela estava morando com alunas da Rutledge em uma casa particular fora do campus, adjacente à Kappa Nu, o que também não viola nenhuma regra da faculdade quanto a pessoas que não são alunos viverem em moradias de propriedade da faculdade."

"Eles não vão assumir nenhuma responsabilidade", diz Sloane, com um sorriso de quem acha graça no rosto. "Vão se fazer de bobos."

"Ótimo", digo, apertando as minhas pernas ainda mais. "Que se façam."

"A sra. Sharpe foi dada como desaparecida na terça-feira, 22 de janeiro, quando não apareceu para trabalhar pelo terceiro turno consecutivo", declara ele. Vemos ele tirar um lenço do bolso, enxugar o suor que pinga da testa e o guardar sem tirar os olhos do púlpito. *"Ela trabalha como garçonete no Penny Lanes Bar & Boliche. Graças à cooperação de seu empregador, a polícia conseguiu identificar seus pais, que foram listados como*

contatos de emergência. Eles pedem respeito e privacidade enquanto colaboram com as autoridades para localizar a filha, a fim de que ela possa retornar à delegacia para interrogatório."

Não consigo tirar os olhos do reitor, atenta a cada palavra dele. Os dentes rangem no interior da minha bochecha enquanto esse plano que colocamos em ação decola tão rápido.

"Neste momento, gostaríamos de tranquilizar o público de que não há um mandado de prisão contra a sra. Sharpe em relação à morte de Levi Butler", continua ele, enfim, levantando os olhos das anotações. Remove os óculos, esfrega as lentes com a camisa e os coloca de novo. *"No entanto, a polícia continua coletando novas evidências todos os dias, e é de suma importância que qualquer pessoa, estudante ou não, com informações sobre o paradeiro dela se apresente o mais rápido possível. Obrigado."*

A multidão irrompe com perguntas assim que ele se cala, mas o reitor desce do púlpito e se retira sem se prestar a respondê-las. Nós três continuamos assistindo quando, em seguida, um repórter aparece na tela. Uma foto de Lucy surge no canto esquerdo, e eu reprimo um estremecimento ao rever aqueles olhos: cristalinos e caleidoscópicos. Tão vívidos que quase espero vê-los piscar.

"Já chega", diz Sloane quando a tela escurece.

Eu me viro para olhá-la, ainda com o controle remoto em mãos antes de arremessá-lo no sofá. No entanto, quando meu olhar volta à TV desligada, o rosto de Lucy ainda está lá, temporariamente gravado na tela, como se estivesse aqui conosco. Sorrindo para todas as coisas que conquistamos, por essa peça que pregamos porque ela nos ensinou como.

Persistente. Como ela sempre é. Como se ainda não estivesse pronta para partir.

CAPÍTULO 57

ANTES

Esta foto do meu passado, este instantâneo no tempo.

Lembro-me de ser uma memória feliz — confortável, no mínimo, nós duas à vontade assim —, mas nunca havia percebido antes como esta foto minha com Eliza exibe de forma tão descarada nossas diferenças: eu, de forma consciente, coberta pela minha toalha, toda cautelosa, sem olhar para a lente. Eliza, toda ousada em seu pequeno biquíni azul. Deleitando-se com a atenção da câmera do mesmo jeito que ela se deleitava com a atenção de tudo.

Meu coração bate forte no peito ao olhar para a foto, a disseco, tento entender por que ela está aqui, no quarto de Lucy, escondida como um segredo. Meus dedos repousam no papel brilhante, no rosto de Eliza. Seu cabelo louro descolorido ainda mais brilhante por causa do sol e suas sardas caindo como uma cascata sobre seu nariz, como se fossem estrelas, sua própria constelação.

Penso no envelope de dinheiro que encontrei no fundo da cômoda dela, o endereço de Fairfield rabiscado no verso. Então, tiro o celular do bolso, abro minhas fotos e seleciono a imagem mais recente, a que acabei de tirar: a identidade de Lucy. Então volto para a foto do envelope do Natal e, depois, para a identidade.

Os endereços são os mesmos.

Deixo meu braço cair, minha cabeça parece nadar em um mar de algo espesso e pesado enquanto tento processar tudo. Tento pensar no que tudo isso significa.

De alguma forma, elas se conheciam? Lucy e Eliza?

Foi por isso que Lucy me escolheu? Eliza é a razão pela qual estou aqui?

Talvez tenha sido chantagem. Talvez Eliza tenha se envolvido em algo ruim, algo que ela não deveria ter feito. Algo que, por algum motivo, envolvesse Levi. Afinal, isso pareceu começar quando eles se conheceram, todo aquele mau humor e os maus hábitos que ela parecia adquirir do nada. Todas aquelas vezes que ela virou o telefone quando eu passava, escondendo a tela, ou abrindo a boca para me dizer algo antes de mudar de ideia e fechá-la de novo. Aqueles momentos em que os dois começavam a sussurrar quando eu me aproximava, a conversa deles interrompida apenas pela minha presença. Ainda parece que, de algum modo, Lucy e Levi já se conheciam também, muito antes de ele chegar aqui. Como ele a reconheceu com facilidade naquela noite no Penny Lanes, como ela sempre foi tão atraída por Levi, tão curiosa, cada pequeno detalhe a preenchia como se Lucy não se cansasse.

Tenho a vaga impressão de um ruído ao longe — uma batida abafada, meu próprio coração em meus ouvidos —, mas minha mente ainda parece estar envolta em gaze, um quarto acolchoado que entorpece tudo. Sinto-me tão distante para reagir, que, em vez disso, continuo flutuando, como se apenas tivesse abandonado meu corpo e agora me observasse de longe, envolta numa indiferença fria.

"Margot!"

Devagar, o som do meu nome me puxa de volta e me pergunto de onde ele veio. Sloane lá em cima, talvez. Nicole chamando do seu quarto.

"Margot, abra!"

Eu me viro em direção à porta aberta e, de imediato, reconheço a voz. Então percebo que o barulho vem de fora. E não é apenas um barulho. É uma batida.

Lucy está batendo na porta da frente.

"Esqueci minha carteira!", berra ela, batendo mais forte. *"Por que a porta está trancada?"*

Olho para a foto mais uma vez, tremendo na minha mão, antes de empurrá-la de volta na escrivaninha e trancar as gavetas; o terror surgindo em meu peito. Eu dou um passo para trás, um leve formigamento sobe pelo meu pescoço enquanto olho ao redor, frenética, tentando encontrar algo para minhas mãos segurarem. Porque se Lucy está parada na varanda agora, espiando pelas janelas e para a sala de estar, ela vai me ver saindo de seu quarto. Com razão, ela ficará curiosa para saber por que eu a tranquei para fora de casa e entrei lá no segundo em que ela saiu.

Com as chaves ainda na mão, meus olhos percorrem o quarto, procurando, desesperados, por alguma desculpa para estar aqui. Alguma razão plausível que ela possa comprar — e é aí que eu vejo. Uma pilha de livros no canto, apoiados na parede.

"*Um segundo!*", grito, um suor frio brota nas minhas palmas. Pego o familiar título no topo e saio do quarto dela, tentando agir com alguma casualidade ao avistar seu rosto pela janela, sua expressão distorcida em uma irritação sombria. Eu sorrio para ela enquanto caminho até a porta da frente e destranco o trinco, deixando-a entrar, mas ela passa direto por mim, com as mãos na cintura.

"Que porra é essa, Margot?", pergunta ela, seus olhos vão e voltam entre meu rosto e seu quarto. Suas chaves estão enfiadas no meu bolso de trás e tento inclinar o corpo para longe dela, tentando escondê-las. "O que você estava fazendo no meu quarto?"

"Só estava pegando meu livro", digo, segurando *O Médico e o Monstro*. Foi pura sorte tê-lo visto ali, bem em cima, tão ao meu alcance. "Preciso dele para outra aula neste semestre. Quis pegá-lo antes que eu esquecesse."

"E a porta?", pergunta ela, gesticulando de volta para ela.

"Eu a tranco às vezes", respondo, encolhendo os ombros, agindo envergonhada. "Já disse que não gosto de deixá-la aberta. Não pensei que você voltaria tão cedo."

Contemplo a expressão de Lucy, com uma neutralidade enlouquecedora, como uma impressão lenticular, sua essência mudando de acordo com como eu a olho. É incrível a rapidez com que ela pode se transformar de bonita para ameaçadora e, então, para alguma outra coisa qualquer no meu pensamento; um breve piscar de olhos ou sorriso sugestivo ameaçando revelar algo que nunca havia notado antes.

"Tá bom", diz ela por fim, sua postura relaxando, embora ela não pareça convencida. "Tá, tudo bem."

Ela passa por mim e entra no quarto, minha respiração presa ao vê-la desaparecer lá dentro. Em silêncio, caminho até o gancho da parede e recoloco suas chaves enquanto mordo minha bochecha. Esperando que ela perceba algo fora do lugar e volte furiosa, exigindo a verdade. Em vez disso, ela reaparece com calma, a bolsa pendurada no ombro e, por um único segundo, me pergunto se este foi outro teste. Se deixou a bolsa de propósito, talvez. Se de alguma forma ela teria o conhecimento exato acerca dos meus passos.

"Vou levar estas aqui", acrescenta ela, me dando uma cotovelada ao passar. Eu a observo pegar as chaves do gancho na parede e as balançar na minha frente, como se fosse uma cenoura. "Caso você decida me trancar do lado de fora de novo."

Ela volta para a varanda e fecha a porta antes que eu possa responder, minha cabeça girando enquanto ela desce os degraus. Assim que ela some de novo, vou para o meu quarto, jogo o livro na cama, abro o laptop e começo a digitar.

CAPÍTULO 58

De acordo com o Google Maps, Fairfield, na Carolina do Norte, fica a duas horas de carro da minha casa em Outer Banks. Tem uma população de 226 pessoas e não consigo deixar de pensar no que Lucy disse naquela noite no telhado, como ela poderia passar anos inteiros sem conhecer uma pessoa nova.

Ela não estava mentindo sobre isso, pelo menos. Fairfield é pequena, claustrofóbica até; sua cidade inteira caberia com facilidade em uma festa particularmente grande da Kappa Nu.

Pego meu telefone e busco a foto da identidade de Lucy. Primeiro, dou um zoom no seu rosto. Depois, olho para o livro na minha cama — pequenos pontos de suor manchados dos meus dedos. A ilustração na capa mostra o rosto de uma pessoa dividido entre duas auras bem distintas: bem e mal, estranha e familiar. Uma combinação obscura de certo e errado. Pela primeira vez, me pergunto se a Lucy que conheci é apenas uma miragem como esta, uma ilusão de ótica. Meu próprio inconsciente estalando os dedos e moldando direitinho aquilo que ele achava que eu precisava. E se eu apenas imaginei todas as semelhanças com Eliza, aqueles pequenos sinais sutis de que elas eram iguais, porque, no fundo, era isso que eu queria: outra chance. Uma segunda chance.

A Eliza reencarnada, a aparição repentina e surpreendente de Lucy na minha vida me permitiu apenas esquecer o que aconteceu e substituí-la por completo.

Afasto o zoom da imagem para poder ver o endereço dela de novo, digitando e observando-o carregar. A tela carrega em um pequeno alfinete vermelho firme no meio do nada e eu mudo para visão de satélite. Uma única casa se materializa em meio ao que parecem ser hectares de terra intocada. Observo o telhado verde-alga, o revestimento branco sujo. As persianas desordenadas e a picape vermelha enferrujada estacionada na grama. Não consigo deixar de sentir uma pontada no peito quando vejo tudo isso, algo que não consigo nomear, porque agora, vendo esta casa que só posso presumir ser de Lucy, é impossível não pensar na maneira tão discrepante como crescemos: eu na minha mansão à beira-mar, avarandada de fora a fora, com a entrada da garagem coberta em concreto de concha de ostras e carros de luxo. As praias próximas e os píeres longos e sinuosos que costumávamos percorrer descalças, tão livres e sem amarras.

Saio do Google Maps e navego até o site do condado, depois para o departamento de impostos e, por fim, para os registros de propriedade. Digito o endereço dela de novo, meus dedos tamborilam nas teclas enquanto a página carrega. Sempre me perguntei por que os registros de impostos ficam públicos assim — qualquer estranho curioso pode pesquisar um endereço e descobrir tudo o que há para saber sobre seu proprietário —, mas, agora, agradeço pela oportunidade de enfim encontrar algumas respostas. Após alguns segundos, um único link aparece na tela. Clico nele, prendendo a respiração até o resultado aparecer. Quando ele aparece, porém, a confusão me atinge: o nome reluzente parece estranho e fora de lugar.

Olho para o computador e, então, de volta para a foto. Por um momento, questiono se digitei o endereço errado. Se meu inconsciente está me pregando outra peça, me fazendo ver pessoas do passado como se estivessem ali na minha frente, em carne e osso, de uma realidade palpável. Esperava encontrar a mãe de Lucy, talvez. Uma pessoa que combinasse com as histórias que ouvi. Um novo nome para pesquisar no Google ou um número de telefone para ligar, qualquer informação que pudesse adicionar à minha pilha. Mas, aos poucos, começo a entender a verdade, as respostas chegando uma a uma como o gotejamento constante de uma torneira, me enchendo com uma sensação de compreensão doentia. Num instante, tudo que achava que sabia torna-se diferente, distorcido, como olhar para meu próprio reflexo na água e mal reconhecer o rosto que me encara de volta.

Eu estava errada sobre Eliza, sobre Lucy, sobre Levi.

A respeito de tudo.

CAPÍTULO 59

ANTES

Leio o nome na tela mais uma vez, pisco os olhos, minha cabeça rodando com as implicações de tudo isso. Desses últimos nove meses e das pequenas migalhas que Lucy deixou cair como se ela estivesse tentando me fazer segui-las o tempo todo. Como se ela estivesse me desafiando a juntar as peças, montá-las. Um dedo me chamando antes de correr de volta para o escuro, esperando, paciente, que eu a encontrasse no final.

Penso nela entrando no meu quarto no dormitório naquele primeiro dia, o colar de diamantes bem apertado em volta do pescoço. Como ela se fixou no rosto de Eliza sobre a lareira, seu ciúme que irradiava ao pegar o porta-retratos e me fazer aquelas perguntas.

Nós duas no telhado, a bituca do cigarro dela incandescente como uma brasa. Aquele último trago antes que ela a sacudisse dos dedos e a mandasse voando para a noite.

Há uma razão pela qual Lucy e Eliza são tão parecidas. Existe um motivo para elas compartilharem os mesmos hábitos, os exatos mesmos tiques. Porque toda vez que olho para Lucy, eu a vejo. Não inventei isso. Não foi uma projeção do meu inconsciente tentando replicá-la em todos os detalhes. Não era a minha culpa tentando rascunhar sua volta à existência, o papel rasgando sob o peso dos meus traços mentais frenéticos, tão desesperada para vê-la mais uma vez. Não importando o tanto que estivesse tudo errado, o quanto fosse deformada essa sua versão Frankenstein que eu havia remendado e trazido de volta à vida. Tão desejada que ignorei todos os sinais. Imagino Eliza de volta ao seu quarto, nós duas de bruços em sua cama. Suas pernas chutando no ar, seu queixo delicado apoiado em sua palma. A maneira como ela rolou para o lado e olhou pela janela, sua voz um sussurro que só eu podia ouvir.

"*Acho que ele anda me observando*", disse ela, girando aquele diamante entre os dedos antes de levantá-lo devagar, beijando-o. "*Acho que ele está lá fora agora mesmo.*"

Nunca foi Levi que ela viu, aquela silhueta ao longe, meu corpo gelado enquanto eu o imaginava observando no escuro. Ele não era a fonte do cigarro que encontramos sob a janela dela, ele não era aquele que a observava, noite após noite, uma presença iminente que todos nós podíamos sentir. Era Lucy lá fora, observando em silêncio. Absorvendo todas as pequenas coisas sobre Eliza que a tornavam tão rara: o jeito como se movia, a forma como falava, os modos como fazia todos ao seu redor amá-la com tanta ferocidade. Estudando como seus dedos puxavam seu cabelo duas vezes, como ela mordia um lápis até que seus dentes deixassem marcas nele. Como ela brincava com aquele colar apertado em volta do pescoço, um presente de seu pai que ela nunca tirava.

Seu pai, o sr. Jefferson, cujo nome ainda está gravado na tela do meu laptop.

Sr. Jefferson, o dono da casa de Lucy em Fairfield, na Carolina do Norte.

Me inclino para trás na minha cabeceira, deixando a verdade tomar conta de mim. Foi Lucy quem invadiu a casa dos Jefferson naquela noite, as cortinas tremulando enquanto ela vagava pela sala, subia as escadas e entrava no quarto de Eliza. Foi Lucy quem tocou em todas as suas coisas, a fonte daquela estranha presença que todos nós podíamos sentir. Que viu aquelas fotos na parede e arrancou uma do centro, pegando para si.

Aquela foto não minha, não de Eliza, mas do sr. Jefferson bem apertado entre nós.

Sr. Jefferson, o pai de Lucy.

Penso de novo naquela noite no telhado, em como ela parou quando perguntei sobre seus pais, seu pai, como se aquela informação fosse demais.

"*Ele me deu isso*", disse ela, os diamantes cintilando entre seus dedos. Me puxou para perto, sua respiração no meu pescoço. "*Ele disse que o fazia pensar em mim porque meu nome veio daquela música.*"

As informações estão todas aqui, todas online, bem na minha frente e prontas para serem colhidas: a escritura, o histórico da propriedade, as atualizações da propriedade e as declarações de impostos. O sr. Jefferson comprou a casa em Fairfield em 1999. Faço as contas na minha cabeça, calculando, só para ter certeza: vinte e três anos atrás. A mesma idade de Lucy. Os pais de Eliza estão juntos desde o ensino médio — eu mesma vi as fotos, os dois no baile de formatura, tão jovens no casamento. No entanto, enfim vejo as peças se encaixando e, num instante, tudo dos últimos dois anos faz sentido.

Agora eu vejo tão claro quanto cristal: um jovem sr. Jefferson, tão carismático e charmoso. Tão maluco e livre. Um músico, um poeta, um homem com dinheiro — a tentação, tenho certeza, sempre esteve lá. Apesar de tudo parecer tão estranho, do quanto está em desacordo com a pessoa que eu pensava que conhecia, me permito estender a mão e tocá-lo. Parece, por mais incrível que possa ser, sólido, como se, de algum modo, eu soubesse que essa parte dele sempre esteve lá. Eu o imagino viajando, sem amarras, do jeito que ele era antes de se estabelecer no litoral. Penso nele terminando um show e conhecendo uma mulher, deixando a luxúria tomar conta e nublar tudo. Um único lapso de juízo, um erro fatal, um fim de semana longe de sua esposa em que engravidou uma garota, ameaçando atrapalhar toda a sua vida. Então ele fez o que as pessoas com dinheiro sempre fazem: comprou o silêncio dela, sua vergonha. Uma casa em algum lugar do campo que a manteria saciada, sustentada e muito, muito longe.

Penso nele na noite após o velório de Eliza: nós dois juntos na varanda, balançando no escuro. O cheiro de uísque velho em seu hálito e seu cabelo tão preto brilhando na noite. Lembro-me de me virar para ele, seu rosto pesado de emoção, de exaustão, com todas aquelas perguntas sem resposta com as quais ele continuava se torturando: *"Alguma coisa a incomodava? Tinha inimigos? Alguém que pudesse querer vê-la se machucar?"*. Era claro que algo o estava incomodando naquela noite, pesando em sua consciência, mas presumi que ele apenas estava tentando processar o luto. Tentando dar sentido a algo tão sem sentido.

Tentando, como eu, encontrar outra pessoa para culpar.

Não posso deixar de me perguntar se ele sabia que Lucy o havia encontrado. Se sabia que ela estava por perto, observando sua família, vendo que a vida deles era tão diferente da que ela compartilhava com a mãe em casa. Me pergunto se ele suspeitou que foi ela quem invadiu a casa naquela noite e se, por isso, se recusou a chamar a polícia, inventou aquelas desculpas, morrendo de medo que seu segredo vazasse e arruinasse sua família perfeita. A vida perfeita dele. Porque era isso que os Jefferson eram: perfeitos. Era o modo como jantavam juntos, janelas abertas e música antiga ecoando. Era a risada genuína, o amor avassalador, o sr. Jefferson jogando a mãe de Eliza do píer, tirando do armário seu telescópio quando o céu estava limpo e as estrelas brilhavam. Sempre achei que, se pudesse me aproximar deles, aquilo me contagiaria. Que poderia ser um deles, parte da família deles em vez da minha. Mas Lucy... ela deve ter sentido esse desejo a tal extremo, sabendo bem o que poderia ter sido seu, o que *deveria* pertencer a ela, mas que, em vez disso, lhe foi roubado.

Penso em nós duas naquela praia, na véspera do Ano Novo, a garrafa entre nós enquanto olhávamos para o céu. O estouro distante dos fogos de artifício ao sussurrarmos nossos desejos secretos, nossos desejos mais profundos, como se os murmurássemos em voz alta, eles pudessem se tornar realidade. *"Acho que fiquei curiosa"*, disse ela, outra pequena honestidade que ela acenou na minha frente, sabendo que eu nunca a veria pelo que, de fato, era. Ela não estava apenas curiosa sobre Levi, andando pela casa dele no Natal. Sentada na cama dele, segurando sua cabeça entre as mãos. Imaginando como seria a sensação dos lábios dele nos dela.

Tudo está tão claro agora, que chega a ser constrangedor.

"Quando você é amiga de Lucy, ela faz você se sentir especial."

Penso nela andando pela casa de Eliza, os olhos azuis fuzilando as fotos de família no corredor, exibidas com tanto orgulho. A dor em seu peito sabendo que ela era algo sujo, secreto, banido como um vício. Entrando no quarto de Eliza, olhando sua agenda. Folheando as páginas como eu, aprendendo todas as pequenas coisas que ela havia julgado importantes o suficiente para anotar: o aniversário da sua melhor amiga, seu primeiro dia na Rutledge. O dia da mudança para o Hines Hall.

"Como se tivesse escolhido você por um motivo."

É por isso que ela apareceu no pátio naquela manhã, demorando-se no fundão até me ver puxando meu carrinho com aquele nove fluorescente colado na parte de trás, o motivo de ter se aproximado de Sloane e Nicole na grama, duas meninas que moravam no mesmo andar que eu, no final do corredor. O motivo pelo qual entrou no meu quarto no dormitório naquele dia e agarrou meu braço, me convidou para morarmos juntas.

Lucy não queria mais viver sua própria vida. Ela queria viver a de Eliza.

CAPÍTULO 60
DEPOIS

É estranho: parada na calçada, menos de um ano desde a primeira vez que me vi plantada neste mesmo lugar com as malas ao meu lado. Olhando para esta casa e imaginando todas as coisas que poderiam acontecer: as amigas que eu poderia fazer, a pessoa que eu poderia me tornar. Imaginando como tudo isso se desenrolaria. Naquela época, eu não tinha ideia das coisas que eu seria capaz de fazer. De como Lucy me dobraria e me destruiria, como, aos poucos, três estranhas se transformariam em amigas, depois, família, o vínculo entre nós mudando de líquido para sólido. Coalhando no calor até ficar mais espesso que sangue.

Mais confuso, também.

"Pronta?", pergunta Sloane, vindo da sala até a varanda. Vejo ela colar um pedaço de papel na porta da frente antes de fechá-la, trancá-la e colocar a última caixa debaixo do braço.

"Sim", digo, imaginando o que aquela garota pensaria se por algum motivo soubesse como tudo terminaria. Se ficaria impressionada ou horrorizada.

Provavelmente as duas coisas.

Eu me viro e dou de cara com Nicole empilhando cestos de roupas em seu carro. Além disso, vejo um movimento pelo canto do olho, uma viatura à paisana dobrando a esquina e seguindo em direção à casa.

"Frank está aqui."

Sloane e Nicole param o que estão fazendo e o observam, nós três esperando enquanto o detetive Frank estaciona do outro lado da rua, sai do banco do motorista e bate a porta atrás de si, caminhando em nossa direção com aquele passo familiar. Por instinto, formamos uma fila na calçada, como naquele primeiro dia na sala de jantar, antecipando suas perguntas. Ensaiando nossas respostas.

"Meninas", cumprimenta ele, tirando o chapéu.

Rutledge enfim se acomodou em uma estranha sensação de normalidade, embora tudo ainda pareça um pouco fora do normal, um pouco estranho, como se o mundo tivesse saído do eixo e todos nós estivéssemos lutando para ficar em pé, cambaleando, imaginando se algum dia nos sentiremos normais de novo. Aos poucos, o centro da cidade tem enchido, com cautela, as ruas vão ganhando vida com estudantes começando a sair de suas casas. Nosso tempo obrigatório de luto finalizado. As calçadas estão lotadas de filas de novo, pessoas se acotovelando para entrar nos bares, o rosto de Levi começando a desaparecer dos cartazes que foram pendurados pela cidade como um lembrete sombrio para beber com responsabilidade.

É engraçado: passei minha vida inteira no anonimato, mas neste momento, enfim, sei como é ser elas. Ser Lucy, ser Eliza, ser o tipo de garota que atrai olhares. Aquela que provoca sussurros, rumores ao meu redor como uma névoa espessa de perfume. Não mais uma rejeitada ou uma coadjuvante, mas uma parte do bando, o pedaço de um todo. Somos uma unidade, conectadas de forma inextricável. Um grupo que parece um pouco destoante, um tanto estranho, quando uma de nós tenta se aventurar por conta própria, a aura de Lucy ainda atada a nós como uma teia de aranha, pegajosa e forte. Algo que sentimos mais do que vemos. E era isso que queria no começo, o que eu daria tudo para ter, mas agora entendo a sensação estranha que sentia quando via as três andando juntas pelo corredor, braços enganchados como uma corrente de bonecas de papel.

Arranque uma de nós e nunca mais nos sentiremos inteiras.

"Dia da mudança?", pergunta o detetive Frank, trazendo-me de volta à conversa. Seu dedão chuta uma caixa aos meus pés.

"É a última", diz Sloane.

"E as coisas de Lucy?"

"Ainda estão lá dentro", digo. "Trancamos para que ninguém as levasse. Presumimos que os pais dela viriam."

Frank olha para mim enquanto morde a parte interna da bochecha.

"A fraternidade não vai usar a casa para nada até que o processo acabe", acrescenta Sloane. "Eles disseram que podemos deixá-las por enquanto."

"Bem, então elas vão ficar aqui por tempo indeterminado", diz ele, mudando seu peso de perna. "O processo não vai acabar e aqueles garotos não vão voltar. O que é isso?"

Ele aponta para a varanda e ficamos quietas, observando ele subir os degraus, tirar nosso bilhete da porta e estender o dedo, um post-it azul preso na ponta do seu indicador. Ele o lê por cima e, então, olha para nós.

"O novo endereço?"

"É para Lucy", diz Nicole. "Só para o caso..."

"Caso ela volte", interrompe ele, sua ficha caindo devagar.

"Ela não terá mais os nossos números", comento. "Não sem o telefone dela."

"Não queríamos que ela pensasse que apenas fomos embora...", acrescenta Sloane, mas o policial a interrompe, levantando a mão.

"Meninas." Ele diz isso com gentileza dessa vez, seus olhos semicerrados como se esta fosse a primeira vez que ele nos notasse. A primeira vez que ele nos visse. "Ela não vai voltar. Vocês sabem disso, certo?"

Ficamos em silêncio, constrangidas e envergonhadas, olhos fixos no pedaço de papel em sua mão como crianças sendo repreendidas depois que os pais encontraram algo obsceno escondido sob a cama. Nicole olha para baixo, esfregando a sola do sapato contra o concreto, porque sabemos como isso parece infantil, deixar aquilo para trás assim. Uma demonstração desesperada e ilusória de esperança.

"Lucy Sharpe... ela não é amiga de vocês", continua Frank. "Não é quem vocês pensavam que ela era. Sabem disso."

Permanecemos firmes, ferozes em nosso compromisso com ela, nosso voto solene, e posso ver a lenta mudança em seu rosto. O suave abrandamento conforme a suspeita recua e a pena assume o controle.

Observamos enquanto ele suspira, cola o bilhete de volta na porta para nós e desce os degraus antes de parar na calçada de novo, balançando a cabeça. Ele olha para nós três, uma varredura lenta pela nossa fileira antes que seu olhar pare em mim e eu o veja engolir em seco.

"Vocês duas podem ir", diz a Sloane e Nicole, recusando-se a desviar os olhos dos meus. "Você e eu precisamos ter uma conversa."

CAPÍTULO 61

ANTES

Já está escuro quando Lucy chega em casa, o barulho dos seus sapatos subindo os degraus da varanda me alertam sobre sua presença.

Estou no meu quarto esse tempo todo, todas as oito horas, a porta trancada e o laptop aberto e sem bateria sobre o edredom. Penso em Lucy, em Eliza, em como as duas têm mais em comum do que eu poderia imaginar. Ouço a porta da frente bater quando ela entra na sala de estar, seus pés pesados ao pisar forte pela casa.

"Oi?", chama ela, sua voz ecoa pela sala vazia. *"Onde está todo mundo?"*

Ela se torna tão calada quando quer, tão felina e contida, porém, agora, eu a sinto irradiar pelas paredes, pelo chão, seu próprio ser bombeando forte como um órgão privado de oxigênio. Algo que atrofia aos poucos, de repente, um transplante rejeitado pelo transplantado.

Ouço uma batida na minha porta que vem do nada: forte, de punho fechado, que faz as estruturas da casa chacoalharem. Olho para a maçaneta balançando para frente e para trás, a porta sacudindo nas dobradiças, violenta.

"Que história é essa de portas trancadas hoje?", berra Lucy, batendo a palma da mão na madeira. "Margot, sai daí. Precisamos conversar."

Fico plantada na minha cama, paralisada de medo, um milhão de cenários diferentes passam pela minha cabeça.

"Todas nós", acrescenta ela, e, de alguma forma, sei que ela está voltando para a sala, esperando que eu a siga.

Sabendo que, em algum momento, como sempre, eu irei.

Após mais alguns segundos de debate silencioso, levanto e vou até a porta, girando a fechadura e abrindo-a bem. Na minha frente, o corredor está vazio, as luzes do teto todas apagadas, e eu entro, às escondidas, na sala de estar, dobrando a quina e dando de cara com Lucy sentada no sofá. Seu cabelo está com mais frizz do que o normal, sua pele brilhante e um pouco úmida demais. Eu olho pela janela, para a noite escura como breu. Só agora me dando conta que começou a chover.

"O que está acontecendo?", pergunto, com um pequeno tremor na voz ao tentar ver através daqueles olhos brilhantes. Eles são impenetráveis, como sempre, duros e tão raros quanto diamantes.

"É isso que estou tentando descobrir", diz ela, olhando para a escada assim que Sloane e Nicole se arrastam para baixo. "Todas, sentem-se."

Sloane olha para mim, com os olhos arregalados e exibindo um incomum ar de pavor, antes que ela e Nicole caminhem até o segundo sofá e se sentem juntas. Fico de pé na entrada da sala e, então, Lucy se vira para mim, me incentivando a avançar. Posso sentir o puxão dela como uma corda em volta da minha cintura, posso sentir a tensão, o puxão físico, e deixo seu olhar me guiar mais para dentro da sala, embora eu pare na mesa de centro, recusando-me a chegar mais perto.

"Está claro que há algumas coisas que precisamos desabafar", diz Lucy por fim, nos liderando como em uma reunião e, pela primeira vez, vejo pequenos lampejos do sr. Jefferson em seu rosto. Vejo aquelas mesmas linhas tênues ao redor dos olhos que nunca notei antes, a leve curva para cima de sua boca, seu queixo pontudo. Mas é, sobretudo, o cabelo, aquela cor de carvão. Tão profundo e escuro quanto um buraco sem fundo.

Eliza é todinha a mãe, com sua pele clara e cabelos louros cor de mel. Pelo menos, isso é uma coisa que Lucy conseguiu para si mesma.

"Vamos lá", diz ela, quando ninguém fala nada.

Sloane olha para mim de novo, seus lábios franzidos, e eu me pergunto por que ela está tão estranhamente calada. Até que penso naquela primeira conversa do lado de fora do galpão. Eu questionando sua lealdade a Lucy e ela se encolhendo, revelando sua verdade.

"Talvez eu esteja sendo dura", ela disse, de repente duvidando de si mesma. *"Ou talvez tenha medo do que aconteceria se eu parasse."*

Então olho para Nicole, tão fininha que parece que pode desaparecer. A tensão na sala é tão pesada, tão sólida, que sinto minhas entranhas cedendo como se terra úmida fosse sendo empilhada em meu peito. A pressão crescente de ser enterrada viva.

"Eu sei que alguém tem alguma coisa para falar", continua Lucy, cruzando os braços. "Todas têm estado estranhas desde a noite na ilha."

Ficamos quietas, os corpos paralisados com exceção de nossos corações acelerados, nossos olhos inquietos, embora não seja por falta de coisas a dizer. O problema é que tenho muitas perguntas, muitos medos, todos eles zumbindo na minha cabeça como um enxame de insetos, tornando impossível agarrar apenas um.

"Ok", diz ela então, levantando-se de uma vez, antes de ir para a cozinha. "Se é assim que vai ser."

Sloane e eu trocamos mais um olhar, em silêncio, imaginando o que ela fará em seguida, antes de Lucy ressurgir com uma garrafa de vodca barata em uma das mãos e uma faca na outra.

"O que você está *fazendo*?", pergunta Sloane, recuando meio que por instinto, seu braço se lançando para proteger Nicole ao lado dela, como uma mãe no banco do motorista pouco antes de um acidente. "Coloca isso no lugar."

"Se acalma", diz Lucy, se jogando no chão antes de colocar a faca na frente dela. "Eu me recuso a ficar aqui sentada em silêncio. Nós vamos conversar e é assim que vai ser."

Todas nós assistimos enquanto ela estende a mão e dá um tranco na faca, a ponta de metal girando em círculos lentos e sombrios.

"Não vamos jogar o seu jogo imbecil", reclama Sloane.

"É óbvio que há coisas que precisamos perguntar uma à outra", retruca Lucy, encarando Sloane antes de desviar seu olhar para Nicole, para mim. "Então, vamos perguntar. Vamos colocar para fora."

Ela toma um gole da garrafa, estalando os lábios antes de pegar um pirulito da mesa de centro, jogando a embalagem no chão e colocando-o na boca.

"Verdade ou desafio", pergunta ela, olhando para a faca. Sloane balança a cabeça, embora eu possa ver sua determinação derretendo. Sua necessidade desesperada por respostas, todas aquelas perguntas que ela quer fazer. Sua raiva em relação a Lucy aumentando aos poucos nessas últimas semanas, ficando mais forte. Pronta para ser extraída dela como uma tempestade furiosa.

"Tudo bem", diz Lucy quando fica claro que Sloane não vai morder a isca. Então, ela volta sua atenção para mim, abaixa a voz. "Vamos deixar Margot ir primeiro."

Meu corpo fica rígido enquanto meus olhos correm para Sloane, como sempre, buscando sua permissão. Ela apenas me encara — não assente, mas também não nega —, então, caminho até o centro da sala antes de me sentar no chão, minhas costas afundando na mesa de centro e minha mão segurando a faca devagar.

Sloane se abaixa ao meu lado devagarinho, uma demonstração de solidariedade enquanto se inclina contra as pernas de Nicole.

"Gira", diz Lucy, e eu me sinto piscar. Tudo parece abafado, nebuloso, enquanto as memórias dos últimos nove meses começam a pulsar ao meu redor, as muitas e muitas vezes que nós quatro estivemos nesta sala, sentadas assim em um círculo. Dizendo a Lucy o que ela queria, sem demora, fazendo qualquer coisa que ela pedisse.

"Margot." Ela me chama. Levanto a cabeça, os olhos nos dela, imaginando como expressar tudo que preciso desesperadamente saber. Porque Lucy é uma mentirosa, sim, mas agora percebo que esse nem é o verdadeiro problema. O problema é que ela também tem sido sincera, e eu não tenho ideia de como dizer o que é real e o que não é. O que é verdade, aspergida com tanto cuidado, com tanta casualidade, e o que não passa de pura mentira. Ela me deixou ver pequenas coisas, coisas queridas. Coisas que me revelaram o mais raro dos vislumbres de quem ela de fato é. Coisas que, de alguma forma, ainda me fazem amá-la. Apesar de tudo. Ou talvez por causa de tudo.

"Gira", repete ela, e eu expiro devagar, agarrando a garrafa de vodca entre nós e dando um gole para molhar a garganta. Suas pupilas parecem estar esticadas, três vezes maiores do que o tamanho natural, e ela acena para mim. Observo uma mancha vermelha em seus dentes antes de eu dar um tranco na faca e observá-la girar, todas nós nos inclinando para frente enquanto ela desacelera, a respiração presa em nossas gargantas.

"Verdade ou desafio", sussurro, observando Lucy agarrar o cabo, a ponta da faca apontada direto para ela. Sinto que falta ar na sala enquanto Sloane se endireita e Lucy começa a sorrir.

"Verdade", diz ela, embora, pelo jeito que ela me olha, com as sobrancelhas erguidas, eu saiba que ela quer dizer isso mais como um desafio. Ela está me provocando, me incitando, me desafiando a perguntar a ela o que ela sabe que eu quero perguntar. Afinal, esse é o jogo dela. Sempre foi.

É isso que Lucy faz. Ela joga.

"Por que você fez isso?", pergunto, aquela única pergunta abrangendo tanto. Os últimos dois anos me atingem ao imaginar Eliza e eu em seu quarto, aquela silhueta no escuro. A foto desaparecida. Lucy aparecendo na Rutledge, entrando no meu dormitório, me escolhendo. Descobrindo onde Levi moraria e lançando seu feitiço sobre ele também, antes de segui-lo em uma escuridão tão densa que ele nunca seria capaz de sair dela.

Visualizo o corpo dele na lama. Os olhos arregalados e com medo. O rastro da morte que parece segui-la por razões que ainda não consigo explicar.

Lucy me observa, a cabeça inclinada como se estivesse atrás de um vidro transparente e espesso. Como se eu fosse uma criatura estranha que ela não entende. Até que um sorriso fino se abre aos poucos em seu rosto. O olhar de quem acabou de perceber que venceu.

"Margot", diz ela, por fim. "De todas as pessoas, você deveria saber a resposta."

CAPÍTULO 62

Ainda consigo sentir que estou deitada na cama, o telefone aceso no escuro. Aqueles vídeos de Eliza e Levi passando repetidas vezes, gravando-se direto em meu cérebro. Não pude deixar de assisti-los, estudá-los: a maneira como balançavam em sincronia, o braço dele envolto nos ombros dela. Aquela garrafa de vodca circulando entre eles até ela inclinar a cabeça para trás e uivar para a lua.

"Não sei do que está falando", respondo. O coração na garganta enquanto Lucy me encara, sorrindo.

"Ah, acho que nós duas sabemos que você sabe."

Eu havia ouvido falar da festa, é claro. Era uma coisa anual. Uma tradição sagrada dos alunos do último ano que desciam até aquela velha escola durante a primeira lua cheia do verão, um rito de passagem antes de nos separarmos — mas, claro, eu não fui. Já havia se passado três semanas desde o início do verão, Eliza e eu ainda não estávamos nos falando. De qualquer forma, não desde a formatura, nossos sorrisos falsos e fugazes ao posarmos para aquela foto. Os braços rígidos ao lado do corpo ao fingirmos sermos amigas. Partiríamos para Rutledge em apenas dois meses, e eu estava começando a me perguntar como isso funcionaria, nós duas morando juntas quando mal conseguíamos ficar no mesmo cômodo. Teríamos que superar isso, em algum momento, uma de nós teria que ceder, mas Eliza ainda não tinha se desculpado, então, eu também não, optando por ficar em casa naquela noite e assistir a sua vida se desenrolar pelo telefone.

Lembro-me do céu ficando mais escuro, os gritos ficando mais altos. Eliza parecia mais bêbada conforme a noite avançava. Eu queria odiá-la. Queria vê-la sofrer as consequências de suas ações em vez de depender de mim para salvá-la como sempre fiz. Eu queria que ela cambaleasse para casa bêbada e fosse castigada pelos pais, seu verão de formatura arruinado porque eu não estava lá para mantê-la quieta quando chegássemos às escondidas, tarde da noite. Porque a verdade era que, em segredo, eu sabia há tanto tempo: ela nunca valorizou isso. Ela nunca *me* valorizou, como eu sempre a apoiei, a mantive segura, então, em vez disso, desliguei meu telefone e me virei na cama. Apertei os olhos e tentei, com muito esforço, apenas esquecer tudo. Esquecer-me dela, do Levi, da traição pungente que eu sentia toda vez que pensava em como ela olhou para mim no meu quarto, aquelas palavras horríveis sibilando alto entre seus dentes. Tentei dizer a mim mesma que não me importava, que ela poderia ir em frente e arruinar sua vida se quisesse — mas eu me importava. Eu me importava, de verdade.

Eu sempre me importaria com Eliza, de verdade e, sobretudo, quando ela não se importasse consigo mesma.

"Do que vocês estão falando?", pergunta Sloane, inclinando-se para frente, mas não consigo responder. Em vez disso, ainda estou lá, de volta ao meu quarto, meu corpo quente sob os lençóis enquanto solto um suspiro, abro os olhos. Percebi que nunca conseguiria dormir enquanto Eliza ainda estivesse com ele, aquele garoto doentio da casa ao lado, que a observava pela janela. Aquele que invadiu o quarto dela, deitou-se em sua cama. Enfiou-se entre nós de uma forma que ninguém jamais conseguiu antes.

Lembro-me de atirar as cobertas para longe, minha frustração aumentando enquanto me arrastava para fora da cama. Amaldiçoando-a baixinho por me fazer cuidar dela do jeito que sempre fiz ao andar na ponta dos pés no escuro e colocar meus sapatos, me esgueirando pela porta dos fundos enquanto meus pais dormiam no final do corredor. A escola em si ficava apenas a uma curta caminhada de distância, e eu estava fervilhando o tempo todo, murmurando tudo que planejava dizer a ela. Aquele prédio velho e queimado parecia assombrado e estranho ao passo que a lua brilhava, pairando como uma sombra de marionete projetada na parede.

"Margot", diz Sloane, mas não consigo tirar os olhos de Lucy.

Lucy, que me perguntou sobre aquela festa tantas vezes. Que me pressionou, me encheu de perguntas, quase como se soubesse a verdade e estivesse tentando me fazer dizê-la eu mesma. Penso naquela conversa em Outer Banks, os fogos de artifício de Ano Novo estourando ao longe e nossos olhos fixos nas estrelas acima. Lucy havia trazido o assunto à tona mais uma vez: aquela noite, aquela noite final, Eliza e Levi aos tropeções naquela velha escola. Os braços como laços frouxos enrolados no pescoço um do outro e a vodca escorrendo por suas goelas, formigantes e quentes.

"Ele me contou sobre a festa", disse ela. *"A noite em que ela morreu."*

Mas isso não era verdade, era outra de suas mentiras. Levi não contou a Lucy sobre a lua cheia naquela noite e como todos se reuniram, atraídos por ela como um feitiço. Como um instinto primordial, um rito antigo, Eliza, o cordeiro sacrificial deixado para sangrar no altar. Lucy sabia sobre a festa porque ela estava lá do jeito que *sempre* esteve, do jeito que ainda está: aparecendo do nada, fingida e quieta.

Observando à distância, seu corpo se fundindo à escuridão.

"Eu vi acontecer", ela revela, lendo meu pensamento enquanto me lembro de como entrei naquele prédio, a festa já agonizante quando cheguei. Desviando de pessoas que reconheci meio que por alto enquanto elas cambaleavam para a calçada, olhando através de mim como se eu fosse um fantasma. Sempre fui invisível quando não estava com Eliza, e não foi diferente naquela noite. Todos aqueles corpos inertes com olhos vidrados, tropeçando para casa como pessoas possuídas. "Eu vi tudo."

Lembro-me de enfiar a cabeça em cada sala, todas cheias de bitucas de cigarro e latas de cerveja vazias. O cheiro azedo de vômito se misturava à brisa do mar enquanto eu subia as escadas. Apenas continuei subindo — o segundo andar, o terceiro —, procurando em cada canto, tentando encontrá-la. De alguma forma, quanto mais eu subia, mais alto o marulho das ondas ao longe soava.

"Margot, fale comigo", pede Sloane, agarrando meu pulso. "Do que ela está falando?"

De repente, tudo se torna demasiado — as memórias, esta sala, a sensação da mão de Sloane em meu braço e o calor de seus olhares fixos, todos os olhos em mim —, então, me levanto bem rápido antes de entrar na cozinha e sair pela porta dos fundos, desesperada por espaço para pensar. Por ar para respirar. Mas a chuva cai forte enquanto eu cambaleio para o quintal e os altos estalos de um trovão fazem meus ossos vibrarem.

Um relâmpago ilumina o galpão, aquelas grandes portas duplas ainda fechadas.

Caminho em direção a elas, o cheiro de sangue fazendo a pele do meu pescoço formigar enquanto abro as portas e tropeço para dentro, respirando com dificuldade. Abaixo minha cabeça em minhas mãos, meu cabelo encharcado e minha mente imersa naquela noite final, como se estivesse acontecendo tudo de novo, de tão insuportável que é a sensação que experimento. A lembrança do meu corpo subindo mais alto, aquelas escadas precárias com a lua cheia acima, iluminando tudo. Eu estava tão perto de ir embora. Estava tão perto de desistir, de ir para casa — até ouvir aquele barulho.

Algo como uma lata chutada, o raspar do alumínio ao deslizar pelo chão.

"O que foi isso?"

Lembro-me da minha cabeça virando para o lado, a voz de Eliza quase um sussurro. Soou estranha, arrastada, então contornei a parede e foi quando eu vi: dois corpos se movendo em sincronia no canto, pele pálida e nua brilhando no escuro.

"Está tudo bem", respondeu Levi, sua voz ofegante e rouca. "Não é nada."

"Tem alguém aí?"

"Já disse que não é nada."

Eu me aproximei, piscando os olhos, cada movimento das pálpebras tornando tudo um pouco mais claro, um pouco mais real. Eram eles, eu podia distinguir, mesmo na escuridão: Eliza e Levi, sem qualquer roupa no corpo, deitados no chão daquele lugar nojento. Cercados por garrafas vazias e sacos de dormir, bitucas de cigarro e lixo descartado. O corpo de Levi se mexia em um movimento rítmico, suas mãos apertadas em torno dos pulsos dela, dedos cravados em sua pele enquanto Eliza estava deitada debaixo dele, os olhos abertos no céu.

Abri minha boca e dei um passo adiante — mas então me contive, lembrando-me da noite da invasão. A maneira como eu conseguia sentir o cheiro de Levi em seu quarto, o cheiro dele maculando seus lençóis.

Percebi, com um sobressalto, que o que eu estava assistindo não era a primeira vez.

Ainda não sei qual parte foi a pior: ver Eliza daquele jeito, a forma como ela continuava baixando seus padrões para ele, cavando cada vez mais esse buraco que, de alguma forma, eu sabia que a prenderia para sempre ou, enfim, entender a magnitude do relacionamento deles e o que isso implicava. A realidade do quanto havíamos nos afastado: todas as coisas que ela havia escondido de mim, tudo que ela sentia que não podia contar. Lembro-me de assistir com puro desprendimento enquanto eles terminavam, incapaz de desviar o olhar. Levi rolando para o lado com um gemido antes de se levantar e vestir a bermuda. Eliza sem jeito, segurando o peito enquanto procurava seu vestido de verão, os dedos roçando o chão.

"Já volto", disse ele, sem se preocupar em ajudá-la a se levantar antes de ir para as escadas e descer. "Vou pegar outra cerveja."

Foi o puro reflexo que, então, me tirou das sombras, meu corpo dando um passo à frente enquanto Eliza se vestia. Ela estava parada um pouco perto demais da beirada, balançando-se com suavidade ao vestir as roupas. Seu corpo eclipsado pelo brilho da lua. Lembro-me de sentir tanta tristeza, observando enquanto ela tentava se recompor: passando os dedos pelos cabelos emaranhados, colocando a mão em concha na boca enquanto um soluço escapava. Pensando que a pessoa para quem eu estava olhando não era a Eliza que todos invejavam. Não era a Eliza que eu admirava, aquela que passei a vida inteira querendo ser.

A pessoa na minha frente era outra totalmente diferente.

Levou alguns segundos para ela perceber que eu estava lá, mas então Eliza se virou, de alguma forma, sentindo a presença de outro corpo atrás dela, e vi o choque em sua expressão, a vergonha inconfundível.

"Margot", disse ela. "O que você está fazendo aqui?"

"Vim para ter certeza de que você estava bem."

Eliza ficou calada, uma umidade sutil em seus olhos, e por um único e estúpido segundo, eu de fato pensei que ela iria correr e me abraçar.

"Você não precisa me proteger", ela disse, cruzando os braços com firmeza sobre o peito. "Eu te falei isso."

"É óbvio que preciso", argumentei, apontando para o canto onde ela esteve há pouco. Baixando minha voz uma oitava, tentando esconder o julgamento tão evidente ali. "Eliza, eu nem sei mais quem você é."

"É, bem, eu também não."

"O que isso quer dizer?", perguntei, surpresa.

Ela apenas desdenhou, balançou a cabeça, e eu dei alguns passos à frente. Num instante, estávamos próximas o suficiente para nos tocarmos. Dava para sentir o vento soprando da água, um alívio bem-vindo no ar quente do verão, e eu percebia que ela queria dizer algo. Pressentia uma grande explicação para a maneira como ela estava agindo prestes a irromper. Queria abraçá-la, estapeá-la. Dizer a ela que a odiava e que a amava — mas, ao mesmo tempo, naquele momento, o muro que havíamos construído entre nós era alto demais. As pedras, sólidas demais para serem derrubadas.

Eu estava exausta, tão exausta. Não sentia mais que havia um motivo.

"Vamos para casa", disse, por fim. "Você precisa ir para casa."

"Eu vou ficar", respondeu ela, balançando-se um pouco mais.

"É tarde, você está bêbada. Precisa ir para a cama."

"Não", replicou, a voz tremendo um pouco. "Eu disse que vou *ficar*."

Olhei para ela, ainda sem entender, até sentir uma pontada de algo afiado no meu peito: rejeição, dor, uma terrível ficha caindo enquanto eu a encarava no escuro.

"O quê?", perguntei, dando um passo adiante. "O que você quer dizer com *ficar*?"

"Não vou para Rutledge", confessou. "Vou ficar aqui com Levi. Ele vai se formar em um ano e, então, talvez possamos ir juntos. O pai dele era um Kappa Nu lá..."

"Eliza, isso é loucura", interrompi. "Você está louca. O que *aconteceu* com você?"

Foi então que senti a garra das lágrimas, suas unhas afiadas arranhando a minha garganta. Tentei engoli-las, contê-las, mas elas pularam para a superfície mais rápido do que pude controlar, deslizando pelo meu rosto.

"Íamos juntas", disse, minha voz frágil e molhada. "Você não pode me abandonar..."

"Amo o Levi", declarou ela, com um tom definitivo que me cortou mais fundo do que qualquer arma letal, qualquer lâmina afiada. Quase senti o sangue se esvair, a vida vazando do meu corpo enquanto ela observava a poça se acumular.

"Sou sua melhor amiga", minha voz quase um sussurro. "Você devia me amar também."

Notei um pequeno tremor em seu lábio, talvez um lampejo de arrependimento, como naquele dia no meu quarto. Mas antes que ela pudesse dizer qualquer coisa, antes que pudesse responder, me virei depressa, pronta para deixá-la lá. Tão cansada de me importar mais com ela do que ela se importava comigo.

"Margot, espera...", ela chamou, estendendo a mão para agarrar meu braço. Senti seus dedos me segurarem, e seu toque desencadeou uma onda de raiva através do meu peito. Naquele único segundo, nossa vida toda passou pela minha cabeça como um filme: tudo o que ela havia feito comigo, tudo o que me disse. Todas as vezes que ela me deixou, me abandonou, me fez sentir como se eu não fosse igual a ela. E, antes que pudesse pensar duas vezes, antes que pudesse relaxar, puxei meu braço para longe — com violência, dureza, velocidade demais —, jogando-a para trás com muita força. *"Margot!"*

Girei a tempo de vê-la tropeçar, seus olhos úmidos e arregalados ao estender a mão como se estivesse me pedindo para pegá-la — mas eu não a peguei. Eu não a peguei. Nem sei se conseguiria tê-la alcançado a tempo. Talvez isso não teria importado, talvez caíssemos juntas, nós duas de mãos dadas, como antes, dedos entrelaçados ao cair. Mas em vez de tentar, em vez de ajudar, em vez de me lançar para salvá-la do jeito que eu sempre fazia, apenas fiquei ali, com os pés plantados no lugar, assistindo em choque ao seu corpo tombar para trás.

O esvoaçar do seu vestido e o vento em seu cabelo fazendo parecer, por um segundo, que ela estava voando.

CAPÍTULO 63

"Eu disse que você era capaz disso."

Olho em direção ao som de sua voz, a silhueta de Lucy entre as portas abertas do galpão fazendo meu estômago revirar. Eu não a ouvi me seguir até aqui, não tinha registrado a batida da porta dos fundos sob o barulho da chuva. O estrondo do trovão mascarando seus passos enquanto ela se aproximava de mim devagar, um predador deslizando em silêncio atrás da presa.

Lágrimas frescas fazem meus olhos arderem ao me lembrar de nós duas na praia, eu murmurando sobre como queria ser mais ousada, mais corajosa, diferente do que sempre fui. Não o tipo de pessoa que se deixa ser pisada por outras, e a voz de Lucy em meu ouvido como um desafio, uma aposta — ou talvez um lembrete. Outra pequena pista de que ela sempre esteve lá, me observando em meus momentos mais baixos.

"Sei que você tem o que é preciso para ser diferente. Eu já vi."

"Foi um acidente", digo, balançando a cabeça, a mesma frase que repito a mim mesma nos últimos dois anos. "Não tive intenção. Juro que não..."

"Ela nunca gostou de você", interrompe Lucy, se aproximando. "Eu vi o jeito como ela te tratava antes mesmo de você perceber isso."

Imagino Lucy testemunhando todas aquelas vezes em que Eliza revirou os olhos enquanto eu tentava ajudá-la, o modo como ela e Levi caíam em um silêncio desagradável quando eu me aproximava deles no píer. Sinto um nó de vergonha alojar-se em meu peito ao pensar em

Lucy me vendo daquele jeito: tão maleável, tão fraca. Um boneco de borracha que sempre volta para levar mais um soco, pronto e à espera de ser machucado de novo.

Minhas próprias palavras ecoam em meus ouvidos, nós quatro sentadas na minha cama naquela primeira noite.

"O que vocês precisam entender sobre Eliza é que todos a amavam", disse, pensando que só eu sabia a verdade. *"Mas só porque você a amava, não significa que ela te amasse de volta."*

"Você merecia saber", diz Lucy, e eu me lembro do som que me alertou sobre a presença deles: uma lata chutada seguida pela voz baixa de Eliza. A única razão pela qual eu dobrei aquela esquina e os encontrei. Sempre presumi que Eliza, Levi e eu éramos as únicas pessoas lá em cima, as únicas que restavam, mas agora percebo: aquele barulho tinha que ter vindo de algum lugar.

"Foi você", digo, um tremor repentino me cortando, rápido e cruel, como nadar em um trecho frio. Lucy puxando meus cordões de marionete mesmo naquela época, antes mesmo de eu saber que ela existia. "Você queria que eu os visse daquele jeito."

"Eu queria que você *fizesse* alguma coisa", responde ela.

"Por quê?", pergunto, imaginando Lucy observando enquanto eu vagava. Sabendo o que Eliza estava fazendo ali perto e avistando aquela lata, chutando-a com força. Fazendo barulho para que eu a encontrasse.

"Porque somos iguais", diz Lucy. "Você e eu somos iguais, Margot. Passamos nossas vidas querendo pessoas que nunca nos quiseram de volta."

O som da chuva se transforma em um ruído branco em meus ouvidos quando um clarão de fora nos ilumina. O pensamento me vem rápido, antes que eu possa pará-lo, tão depressa e fugaz quanto o próprio relâmpago: Lucy está certa. Somos iguais. Nós duas fomos rejeitadas pelas mesmas pessoas que mais deveriam nos amar: seu pai, minha melhor amiga. Tudo o que queríamos era aceitação e pertencimento. Uma chance de fazer parte de algo maior do que nós.

"Eu sei que você sabe quem eu sou", diz ela, dando um passo adiante. "Ouvi você e Sloane conversando no seu quarto. Sei que ela me procurou no trabalho, eu vi você andando com Danny na festa. Sei que você tem ligado os pontos."

Penso em como Lucy está sempre lá, sempre ouvindo, sempre se escondendo à vista de todos. Acho que, naquele dia, ela não estava no Penny Lanes como pensávamos, em vez disso, foi para casa mais cedo e ouviu nossos sussurros. Pressionando o ouvido contra a porta. Acho que ela estava mesmo de olho em mim naquela ilha, afinal, e que ela estava apenas esperando o momento certo com Levi, me dando espaço enquanto esperava que eu juntasse as peças.

"Eu vi o que aconteceu com Eliza naquela noite e aproveitei a minha chance", continua ela. "Vi que poderia enfim viver a vida que queria, depois de ter que assisti-la vivendo à distância."

Sinto meu corpo começar a oscilar, aquela lógica moral obscura fazendo minha cabeça assentir com gentileza ao escutar suas palavras. É estranho, mas, neste momento, parece que entendo Lucy mais do que nunca, porque já me senti assim tantas vezes: Maggie e eu no gramado do lado de fora do Hines, a inveja e a admiração enquanto víamos Lucy de longe. O comentário dela no Halloween depois que nos encontramos, entendendo o quanto eu ansiava poder viver outra vida. Todas aquelas vezes que olhei para Eliza e senti aquela chama de ressentimento acender no meu peito ao ver as coisas que ela possuía e que nunca deu valor. Lucy também as queria, e dá para ver com muita clareza: ela observando pela janela aberta enquanto nos sentávamos ao redor da mesa de jantar. Os Jefferson dançando na cozinha e Eliza e eu no píer, olhando para as estrelas. Compartilhando nossos segredos como melhores amigas fazem. Sua curiosidade crescendo, se transformando, tomando conta de tudo, e o impulso de continuar se aproximando, do píer ao quintal até dentro de casa. Folheando a agenda de Eliza, percebendo, após sua queda, como seria fácil apenas aparecer onde ela deveria estar. Começar sua nova vida no lugar onde Eliza parou a dela.

Sua melhor amiga, seu namorado, todos nós prontos e esperando por ela.

"Tenho tentado te fazer ver isso", conclui ela. "Tentado te fazer entender que não precisa se sentir tão culpada o tempo todo. Não precisa continuar se punindo. Ela mereceu."

Lembro-me daquela noite no Penny Lanes, o discurso de Lucy sobre assassinato e morte. O jeito como ela olhou para mim e piscou, vomitando justificativas como se estivesse tentando me dizer que estava tudo bem.

"Eu mataria alguém que merecesse morrer."

Lembro-me de todos nós ao redor da mesa de jantar, aquele caule frágil se retorcendo entre seus dedos longos e magros. Cada pequeno comentário talhando a minha consciência, desbastando-a aos poucos, tentando apagá-la. Sempre pensei que fosse com Levi que ela estava brincando, jogando com o conhecimento do que eu lhe havia contado, como um gato agarrando o rabo de um rato. Dando patadas nele, fazendo-o se contorcer, torturando-o devagar, só porque podia. Mas nunca foi Levi — era *eu* quem ela queria fazer confessar. Todos aqueles pequenos momentos em que ela me interrogava sobre Eliza, sobre sua morte, antes de se sentar em silêncio, paciente, tentando trazer tudo à tona. Ela queria que eu juntasse as peças, e eu havia me aproximado disso, na ponta dos pés, tantas vezes, tão ansiosa para aliviar o peso esmagador que carregava. Esse fardo que era só meu. Então, eu havia aspergido minhas próprias verdades sempre que pude: contei a Lucy sobre uma discussão, um acidente. Sobre a culpa que eu carregava e todas as decisões diferentes que eu queria ter tomado. Também tentava justificá-la: sentada na varanda com o sr. Jefferson, procurando, frenética, por outra pessoa para culpar. Por uma maneira de transformar minha culpa em raiva.

Escolhi Levi, é claro, a única outra pessoa que poderia assumir minha culpa. Ele estava lá com ela e todos sabiam disso. Além de mim, que ninguém viu, ele foi a última pessoa a vê-la viva. E, de certo modo, era verdade: nada disso teria acontecido se ele não tivesse entrado em nossas vidas naquele dia, os lábios de Eliza mergulhados abaixo da água enquanto ela o observava com curiosidade. Suas pernas bronzeadas caminhando vagarosas pelo píer, ele oferecendo um cigarro a ela. Todos os seus vícios se transformando nos dela, moldando-a em alguém que ela não era. Tirando-a de mim antes mesmo que ela morresse.

Olho para Lucy, de repente me lembrando de como ela se levantou e seguiu Levi para as árvores, seus olhos nos meus como se estivéssemos compartilhando um segredo. Como se ela estivesse realizando meu desejo, aquela coisa que eu havia murmurado para ela na cozinha. Meu ódio por Levi como um furúnculo purulento.

"Por que ele teve que morrer?", pergunto, percebendo que não faz sentido. Se Lucy estava lá na noite em que Eliza caiu, então ela sabia que Levi não tinha nada a ver com isso. Sabia da inocência dele o tempo todo. "Por que você matou o Levi?"

"Eu não o matei", responde ela, inclinando-se para frente como se estivesse se perguntando quando enfim eu confessaria. "Você o matou."

"Não", nego, balançando a cabeça, embora mal consiga me lembrar do fim daquela noite. Embora Sloane tenha dito que eu estava procurando por ele, tropeçando sozinha e acordando de manhã com lama nas calças. Mesmo que eu tivesse aquela sensação horrível no dia seguinte, aquela náusea profunda, não era a mesma coisa que senti ao acordar depois daquela última noite com Eliza: o horror de perceber que não era um sonho. Nunca vou esquecer aquela sensação: a terrível noção de que você é a razão pela qual outra pessoa se foi. O sangue em suas mãos que está sempre lá, sempre presente, não importa o quanto tente limpá-lo. Entendo melhor do que ninguém que algo dentro de você muda depois que você tira outra vida. Algo celular e permanente; uma alteração do seu próprio ser, do seu próprio DNA. Não há nada de turvo nisso; na verdade, é cristalino.

Se eu tivesse matado Levi naquela noite, eu saberia pela manhã.

"Eu não o matei", falo ainda mais firme. "Não tinha razão para isso."

"Vamos lá, Margot. Você o odiava", diz ela. "Você mesma me disse que queria que tivesse sido ele em vez de Eliza."

"Claro que eu queria que tivesse sido ele", digo, lembrando-me de como Lucy havia se aproximado de mim naquela manhã, sua voz no meu ouvido: "*É bom, não é? Enfim conseguir o que você quer*". "Mas isso não significa que eu o matei. Foi você quem o seguiu até lá."

"Eu estava tentando acalmá-lo", diz ela. "Mas ele não me ouviu. Estava muito mais bêbado do que eu havia percebido, gritando comigo que não conseguia mais fingir."

"Fingir o quê?", questiono.

"Eu não sei."

"Então você só o deixou lá?"

"Sim", diz ela. "Não havia conversa com ele assim. Eu tentei por um tempo, mas, em algum momento, apenas o deixei sozinho para se acalmar."

Ficamos em silêncio, olhando uma para a outra enquanto todos os nossos enganos se emaranham em nossas mentes até que sejam impossíveis de desembaraçar.

"E quanto ao Parker?", pergunto então, minha carta final, a vergonha pela acusação surgindo em minhas bochechas misturada com uma pitada de orgulho por eu também saber seus segredos. "É só uma coincidência que seu último namorado também tenha morrido logo depois de uma grande discussão?"

Lucy olha para mim como se tivesse acabado de levar um tapa, uma mistura de choque e mágoa enquanto processa a pergunta. Penso em nós no telhado, todos aqueles rumores que Danny me contou sobre ela girando como uma nuvem de fumaça. Ser o alvo da fofoca de todos na sua cidade e como ela tentou fugir disso apenas para ser recebida da mesma forma aqui.

"Não tive nada a ver com isso", responde ela, sua voz de repente tão fria. "Não é minha culpa que ele tenha entrado em um carro depois de beber demais."

"Sobre o que vocês estavam discutindo?"

"Se você quer saber, estávamos discutindo sobre o meu pai", diz ela, e essas duas palavras finais soam tão estranhas em sua boca. Como se ela ainda achasse que não pertencem a ela. Como se as tivesse provado tantas vezes só para descobrir que nunca serviriam de verdade. "Minha mãe tinha acabado de me dizer onde encontrá-lo. Acho que o acordo deles era que ela ficaria quieta enquanto o dinheiro chegasse — e então, um mês o dinheiro não chegou, e ela deu com a língua nos dentes."

Penso no envelope que encontrei na cômoda de Eliza e como ele estava endereçado a Lucy. Todo aquele dinheiro dentro, milhares de dólares. Eliza deve tê-lo interceptado, em uma de todas aquelas noites em que ela entrava às escondidas no escritório do pai, bisbilhotando, roubando bebidas do estoque particular dele.

Fecho os olhos, me perguntando se Eliza fazia ideia do que havia encontrado. A enormidade daquela única peça do dominó que ela sem perceber derrubou, removendo o envelope de onde quer que o tenha encontrado e guardando-o como seu.

"Parker me disse para não ir", diz Lucy por fim, a coisa mais próxima que já vi de lágrimas em seus olhos. "Disse que era uma má ideia, que meu pai não me queria e que, de qualquer forma, eu nem deveria pensar nele como meu pai. Que pais de verdade não se escondem das filhas dando dinheiro para calar a boca delas. E talvez eu devesse ter dado ouvidos a ele", ela dá de ombros, limpando o nariz, "mas eu estava com raiva, ok? Ele estava jogando na minha cara verdades duras que eu não queria ouvir. Depois que ele morreu, nada mais me segurava em Fairfield. Não tinha mais nada a perder."

Eu me pego concordando, todas essas peças que estiveram flutuando pelos últimos nove meses agora reunidas para revelar algo inteiro. Faz sentido, tudo isso, e apesar do fato de Lucy ter mentido tanto, apesar de ela ser uma mestre da manipulação, da desorientação e do engano, me pego acreditando nela, querendo, por algum motivo, ainda fazer isso funcionar, querendo ceder à sua teia de segredos, tão pegajosa e forte, porque é mais fácil assim. É mais fácil não lutar contra eles, mas me envolver como um cobertor, todo sedoso e suave enquanto ela rasteja ainda mais para perto, sussurrando suas pequenas mentiras no meu ouvido. Porque o que nós quatro tivemos este ano foi bom, foi real. Sei que foi, mesmo que não tenha sido de todo honesto. Não há como aqueles momentos terem sido fabricados: os pés só de meia deslizando no Penny Lanes e os ataques de riso tão intensos, tão puros, que pensei que fosse explodir como uma costura estourada. Minha consciência se curando devagar como uma cicatriz, algo forte e sólido crescendo sobre o meu coração que antes estava tão machucado. Segredos sussurrados na noite, meias-verdades e desafios audaciosos que nos uniram, atados de um jeito tão enlouquecedor que às vezes doía.

E esse é o problema, suponho, quando tantas vidas se tornam entrelaçadas de um modo tão intrincado: um obstáculo, um único fio solto e tudo ameaça se desfazer.

"Não matei Levi", insiste Lucy, trazendo minha atenção de volta. "Mas aquele detetive acha que eu matei."

Olho para ela com as sobrancelhas franzidas.

"Ele me chamou para mais interrogatórios", continua ela. "As pessoas estão dizendo que me viram segui-lo. Que nos viram brigando. É a mesma história se repetindo."

"Talvez tenha sido um acidente mesmo", digo, sobretudo para mim mesma, mas Lucy já está balançando a cabeça.

"O pescoço dele", diz ela. "Aqueles hematomas."

“Trevor?”, pergunto, a próxima opção lógica. “Talvez eles tenham continuado brigando e isso tenha ido longe demais?”

“Não sei quem foi, mas vou descobrir”, afirma Lucy. “E vou entregar a pessoa. Não vou ser presa por isso.”

“Nós vamos dar um jeito”, digo, mas vejo os olhos de Lucy se arregalarem, uma nova ficha caindo enquanto ela começa a recuar. A chuva lá fora diminuiu para uma garoa constante, um punhado de estrelas aparecendo por trás de um cobertor de nuvens, e isso me faz pensar naquela noite no telhado mais uma vez, a mão de Lucy na minha enquanto ela as traçava para mim. As constelações tão próximas e claras que parecia que eu poderia alcançá-las e agarrá-las como um punhado de areia.

“Não quero continuar fugindo”, confessa, quase para si mesma. Ela recua um pouco mais, mais próxima das portas e, então, tenho a estranha sensação de que elas estão se escondendo de nós, todas aquelas estrelas. Conscientes de algum desastre iminente que não querem testemunhar. “Eu não vou levar a culpa.”

“Você não vai precisar”, digo. “Lucy, nós vamos dar um jeito nisso.”

“Margot, eu acho que foi...”

Porém, antes que ela possa terminar, vejo sua expressão se transformar em algo assombrado, estranho, sua boca sem palavras e aberta antes que seu olhar siga para o estômago. Uma flor vermelha irrompe através de sua blusa.

CAPÍTULO 64

DEPOIS

Sigo o detetive Frank até a delegacia. Pelo visto, o que quer que ele queira falar comigo é importante o suficiente para exigir a minha presença na delegacia.

"Eu vou ficar bem", disse a Sloane e Nicole mais cedo enquanto elas me viam entrar no banco de trás da viatura, os lábios delas formando duas linhas finas idênticas. Tentei sorrir, tentei exalar uma sensação de calma e controle, embora a divisória de metal cortando o carro ao meio fizesse a coisa toda parecer um transporte de prisioneiros, a pele do meu pulso, onde um dia aquelas algemas estiveram penduradas, formigando com a lembrança. "Encontro vocês no apartamento assim que terminar."

Frank está, o que é raro de acontecer, quieto enquanto me acompanha por um longo corredor bege, o prédio inteiro cheira a café queimado e suor. Limpo uma das mãos na perna da minha calça jeans, a outra segura um café que aceitei só para poder segurar algo. Tantos cenários passam pelo meu pensamento, tantos motivos pelos quais eu poderia estar aqui.

Eles não encontraram Lucy, disso eu tenho certeza, mas há outras coisas que eles devem ter encontrado.

"Queria te avisar antes que a notícia se torne pública", diz Frank. Ele para em frente a uma porta fechada e coloca a mão na maçaneta antes de se virar para mim. "Algumas bombas sobre sua amiga estão prestes a sair. Queria que você estivesse preparada."

"Bombas", repito, ao passo que meu coração para na garganta. "Que tipo de bomba?"

Ele vasculha minha expressão, os olhos indo e voltando em busca de informações. Como se ele ainda não conseguisse deduzir o que eu sei e o que não sei, o que estou compartilhando com a polícia e o que estou guardando para mim.

Quando não encontra nada, ele suspira, se vira e abre a porta.

"Gostaria que você conhecesse o pai de Lucy", diz ele. "Embora eu acredite que vocês dois já se conheçam."

Meus olhos se arregalam ao vê-lo, fingindo surpresa, embora ainda seja estranho vê-lo aqui: o sr. Jefferson, arrancado de uma realidade e implantado em outra. Costumava imaginá-lo visitando Rutledge durante os fins de semana dos pais, ajudando Eliza e eu a nos mudarmos para o dormitório. Em vez disso, encontro-o sentado do outro lado de uma mesa de interrogatório, suas mãos nervosas se contorcendo em seu colo e seu próprio café intocado diante dele.

"Margot", diz ele, parecendo ainda mais desgrenhado do que em dezembro. Aquela barba crescida salpicada de grisalhos, as rugas que parecem cicatrizes, profundas e irregulares, a prova física de sua dor emocional. "Margot, querida, sinto muito que você tenha sido arrastada para isso."

Sigo lenta e cautelosa, deslizando para o assento em frente a ele. É irônico: nós dois sentados em uma mesa como esta, os cafés entre nós como na manhã de Natal, dois meses atrás, logo antes de tudo mudar.

"Eu não tinha ideia de que ela chegaria a esse... extremo."

"Lucy?", pergunto, por fim encontrando minha voz. Tento soar incerta, confusa, sempre meticulosa ao formular minhas perguntas. Tomando cuidado para não revelar algo que eu ainda não deveria saber. "A Lucy é sua...?"

"Sim", admite ele, como se não suportasse ouvir a palavra que vem a seguir. "Sim, querida, e foi um erro. Foi tudo um erro terrível."

Penso de novo em suas palavras na varanda, a tortura em sua voz enquanto ele se balançava no escuro. Sua própria confissão silenciosa, aquele segredo com o qual ele convivia ao longo dos últimos vinte e três anos. *"Como pai, em geral, você erra mais vezes do que acerta."*

"Pensei que estava fazendo uma coisa boa", ele me diz. "Eu as sustentava, pelo menos. Comprei uma casa para elas, pagava as contas..."

Ele para, pressiona as mãos com força nos olhos e, então, percebo que não está usando sua aliança de casamento.

"Eu mal conhecia a mãe dela", ele prossegue, recusando-se a olhar para mim. "Aconteceu apenas *uma* vez. Ela era quase uma estranha."

Mantenho a boca fechada, sabendo que deveria me portar como se estivesse ouvindo tudo isso pela primeira vez. Porém, é difícil me conter e não dizer que a casa que ele comprou para elas era praticamente um trailer, que as contas que pagava eram um lamentável paliativo se comparado com sua real obrigação. Que ao agir daquela forma estava fazendo uma coisa boa apenas para si próprio.

"Então Lucy apareceu em casa um dia e eu soube", diz ele, abaixando as mãos sobre a mesa, num instante parecendo um estranho em vez do homem que sempre admirei. O homem que lia meus textos e dançava com a esposa na cozinha, o homem que às vezes parecia mais meu pai do que o meu de verdade. "Eu soube quem ela era na mesma hora. Ela tem os olhos da mãe. Aquele azul brilhante."

"O que você fez?", pergunto, inclinando-me para frente, a curiosidade em minha voz dessa vez é autêntica. Pensando em mim e em Lucy naquele telhado, seus dedos mexendo em seu colar enquanto ela me puxava para perto, como se estivesse compartilhando um segredo. Ela havia dançado em torno daquele momento com tanta delicadeza antes, com a elegância arrebatadora de uma bailarina, e a lembrança de sua voz faz com que a pele dos meus braços se arrepie, de tão perto que estou de enfim saber o que é real e o que não é.

"Eu a afastei", revela o sr. Jefferson, sua voz desprovida de qualquer emoção. "Disse a ela para ir embora. Eu tinha uma família, Margot. Uma família de verdade."

Tinha, o uso do pretérito, envia uma nova onda de lágrimas aos meus olhos quando me lembro de nós dois juntos no Natal, a sra. Jefferson sendo uma ausência notável. Eu me pergunto quando ela descobriu sobre Lucy, se foi antes ou depois da morte da própria filha. Me pergunto se ela culpa o marido por tudo. Me pergunto se foi por isso que ela foi embora.

"Eliza estava com a mãe no andar de cima", continua ele, chamando minha atenção de volta. "Não podia arriscar que ela arruinasse isso."

Imagino Lucy na varanda, uma pilha de nervos, e a rejeição dele afiada como uma faca enquanto ele batia a porta. Ainda posso vê-la parada ali, atordoada e paralisada. Não havia mais para onde ir, então ela apenas ficou e observou. Imaginou como seria ser eles.

"Mas pelo visto Eliza nos ouviu conversando", diz o sr. Jefferson em seguida. Ergo o pescoço, a surpresa irradia pelo meu peito como um tremor. "Nem sequer soube até a polícia me contar. Ela nunca disse nada."

"A polícia...?", pergunto, virando-me para o detetive Frank, de repente, me lembrando do que ele me disse depois de revistar nossa casa, nós dois sentados lado a lado no quintal.

"Eu sei sobre Eliza. O antigo namorico de Levi e sua antiga amiga."

Penso em como Eliza se sentou na cozinha com aquele olhar distante, em como ela abriu a boca tantas vezes como se quisesse me dizer algo apenas para fechá-la, engolir em seco. Como ela e Levi estavam sempre sussurrando, ficando em silêncio quando eu chegava perto. Em como ela continuava aludindo a passar por algo que eu não entenderia.

"Ela sabia", digo, o choque ainda se instalando. "Ela sabia sobre Lucy e contou ao Levi em vez de mim."

"Querida", diz o sr. Jefferson, estendendo a mão para segurar a minha. "Às vezes, é mais fácil falar com um estranho."

Engulo em seco e observo o detetive Frank se aproximar da mesa. Não é de se admirar que Eliza e Levi tenham se aproximado tão rápido. Não é de se admirar que ela pensasse que o amava, a única pessoa no mundo que sabia do seu segredo, essa coisa pesada que ela precisava descarregar. É por isso que ela ficou tão brava comigo quando eu a pressionei, a desafiei, sua melhor amiga amarga que sempre presumiu que sua vida era perfeita.

É por isso que ela não podia me contar, aquele medo sempre presente de destruir a ilusão.

"Levi foi à DP local durante as férias de Natal e contou a eles o que sabia sobre Lucy", me informa Frank, e sua voz do quintal ainda ecoa ao meu redor: *"Parece uma coincidência grande demais. Seu vizinho, suas duas melhores amigas"*. "Pelo visto, Eliza só sabia o primeiro nome de Lucy, mas Levi estava começando a juntar as peças. Ele se lembrava de certa vez Eliza ter contado sobre alguém ter invadido a casa dela."

Fico em silêncio, lembrando como fiquei furiosa com Eliza por confrontar Levi sobre a invasão, como ele insistiu que não havia sido ele. O jeito como ele olhou para Lucy naquela primeira vez no Penny Lanes, como se de alguma forma a conhecesse, a reconhecesse. O cabelo preto como o do sr. Jefferson, e os trejeitos parecidos com os de Eliza, parecidos demais para ignorar. A maneira como ele inclinou a cabeça no Natal, nos olhando com curiosidade da porta.

Os dois sentados em sua cama, seu corpo rígido enquanto Lucy o puxava para aquele beijo.

"Em dezembro, Levi disse à polícia que achava que Lucy poderia estar lá na noite em que Eliza caiu", continua o detetive Frank. Olho para o sr. Jefferson, sua palma fechada com firmeza sobre a boca como se estivesse tentando evitar um soluço. "Ele estava começando a achar que Lucy poderia tê-la empurrado."

Sento-me em silêncio, a pulsação no meu pescoço, esses próximos segundos são os mais importantes da minha vida.

"Na época, disseram a ele que não havia evidências para apoiar a alegação, então é possível que ele estivesse tentando se aproximar de Lucy sozinho para encontrar algumas respostas", diz ele, suspirando, e eu continuo a assentir, pensando no que Lucy me disse no galpão: Levi bêbado e bravo, gritando com ela no mato sobre não querer fingir.

"Acreditamos que ele pode tê-la confrontado sobre isso na ilha, o que, então, virou uma discussão."

Talvez ele, de fato, a estivesse confrontando, tirando o braço dela de sua perna daquele jeito. Cansado de paparicar uma garota que ele suspeitava ser uma assassina apenas por justiça, uma busca por respostas.

Talvez seja por isso que sua morte quase não a perturbou: outra feliz coincidência, outra barreira eliminada em sua nova vida.

"Margot, encontramos algumas coisas no quarto de Lucy que confirmam tudo isso", conclui Frank, enquanto uma única lágrima desliza pela bochecha do sr. Jefferson. "Coisas que provavelmente vão te perturbar."

CAPÍTULO 65

DEPOIS

"Lucy?", pergunto com a voz trêmula enquanto dou um passo adiante.

Não entendo o que está acontecendo, mesmo vendo as mãos dela segurando a barriga. Mesmo com o sangue jorrando de seu estômago, para todos os lados, seus olhos arregalados e assustados enquanto ele vaza por entre os dedos.

Num instante, seu rosto fica muito pálido, de um branco brilhante à luz da lua.

"Lucy!", grito, e corro para mais perto. Não consigo entender o que aconteceu, de onde tudo está vindo, mas antes que eu possa alcançá-la, ela se abaixa, cai de joelhos e percebo outro corpo parado atrás dela, a faca da sala de estar vermelha em sua mão.

"Tive que fazer isso", fala Sloane baixinho, com a voz tremendo e um olhar de puro choque esculpido no rosto. "Não podia deixá-la ir."

Corro até o corpo de Lucy, agora encolhido no chão, percebendo como seu sangue, obediente, escorre abaixo de nós, no mesmo lugar onde, uma vez, aquele cervo estava pendurado.

O mesmo lugar onde tantas outras coisas sangraram antes dela, morrendo aos poucos, suas vidas vazando de si em uma grande poça vermelha como ferro.

"Lucy", repito, sacudindo seus ombros e apertando sua barriga, embora já saiba que ela se foi. Aqueles olhos azuis-gelo já estão ficando opacos, um cinza-ardósia fraco, ao passo que o sangue continua a vazar de seu ferimento. Pressiono meus dedos na lateral de seu pescoço, procurando por um pulso que sei que não está mais lá.

"O que você *fez*?", grito com Sloane, olhando para ela do chão.

"Ela descobriu", diz ela, ainda de pé, longe, embora sua voz já esteja se transformando de volta naquele estado calmo e controlado. Do jeito que sempre é. "Era a única maneira."

"Descobriu o quê?", pergunto, sufocando um soluço, de repente, pensando em como os olhos da Lucy se arregalaram pouco antes de ser esfaqueada, como ela começou a dizer algo, aquele momento de iluminação enquanto recuava em direção à porta.

"Não vou ser presa por isso. Vou entregar a pessoa."

"Foi você?", indago, minha mente pairando em um estranho limbo entre adrenalina e choque ao olhar para o corpo caído abaixo de mim, meus olhos seguindo a linha de sangue que escorre de sua boca. Mesmo na morte, elas são tão parecidas: Lucy, Eliza, a luz extinta tão rápida e agressiva quanto uma estrela cadente. "Você matou o Levi?"

E, então, como se alguém apenas estalasse os dedos e a luz se acendesse, consigo ver tudo com clareza: a maneira como o braço da Sloane disparou para o lado quando Lucy apareceu com a faca da cozinha, como ela implorou para que eu falasse com ela naquele dia em seu quarto, dobrando aquela camiseta repetidas vezes no chão. A urgência em seus olhos quando ela me perguntou sobre o Halloween, o que poderia ter acontecido naquela noite que fez tudo mudar.

"Margot", disse ela. *"Ela é minha melhor amiga. Por favor."*

Não é que Sloane esteja se protegendo, com aquela faca ensanguentada ainda em sua mão. Ela está protegendo a pessoa a quem sempre protegeu.

"Nicole", digo, e vejo quando ela entra em cena também. As duas devem ter estado um pouco afastadas, atrás das portas abertas do galpão, ouvindo Lucy e eu conversando no escuro. Absorvendo nossas confissões, nossos segredos, todos jorrando de nós como a água que escapa de duas represas rompidas.

"Pensei que fosse o Trevor", diz Nicole, seus olhos molhados de lágrimas enquanto seu lábio inferior treme. Seus braços finos se contorcem ao redor de sua cintura como se ela ainda estivesse tentando manter a dor dentro de si. "Estava muito escuro e ele estava usando a camisa do Trevor."

"Você pensou que Levi fosse o Trevor", repito, a verdade me ocorrendo enquanto os eventos daquela noite voltam com tudo. Lembro-me de como Trevor tropeçou na fogueira e lutou para ficar de pé, de como Nicole se levantou e saiu, se recusou a assistir, nem mesmo vendo a briga que aconteceu depois. Trevor derramando aquele rum, Levi rindo à distância. Os dois trocando de roupa antes de Levi ir embora e entrar no meio das árvores. Aquele mato era tão escuro e longe da fogueira que consigo entender como os dois podiam parecer iguais de costas: a cor do cabelo, a altura. Todos aqueles garotos a um tom de distância de serem iguais. "Trevor te machucou no Halloween."

Dá pra visualizar com tanta facilidade agora, e me odeio por não ter entendido tudo antes: Trevor tão grosseiro naquela noite, com a camisa arrancada, com aquele ar assustador, como se algo ruim tivesse acontecido. A briga deles na manhã seguinte e como Nicole nunca mais quis ir lá; ele apertando a perna dela no barco, fazendo-a estremecer.

Penso em Nicole sobre o ladrilho, sem vida e inerte. O vômito grudado em seu cabelo e aqueles hematomas em formato de dedos espalhados por seus braços enquanto eu tentava pegá-la, trazê-la de volta para meu quarto.

"Nicole, vem. Vamos para a cama."

"Eu não queria", declara ela, a humilhação em sua voz ainda tão profunda. "Eu estava bêbada e não queria, mas não conseguia arrancá-lo de cima de mim. Ele me obrigou a fazer isso, ele segurou meus pulsos..."

"Não", disse ela, tentando me afastar. *"Não, para."*

Eu estava tão focada em Levi, pensando em como ele agarrou os pulsos de Eliza no escuro. Como ele havia entrado em nossa propriedade, como eu tinha me acostumado a culpá-lo por tudo.

"Levi nos pegou de surpresa", continua Nicole, seu olhar no chão. Em Lucy, olhando direto para trás, a verdade que ela havia acabado de descobrir trancada para sempre dentro de si. "Eu me lembro do seu olhar indo de Trevor para mim, como se estivesse tentando decidir o que fazer."

Consigo ver Nicole e eu na ilha, aquela garrafa na mão dela. Eu perguntando sobre Levi e ela balançando a cabeça, tomando um gole.

"Ele não fez nada."

"Ele só foi embora", esclarece ela, por fim, olhando para mim. Um apelo em seus olhos que parte meu coração. "Ele só fechou a porta e foi embora."

É por isso que Nicole e Levi se evitaram depois disso. É por isso que eles sempre lançavam olhares um para o outro, se recusavam a falar. Ambos tão envergonhados por razões relacionadas, mas ao mesmo tempo distintas. Levi sabia o que estava testemunhando e não fez nada para impedir. Ele era um calouro, Trevor era o presidente, a única pessoa com o poder de tornar sua vida um inferno. A pessoa que o lembrava disso repetidas vezes, apenas para provar o seu argumento.

"Tentei falar com Trevor sobre aquilo na manhã seguinte e ele ficou muito bravo", prossegue Nicole. "Começou a gritar comigo por acusá-lo de algo assim. Disse que, de qualquer forma, isso nem era possível, já que estávamos namorando."

"Nicole...", começo, mas Sloane balança a cabeça, uma deixa silenciosa para eu deixá-la terminar.

"Tentei apenas esquecer", diz ela, as lágrimas escorrendo mais rápido. "Mas não consegui. Então, naquela noite, você estava me pressionando tanto, e eu estava ficando brava de novo. Eu não conseguia suportar a ideia de nós dois dormindo naquela barraca juntos, dele me *tocando*..."

"Está tudo bem", digo, caminhando em direção a ela, antes de puxá-la para um abraço. "Nicole, está tudo bem."

"Pensei que fosse o Trevor", choraminga ela no meu pescoço, pequenos engasgos saindo de sua garganta. "Fui para o mato e o vi cambaleando. Ele havia tropeçado em uma raiz ou algo assim, e não conseguia se levantar, como naquela hora perto da fogueira. Antes mesmo que eu soubesse o que estava acontecendo, eu o estava segurando contra o chão e ele estava bêbado demais para lutar."

Imagino Nicole no escuro, seu corpo pressionado com força no pescoço de Levi. Ela é tão pequena, tão frágil, mas a sua raiva é grande, avassaladora e vinha crescendo dentro dela nos últimos meses. Adrenalina, raiva, medo e ódio a corroíam como uma coceira incessante. Uma ferida aberta que nunca cicatrizaria de verdade.

"Foi bom", sussurra ela, quase que para si mesma, e eu penso na agressão, no asfixiamento, na lama se alojando bem fundo na garganta de Levi. Os papéis se inverteram, o poder recuperado. "Essa é a pior parte. Foi bom enquanto eu estava fazendo, até que ele parou de se mover e percebi o meu erro."

Olho para Sloane nos encarando do outro lado do galpão. A faca ainda em sua mão frouxa, o sangue pingando da ponta como naquela noite no barco quando o dedo de Lucy respingava pequenos círculos vermelhos que pontilhavam o chão.

"Ela teria contado ao Frank", afirma ela com calma. "Teria entregado Nicole."

"Não sabemos", argumento, mas Sloane me interrompe, balançando a cabeça.

"Sim, sabemos", diz ela, pragmática e equilibrada. Nossa voz da razão. "Lucy teria se salvado e você sabe disso."

"Mas ela não machucou ninguém de verdade..."

"Você está brincando com a minha cara?", retruca Sloane. "Ela machucou todas nós. Cada uma de nós."

Ficamos imóveis. Agora, este galpão familiar nos transporta para um lugar novo. Um território estranho e desconhecido, embora eu já tenha tido um vislumbre dele antes: de pé na beirada daquele prédio preto carbonizado, olhando para baixo, o corpo de Eliza dobrado e despedaçado, para além de identificação ou reparo. Balançando de leve com a brisa, e a percepção de que eu poderia apenas me virar, voltar para casa e ninguém saberia.

A voz de Lucy soprando no vento como um sussurro vindo do túmulo.

"Se você soubesse que poderia escapar impune de um assassinato, você mataria?"

"Tudo isso aconteceu por causa dela", diz Sloane. "Ela começou tudo isso quando entrou em nossas vidas."

Imagino Lucy sozinha no píer, sua silhueta esculpindo meu medo em movimento. Meu desconforto e minha inveja, tudo isso direcionado à pessoa errada. Se ela não estivesse lá, se não tivesse feito isso, talvez Eliza não sentisse a necessidade de esconder tudo de mim. Talvez ela tivesse conversado comigo, me contado a verdade sobre Levi e o envelope que havia encontrado. Talvez nunca tivéssemos entrado naquela briga: a foto desaparecida ainda estaria na parede, as palavras que havíamos proferido nunca escapariam dos nossos lábios. O ressentimento que se acumulou entre nós ainda seria inconsistente o bastante para ser derrubado, não a barreira de concreto que Lucy ergueu a distância.

Minha atenção volta-se para Nicole, ainda aninhada em meu pescoço, a alma mais gentil que já conheci. Lucy a entregou a Trevor como um gato perseguindo um rato na boca de uma raposa. Explorou a gentileza de Nicole, seu coração, sua incapacidade de decepcionar as pessoas.

Ela nos manipulou como peças de xadrez, e pessoas se machucaram, algumas até morreram.

"Era ela ou nós", declara Sloane, por fim. "Ela poderia fazer com que eu fosse expulsa. Poderia ter mandado Nicole para a cadeia, Margot. Foi melhor para você também."

Percebo minha cabeça assentindo. Sei que ela está certa. Lucy havia testemunhado o que aconteceu entre Eliza e eu. Poderia ter me colocado naquela festa, poderia ter revelado tudo. Nenhum dos nossos segredos estaria seguro com ela viva, jogando-os contra nós como sempre fez. Brincando conosco como se fôssemos parte de mais um de seus jogos, sua vida inteira uma ilusão que ela apenas criou e fingiu ser verdade. A ironia disso é que foi Lucy quem me ajudou a enxergar isso, a necessidade de sua morte. Falando sobre assassinato com tanta indiferença, um prato da balança subindo, o outro descendo.

"Uma vez que você encontra a pessoa certa, o motivo certo."

É possível amá-la e odiá-la, confiar e desconfiar dela. Sentir-se habitar extremos opostos da mesma moeda.

É possível querer minha amiga de volta mais do que tudo — e, ao mesmo tempo, desejar que ela fique longe para sempre.

CAPÍTULO 66

Trabalhamos rápido, em silêncio, envolvendo o corpo de Lucy em camadas de sacos de caça que encontramos armazenados no canto do galpão. Já vimos os meninos usá-los antes, carregando caça fresca para sangrar, criados para manter a carcaça fresca. Tudo o que precisamos está aqui, neste lugar, o local perfeito para trazer algo para morrer: uma mangueira para enxaguar o sangue restante do chão, uma escova para esfregar todos os vestígios.

O cheiro de morte já está lá, sempre presente. Apenas mais um corpo para adicionar à contagem.

"Me desculpem", diz Nicole pela centésima vez, quase tremendo, em choque enquanto fica de lado. "Me desculpem. Isso é tudo culpa minha..."

"Não, não é", declara Sloane, cruzando os braços, sua raiva em relação a Lucy endurecida, incrustada, protegendo-a de sentir um único grama de arrependimento. "Eu já te disse. É dela."

"Onde vamos colocá-la?", pergunta Nicole, as duas olhando para Lucy em seu caixão improvisado, longo, magro e enrolado em barbante. "Como vamos tirá-la daqui?"

"Não vamos", respondo, o plano que começou a ser formulado na minha cabeça, enfim, claro o suficiente para ser comunicado. "Vamos colocá-la na caverna."

A caverna, o porão. Aquele pequeno espaço de acesso que ninguém sabe que está lá. É arriscado, eu sei, mantê-la em casa assim, mas ainda mais arriscado seria movê-la para um lugar novo. Poderíamos ser vistas, ela poderia ser encontrada. Além disso, é frio lá embaixo, muito mais do que o restante da casa, aquela corrente de ar que está sempre entrando no meu quarto e resfriando o chão. Pode se tornar um problema quando esquentar, no calor do verão, mas é para isso que servem as bolsas de caça. De qualquer forma, já teremos ido embora. Todos terão ido embora. A Kappa Nu está suspensa e é apenas uma questão de tempo até que seja dissolvida para sempre. Não poderemos viver aqui sem eles e eles não vão mais dar trote em ninguém. Não vão usar esse espaço de jeito nenhum.

Quando sairmos, este lugar ficará vazio, abandonado, as únicas pessoas no mundo cientes de sua existência nunca mais estarão dispostas a falar uma palavra sobre ele.

"O que faremos quando a polícia começar a procurar?", indaga Nicole, o pânico de volta à sua voz. "As pessoas notarão que ela sumiu. O carro dela ainda está aqui, ela não vai aparecer para trabalhar..."

"Vamos nos fazer de bobas", propõe Sloane, e uma única gota de suor escorre pelo seu pescoço. "Vamos deixá-los pensar que ela fugiu."

"Mas por que eles acreditariam que ela fugiu?"

"Porque eles vão encontrar coisas", respondo. "Vou mostrar pra vocês quando entrarmos."

É estranha a clareza dos meus pensamentos ao caminharmos de volta para a casa. Como na noite do Halloween, engolindo aquele comprimido, as bordas de tudo estão tão afiadas quanto a faca que foi esfregada três vezes e deixada para secar na cozinha. São duas da manhã quando transferimos Lucy, limpamos o galpão e reorganizamos o cascalho na entrada da garagem para esconder a pressão de seu corpo sendo arrastado pelo quintal.

A pequena porta na lateral da casa trancada para sempre, obscurecida pelas azaleias, visível apenas se você souber o local exato para onde olhar.

"Ela não deveria ter levado se fugiu?", indaga Nicole enquanto entramos na sala de estar, apontando para o telefone de Lucy abandonado no chão.

“Não”, diz Sloane, a adrenalina restante fazendo seus dedos tremerem. “Eles podem rastrear. Se isso os trouxer aqui, mas nunca a encontrarem, eles saberão que ela ainda está na propriedade.”

Caminho em direção ao telefone e o seguro devagar, a coleção de estrelas na tela de bloqueio envia uma nova onda de tristeza para o meu peito. Deslizo para cima, tentando acessar e, em vez disso, obtenho uma grade de dígitos enquanto vasculho meu cérebro em busca de qualquer combinação que possa ter algum tipo de significado, mas nada me vem à mente. Lucy nunca compartilhou nada conosco — nenhum aniversário ou data especial, nenhuma mistura única de números que ela guardasse por perto. Sabíamos tão pouco sobre ela, apenas seu nome, e sinto um formigamento repentino da descoberta em minha nuca ao digitar os números e ver a tela abrir.

O nome dela, Lucy. 5829.

Ela também não sabia muito sobre si mesma.

“Aqui”, digo, navegando pelas fotos dela antes de passá-las depressa, voltando meses, anos, até encontrar o que eu já sabia que estaria lá: uma foto minha e de Eliza tirada pela janela da cozinha dela, o sr. Jefferson sentado ao nosso lado. Estamos todos juntos, rindo, a imagem granulada o suficiente para saber que Lucy tentou dar zoom enquanto nos observava de longe.

De alguma forma, depois de pensar na foto que ela roubou do quarto de Eliza, tive a sensação de que haveria mais.

“Quando a polícia perceber que ela está desaparecida, vamos deixá-los encontrar o telefone dela e ver suas fotos”, digo, passando para o lado mais um pouco, observando as outras: Eliza e eu no quarto dela, de bruços no colchão. Eliza e Levi no píer, a cabeça dela apoiada no ombro dele enquanto se aninhavam sobre a madeira.

“Eles vão descobrir quem ela é”, concluo. “Estamos apenas ajudando-os a montar uma imagem que já existe.”

“Você vai deixá-los pensar...”

“Isso explica os dois”, digo. “Eliza e Levi. Isso vai dar conta de tudo.”

“Por que não contamos a eles nós mesmas?”, pergunta Nicole, sempre tão inocente. “Poupar eles do trabalho?”

“Não podemos nos dar um motivo”, respondo, balançando a cabeça. “Não queremos que eles olhem para nós ou para a casa mais do que deveriam.”

Nicole permanece quieta, sua expressão é incerta, mas Sloane começa a concordar. Eu a observo entrar com determinação no quarto de Lucy, ressurgindo com sua carteira enquanto tira a identidade dela, alguns cartões de crédito. Coisas que ela teria levado se decidisse fugir da cidade.

"É isso que Lucy faz", diz ela. "Some sem avisar. No começo, nos mantínhamos calmas. Nem um pouco preocupadas ao ficar sabendo que ela se foi."

"Como se fosse normal", acrescento. "Mas depois de um tempo, começamos a ficar nervosas, assustadas. Tudo o que eles descobrirem a respeito de Lucy, reagiremos como se estivéssemos ouvindo pela primeira vez."

"Então, uma de nós tem que ceder, só por um segundo", diz Sloane. Nós duas olhamos para Nicole, o elo mais fraco. "Por acidente, você deve lhes dizer algo que confirmará as suspeitas deles."

"Tipo o quê?", sussurra ela, seu rosto empalidecendo para um fantasmagórico tom de branco.

"Aquela noite no Penny Lanes", sugiro. "Os rapazes vão se lembrar dela também. Eles podem corroborar se forem questionados."

Nicole assente com as bochechas ocas e pálidas antes de caminhar até o sofá e desabar nas almofadas, pressionando a cabeça fundo nas mãos.

"Eles vão pensar que somos ingênuas", digo, caminhando até ela e esfregando seus ombros. "Que nosso único crime é sermos inocentes demais para vê-la como ela é de verdade."

"Que somos apenas meninas", acrescenta Sloane, seus olhos distantes e desconectados. "Apenas umas garotinhas inofensivas."

CAPÍTULO 67

AGORA

Entro no apartamento e encontro Sloane e Nicole no chão da sala, cercadas por caixas rasgadas e todos os nossos pertences espalhados pelo cômodo.

"Como foi?", pergunta Nicole, levantando-se de um salto, olhos esperançosos e assustados ao mesmo tempo. No entanto, sua aparência está melhor, há uma certa alegria que não vejo há meses. A cor florescendo de volta à sua pele, e as bochechas estão mais cheias, carnudas e rosadas como uma fruta madura.

"Bom", respondo, com um sorriso fraco. "Está tudo bem."

Vejo-a expirar e me sento entre elas, minha cabeça enfiada na caixa mais próxima.

"O sr. Jefferson identificou tudo", explico, lembrando-me do que plantamos no quarto de Lucy, as evidências que escondemos nas gavetas trancadas de sua mesa. Tudo de Eliza que eu tinha guardado: o tubo de batom usado, um elástico com o cabelo dela ainda emaranhado no tecido. Tudo isso pintando uma pessoa obcecada — o que, de certo modo, Lucy era. E suponho que isso signifique que eu também.

"A Kappa Nu acabou", continuo. "Nenhum deles vai enfrentar acusações, exceto Trevor."

Olho para Nicole. Surpresa e alívio inundam seu rosto.

"Os outros rapazes admitiram que ele estava dando trote em Levi, focado nele. Que Trevor é a razão pela qual ele bebeu tanto."

"Vai ficar tudo bem", diz Sloane, estendendo os dedos para agarrar a mão de Nicole. Todas nós sorrimos com a ideia de Trevor tendo que viver com esse peso para sempre, as consequências o perseguindo pela primeira vez, pelo resto de sua vida. "Nós vamos ficar bem."

Continuamos a desempacotar nossas coisas sem pressa, em silêncio. A magnitude dos últimos meses, enfim, se acalmando. O fato de termos realmente escapado impunes, impunes de assassinato, não apenas uma, mas três vezes.

Um foi um acidente. Um foi um erro. E um foi necessário para salvar todas nós.

"Eu não sabia que você tinha um desses também", diz Sloane. Sigo seu olhar até o meu pescoço.

Na minha mão, distraída, brincando com a corrente presa com firmeza em volta do meu pescoço: o colar de Lucy, aquela constelação de estrelas. Aquele que havia arrancado do corpo dela quando ninguém estava olhando, um impulso familiar que não consegui controlar.

"Lucy tinha um igualzinho", comenta ela. "Daquela máquina de venda automática de joias perto da porta no Penny Lanes."

"Ah, é", minto, lembrando o que Lucy havia sussurrado no telhado.

"Eu não preciso dele", disse ela. *"Mas ele me deu isso."*

Imagino-a parada no píer, ouvindo a música ecoar pelas janelas. Nos observando dançar, cantar, Eliza girando as pedras em volta do pescoço enquanto olhávamos para as estrelas e encontrávamos imagens no céu.

Seu corpo rígido perto da porta depois que o sr. Jefferson bateu-a em sua cara, condenando-a a uma vida solitária.

"Ele disse que o fazia pensar em mim porque meu nome veio daquela música: 'Lucy in the Sky with Diamonds'."

Outra mentira, embora nunca saberei se essa foi para mim ou para ela.

"Comprei em algum momento do verão", invento.

Sloane assente, olhando para baixo, e não consigo deixar de sentir uma pontada de algo novo, algo fresco. Pena e compreensão. Tudo o que Lucy fez para sentir que sua vida era um pouco diferente, um pouco melhor do que de fato era.

Mergulho a mão na minha última caixa, aquela cheia de todos os meus livros antigos. Histórias nas quais eu costumava me perder, todas as outras vidas que eu preferia à minha. *O Médico e o Monstro* repousa no topo, aquela mesma pessoa capaz do bem e do mal. Amor e violência. Emoções fortes o bastante para tirar outra vida.

Olho ao redor do nosso pequeno apartamento, três amigas agora unidas pelo sangue. Sei melhor do que qualquer uma delas que esse tipo de violência nunca desaparece de verdade. Não importa o quanto elas esfreguem, o quão desesperadamente tentem se manter limpas, isso só continuará se infiltrando cada vez mais em sua pele, em sua própria base, todo aquele sangue profundo como uma mancha. O que fizemos juntas está tatuado em todas nós. Uma marca permanente, como uma pulseira da amizade amarrada com força em nossos pulsos.

Como um coração partido desenhado com protetor solar, inteiro apenas quando estamos juntas.

Com o tempo, pode até desbotar, mas nunca irá embora. Porque se uma cair, todas caímos. E isso, talvez, seja o gesto de amizade mais forte que já conheci.

AGRADECIMENTOS

Vou começar com uma história. Uma história dentro de uma história.

Parte do que você acabou de ler é verdade.

Nos meus primeiros anos na Universidade da Geórgia, meus colegas de quarto e eu morávamos em uma casa fora do campus, de propriedade de uma fraternidade.

Nossos quintais eram conectados por um pequeno galpão antigo, então era bastante fácil nos mover entre as duas propriedades. Uma vez entrei naquele galpão e encontrei enormes folhas de tabaco penduradas no teto; outra vez, entrei em nossa cozinha e encontrei um colega amaciando carne de cervo com um martelo.

Havia mesmo manchas de sangue no teto, e nós, de fato, a comemos no jantar daquela noite.

Decoramos a sala de estar com velhos discos de vinil e não era incomum sair do meu quarto e ver rapazes aleatórios na casa a qualquer hora: cobrando nosso aluguel, que era ridículo de barato. Tentando consertar todas as coisas que precisavam ser consertadas. O isolamento era terrível, nossos dedos dos pés estavam sempre gelados sobre o piso de madeira; um inverno, quando o aquecedor quebrou, minha colega dormiu com luvas térmicas de cozinha para evitar que seus dedos congelassem. Então, uma noite, depois de vários meses morando lá, descobrimos que a casa tinha um porão — bem, era mais um entrepiso. Era minúsculo e, para ser sincera, um pouco aterrorizante. Ouvimos rumores de colegas passando por trotes lá no passado. As paredes de concreto eram cobertas de pichações e a única forma de acessá-lo era por uma pequena porta lateral escondida atrás dos arbustos nos fundos. E apesar do fato de que eu não acho, de verdade, que alguém tenha estado lá, descobrir sua existência depois de meses morando no quarto logo acima foi um tanto perturbador.

Dito isso, embora o cenário deste livro tenha sido inspirado em um lugar real, todo o resto é inteiramente fictício, incluindo e, em especial, os próprios personagens. O único personagem que roubei da vida real foi a própria casa, porque acredite em mim quando digo: aquela casa tinha *personalidade*. Era estranha, maravilhosa e eu sentia a necessidade de eternizá-la — mas o resto dessa coisa foi toda inventada por mim.

Os colegas da casa ao lado nos tratavam com gentileza e respeito; as colegas de quarto com quem morei ainda são, até hoje, algumas das minhas melhores amigas.

Agora que isso está resolvido, quero começar agradecendo às meninas originais da Hartford House por me permitirem (não, me *encorajarem*) a compartilhar esse lugar especial com o mundo. Com frequência olho para trás e rio daqueles anos, as memórias são ridículas demais para serem recontadas. Aquele lugar deixou uma marca em nós, mas nós deixamos nossa marca nele também: nossos nomes ainda estão escritos na pintura descascada do revestimento, nossos rabiscos ainda preservados na parede da frente. Muito obrigada por me convencerem a deixar nosso tempo lá habitar estas páginas. Este livro foi muito especial de escrever.

Ao meu agente, Dan Conaway, que usa um milhão de chapéus e sempre os usa bem: você mudou minha vida de inúmeras maneiras e tem minha gratidão infinita. A Chaim Lipskar, Peggy Boulos-Smith, Maja Nikolic, Kate Boggs, Sofia Bolido e todos os outros da Writers Housea muito obrigado por tudo o que vocês fazem.

À minha editora, Kelley Ragland: obrigada por sua confiança contínua. Você não faz ideia de como fiquei aliviada quando expressou seu amor por este livro pela primeira vez — um livro que é tão diferente dos que eu lhe entreguei antes. Suas edições são certeiras, suas opiniões inestimáveis e seu apoio inabalável.

Obrigada também a todos na Minotaur, St. Martin's Publishing Group e Macmillan, em especial, Andy Martin, Jen Enderlin, Allison Ziegler (que deu o título a este livro!), Sarah Melnyk, Hector DeJean, Madeline Houpt, Paul Hochman e David Rotstein. Vocês seguem realizando meus sonhos.

À minha editora do Reino Unido, Julia Wisdom, e a todos na HarperCollins UK, incluindo mas não se limitando a Lizz Burrell, Susanna Peden e Maddy Marshall: é uma honra trabalharmos juntas mais uma vez. Mal posso esperar para levar mais livros para o exterior.

À minha agente cinematográfica, Sylvie Rabineau, da WME: obrigada por tudo que vocês fazem para levar minhas histórias para a tela.

Ao meu marido, Britt, minha pessoa favorita no mundo: sou tão apaixonada pela nossa vida juntos. Muito obrigada por construí-la comigo.

À minha família: este último ano nos pregou algumas peças, hein? Mesmo assim, não há nada que não possamos enfrentar juntos, e sou muito grata pelo pequeno time que somos. Tenho orgulho de todos nós — mas, em especial, de você, mãe. Você me impressiona todos os dias e eu te amo muito.

Brian, Laura, Alvin, Lindsey, Matt e o restante da minha família estendida: obrigada, como sempre, pelo amor e apoio.

Aos bibliotecários, blogueiros, revisores, TikTokers, bookstagrammers, clubes de livros, livreiros (em especial, Tammy Watkins da The Village Bookseller, minha antiga professora de inglês do ensino médio, que vende meus livros para quem ela encontra pela frente) e leitores ao redor do mundo: vocês são a razão pela qual eu consigo fazer isso para viver. Muito obrigada por lerem minhas palavras e compartilharem minhas histórias. Conseguir me conectar com todos vocês me traz muita alegria.

Aos Beatles, que escreveram as letras que inspiraram tanto a personagem Lucy quanto a primeira cena que escrevi deste livro (há algumas surpresas escondidas aludindo a isso, mas vou dar uma dica: capítulo 48).

Por fim, um sincero agradecimento às minhas amizades. Velhas e novas, próximas e distantes, vocês sabem quem são e eu mataria por vocês.

Case No. #03 Inventory #

Type 4ª temporada

Description of evidence coleç

Quem é ELA?

STACY WILLINGHAM é autora dos best-sellers internacionais *Uma Centelha na Escuridão, All the Dangerous Things* e *Quando a Sorte te Visitar*. Sua estreia, *Uma Centelha na Escuridão*, foi finalista em 2022 do Book of the Month Book of the Year, do Goodreads Choice Award (nas categorias romance de estreia e mistério e suspense) e do ITW International Thriller Writers Awards (na categoria romance). Suas obras já foram traduzidas para mais de trinta idiomas. Antes de se dedicar à ficção, Stacy trabalhou como redatora e estrategista de marca para várias agências de marketing. Formada em jornalismo pela Universidade da Georgia, ela também é mestra em escrita criativa pela Savannah College of Art and Design. Atualmente, mora em Charleston, Carolina do Sul, com seu marido, Britt, e Mako, seu cachorro labradoodle.

QUEM GOSTOU DE
QUANDO A SORTE TE VISITAR
TAMBÉM VAI GOSTAR DE:

Um drama psicológico centrado em um acontecimento terrível

Um elenco de personagens que não inspiram nem um pouco de confiança

Trama marcada por pactos, mentiras e amizades tóxicas

Aborda os ritos de passagem de uma elite privilegiada

Autora de vários best-sellers vencedores de prêmios

SHARON BOLTON
UM PACTO DE SILÊNCIO

Seis jovens membros de uma universidade de elite inglesa fazem um pacto sinistro. Vinte anos depois, esse pacto assombra a vida de todos os envolvidos.

"Um thriller com tantas reviravoltas, que talvez você precise de um comprimido para enjoo antes de ler."
JOHN MARRS, autor de *Tudo em Família*

4ª temporada

E.L.A.S EM EVIDÊNCIA.

Trama marcada por segredos, desaparecimentos e pactos quebrados

Adolescentes fortes e determinadas desafiam a autoridade em busca da verdade.

Autora best-seller e multipremiada

Ambientação envolvente no interior dos EUA dos anos 1970

Captura o espírito de uma geração entre a inocência e o perigo

JESS LOUREY
GAROTAS NA ESCURIDÃO

Um thriller atmosférico que evoca o verão de 1977 e a vida de toda uma cidade que será transformada para sempre — para o bem e para o mal.

"Uma prosa hipnotizante sobre um mundo que todos conhecemos e tememos."
ALEX SEGURA,
autora best-seller do *Araña and Spider-Man 2099*

E.L.A.S®

Suspect

Victim

ESPECIALISTAS LITERÁRIAS NA ANATOMIA DO SUSPENSE